schäfer verlag

Henning Schäfer, Jahrgang 1942, liebt wie sein Held im Roman seine nordhessische Heimat, die er auf ausgedehnten Spaziergängen durchstreift. Der pensionierte Arzt und Vater dreier Kinder lebt mit seiner Frau auf einem alten Gutshof und frönt dort seinen Leidenschaften Malerei, klassischer Musik und natürlich dem Schreiben.

Henning Schäfer

Schwälmer Tanz

Roman

Georg Diehl in dankbarer Erinnerung.

schäfer verlag

Vierte Auflage 01/2006
Erstausgabe 10/2005

Umschlaggestaltung & Satz: m.design
Umschlagbild: C. Bantzer
Druck: Druckerei Hubert & Co., Göttingen
ISBN 3-000-16731-5

1

Das geräuschvolle Öffnen der Flügeltür, die zu den Fahrstühlen und zu dem Treppenhaus des Hotels führte, unterbrach die Stille des Raumes, in dem das Ehepaar Gerhard am Feuer des offenen Kamins saß. Auf der Schwelle stand, am ganzen Körper zitternd, Luise Petzold und hielt sich schluchzend am Türrahmen fest. Vergeblich versuchte die alte Frau, Worte zu artikulieren und als sie merkte, dass ihr dies nicht gelingen wollte, gestikulierte sie mit den Armen wie eine Stumme, die auf etwas Schwerwiegendes aufmerksam machen will.

Franziska erfasste die Situation als Erste. Beherzt sprang sie auf, nahm die Seniorin am Arm und führte sie zu dem nächststehenden Stuhl. Erst als die alte Dame saß, sprach sie sie in leisem, beruhigendem, aber eindringlichem Ton an, wobei sie den Arm fest um ihre zuckenden Schultern legte: »Frau Petzold, bitte erzählen Sie, was ist geschehen?«

Inzwischen hatte sich auch Heinrich Gerhard vom Fenster gelöst und die Hand der verstörten, alten Dame ergriffen: »Bitte, was ist geschehen?«, wiederholte er.

Noch einmal erschütterte ein kurzer Weinkrampf den Körper Luises, dann schaute sie mit schreckgeweiteten Augen Gerhard an und flüsterte: »Elfriede..., Elfriede...«

»Was ist mit Frau Weinrich?« Gerhard schüttelte die alte Dame sanft, um die Erstarrung, in die sie gefallen war, zu lösen. Luise Petzold griff sich, offensichtlich ein entsetzliches Bild vor Augen, mit beiden Händen an den Kopf: »Ich glaube, sie – ist – tot«, konnte sie gerade noch stammeln, ehe sie in erneutes Schluchzen versank.

Gerhard sprang auf. »In welchem Zimmer liegt Frau Weinrich?«, fragte er hastig Franziska.

»Zimmer 14, erster Stock.«

»Frau Petzold, ist die Zimmertür offen?« Er musste die Frage wiederholen, ehe die alte Dame kurz aufsah und nickte.

»Komm nach, sobald du sie jemanden in Obhut gegeben hast.«, rief Gerhard Franziska zu und deutete mit dem Kopf auf die zusammengekauerte Luise. Zwei Stufen auf einmal nehmend eilte er die Treppe nach oben. Schnell durchquerte er den Zimmerflur. Die Tür von Nummer 14 war angelehnt, heller Lichtschein drang aus dem Raum.

»Frau Weinrich!« rief er, während er eintrat. »Elfriede!«

Aber schon ein kurzer Blick auf die zierliche Gestalt, die, noch angezogen, quer über dem aufgedeckten Bett lag, machte ihm klar, dass er keine Antwort erhalten würde. Das blauverfärbte, eingefallene Gesicht, das zur Decke blickte, die weit geöffneten Augen, die in das Kopfkissen gekrallten Hände, verrieten, dass Elfriede Weinrich sich in einem Endstadium ihres Lebens befand.

Gerhard trat zum Bett und überprüfte Puls und Atmung. Er glaubte, noch eine flache Schnappatmung feststellen zu können, den Carotispuls dagegen konnte er nicht mehr fühlen.

Franziska, die soeben mit Gisela, einer der Reisebetreuerinnen, ins Zimmer getreten war, sah auf die reglos daliegende Gestalt hinunter. »Ist sie tot?«

»So gut wie. Sie befindet sich in einem Finalstadium. Wir müssen versuchen, die Vitalfunktionen solange zu erhalten, bis der Notarzt kommt.«

Gerhard war jetzt wieder ganz der pragmatische, zupackende Mediziner, den er früher, als er an Wochenenden noch im Rettungswagen fuhr, verkörpert hatte. Obwohl er seit gut einem Jahr mit Erreichen der Pensionsgrenze nicht mehr praktizierte, war die Bewältigung einer solchen Notsituation und der Ablauf einer Reanimation in den vielen Jahren, in denen er als Arzt tätig gewesen war, gespeichert und automatisiert.

»Gisela, ruf über die Leitstelle den Notarztwagen! Sag, dass ein akutes Herzversagen bei einer alten Frau vorliegt. Und sag, dass wir reanimieren; sie sollen mit Blaulicht kommen.« Dann drehte er sich zu Franziska: »Du drückst, ich beatme!«, ordnete er an und beugte sich zu dem leblosen Körper hinunter. Er überstreckte den Kopf, um die Luftwege freizumachen, und presste seinen Atem in die Lungen der Sterbenden. Auf sein Zunicken hin begann Franziska mit der Herzdruckmassage. Sie arbeiteten konzentriert, es bedurfte keiner Absprachen, es war nicht die erste Wiederbelebung, die sie gemeinsam durchführten.

Einmal unterbrachen sie auf ein Zeichen von Gerhard kurz die Reanimation um zu überprüfen, ob Eigenatmung und Herzschlagfunktion spontan wieder einsetzten. Als dies nicht der Fall war, setzten sie die lebensrettenden Bemühungen solange fort, bis kurze Zeit später der Notarzt in Begleitung eines Rettungsassistenten eintraf und die weitere Behandlung und Versorgung übernahm.

Bei der Frage des Kollegen, wie es zu dem Herzversagen, das auch dieser vermutete, gekommen sei, wurde Gerhard klar, dass er zu den näheren Umständen, zu den Gründen, warum Elfriede Weinrich in diesen lebensbedrohlichen Zustand geraten war, überhaupt nichts sagen konnte. Er fasste Franziska am Arm und zog sie aus dem Zimmer. »Hast du eine Vorstellung, wie das hatte passieren können?«, fragte er.

Franziska zuckte mit den Schultern. »Keine Ahnung, wir sollten Frau Petzold fragen, ob etwas vorgefallen ist. Auf der anderen Seite – Elfriede Weinrich ist fast achtzig, da bedarf es keiner besonderen Umstände, dass das Herz versagt.«

»Ja, ja, das weiß ich. Trotzdem sollten wir mit Frau Petzold sprechen. Wo hast du sie gelassen?«

»In einem Sessel vor der Rezeption. Die Empfangsdame kümmert sich um sie.«

»Komm, gehen wir zu ihr, vielleicht weiß sie etwas zu berichten.«

Luise Petzold saß verloren in einem massigen Ledersessel. Vor ihr standen – offensichtlich von der fürsorglichen Rezeptionistin offeriert – die obligaten, vertrauten Beruhigungsgetränke: Ein Becher dampfender Schokolade, noch unberührt, und ein geleerter Kognakschwenker. Gerhard glaubte zunächst, die Seniorin sei, so reglos wie sie in den dicken Polstern kauerte, eingeschlafen. Dann aber, als er näher trat, bemerkte er, dass ihre Augen offen waren und sie mit leerem Blick auf den gemusterten Teppich starrte.

»Frau Petzold.« Gerhard sprach mit leiser Stimme, um die alte Dame nicht zu erschrecken, während er sich behutsam in den Sessel ihr gegenüber setzte. »Frau Petzold, geht es Ihnen besser?«

Langsam erhob die Seniorin den Kopf, erkannte Gerhard und nickte. »Ja, es geht schon wieder«, sagte sie mit ruhiger Stimme. Dann aber schien sie sich zu erinnern. »Was ist mit Elfriede?«, fragte sie jetzt wieder ängstlich. »Ist sie…?«

»Es geht ihr schlecht, wir wissen noch nicht, ob sie durchkommt. Der Notarzt ist im Moment bei ihr, sie wird sicherlich gleich ins Krankenhaus gebracht.« Gerhard machte eine kurze Pause, ehe er fragte. »Frau Petzold, Sie waren zuletzt mit Frau Weinrich zusammen, als es … passierte. Gab es denn irgendetwas, das ihre plötzliche Erkrankung verursacht haben könnte? Hat sie etwas Besonders gegessen, getrunken? Gab es ein seelisches Ereignis, das sie mitgenommen hat? Hat sie sich erschreckt? Überlegen Sie, ist Ihnen etwas aufgefallen?«

»Nein, nichts von alledem, im Gegenteil, wir waren beide in bester Stimmung, als wir nach oben ins Zimmer gingen. Der herrliche Tag, der lustige Abend. Ich kann gar nicht glauben, dass Elfriede dann aus heiterem Himmel einfach so zusammengebrochen ist.«

»Aus heiterem Himmel? Hat sie nicht vorher geäußert, dass sie sich schlecht fühlte oder dass sie Schmerzen hatte?«

»Nein, ich sagte ja schon, sie war bei guter Laune und fühlte sich ausgesprochen wohl. Sie hatte gerade ihre Tabletten eingenommen, saß auf ihrem Bett und trällerte vor sich hin.«

»Sie sagten gerade, sie habe ihre Tabletten eingenommen. Machte sie das nicht üblicherweise nach dem Abendessen?«

»Doch, ja, aber manchmal vergaß sie das Einnehmen und dann holte sie es vor dem Schlafengehen nach.«

»Ihnen ist also nichts Außergewöhnliches aufgefallen?«

»Nein, gar nichts, sie war vergnügt und munter. Ich bin dann ins Bad gegangen, um mich für das Zubettgehen zurechtzumachen. Als ich nach fünf Minuten wieder ins Schlafzimmer zurückkam, sah ich sie unbeweglich auf dem Bett liegen. Ich glaubte, sie sei tot. Ich bin dann sofort losgelaufen, um Sie zu holen.«

Nach einem kurzen Blick auf ihren Mann, der sie heranwinkte, trat Franziska zu der alten Dame, legte ihr die Hand auf den Unterarm und hockte sich vor sie hin: »Frau Petzold«, sagte sie, »Gisela wird sich gleich um Sie kümmern. Sobald Frau Weinrich auf dem Weg ins Krankenhaus ist, wird sie mit Ihnen auf Ihr Zimmer gehen und – wenn Sie wollen – auch die Nacht dort bei Ihnen bleiben. Mein Mann wird sicher jetzt gleich ins Krankenhaus fahren wollen, aber er wird Ihnen vorher noch ein Beruhigungsmittel herauslegen, das Sie vor dem Schlafengehen einnehmen können.«

Dankbar sah Luise Petzold Gerhard, der ihr freundlich zunickte, an.

Franziska erhob sich aus der Hocke: »So, und jetzt hole ich Ihnen noch einen Kognak«, sagte sie resolut und setzte sich zur Hotelbar hin in Bewegung.

»Ich gehe wieder nach oben«, rief ihr Gerhard hinterher, bevor er die Treppe emporstieg. Als er Zimmer 14 betrat, lag der Körper der kleinen, schmächtigen Frau bereits auf einer Trage und war zum Abtransport vorbereitet. Der Notarzt hatte Elfriede Weinrich intubiert, ein Sanitäter beatmete sie nun mit einem Atembeutel, während der Rettungsassistent weiter die manuelle Herzkompression ausübte.

»Wie steht's?«, fragte Gerhard seinen Arztkollegen.

»Schlecht, eigentlich hoffnungslos – keine eigenen Aktivitäten mehr. Normalerweise würden wir mit den Reanimierungsmaßnahmen aufhören. Da aber das Krankenhaus nur wenige Meter entfernt ist, können wir den Transport dorthin wagen. Vielleicht haben die ja noch eine Idee.«

Gerhard berichtete von dem Gespräch, das er soeben mit Elfriedes Zimmerkollegin Luise geführt hatte.

»Ob sie vielleicht ein falsches Medikament eingenommen hat?«, mutmaßte der Notarzt. »Egal, wir bringen sie jetzt ins Krankenhaus. Aber es müsste schon ein Wunder geschehen, wenn sie überlebt.« Resigniert hob er die Hände, dann gab er das Zeichen zum Aufnehmen der Trage und verließ das Zimmer.

»Ich komme in einer Viertelstunde ins Krankenhaus nach«, rief Gerhard dem davoneilenden Kollegen hinterher. »Ihnen fehlen doch noch die Personalien der Patientin.«

In der Rezeption warteten Franziska und Gisela in Gesellschaft einer nun deutlich entspannteren, ja fast gelösten Luise Petzold. Gerhard vermutete, dass nach den zwei Kognak ein Schlaf- oder Beruhigungsmittel überflüssig werden würde.

»Sie können jetzt auf ihr Zimmer gehen, Frau Petzold. Elfriede wird gerade ins Krankenhaus gebracht. Im Moment können wir nichts anderes tun als abwarten.« Er wandte sich zu Gisela: »Solltest du – was ich nicht glaube – ein Schlafmittel für Frau Petzold benötigen, gib ihr Valium, du findest es in meiner Nachttischschublade«

»Na, dann wollen wir mal«, verkündete Gisela und stand auf. Luise kam nur mit Schwierigkeiten aus den dicken Polstern ihres Sessels. Als es ihr schließlich gelungen war, hakte sie sich bei Gisela unter und steuerte auf den Fahrstuhl zu.

»Gute Nacht, Frau Petzold, schlafen Sie gut.«

»Gute Nacht«, klang es verschwommen zurück, bevor sich die Fahrstuhltür schloss.

»Bitte, lass uns noch einen Moment am Kamin zusammensitzen, ehe ich gleich ins Krankenhaus fahre«, bat Gerhard seine Frau, »nur ein paar Minuten, mit dir allein.«

»Komm!« Franziska fasste seine Hand und ging voran. Der Kamin war inzwischen fast ganz erloschen, gerade noch ein faustgroßes Häufchen dunkelroter Glut hatte sich erhalten. Kein Knistern, kein Zischen war mehr zu hören.

»Das Feuer stirbt«, sagte Franziska, als sie an ihrem Tischchen saßen. Sie hielt Heinrichs Hand, hatte ihre Finger in die seinen verschlungen und sah in das schwache Leuchten der niedergebrannten Glut, deren letztes, warmes Glimmen trotz der Todesallegorie, die Franziska soeben gebraucht hatte, tröstlich wirkte, besonders nach dem gerade Geschehenen.

»Erinnerst du dich an unser Gespräch vor einigen Tagen?«, fragte Gerhard. »Du hattest von dem Glück gesprochen, das dich in den sieben Jahren, in denen du deine Seniorenreisen durchführst, stets begleitet hat. Keine schweren Unfälle, keine Todesfälle bisher. Nun, bei der Altersstruktur deiner Klientel war ein Ereignis wie das heutige früher oder später zu erwarten. Jetzt also scheint es eingetroffen zu sein.«

»Elfriede Weinrich war eine so lebensbejahende, humorvolle alte Dame«, sinnierte Franziska, »dass es schwerfällt, ihre plötzliche Erkrankung zu begreifen. Ihr zierlicher Körper ließ nicht vermuten, welche Zähigkeit und Vitalität in ihr steckten.«

»Ja, Elfriede Weinrich genießt, oder vielmehr genoss den Aufenthalt in unserer Reisegruppe, das war deutlich zu spüren, zumal sie mit Luise Petzold eine Zimmergenossin fand, die die gleiche humorvolle Art hatte und den gleichen Unternehmungsgeist mitbrachte. Die beiden verstanden sich von Anfang an.«

Die Gruppe, von der Gerhard sprach, war eine dreißigköpfige Seniorenreisegruppe, 18 Frauen und 12 Männer, die von Eschwege aus auf den Spuren der Brüder Grimm, wie es im Reiseprospekt hieß, die Schönheiten Nordhessens, seine ausgedehnten Wälder, seine Fachwerkstädte, seine sagenumwobenen Burgen und Berge kennen lernen sollte. Es war Heinrichs Vorschlag gewesen, die zehntägige Reise erstmals in das Programm des Seniorenreiseunternehmens, das seine Frau in Göttingen betrieb, aufzunehmen.

»Warum immer in die Ferne schweifen, nach Mallorca, nach Kreta oder wohin auch immer, wo das Schöne doch so nah, ja geradezu vor der Haustür liegt«, hatte er dargelegt und sich bereit erklärt, die Reiseführung und die medizinische Betreuung der Gruppe zu übernehmen.

Gerhard beugte sich etwas vor, sofort spürte er die Wärme, die der Kamin noch immer ausstrahlte, auf seinem Gesicht.

Für einige Sekunden schwieg er. Kurzzeitig wurde das Bild der leblosen Gestalt, die er vor wenigen Minuten auf dem Bett hatte liegen sehen, von den Erinnerungen an die lebendige Elfriede, die noch vor kurzem so voller Lebenslust war, verdrängt. Auch Franziska war in Gedanken bei Elfriede Weinrich. Sie fröstelte, wenn sie daran dachte, wie eng das warme, satte Leben und der Tod beieinander lagen.

»Ich muss jetzt los, ins Krankenhaus.« Gerhard erhob sich. »Vorher will ich noch Elfriedes Medikamente aus dem Zimmer holen, das Krankenhaus wird wissen wollen, was sie eingenommen hat. Inzwischen kannst du mir das, was du an Personalien von ihr hast, raussuchen«, bat er Franziska.

Nur wenig später durchschritt er das Krankenhausportal; er war den kurzen Weg zu Fuß gegangen. In der Jackentasche trug er die Medikamentenbox sowie ein Blatt, auf dem ihm Franziska die Adresse des Altenwohnheims, in dem Elfriede wohnte, und ihre persönlichen Daten aufgeschrieben hatte. Außerdem hatte sie Namen und Anschrift eines Neffen, der als nächster lebender Verwandter angegeben war, notiert. Dieser sollte, so war es auf dem Reiseanmeldeformular vermerkt, in einem Notfall verständigt werden.

Bei dem Medikamentenkästchen handelte es ich um eine in vierzehn Fächer unterteilte durchsichtige Plastikbox, die den Medikamentenvorrat für zwei Wochen aufnehmen konnte. Andere Medikamentenschachteln hatte er in Elfriedes Nachttisch nicht finden können. Vier der Tagesfächer, die nochmals zwischengeteilt waren in morgens, mittags und abends, waren leer – die Tagesdosen der ersten vier Reisetage –, die übrigen Fächer enthielten die jeweils gleiche Menge an Tabletten. Offensichtlich hatte Elfriede Weinrich schon vor Reisebeginn die Box mit den exakt benötigten Tablettenmengen bestückt.

Gerhard hatte nur flüchtig die Medikamentennamen gelesen. Es waren die üblichen Mittel alter Menschen: Bluthochdrucktabletten, ein Diuretikum, ein Digitalispräparat sowie Verdauungsenzyme in Kapselform. Nichts Auffälliges auf den ersten

Blick, aber er ging davon aus, dass das Krankenhauslabor eine genauere Analyse vornehmen würde, um zu klären, ob vielleicht eine fehlerhafte Tabletteneinnahme das Herzversagen ausgelöst haben könnte. Gerhard traf im Eingangsbereich auf den Notarzt, der gerade von der internistischen Intensivstation kam.

»Asystolie«, verkündete dieser, »Herzstillstand; Ursache unbekannt. Die Vitalfunktionen der Patientin werden jetzt maschinell aufrechterhalten, aber ich befürchte, wenn man die Apparate abschaltet, bedeutet das das Ende.« Er ging zum Ausgang.

»Wollen Sie nicht die Personalien der Patientin?«, fragte Gerhard und schwenkte das Blatt mit den Personendaten.

»Geben Sie alles auf der Station ab, ich hole mir die Angaben morgen von dort. – Jetzt will ich nur nach Hause, es war ein harter Tag.«

Auf der Intensivstation berichtete Gerhard einem jungen Kollegen das Wenige, das er wusste, und übergab ihm die Medikamentenbox. Gemeinsam versuchten sie vom Schwesternzimmer aus, den Neffen telefonisch zu erreichen. Sie wählten mehrfach, aber es nahm niemand ab.

»Gehen Sie nach Hause, Kollege«, sagte der Stationsarzt zu Gerhard, dem die Erschöpfung nach einem anstrengenden Tag und den schockierenden Ereignissen des Abends anzusehen war. »Kommen Sie morgen früh wieder, wir lassen sie solange an der Maschine.«

Gerhard nickte und verließ die Station. Er war dankbar, dass das Verkünden der Todesnachricht auf morgen verschoben worden war.

2

Nach einer kurzen Nacht, in der es ihm erst am frühen Morgen gelungen war, einzuschlafen, machte sich Gerhard wieder auf den Weg ins nahe Krankenhaus. Obwohl ihr Wohnhaus nur vier Kilometer von Eschwege entfernt in dem Dorf Oberhone stand, übernachteten er und Franziska während der Dauer der Reise in dem Hotel in Eschwege, in dem auch die Gruppe wohnte. Nur so war eine ständige Verbindung zu den Teilnehmern gewährleistet. Außerdem genossen beide Ehepartner diese zehn Tage, die, obwohl sie in ihrer Funktion als Reiseleitung alle Hände voll zu tun hatten, von ihnen als gemeinsame Urlaubstage angesehen wurden.

Durch die Tatsache, dass Franziska seit etwa zweieinhalb Jahren in einer eigenen Wohnung lebte, gewannen jetzt alle Tage, die sie in enger Nähe miteinander verbrachten, an Bedeutung und Reiz. »In einer Großstadt kann ich meine Reiseagentur besser vermarkten als im provinziellen Eschwege«, hatte Franziska seinerzeit gemeint und war in das 50 km entfernte Göttingen gezogen. »Und außerdem will ich dir bei deinen vielen künstlerischen Interessen die Hektik eines Geschäftslebens im ‚Familiensitz'« – so nannten sie ihr Haus in Oberhone – »ersparen.«

Die räumliche Trennung des Ehepaares hatte den ausgetretenen Pfaden einer über dreißigjährigen Ehe neues Profil, der ehelichen Hausmannskost neue Würze verliehen. Ein belebendes Prickeln hatte seitdem in ihrer Beziehung Einzug gehalten, es war nun etwas Besonderes, Wertvolles, wenn sie sich trafen oder, wie jetzt gerade, gemeinsame Tage miteinander verlebten.

Auf der Intensivstation tat diesmal eine Ärztin Dienst, die ihn darüber informierte, dass sich am Zustand der Patientin seit gestern Abend nichts geändert hatte und dass sich, das konnte sie jetzt mit Gewissheit sagen, auch nichts mehr ändern würde. Durch das Herzversagen und die damit verbundene Zirkulationsstörung des Blutes war es zu einer irreparablen Hirnschädigung gekommen, die ein Überleben unmöglich machte. Man habe mit Rücksicht auf den Verwandten, der seine Tante vielleicht noch lebend sehen wollte, die maschinelle Versorgung bis heute Morgen belassen, müsse aber jetzt, da der Neffe trotz wiederholter Versuche nicht zu erreichen sei, die Apparate abschalten.

Auf die Frage Gerhards, ob es Hinweise auf eine fehlerhafte Medikamenteneinnahme gegeben habe, verneinte die Ärztin: »Alle in der Tablettenbox enthaltenen Arzneimittel sind gängige Präparate in therapeutischen Dosen. Überdosierungen sind damit unmöglich.« Sie hob bedauernd die Hände. »Ein 78-jähriges Herz ist einfach stehen geblieben. Das und nichts anderes ist passiert.«

Als Gerhard das Krankenhaus verließ, fühlte er ein Schuldgefühl in sich, das er verstandesmäßig nicht erklären konnte. Er hatte alles getan, was in dieser Situation möglich gewesen war, um das Leben Elfriede Weinrichs zu retten. Er glaubte auch nicht, irgendwelche vorangegangenen Hinweise auf die abendliche Katastrophe übersehen zu haben. Trotzdem beschlich ihn ein ungutes Gefühl, er hatte das Empfinden, dass er den Schutz, den man von ihm erwartete, nicht hatte geben können und dass er das Vertrauen, das die Teilnehmer und auch Franziska ihm entgegenbrachten, enttäuscht hatte. Er versuchte, diese irrationalen Gedankengänge zu verdrängen. Der Tod einer alten Frau war nichts Ungewöhnliches, er zeigte lediglich die Grenzen des medizinisch Machbaren auf.

Gerhard ließ sich Zeit mit der Rückkehr ins Hotel. Er würde warten, bis die Gruppe zu ihrer heutigen Ausflugsfahrt aufgebrochen war, eher würde er nicht zurückgehen. Es brachte nichts, noch vorher die Todesnachricht bekannt zu geben, diese Aufgabe blieb ihm für den Abend, nach der Rückkehr des Busses. Franziska hatte er, bevor er das Hotel verlassen hatte, auf einem Zettel mitgeteilt, dass er sich am heutigen Morgen um alles, was mit Elfriede Weinrich zusammenhing, kümmern wollte und deshalb den heutigen Tagesausflug nicht mitmachen konnte.

Nach seiner Rückkehr ins Hotel rief Gerhard als erstes die Seniorenresidenz »Gertrudisstift« an, in der Elfriede Weinrich wohnte. Die Heimleiterin, Frau Degenhard, die Gerhard von früheren Besuchen und von den Vorträgen, die er gelegentlich dort über popularmedizinische Themen gehalten hatte, kannte, war bereits vom Krankenhaus über das Ableben ihrer Seniorin unterrichtet worden. Gerhard erkundigte sich nach den Wohnverhältnissen von Elfriede Weinrich und erfuhr, dass diese ein Zweizimmerappartement mit einer anderen Seniorin, einer Martha Henkelmann, teilte. Dieser hatte man bisher noch nichts vom Tod ihrer Wohngenossin erzählt. Gerhard bot sich an, mit Frau Henkelmann zu sprechen und ihr die traurige Nachricht zu überbringen, worüber die Heimleiterin offensichtlich erleichtert und dankbar war.

Als er sie fragte, ob noch andere Anverwandte außer dem Neffen in Sontra existierten, versprach sie nachzuschauen und sich umzuhören, sie glaubte aber nicht, dass es noch weitere Verwandtschaft gäbe.

Gerhard legte auf. Er wollte jetzt noch einmal versuchen, den Neffen anzurufen. Aber wiederum meldete sich unter der angeführten Nummer niemand, nicht einmal ein automatischer Anrufbeantworter war angeschlossen.

Von der nahen Marktkirche schlug es zehn Uhr, eine gute Zeit, dachte Gerhard, um bei einer Seniorin einen Besuch, auch wenn er einen traurigen Anlass hatte, zu machen. Die Sonne hatte es noch nicht geschafft, den Dunst des Morgens, der über dem Fluss lag, gänzlich aufzulösen, aber der blaue Himmel war stellenweise schon durch die Nebelfetzen zu erkennen. Es würde wieder einen sonnigen Oktobertag geben.

Da das »Gertrudisstift« nur wenige hundert Meter entfernt am Rande des Altstadt lag, beschloss er, zu Fuß zu gehen. Der Weg führte zunächst an der Werra entlang, die nach den ergiebigen Regenfällen der Vorwoche reichlich Wasser führte und schnell und trübe dahinfloss. Gerhard hatte es nicht eilig, er blieb hin und wieder stehen, sah zu, wie eine Mutter mit ihren

Kindern die Schwäne und Enten fütterte und beobachtete eine Jugendgruppe, die auf dem Sportplatz am Schwanenteich Fußball spielte. Unbewusst zögerte er die Ankunft in der Leuchtbergstraße, in der das Seniorenwohnheim lag, hinaus; es war schließlich keine angenehme Aufgabe, eine Todesnachricht zu überbringen, besonders, wenn man nicht wusste, in welchem Verhältnis die beiden Seniorinnen zueinander standen. War die Bindung zwischen ihnen vielleicht so groß, dass Martha Henkelmann unter der Last ihrer Trauer zusammenbrach, wenn sie von dem Verlust der Freundin erfuhr?

Als Gerhard vor dem Aufgang zu der alten Villa stand, die das Hauptgebäude des Altenwohnheims bildete, war es der Sonne gelungen, die letzten Dunstschleier des Morgens zu vertreiben. Die alten Bäume des weitläufigen Parks, der das stattliche Haus und seine Nebengebäude umgab, leuchteten in ihren herbstlichen Farben.

Gerhard kam immer wieder gerne zu dieser Seniorenresidenz, die eher einer großzügigen Hotelanlage als einem Heim in seiner nüchternen Funktionalität glich. Beim Eintritt in die weite Eingangshalle fühlte er sich in das lichtdurchflutete Foyer einer Ferienanlage versetzt: Große Bogenfenster an der Hinterseite der Halle ließen das Sonnenlicht einfallen und lenkten den Blick auf eine Gartenanlage, in der Astern und Dalien in üppiger Pracht gediehen. Ein Zeitungskiosk, der auch Bücher und Süßwaren verkaufte und von dem Gerhard wusste, dass ihn die Senioren in Eigenregie betrieben, befand sich gleich zur Rechten der Eingangstür. Dahinter schloss sich die kleine, gemütliche Cafeteria an, die ebenfalls von den Heimbewohnern bewirtschaftet wurde.

Gerhard trat zu der großen Tafel, die auf der linken Hallenseite neben dem Empfangs- und Informationsbereich aufgehängt war und die Auflistung aller im Heim lebenden Senioren enthielt. Er fand den Namen von Martha Henkelmann und gleich darunter den von Elfriede Weinrich, deren Schildchen nun bald entfernt werden würde. Hinter dem Namen war das Stockwerk und die Zimmer- oder Appartementsnummer, in der der angegebene Heiminsasse wohnte, aufgeführt.

Gerhard nahm die Treppe zum zweiten Stock, betrat einen gut ausgeleuchteten Gang und suchte die Tür mit der Nummer 27. Es war die letzte auf der Ostseite der Villa, bevor der Flur rechtwinklig nach Norden abbog. Auf einem Schild, das unterhalb eines Klingelknopfes angebracht war, las er noch einmal die Namen der beiden Seniorinnen. Ein Spion im oberen Drittel der Tür veranlasste ihn, sich mit der Hand die Haare aus der Stirn zu streichen, den Pullover glatt zu ziehen und eine, wie er glaubte, vertrauenserweckende Haltung anzunehmen. Dann läutete er.

Es dauerte einige Sekunden, bis ihm geöffnet wurde und er Martha Henkelmann gegenüber stand. Gerhard wusste nicht, ob er sich vorher ein Bild von der Frau gemacht hatte, die mit der zierlichen Elfriede Weinrich zusammenwohnte. Wenn ja, dann hatte er wahrscheinlich die Vorstellung eines alten, gebeugten Mütterchens gehabt, das ihn mit leiser Stimme empfing; ganz bestimmt aber hatte er nicht an eine Erscheinung gedacht , wie er sie jetzt vor sich sah: Unbeweglich wie eine Säule stand in der hohen Türöffnung, an deren oberen Rand der Kopf fast anstieß, eine große, aufrechte Frau mit schlohweißem Haar. Skeptische Augen blickten aus einem von Falten und Furchen durchgrabenen Gesicht, das die ganze Mühsal eines harten, entbehrungsreichen Lebens widerspiegelte. Ein bis nahezu auf die Erde reichendes graues Kleid betonte das Asthenische der schlanken Gestalt, der sich Gerhard gegenüber sah.

»Wer sind Sie und was wollen Sie, junger Mann?«, fragte sie mit klarer Stimme, aus der Gerhard den harten ostpreußischen Tonfall herauszuhören glaubte. Unwillkürlich musste er darüber lächeln, dass er, der über 60-jährige, in Altenheimen regelmäßig als junger Mann bezeichnet wurde. – Aber warum auch nicht; wenn es stimmte, dass man so jung war, wie man sich fühlte, dann war diese Anrede bei ihm mehr als berechtigt.

»Frau Henkelmann?«, fragte Gerhard und deutete mit einer Handbewegung an, dass er gerne eintreten würde.

»Was wollen Sie?«, wiederholte die Seniorin ihre Frage und rührte sich nicht von der Türschwelle. »Kommen Sie von der Kirche?«

»Nein, nein«, beeilte sich Gerhard diese gewiss schmeichelhafte Einschätzung zu korrigieren. »Mein Name ist Gerhard, Dr. Gerhard, ich bin Arzt und komme in einer traurigen Angelegenheit, die Frau Weinrich betrifft.« Noch einmal versuchte er, mit einer Handbewegung sie dazu zu bewegen, dass sie ihn einließ. Frau Henkelmann, von der Gerhard annahm, das sie die Achtzig längst überschritten hatte, trat nun zur Seite und forderte ihn zum Eintreten auf.

Er betrat einen schmalen Vorraum, eine Art Diele, die lediglich einen Kleiderständer und einen Wandspiegel enthielt, von der an beiden Seiten Türen abgingen, die, so nahm er an, zu den Zimmern der beiden Damen führten. Durch eine offene Schiebetür an der dem Eingang gegenüberliegenden Stirnseite sah Gerhard in eine kleine Teeküche, die neben Herd, Kühlschrank und Abwaschbecken mit einem Esstisch und zwei Stühlen ausgestattet war.

Frau Henkelmann öffnete die rechte Tür und ging in ihr Zimmer voran. »Nehmen Sie Platz«, forderte sie Gerhard auf und deutete auf einen der beiden verschlissenen Sessel, die zu beiden Seiten eines flachen Teetischchens standen. Auf einem halbhohen Schränkchen, das hinter dem Tisch an der Wand stand, waren Keramikkrüge, Zinnbecher und Porzellanfiguren – meist Tierskulpturen – in bunter Reihe aufgestellt, darüber hingen in verschnörkelten silbernen und goldenen Rahmen alte Fotos von Menschen, Häusern und Landschaften, die wohl einmal eine Rolle im Leben Martha Henkelmanns gespielt hatten.

Gerhard nahm vor dieser Erinnerungswand vorsichtig in einem der Sessel Platz. Seine Gastgeberin rückte sich den hochlehnigen Stuhl, der vor einem kleinen, altmodischen Schreibtisch stand, zurecht und setzte sich ihm gegenüber. Aber noch bevor er etwas Einleitendes sagen konnte, das die alte Frau schonend auf die kommende, schockierende Nachricht vorbereiten würde, stieß Martha Henkelmann mit einem unüberhörbaren Triumph in der Stimme hervor: »Nicht wahr, Elfriede ist tot.«

Gerhard starrte die Seniorin erschrocken an. »Woher wissen Sie …?«, begann er und verstummte, als er die Andeutung eines Lächelns um den schmallippigen Mund sah.

»So etwas weiß man, fühlt man, junger Mann«, sagte sie in einem Ton, als wolle sie Gerhard zu verstehen geben, dass er noch längst nicht das richtige Alter für solche ahnungsvollen Empfindungen besitze. »Nun, es war abzusehen, dass es so kommen musste. Ständig war sie auf der Rolle, und jetzt noch diese Wandertour. – Elfriede war 78, sie hat einfach übertrieben.« Eine gewisse Verbitterung war aus ihren letzten Worten herauszuhören. Dann fuhr sie, nun wieder sachlich, fort. »Erzählen Sie, wie und wann es passiert ist. Deshalb sind Sie doch gekommen, oder?«

»Ja, natürlich«, entgegnete Gerhard, der durch die bizarre Gesprächseröffnung der alten Frau verunsichert war. »Frau Weinrich ist – leider – heute Morgen im Krankenhaus verstorben.« Er berichtete mit leiser und, wie er hoffte, tröstender Stimme. Martha Henkelmann hörte ihm interessiert, aber ohne die geringste sichtbare emotionale Regung zu, als er die Ereignisse des gestrigen Abends wiedergab und von Elfriedes hoffnungslosem Zustand und dem sich daraus ergebenden Ende heute Vormittag erzählte.

»Und da ich einer der letzten außerhalb des Krankenhauses war, der Frau Weinrich lebend gesehen hat, bin ich jetzt zu Ihnen als ihrer engsten Mitbewohnerin gekommen, um Ihnen diese schlimme Botschaft persönlich zu überbringen.«

»Wahrscheinlich hatten Sie auch im Hinterkopf, dass Sie mir, sollte diese Nachricht mich umwerfen, sofort tröstend zur Seite stehen konnten – Ärzte haben ja gelegentlich solche Helferzwänge«, stellte sie trocken fest. »Aber wie Sie sehen, bin ich von Elfriedes Tod weder erschüttert noch überrascht. Wie ich Ihnen schon sagte, so, wie sie sich in der letzten Zeit aufgeführt hat, rechnete ich schon mit dem Schlimmsten.«

Der gehässige Unterton in ihrer Stimme veranlasste Gerhard zu der Frage: »Waren Sie denn nicht befreundet, Frau Weinrich und Sie? Wenn man so eng zusammenwohnt…«

»Natürlich waren wir befreundet«, antwortete sie schroff, »seit Jahren wohnen wir schon zusammen. Schon bevor wir hierher kamen, lebten wir in einer kleinen Stadtwohnung in der Marktstraße. Als es dann mit der Selbstversorgung unseres Haushaltes immer schwieriger wurde, haben wir uns entschlossen, hier ein gemeinsames Appartement zu beziehen. Natürlich sind wir Freundinnen!«, betonte sie mit Nachdruck, so als wolle sie sich jegliche anderslautende Meinung verbitten.

»Aber ich verstehe nicht, wie Sie wissen konnten, dass Frau Weinrich… Sie sagten vorhin, dass Sie mit ihrem Tod gerechnet haben!?«

»Wenn ein alter Mensch sich nicht wie ein alter Mensch verhält, läuft er eben Gefahr, sich zu überschätzen und zu übernehmen. Wer sich nur noch – mit fast 80 Jahren – in Cafés, auf Ausflügen, in Ausstellungen oder wo auch immer herumtreibt, der braucht sich nicht zu wundern, wenn der Motor überhitzt und sich irgendwann festfrisst.«

Gerhard, erstaunt über diesen technischen Vergleich, fragte nach: »Sie war also dauernd auf Achse, sagten Sie? Machte sie denn das alles alleine oder war sie mit anderen oder in einer Gruppe zusammen?«

Das empörte Schnauben, das Frau Henkelmann ausstieß, war so heftig, dass Gerhard erschreckt zusammenfuhr. »Mit der von Zimmer 18 zog sie los, von der ist sie doch erst auf all diese abstrusen Ideen gebracht worden.«

»Von wem, um Himmels willen, sprechen Sie?«

»Na, von Gertrud Vaupel natürlich«, zischte sie verächtlich, »mit der war sie doch nahezu täglich unterwegs. Zwei alte Schachteln auf Amüsiertour – lächerlich!«

Ein Zittern in ihrer Stimme verriet die Erregung, die Martha Henkelmann jetzt ergriffen hatte. Unruhig war sie aufgestanden und zu dem Schränkchen mit den Figuren getreten. »Früher haben wir immer alles gemeinsam unternommen, aber jetzt ist sie nur noch mit dieser Person zusammen, und das pausenlos, ohne sich zu schonen. Raubbau treiben an der Gesundheit nenne ich das.«

Beim Sprechen hatte sie eine Figur, einen Becher nach dem anderen hochgehoben, um sie kurz darauf an derselben Stelle, an der sie vorher gestanden hatten, wieder abzusetzen. Es gelang ihr nicht, ihrer Erregung Herr zu werden. Die große, strenge Frau wirkte auf einmal, so wie sie dastand, zerbrechlich und verletzt.

Gerhard verstand nun: Martha Henkelmann war hochgradig eifersüchtig auf ihre Freundin Elfriede, die, aus welchen Gründen auch immer, die Zeit mit Gertrud Vaupel, der anderen Seniorin dieses Heims, verbrachte. Sie war eifersüchtig auf die Unternehmungen, die die beiden gemeinsam durchführten und die sie nicht mitmachen konnte oder durfte. Wie es zu dem Zerwürfnis der beiden alten Freundinnen gekommen war, entzog sich seiner Kenntnis, aber es war gut möglich, dass Martha Henkelmann in ihrer Enttäuschung, vielleicht auch Verzweiflung über die Abwendung Elfriedes und deren zunehmende Hinwendung zu einer anderen ihr unterbewußt den Tod gewünscht hatte und diese Gedanken sich im Laufe der Zeit dermaßen festgesetzt hatten, dass ein baldiges Ende Elfriedes ihr wahrscheinlich, ja zwangsläufig erschienen war. So war die Todesnachricht heute nur der Endpunkt in der Kette ihrer durch Kränkung und Verbitterung erzeugten Wunschfantasien.

Gerhard stand auf: »Ich glaube, ich gehe jetzt besser, Frau Henkelmann. Ihre Heimleiterin weiß, wo sie mich erreichen kann, falls Sie noch etwas von mir wissen wollen.« Er ging zur Tür, seine Mission hier war beendet. Ein zwiespältiges Gefühl, das ihm Unbehagen bereitete, hatte sich seiner bemächtigt: Auf der einen Seite war er innerlich empört über die demonstrierte Teilnahmslosigkeit Martha Henkelmanns bei der Nachricht vom Ableben ihrer Freundin, auf der anderen Seite tat sie ihm Leid in ihrer Verzweiflung über die Zurücksetzung durch Elfriede, in ihrer Verlassenheit.

Noch einmal wandte er sich ihr zu: »Sagen Sie, wissen Sie, ob Frau Weinrich, abgesehen von einem Neffen in Sontra, dessen Adresse ich habe, noch andere Angehörige hatte, die sie besuchten oder ihr schrieben.«

Martha Henkelmann, die noch immer vor ihrem Schränkchen stand und mit den Figuren hantierte, drehte sich langsam um. Ihr Blick war wieder so ausdruckslos wie zu Beginn des Gesprächs. »Nein, Elfriede war unverheiratet und ihre einzige Schwester und deren Mann sind beide bereits gestorben. Berthold, ihr Neffe, war deren einziges Kind.«

Nun, dachte Gerhard, das würde ihm die Aufgabe, Angehörige vom Tod Elfriede Weinrichs zu unterrichten, erleichtern. »Und dieser Neffe wird dann wohl auch der Erbe sein, wenn es überhaupt etwas zu erben gibt?«, stellte Gerhard in den Raum.

Auf dem Gesicht der alten Frau erschien ein Lächeln. »Das glaubt er«, sagte sie boshaft, »aber das, was er will, wird er nicht bekommen.« Sie ging an Gerhard vorbei und trat in den Vorraum. »Kommen Sie!«, forderte sie ihn auf, während sie die gegenüberliegende Tür öffnete. »Kommen Sie, ich zeige Ihnen, was er haben will.« Mit einer Handbewegung bedeutete sie ihm, ihr in das Zimmer der toten Elfriede Weinrich zu folgen.

»Aber Frau Henkelmann, wir können doch nicht so einfach in einen fremden Wohnbereich eindringen«, wandte Gerhard ein.

»Das ist für mich kein fremdes Zimmer. Elfriede und ich hatten eine Übereinkunft, dass unsere Zimmer stets unverschlossen blieben und von der anderen jederzeit betreten werden durften. Obwohl sich vieles in letzter Zeit zwischen uns geändert hat, hatte diese Absprache bis zuletzt Bestand. Kommen Sie also!«

Das Zimmer, das Gerhard betrat, war hinsichtlich Größe und Aufteilung identisch mit dem Zimmer Martha Henkelmanns. Es war wie dort in einen Wohnbereich, eine Bettnische und eine Nasszelle unterteilt, auch das Mobiliar, das an längst vergangene Zeiten erinnerte, unterschied sich nur wenig von den Möbeln

Marthas. Durch das Fenster, das in diesem Eckzimmer der Villa den Blick nach Osten freigab, konnte Gerhard die Silhouetten der bewaldeten Leuchtberge und die Kontur des Bismarckturms auf dem Gipfel erkennen. Die Sonnenstrahlen des späten Morgens fielen schräg auf zwei große Bilder, die nahezu die gesamte Nordwand des Zimmers bedeckten.

»Das sind sie.« Sie deutete auf die beiden Gemälde. »Die will er haben.«

»Diese Schinken?«, entfuhr es Gerhard unwillkürlich. Dann trat er, wie um sein vorschnelles Urteil zu überprüfen, an die beiden Bilder heran.

Eingefasst von breiten ornamentierten Goldrahmen waren zwei Szenen aus dem bäuerlichen Leben dargestellt. Es waren Genrebilder ohne sonderlichen Tiefgang, ohne innere Spannung, überladen mit genauen, wirklichkeitsgetreuen Details, die verrieten, dass der Künstler das Handwerk der figürlichen Darstellung verstand. Beide Bilder aber wirkten aufgesetzt, in Anordnung und Farbgebung übertrieben, so als hätte der Maler die Gesetze der Harmonie bewusst verletzen wollen. Auf dem einen Gemälde war ein Schäfer abgebildet, der seine Herde über ein hügeliges, grellgrünes Wiesenfeld trieb, das von einem türkisblauen, blumenbestandenen Bach durchflossen wurde; das andere zeigte Bauern auf dem Feld bei der Heuernte; ein pferdegezogener Leiterwagen war gerade unter einer orange glühenden Sonne beladen worden, in seinem Schatten vesperten Bauer und Bäuerin mit den Knechten.

Die Abläufe, die der Künstler gemalt hatte, mussten, wie die Kleidung der Menschen und ihre Gerätschaften verrieten, ein Jahrhundert oder mehr zurückliegen. Die Trachten, die auf den Bildern zu sehen waren, ließen darauf schließen, dass die geschilderten Szenen im Marburger Land oder in der Schwalm spielten. In den jeweils rechten unteren Bildecken entzifferte Gerhard die Unterschrift des Malers: H. Weinrich stand dort in akkuraten Pinselstrichen.

»Diese Bilder hat Elfriedes Vater gemalt«, erklärte Frau

Henkelmann, als sie seine Bemühungen, die Signatur zu lesen, sah. »Gefallen Sie Ihnen?«

Gerhard wusste nicht, was er sagen sollte. Natürlich gab es immer wieder Menschen, denen solche Idylle, besonders wenn sie so großformatig, realistisch und bunt gemalt waren, gefielen. Aber sein Geschmack war es nicht. Er, der selbst leidenschaftlich gerne malte, liebte ausdrucksvolle Gesichter, markante Gestalten, Landschaften, die sich unter der Kraft des Lichtes, unter Sturm und Regen beugten und verbogen. Dies hier war alles zu glatt, der Blick glitt darüber hinweg und blieb nirgends hängen.

»Nun ja«, antwortete er ausweichend, »glauben Sie denn, dass diese Gemälde irgendeinen Wert haben? Weil doch der Neffe sie unbedingt haben will.«

»Es sieht fast so aus, als ob sie wertvoll sind, sonst wäre er ja nicht so hinter ihnen her. Schon zu Elfriedes Lebzeiten hat er seine Tante immer wieder bedrängt, ihm die Bilder zu schenken. Angeblich wollte er sie als Erinnerung an seinen Großvater haben. Aber Elfriede war klar, dass er sie sofort verkaufen würde, wenn sie sie ihm überließe. Bei den finanziellen Schwierigkeiten, in denen sich Berthold Brandel ständig befindet.«

Gerhard zuckte die Schultern. Er konnte sich beim besten Willen nicht vorstellen, dass man für diese Bilder – wenn sie sich überhaupt verkaufen ließen – mehr als hundert, vielleicht auch zweihundert Euro erhalten würde.

»Wenn ich Sie recht verstehe, sind diese Möbel hier im Zimmer« – Gerhard machte eine umfassende Armbewegung – »und die beiden Gemälde das ganze Erbe Elfriedes. Oder gibt es noch…«

»Nein, es gibt sonst nichts als das, was Sie hier sehen. Unsere Renten gehen nahezu vollständig für die Bezahlung dieses Appartements drauf. – Sie können sich vorstellen, dass es nicht billig ist, hier zu wohnen. Da bleibt kein Spielraum, um noch etwas anzusparen und auf die Seite zu legen. – Und wozu auch!«

Die Zeiten, reflektierte Gerhard, in denen ältere Menschen unter eigenen Entbehrungen und Opfern für ihre Nachkommen größere Geldbeträge zusammensparten, die sie teilweise in abenteuerlichen Behältnissen wie Sparstrümpfen und Zigarrenkisten hinterließen, waren längst vorbei. Das Konsumverhalten und der Lebens- und Erlebenshunger der heutigen Seniorengeneration ließ kaum noch größere Geldrücklagen zu. Und Elfriede hatte ihr Leben gemäß den Aussagen ihrer Freundin Martha, aber auch nach seinen eigenen Beobachtungen in den vergangenen vier Tagen, in vollen Zügen genossen.

Gerhard wandte sich zum Gehen. Er ließ noch einmal einen letzten Blick über die beiden Gemäldeschinken, wie er sie spontan beim ersten Anschauen benannt hatte, gleiten.

»Ganz schön hässlich«, kicherte Martha Henkelmann genüsslich hinter ihm. »Potthässlich sogar, aber es sind Bilder, die es in sich haben.« Nun lachte sie leise vor sich hin, während sie aus dem Zimmer ging und in die Diele trat.

»Nun, da Sie es jetzt selbst sagen, kann ich es Ihnen ja bestätigen: Ich finde sie auch abgrundhässlich und obendrein kitschig«, sagte Gerhard mit einem Schmunzeln, dann verabschiedete er sich und verließ die Seniorenresidenz.

Auf dem Weg zurück zum Hotel dachte er über das ungewöhnlich fröhliche Auseinandergehen bei seiner eigentlich als Kondolenzbesuch geplanten Visite nach. Zugleich beschlich ihn jedoch das Gefühl, dass Martha Henkelmann ihm etwas verheimlicht hatte, dass sie etwas amüsierte, das er nicht verstand und dass sie sich lustig über ihn und seine Unkenntnis gemacht hatte, doch er hatte keine Ahnung, warum.

3

Im Hotel erinnerte er sich, dass er die Heimleiterin zu fragen vergessen hatte, ob sie etwas über weitere Angehörige der Verstorbenen in Erfahrung bringen konnte. Eigentlich war die Verständigung von Verwandten Sache des Krankenhauses oder des Seniorenheims, aber Gerhard, in dessen medizinischer Obhut sich Elfriede zuletzt befunden hatte, fühlte sich moralisch verpflichtet, selbst die Angehörigen von dem tragischen Ereignis in Kenntnis zu setzen und sich für eventuelle Fragen, die die letzten Stunden der Verstorbenen betrafen, zur Verfügung zu stellen.

Von der jungen Frau, die hinter der Empfangstheke des Hotels saß, ließ er sich noch einmal die Telefonnummer des »Gertrudisstift« heraussuchen. Auf seinem Zimmer wählte er und bat, mit der Heimleiterin verbunden zu werden.

»Ah, Dr. Gerhard«, sagte Frau Degenhard, als er sich zu erkennen gab, »Sie rufen bestimmt wegen der Namen und Adressen weiterer Angehöriger von Frau Weinrich an. Ich habe die Personalakte der Verstorbenen durchgesehen, aber außer der Adresse des Neffen finden sich keine Hinweise auf andere lebende Verwandte. Auch ein Befragen der Senioren, mit denen Elfriede Weinrich am häufigsten zusammen war, ergab kein anderes Bild. Lediglich von den seltenen Visiten des Neffen wussten sie zu berichten, andere Angehörigenbesuche scheint die Verstorbene nicht gehabt zu haben. Aber diese Auskunft haben Sie ja schon von Frau Henkelmann erhalten, wie sie mir soeben berichtet hat. Außerdem seien Sie, so hat sie mir mit leuchtenden Augen erzählt«, – Frau Degenhard gluckste nun leise vor sich hin, – »als Mann, als Mensch und als Arzt – genau in dieser Reihenfolge hat sie's gesagt – richtig nett, was ich ja nur bestätigen kann.«

Gerhard, der auf der Bettkante saß, richtete sich unwillkürlich etwas auf. Er sah das Bild der attraktiven Heimleiterin vor seinen Augen, sah ihr Lächeln und hoffte, dass auch sie diese Reihenfolge gewählt haben würde.

»Martha tat es übrigens richtig Leid«, fuhr Frau Degenhard jetzt fort, »dass sie Ihnen keine adäquate Reaktion auf die von Ihnen überbrachte Nachricht bieten konnte. ‚Er war bestimmt enttäuscht, dass ich nicht umfiel und er mir helfen konnte', bedauerte sie.«

»Nun, es war schon etwas ungewöhnlich, wie wenig sie der Tod ihrer langjährigen Freundin berührte.«

»Ich hätte Sie vorbereiten sollen, als Sie mir sagten, dass Sie Martha Henkelmann aufsuchen wollten. Das Verhältnis der beiden alten Damen war in den letzten Monaten erheblich gestört. Elfriede Weinrich ging ihre eigenen Wege, knüpfte andere Freundschaften und ließ ihre alte Freundin Martha regelrecht sitzen. Das verbitterte diese natürlich in zunehmendem Maße. Unter diesen Bedingungen können Sie nicht erwarten, dass sie ihrer ehemaligen Freundin, die sie am Schluss regelrecht gehasst haben muss, Tränen nachweint.«

Die Heimleiterin schwieg einen Moment, dann fuhr sie mit einschmeichelnder, freundlicher Stimme fort: »Dr. Gerhard, erinnern Sie sich noch an den wundervollen Abend, als Sie im vergangenen März mit Ihrer Theatergruppe in unserem Haus das Stück ‚Die Erbschaft', das Sie selbst geschrieben haben, spielten?«

Natürlich erinnerte sich Gerhard an diese gelungene Theateraufführung. Keine Maus hatte mehr in den großen Veranstaltungsraum gepasst, so voll, ja überfüllt war der Saal gewesen, und der lange Schlussbeifall hatte gezeigt, dass die Vorstellung gut beim Publikum angekommen war.

»Wie sollte ich diesen herrlichen Abend in Ihrem Haus vergessen, Frau Degenhard. Begeisterung und Applaus sind der schönste Lohn der Schauspieler und wir wurden von den Senioren damals wirklich reichlich belohnt, so etwas vergessen Theaterleute nicht.«

»Nun, die Begeisterung fürs Theater ist bei uns seitdem

keineswegs abgeebbt, im Gegenteil, sie hat sich in den darauffolgenden Wochen dermaßen gesteigert, dass noch im Sommer eine Theater-AG von den Heimbewohnern ins Leben gerufen wurde. Sie hat sich zum Ziel gesetzt, mit einer eigenen Theateraufführung bei unserer Weihnachtsfeier im Dezember aufzutreten. Nun erweist es sich aber, dass zwischen Wollen und Realisierung doch einige Hindernisse liegen, die für unsere theaterunerfahrenen Senioren nur schwer zu überwinden sind. Das fängt schon bei der Auswahl eines vernünftigen, einigermaßen niveauvollen Stückes an. Am besten wäre natürlich ein Stoff, der den einzelnen Seniorentypen auf den Leib geschrieben wäre…«

»Aha.«

»Es müsste jemand mit Theatererprobung und Erfahrung auf dem Gebiet der Adaptation des Textes an das schauspielerische Vermögen…«, Frau Degenhard machte eine Pause. Gerhard, dem natürlich längst klar war, was sie von ihm wollte, ließ sie genüsslich zappeln.

»Ja?«, sagte er nur und wartete, bis sie weitersprach.

»Also, ich wollte Sie fragen, Dr. Gerhard, ob Sie vielleicht – bei einer der nächsten Zusammenkünfte der Theater-AG…«

»Wie meinen Sie?«

»Nun, Sie mit Ihren Theaterkenntnissen und mit Ihrem Gefühl für Wirkungen – verstehen Sie?«

»Aber ja doch«, erbarmte sich Gerhard, »ich nehme an, Sie wollen mich bitten, Ihrer Theatergruppe unterstützend unter die Arme zu greifen, damit aus der Aufführung zur Weihnachtsfeier etwas wird. Habe ich Recht?«

Durchs Telefon spürte Gerhard, wie Christa Degenhard erleichtert aufatmete. »Ja, ja, wenn Sie das täten!?«

»Aber gerne. – In dieser Woche bin ich allerdings noch mit meiner Wandergruppe beschäftigt, aber danach habe ich Zeit, dann will ich gerne bei Ihren theaterbesessenen Senioren vorbeischauen und sehen, wie ich dazu beitragen kann, dass im Dezember ein anständiges Stück über die Bühne Ihres Hauses geht.

Ich melde mich in der nächsten Woche bei Ihnen, dann können wir ein Treffen mit der Theatergruppe vereinbaren.«

Gerhard beendete das Telefonat. Er zog sich die Schuhe aus, legte sich aufs Bett und überlegte, wie er den restlichen Tag gestalten wollte. Die Ausflügler würden nicht vor dem späten Nachmittag zurückkehren, ihm blieben also noch einige Stunden, über die er verfügen konnte.

Ein flaues Gefühl im Magen erinnerte ihn, dass er seit dem frühen Morgen außer einem trockenen Croissant nichts mehr zu sich genommen hatte. Aber ehe er noch darüber nachdenken konnte, ob er vorrangig das Hunger- oder zuerst das Ruhebedürfnis befriedigen sollte, überwältigte ihn seine Erschöpfung und ließ ihn in einen tiefen Schlaf fallen.

Als er nach zwei Stunden, die er in traumlosem Schlummer verbracht hatte, erwachte, fühlte er sich frisch, die körperliche Schwere, die er noch vor dem Mittagsschlaf empfunden hatte, war verschwunden.

Zunächst wollte er noch ein letztes Mal den Versuch unternehmen, eine Verbindung mit dem Neffen herzustellen. Er nahm das Telefon vom Nachttisch und wählte im Liegen. Er ließ es lange läuten, doch auch diesmal antwortete niemand am anderen Ende der Leitung.

Ratlos blickte Gerhard auf den Zettel, auf dem er Telefonnummer und Adresse Berthold Brandels notiert hatte. Kirchplatz 5, las er die Anschrift. Sollte er nach Sontra fahren und bei Nachbarn und Bekannten Erkundigungen über den Verbleib des Neffen anstellen?

Da fiel ihm plötzlich ein, dass Rolf Bergmann, ein früherer Handballkollege, ja ebenfalls am Kirchplatz in Sontra wohnte; oft genug hatte er ihn auf dem Nachhauseweg nach einem gemeinsamen Spiel dort abgesetzt. Vielleicht würde er von ihm erfahren können, wo Berthold Brandel sich aufhielt.

Hanne, Rolfs Frau, meldete sich am Telefon, als er bei Bergmanns anrief: »Hallo, Heiner. Schön, dich mal wieder zu hören. Aber wenn du Rolf sprechen willst, dann hast du kein Glück. Er ist noch in der Schule. Rektorenkonferenz. Aber vielleicht kann ich Dir ja helfen.«

Rolf war jetzt, das wußte Gerhard, häufiger nicht zu Hause. Nachdem er Rektor an einer Mittelpunktschule geworden war, verbrachte er mehr Zeit als früher an seinem Arbeitsplatz.

»Ja, Hanne, ich denke, dass du mir genauso gut behilflich sein kannst.« In Kurzform berichtete er, weshalb er anrief und weshalb er den Neffen der Verstorbenen sprechen mußte. »Und da ihr die Nachbarn dieses Berthold Brandels seid, dachte ich, von euch vielleicht etwas über seinen jetzigen Aufenthalt zu erfahren. Denn auf alle meine telefonischen Versuche, mit ihm in Kontakt zu kommen, meldet er sich nicht.«

»Kann er auch nicht«, klärte sie ihn auf, »er ist nämlich verreist und kommt erst in der nächsten Woche zurück.«

»Also deshalb erreiche ich ihn nicht. Weißt du denn, wohin er gefahren ist und ob er an seinem Urlaubsort eventuell erreichbar ist?«

»Wo genau er sich befindet, weiß ich nicht; irgendwo zwischen Malta und Sardinien wird er herumsegeln – auf Jungfernfahrt mit seiner neuen Yacht, die er sich vor einigen Wochen gekauft hat.«

»Eine eigene Yacht? Ist er denn so betucht, dass er sich das leisten kann?«

»Nein, eigentlich nicht. Berthold Brandel ist Prokurist bei einer Fensterbaufirma; er verdient sicher nicht schlecht, aber wir fragen uns immer wieder, wie er seinen aufwändigen Lebensstil finanziert.«

»Aufwändig? Wie meinst du das?«

»Na, neben der Segelyacht besitzt er immerhin noch einen schnittigen Sportwagen und macht jede Menge Urlaubsreisen. Und du solltest erst mal seine Wohnung sehen. Unser Domizil ist dagegen die reinste Absteige. Bei Berthold Brandel sind alle Möbel aus Edelhölzern, schwere Ledersessel stehen auf echten Orientteppichen – das hat eine Stange Geld gekostet, frag mich nicht, woher er das hat.«

»Und telefonisch, über Handy, ist er nicht erreichbar?«

»Urlaub von allem, so hat er sich ausgedrückt, als er fuhr. Also auch kein eingeschaltetes Handy.«

»Na gut, dann wird er eben erst nach seiner Rückkehr vom Tod seiner Tante erfahren. Meine Möglichkeiten, mit ihm in Verbindung zu treten, sind hiermit ausgeschöpft.« Er verabschiedete sich von Hanne, nicht ohne Grüße an Rolf aufgetragen zu haben.

Gerhard trat zum offenen Fenster und schaute hinaus in die helle Nachmittagssonne. Ein leichter Wind bewegte die für einen Oktobertag ungewöhnlich milde Luft und führte Gerüche von Laub, Erde und Gartenfeuern mit sich.

Bei einem so extravaganten Lebensstil wäre normalerweise eine Erbschaft, die eine Tante ihrem einzigen Verwandten hinterließ, hochwillkommen. Der Haken in diesem Fall jedoch war, dass, wollte man Frau Henkelmann glauben, das Erbe nahezu wertlos war. Die alte abgenutzte Zimmereinrichtung und zwei hässliche Bilder – es war kaum anzunehmen, dass Berthold Brandel sich darüber freuen würde.

Gerhard beschloss, die noch verbleibende Zeit bis zur Ankunft der Gruppe zu nutzen, um noch kurz in Oberhone vorbeizufahren und nach Haus und Anwesen zu sehen. Als er am Sportplatz auf die Straße, die nach Eltmannshausen führte, einbog und das schöne, langgestreckte Wohngebäude vor sich liegen sah, erfüllte ihn Stolz auf das, was Franziska und er seit dem Erwerb des damals heruntergekommenen Bauernhauses an Instandsetzung, Ausbau und Renovierung geleistet hatten. Jetzt war das ganze Anwesen ein einziges Schmuckstück, das wie eine Insel inmitten von Wiesen und Feldern lag.

Gerhard leerte den Briefkasten, warf die Hälfte der Post – Reklame und ungewollte Angebote – ungeöffnet in den Papierkorb. Dann stellte er die Mülltonne, die am nächsten Tag geleert werden sollte, an die Straße und füllte den Futternapf von Kurt, dem Kater. Noch einmal ging er durch beide Häuser, sah, dass Blumen und Grünpflanzen noch genügend Wasser hatten, die Lichter alle ausgeschaltet waren und der Anrufbeantworter keine Nachricht enthielt.

Als er wieder im Hotel ankam, war die Gruppe gerade vom Tagesausflug zurückgekehrt. Gerhard gelang es, Franziska abzufangen und in einen Nebenraum zu führen. Er berichtete ihr vom Tod der Seniorin und den damit zusammenhängenden Ereignissen an diesem Tag. »Wir müssen sehen, wie es die anderen aufnehmen, wenn sie davon erfahren.« Gerhard wiegte unsicher den Kopf. »Ich hoffe, die bisher so positive Atmosphäre leidet nicht zu sehr, wenn die Todesnachricht bekannt wird. Nach dem Abendessen werde ich der Truppe das Geschehene mitteilen.«

Die Befürchtung, das Ableben Elfriedes könnte die Stimmung nachhaltig dämpfen, bewahrheitete sich jedoch nicht. Nach kurzen Augenblicken der Betroffenheit, besonders sichtbar bei Luise Petzold, der Zimmergenossin, befassten sich alle Senioren schnell wieder mit dem, was sie bewogen hatte, diese Reise zu buchen: Sie genossen die Gemeinsamkeit der Gruppe, das Ausscheren aus ihrem oft einsamen Alltag und freuten sich vielleicht gerade in einem solchen Augenblick der Berührung mit dem Tod ihres Lebens, von dem sie nicht wussten, wie viel ihnen davon noch geschenkt werden würde.

Der Mensch ist ein Künstler der Verdrängung, dachte Gerhard, auch darin ist er den anderen Lebewesen überlegen, deren Instinkt es ihnen unmöglich macht, vor Gefahren und Bedrohungen, so, wie der Mensch es kann, einfach die Augen zu verschließen. Diese Erfahrung hatte er schon früher bei seinen Patienten gemacht, die, todkrank, ihr unheilvolles Schicksal, das sich jedermann offenbarte, selbst nicht wahrnehmen wollten und einen Schutzschild von Illusionen und Hoffnungen um sich errichtet hatten.

»Vielleicht ist es gut so«, sinnierte Gerhard, als er neben seiner Frau auf dem breiten Hoteldoppelbett lag. »Das Leben ist zu kurz, um zuviel Zeit mit Betrüblichkeiten und rückwärtigen Betrachtungen zu verbringen.«

»Und viel zu schön«, flüsterte Franziska und schmiegte ihren Körper eng an den seinen.

4

Der zehntägige Aufenthalt der Reisegruppe in Eschwege, der ausgefüllt gewesen war mit Wanderungen und Ausflügen in die nähere und weitere Umgebung, ging seinem Ende entgegen. Heute am vorletzten Tag stand noch einmal ein längerer, ganztägiger Ausflug auf dem Programm, bevor morgen jeder an seinen jeweiligen Heimatort zurückreisen würde. Das Glück, das sie mit dem Wetter bisher gehabt hatten, hielt auch heute an. Durch hohe Wolkenhaufen, die vor einem kräftigen Wind am Himmel dahinjagten, schien immer wieder die Sonne hindurch und erwärmte die würzige Herbstluft. Sie hatten den sprichwörtlichen goldenen Oktober erwischt, der, wenn man die Farbenpracht der Wälder betrachtete, durch die sie wanderten und fuhren, seinem Namen alle Ehre machte.

Nur an einem einzigen Tag ihres Aufenthaltes in Nordhessen, einer Region, die gelegentlich wegen ihres rauen Klimas »Hessisch-Sibirien« genannt wurde, hatte es für ein paar Stunden geregnet. Franziska hatte kurzfristig die an diesem Tag geplante Bustour entlang der Fulda auf später verlegt und war stattdessen mit der Gruppe nach Kassel gefahren. Dort in den Museen, die sie besuchten, im Schloss Wilhelmshöhe und in den Kaufhäusern der Innenstadt hatte ihnen der Regen nichts anhaben können.

Heinrich Gerhard saß vorne auf dem Sitz neben dem Busfahrer, in der Nähe des Mikrofons und ließ, während sie nach Süden fuhren, die vergangenen Tage noch einmal Revue passieren. Bis auf den bedauerlichen Todesfall waren der Ablauf und die Gestaltung der Reise zwischenfallsfrei und reibungslos verlaufen. Das harmonische Miteinander der Gruppe, die großartige Region mit ihren zauberhaften Landschaften und malerischen Städten und nicht zuletzt das schöne Wetter hatten allen das Gefühl gegeben, herrliche Tage mit unvergesslichen Eindrücken erlebt zu haben.

Heute nun war man gemeinsam unterwegs zu einem letzten Höhepunkt des Programms. Die Ausflugstour dieses Tages würde die weiteste aller bisherigen Ausflüge sein. Sie würde in eine der ländlichsten Regionen Hessens führen, in einen Landstrich, in dem das alte bäuerliche Brauchtum noch lebte und die bunte Hessentracht noch zu den Festen getragen wurde. Das Schwälmer Land, das Gebiet zwischen Schwalmstadt und Alsfeld, das nach dem Fluss, der es durchfloss, so genannt wurde, war das heutige Ziel. Außerdem sollte Marburg, der alten Universitätsstadt an der Lahn, die am Rande dieser Region lag, ein Besuch abgestattet werden.

Gerhard griff nach dem Mikrofon. »Da wir uns jetzt dem Zentrum der Schwalm, den Städten Treysa und Ziegenhain nähern und bald mit Willingshausen, dem Malerdorf, unser erstes Besuchsziel erreichen, will ich kurz etwas über die Geschichte der dortigen Malerkolonie und ihre Bedeutung erzählen.«

Gerhard hatte in den vergangenen Tagen innerhalb der Gruppe ein erstaunliches Interesse an der Kunst, vor allem an bildender Kunst, festgestellt. Dies hatte ihn bewogen, heute sowohl das Malerstübchen in Willingshausen anzufahren als auch später dem Universitätsmuseum in Marburg einen Besuch abzustatten.

Während der Bus jetzt durch die sanfthügelige Landschaft fuhr, vorbei an Wiesen und abgeernteten Äckern, die teilweise schon umgepflügt waren und deren braune, fette Erdschollen im Sonnenlicht glänzten, gab Gerhard einen kurzen Abriss über die Entstehung der später weithin bekannten Malerkolonie in dem kleinen Schwalmdorf Willingshausen.

Er erzählte von dem hobbymalenden Adeligen Gerhard von Reutern, der 1814 seinen mit der Tochter des Schlossherrn von Willingshausen verheirateten Bruder besuchte, sich in das Land an der Schwalm und seine Bewohner verliebte und in der Folgezeit immer wieder dorthin zurückkehrte, um zu malen. Dabei brachte er Freunde mit, unter anderem Ludwig Emil Grimm, den jüngeren Bruder der Märchenbrüder Grimm, die ebenfalls gelegentlich Willingshausen besuchten. So war eine künstlerische Keimzelle entstanden, die Maler aus ganz Deutschland in den folgenden Jahrzehnten anzog. Sie kamen vor allem in den Sommern, um Szenen aus dem bäuerlichen Leben, das bunte Treiben bei den Festen und die liebliche Landschaft zu malen.

»Im Malerstübchen in Willingshausen werden wir weniger die großen, wertvollen Gemälde als vielmehr Dokumente, Fotografien, Zeichnungen und kleine Bilder sehen, die Aufschluss über das Leben damals in der Kolonie geben und die zeigen, dass die Künstler nicht nur Artisten des Pinsels, sondern auch große Meister beim Feiern und Trinken waren. Den Gemälden – vor allem den Werken Carl Bantzers – werden wir dann im Museum in Marburg begegnen.«

Gerhard beendete seine Erläuterungen, als der Bus die flachen Wiesenauen der Schwalm um Treysa erreichte und auf die Straße nach Willingshausen einbog.

Von der Fremdenführerin, die die Gruppe kurz darauf die engen Stiegen zu den zwei Ausstellungsräumen empor führte, in denen die Erinnerungsobjekte an die frühere Malerkolonie gesammelt und ausgestellt waren, erfuhren sie, dass diese Räumlichkeiten hier in der ehemaligen Gaststätte des Ortes den Malern nicht als Atelier, sondern lediglich als Treffpunkt für geselliges Zusammensein zur Verfügung gestellt worden waren.

Während die Gruppe den vielzähligen, amüsanten Anekdoten lauschte, die die Führerin über die Maler zu erzählen wusste, ging Gerhard langsam an der Reihe der an der Wand aufgehängten, meist kleinformatigen Bilder entlang. Er war schon zwei-, dreimal vorher hier im Malerstübchen gewesen und hatte sich inzwischen einige Kenntnisse über die Schwälmer Malerei und ihre Künstler erworben. So machte es ihm jetzt Spaß, sein Wissen auf die Probe zu stellen. Er versuchte, nur aus dem Betrachten der Gemälde, ohne die seitlich angebrachten, erklärenden Schildchen oder die Signatur des Malers zu lesen, auf den Künstler zu schließen, und er stellte stolz fest, dass die Trefferquote recht hoch lag.

Nun, einen Thielmann, einen Knaus oder Kätelhön zu erkennen, bereitete keine Schwierigkeiten; noch leichter war es, ein Bild Adolf Lins zuzuordnen, da dieser in seinen Gemälden stets einiges Federvieh abzubilden pflegte, vor allem Gänse, was ihm seinerzeit den Namen Gänse-Lins eingebracht hatte. Dann aber gab es Bilder, die er nicht so ohne weiteres einordnen konnte, obwohl sie von der Qualität her es wert waren, dass man ihre Schöpfer kannte, so wie jetzt, als er vor der Abbildung eines jungen Mädchens stand, das im Schatten eines Baumes von einem flachen Hügel auf ein in voller Sonne liegendes Dorf schaute.

Eine meisterhafte Anordnung. Gerhard bewunderte die anmutige Bilddiagonale, die von dem Baumwipfel, dem leicht zurückgebogenen Körper des Mädchens und dem sanft abfallenden Hang gebildet wurde und den Blick in das in der linken unteren Bildecke liegende Dorf gleiten ließ.

»Ein schönes Bild«, sagte Franziska, die, von ihm unbemerkt, zu ihm getreten war. »Von wem ist es?«

»Das versuche ich gerade herauszufinden. Die Technik, in der die Figur gemalt wurde, kommt mir bekannt vor, aber mir fällt beim besten Willen nicht ein, wer der Künstler sein könnte.«

»Nichts leichter als das.« Franziska las die Angaben zu dem Kunstwerk vor, die auf einem links neben dem Bild an der Wand befestigten Pappschildchen erläutert waren: »'Mein Dorf im Sommer', so heißt der Titel des Gemäldes; entstanden ist es 1910 und gemalt hat es ein Hermann Weinrich.« Sie trat wieder zwei Schritte zurück und versenkte erneut den Blick in das schöne Sommermotiv. »Hermann Weinrich, den Namen habe ich noch nie gehört. Aber es lohnt sich, ihn sich zu merken. Dies ist ein Bild, das in sich ruht und gleichzeitig atmet.«

Erstaunt blickte sie auf, als sie neben sich ihren Mann leise aufstöhnen hörte: »H. Weinrich – deshalb kam mir der Malstil so vertraut vor – und doch ist er hier ganz anders.«

»Von was sprichst du?«, fragte Franziska verständnislos und sah ihn an.

»Erinnerst du dich, als ich dir von meinem Besuch bei Martha Henkelmann, der Mitbewohnerin der verstorbenen Elfriede, erzählte?«

»Ja, aber was hat das mit diesem Bild zu tun?«

»Elfriede hieß mit Nachnamen Weinrich…«

»So, wie der Maler hier? Du meinst, er könnte…«

»Ich meine, er ist der Vater Elfriedes«, sagte Gerhard. Dann fiel ihm etwas ein. Er trat nahe an das Bild heran.

»Ja, jetzt bin ich sicher, es ist der Vater. Die Signatur hier unten in der Ecke ist die gleiche, die ich auf den Bildern im Zimmer von Elfriede Weinrich gesehen habe. – Nur, ich verstehe nicht, wie ein Maler, der soviel kann…« Verwirrt schaute er wieder auf das kleine Bild und schüttelte den Kopf. Er blickte sich im Raum um. Als er sah, dass die Führerin die Gruppe gerade in die freie Betrachtung der Bilder entlassen hatte, sprach er sie an: »Sagen Sie, das Bild von Hermann Weinrich, hing das schon immer hier? Es ist mir früher nie aufgefallen.«

»Nein, dieses kleine Gemälde ist erst seit einem Jahr in unserem Besitz«, erklärte die Frau, die sich offensichtlich freute, dass jemand Interesse an den Bildern zeigte. »Es ist eine Schenkung aus einer privaten Sammlung. Hermann Weinrich war Schüler von Bantzer, was man an seinem Malstil unschwer erkennen kann, und er war – ich glaube, dieses kleine Gemälde bestätigt es – ein hochbegabter Schüler.«

»Zweifellos«, stimmte Gerhard zu, um sofort einzuschränken: »Wenn man nur dieses Werk zur Beurteilung heranzieht.«

Franziska, die das seltsame Verhalten ihres Mannes vor dem Bild Hermann Weinrichs beunruhigt hatte, war jetzt hinzugekommen und hörte ihn gerade fragen: »Gibt es andere Bilder von Weinrich in Ihrem Bestand?«

»Leider nein«, bedauerte die Führerin, »aber ich habe von Ihren Leuten gehört, dass Sie noch nach Marburg ins Universitätsmuseum wollen. Dort finden Sie im Erdgeschoss, gleich rechts, wenn Sie hereinkommen, drei großformatige, eindrucksvolle Gemälde von Hermann Weinrich. Ich bin sicher, die werden Ihnen gefallen.«

Als sie die Treppen vom Malerstübchen hinunterstiegen und zum Bus gingen, fragte Franziska: »Was ist denn so Aufregendes an den Bildern von diesem Hermann Weinrich? Du standest gerade völlig entgeistert vor dem Bild, als könntest du es nicht fassen, was du vor dir sahst.«

»Du hast Recht, mich hat der Anblick völlig verwirrt«, gab Gerhard zu. »Ich werde dir auch gleich erklären, was mich bei der Betrachtung dieses Bildes so irritiert hat. Doch lass mich erst einen Blick auf die Weinrichgemälde in Marburg werfen, vielleicht sehe ich dann klarer.«

Franziska gab sich mit der Erklärung ihres Mannes zunächst zufrieden und bestieg den Bus.

Gerhard hatte es jetzt spürbar eilig, Marburg und das Universitätsmuseum zu erreichen. Die eingeplante Kaffeepause auf der Amoeneburg verschob er auf später und wies den Busfahrer an, auf direktem Weg Marburg anzusteuern. Als die Schnellstraße in das Lahntal einbog, gab sie den Blick frei auf die schlanken Türme der Elisabethkirche und auf den Schlossberg mit dem Landgrafenschloss, der sich über der Stadt erhob.

Gerhard ließ den Bus schon an der Abfahrt »Hauptbahnhof« die Schnellstraße verlassen und über die Bahnhofstraße stadteinwärts fahren. So handhabten es Franziska und er stets, wenn sie Marburg besuchten. Es war eine nostalgische Gewohnheit, der Stadteintritt von dieser Seite, der eine Fülle von Erinnerungen an eine der schönsten Zeiten ihres Lebens weckte. So fuhren sie auch heute vorbei am alten Klinikviertel, in dem sie beide ihre Studien absolviert und ihre Examina abgelegt hatten, durchfuhren Straßen, die angefüllt waren mit Bildern früheren Erlebens, erreichten die Pilgrimstraße, von der sie einen ersten Blick in den Steinweg und das Gassengewirr der Altstadt werfen konnten und gelangten schließlich über die Deutschhausstraße zu den Parkplätzen in den Lahnwiesen. Von hier aus war es nicht mehr weit zum

Rudolfplatz und hinauf in die unter dem Schloss liegende Altstadt.

Jetzt aber interessierte Gerhard vor allem das Museum, das nur 200 Meter vom Parkplatz entfernt in der Biegenstraße lag und von dessen Besuch er sich eine Bestätigung oder aber Widerlegung dessen, was er vermutete, versprach.

Der Führer, den Gerhard schon am Vortag telefonisch angefordert hatte, ein junger Mann mit bohèmienhaftem Habitus und wirren Haaren, höchstwahrscheinlich ein Kunststudent, übernahm die Gruppe und führte sie ins Foyer, wo er einen einleitenden Vortrag über das Haus und seine Sammlung begann.

Als Gerhard sah, dass die Senioren aufmerksam zuhörten, verdrückte er sich unbemerkt durch den offenen Türbogen und machte sich auf die Suche nach den Bildern von Hermann Weinrich. Vorbei an reizvollen Gemälden von Christian Rohlfs und Paul Baum, die er normalerweise nicht so unbeachtet gelassen hätte, wie er es jetzt tat, gelangte er in einen Raum, in dem nur drei große Gemälde hingen. Schon auf den ersten Blick erkannte er sie als die gesuchten Bilder Hermann Weinrichs. Er vergewisserte sich, dass er sich nicht irrte, las die Bilderklärungen und sah sich die Signaturen an. Als er sich davon überzeugt hatte, dass wirklich Weinrich der Schöpfer dieser Gemälde war, trat er zurück, ließ langsam den Blick über die Bilder gleiten und versenkte sich schließlich in die Betrachtung jedes einzelnen. Es war unzweifelhaft, dass er hier auf die großen Brüder des kleinen Gemäldes, das er in Willinghausen gesehen hatte, blickte. Diese Bilder besaßen die gleiche kunstvolle Komposition, die gleiche harmonische Anordnung der Figuren und Objekte, die gleiche farbige Ausgewogenheit wie das Bild des jungen Mädchens im Malerstübchen. Es waren Gemälde, die alle die stille Landschaft der Schwalm zum Gegenstand hatten. Das Vieh, vorwiegend Schafe, und die wenigen menschlichen Gestalten, die darauf abgebildet waren, dienten lediglich zur Staffage, waren aber nie das eigentliche Thema, das der Künstler darstellen wollte. Es waren anmutige Bilder, die man als gefällig im positiven Sinne bezeichnen konnte. Zwar fehlte ihnen die Großartigkeit der Bilder Thielmanns und die elementare Kraft eines Carl Bantzer, aber sie waren unbestreitbar von künstlerischem Wert und hatten vor allem nicht das Geringste gemein mit den zwei Abscheulichkeiten, die in Elfriede Weinrichs Zimmer hingen.

Gedankenvoll machte sich Gerhard auf den Weg zurück zu seiner Seniorengruppe, die sich gerade anschickte, hinter dem zerzausten jungen Mann die breite Treppe zu den Hauptausstellungsräumen des Museums hinaufzusteigen. Franziska blieb stehen, als sie ihn sah und ließ ihn herankommen.

»Du hast die Weinrichbilder gefunden, ich sehe es dir an«, sagte sie mit einem Blick auf sein Gesicht. »Willst du mir nun erklären, was dich daran so durcheinander bringt?«

»Lass mir noch ein paar Minuten zum Überlegen. Ich weiß selbst noch nicht, was das Ganze zu bedeuten hat. Außerdem betreten wir jetzt das Allerheiligste des Museums, den Bantzerraum, deshalb lass uns jetzt schweigen und dem großen Meister die ihm zustehende Referenz erweisen.«

In dem Saal, in den sie nun eintraten, waren ausschließlich Werke Carl Bantzers, des bedeutendsten Vertreters der Willingshäuser Malerkolonie, aufgehängt. Kein anderer Künstler hatte das Leben der Schwälmer so intensiv, so kraftvoll und vital dargestellt, wie Bantzer es hier in seinen teilweise monumentalen Gemälden getan hatte. Verzaubert standen sie vor den ausdruckstarken Bildern, ließen sich mitreißen von der Dynamik und Farbenpracht des »Schwälmer Tanzes«, ließen sich einbinden in den Ernst und die Andacht des »Abendmahls«.

Als die Gruppe, dem Struwwelkopf ihres Museumsführers folgend, in die Nebenräume weiterzog, blieb Gerhard noch eine Weile in stiller Bewunderung vor seinem Lieblingsbild, dem »Schwälmer Tanz«, stehen. Die Lebenslust dieses Gemäldes erfasste und durchströmte ihn, und als Franziska neben ihn trat, seine Hand ergriff und wie er stumm in das wogende Meer der Farben schaute, spürte er, dass auch sie sich von der Faszination dieses Bildes einfangen ließ.

Beim Verlassen des Museums war allen anzumerken, dass nach soviel Kunst und Historie die elementaren Bedürfnisse ihr Recht verlangten. Hunger und Durst machten das baldige Ansteuern eines Cafés erforderlich. Gerhard übernahm die Führung. Sie überquerten die Lahnbrücke, stiegen durch holprige Gassen, vorbei an der ehrwürdigen alten Universität, hinauf in die Altstadt und fanden in den Räumen des »Café Vetter« die ersehnte Oase, die ihnen Ruhe und Stärkung versprach.

Gerhard und Franziska, die sich kurzzeitig separat an ein kleines Tischchen gesetzt hatten, bevor sie sich gleich wieder unter die Gruppe mischen würden, genossen von hier oben den Blick auf die Stadt, die so voller Erinnerungen für sie war und in der ihr langer gemeinsamer Lebensweg begonnen hatte.

Nachdem der bestellte Kaffe und Kuchen gebracht worden war, besprachen sie den weiteren Ablauf des Tages. »Ich spüre das unruhige Scharren der Füße meiner Wanderer«, sagte Gerhard und kaute an seinem Pflaumenkuchen. »Sie sind kaum still zu halten in ihrem Bewegungsdrang. Es ist wohl das Beste, wenn ich gleich mit ihnen eine stramme Wanderung durch die Gassen mache und dann zum Schloss hinaufsteige. Sollte das noch nicht reichen, können wir noch eine Schleife dranhängen, können um den Schlossberg herum laufen und über die Ketzerbach zurückgehen.«

»Gut, ich werde mit den anderen nur durch die Altstadt bummeln. Ich rechne damit, dass die meisten sowieso in den schönen Geschäften der Fußgängerzone oder im Kaufhaus Ahrens hängen bleiben. Ich würde vorschlagen, dass wir uns in zwei Stunden wieder am Bus treffen.« Franziska sah ihn fragend an.

»Einverstanden. Und wie soll's dann weitergehen?«

»Das machen wir abhängig von der Verfassung der Senioren, ob sie zu erschöpft oder noch aufnahmebereit für weitere Unternehmungen sind. Auf dem Programm stünden noch der Besuch der Amoeneburg und ein Stadtrundgang durch Alsfeld.«

»Gut, warten wir ab, wie sie sich nach zwei Stunden präsentieren.«

Gerhard wollte sich erheben, als Franziska ihn am Arm fasste. »Was ist mit den Bildern von diesem Weinrich? Jetzt würde ich schon gerne wissen, was dich daran so beunruhigt.«

»Wenn ich's doch selbst wüsste«, seufzte Gerhard. Doch dann begann er zu erzählen, berichtete von seiner ersten Konfrontation mit den Bilder Hermann Weinrichs in dem Appartement der Seniorenresidenz, verdeutlichte ihr die unerklärliche Diskrepanz in der Malweise zwischen den Bildern im Zimmer der Tochter des Malers und den Gemälden, die sie heute in den Museen gesehen hatten. Er beschrieb ihr genau die Hässlichkeit der Bildgestaltung und der Farbgebung, das Chaos der Anordnung, das die Eschweger Bilder zeigten. Auch gab er ihr seinen damaligen gefühlsmäßigen Eindruck wieder, dass einer solchen Anhäufung von Geschmacklosigkeiten durch einen Künstler, der ganz offensichtlich zu malen verstand, eine Absicht zugrunde liegen musste.

»Und das genau ist das Dilemma, ich habe keine Ahnung, warum Hermann Weinrich absichtlich – und ich habe keinen Zweifel, dass es Absicht war – so einen Kitsch und Schund gemalt hat.«

»Vielleicht wollte er sich einen Jux erlauben?«, mutmaßte Franziska.

»Möglich, ja. Aber wenn ich zurückdenke an den Morgen, als ich mit Martha Henkelmann vor den schrecklichen Bildern stand, fällt mir eine Bemerkung der alten Frau ein, der ich vorher keinen Wert beigemessen habe. Jetzt aber erscheint sie mir bedeutungsvoll. ‚Diese Bilder haben es in sich', so oder so ähnlich hat sie sich ausgedrückt. Dabei hat sie gekichert und gelacht, als amüsiere es sie köstlich, ein Geheimnis zu kennen, von dem ich nichts weiß. Ich hatte das Gefühl, dass sie sich damals regelrecht lustig über meine Ahnungslosigkeit gemacht hat.« Gerhard legte eine Hand über die Augen, als versuche er, sich diesen Tag wieder in Erinnerung zu rufen. »Ich bin mir sicher, dass die Geheimnistuerei der alten Dame etwas mit den Bildern zu tun hatte. Vielleicht verbirgt ja dieses gewollt geschmacklose

Malmachwerk eine Botschaft, die ich nur noch nicht verstehe.«

Franziska betrachtete ihn; es war deutlich, dass sie sich Mühe gab, ihre Skepsis zu verbergen. »Und, was willst du jetzt tun?«

Gerhard faltete gedankenverloren seine Serviette auf und strich die Ränder glatt. »Ich muss mir die Gemälde in der Seniorenresidenz genauer ansehen. Sobald die Gruppe morgen abgereist ist, werde ich Martha Henkelmann aufsuchen und sie bitten, mir die Bilder noch einmal zu zeigen. Vielleicht erschließt sich mir bei intensiverem Betrachten ein tieferer Sinn, der mir beim ersten Anschauen verborgen geblieben war.«

Das Laufen über das unebene Pflaster der Gassen, das ständige Auf und Ab durch die an den Berg gebaute Altstadt und schließlich der steile Aufstieg auf den Schlossberg hatte die Wandergruppe mehr, als sie eingestehen wollte, ermüdet. Das häufige Stehenbleiben während des Bergaufgehens, das zwar immer mit dem Genießen der wunderschönen Aussicht über das Lahntal und die gegenüberliegenden Lahnberge begründet wurde, war für Gerhard ein Indiz, dass die Grenze der Belastungsfähigkeit der Gruppe nach den anstrengenden Museumbesuchen fast erreicht war. Er würde also auf den Gang um den Schlossberg verzichten und den direkten Abstieg auf der Nordseite nehmen.

Moritz Bode, ein nach eigenen Aussagen ehemaliger Wanderführer, dessen beleibte Konstitution und mangelnde Kondition wenig von dieser früheren Tätigkeit erahnen ließen, war, wie schon bei anderen Ausflügen, etwas hinter den anderen zurückgeblieben. Er hatte schon im unteren Teil des Aufstiegs mehrfach die Großartigkeit des Blickes, den er auskosten und mit der Kamera festhalten wollte, betont. Gerhard wusste, dass es Moritz Bode nicht liebte, wenn die Gruppe auf ihn wartete. Er konnte regelrecht böse werden, wenn er den Eindruck hatte, dass man Rücksicht auf ihn nahm; dann war es durchaus möglich, dass er seine Wanderkameraden anraunzte und Schlagworte wie Gängelung und Einschränkung der individuellen Freiheit gebrauchte. Gut, sollte er hinterherkommen, wenn er denn, was Gerhard bezweifelte, überhaupt bis zum Schloss aufsteigen wollte. Aus Bemerkungen, dass er sich möglicherweise noch etwas in der Stadt ansehen wollte und durchaus in der Lage sei, allein zum Bus zurückzufinden, schloss Gerhard, dass Moritz' Aufstieg spätestens auf halber Höhe beendet sein würde.

So warteten sie auch nicht lange auf ihn, als sie schließlich am Schloss angekommen waren und machten sich, nachdem sie sich an der prächtigen Rundumaussicht erfreut hatten, auf den Rückweg und Abstieg.

Franziskas Gruppe saß schon im Bus, als die Wanderer eintrafen. Einkaufstaschen, die im Gepäckfach und auf den Sitzen lagen, verrieten, dass die Damen einen erheblichen Beitrag zur Belebung der Wirtschaft in dieser ländlichen oberhessischen Region geleistet hatten. Gerhard schaute sich im Bus um, konnte aber Moritz Bode nicht entdecken. Franziska, die er fragte, ob sie ihn gesehen habe, verneinte, und auch die anderen, Wanderer und Einkäufer gleichermaßen, konnten nichts über den Verbleib Moritz' sagen.

Sie beschlossen zunächst noch zu warten. Es waren erst fünf Minuten über der Zeit, die sie vereinbart hatten, um sich wieder am Bus zu treffen. Eine leichte Verspätung war schon mal möglich. Man konnte in die falsche Gasse eingebogen sein oder mit der Begleichung der Rechnung aufgehalten werden, weil der Kellner nicht zum Abkassieren kam. Indessen hatte Gerhard die Erfahrung gemacht, dass gerade unter den Senioren die Pünktlichkeit noch den Stellenwert einnahm, der ihnen durch die Erziehung vermittelt worden war. Deshalb beunruhigte es ihn, als nach einer guten Viertelstunde des Wartens Moritz Bode noch immer nicht aufgetaucht war.

»Was machen wir?«, fragte Franziska.

»Wir müssen suchen, es hilft nichts. Vielleicht irrt er in der Altstadt herum, obgleich es kaum vorstellbar ist, dass man sich in Marburg verlaufen kann, zumal Moritz als früherer Wanderführer über einen guten Orientierungssinn verfügen muss.«

Die restliche Reisegruppe machte gute Miene zu dem Verlorenensohnspiel. Sie nahm es gelassen, als Gerhard verkündete, dass er und Franziska in der Stadt nachforschen wollten, wo Moritz Bode steckte. Es war für sie ein Abenteuer: Ein Expeditionsmitglied war verschollen und ein Suchtrupp brach auf in den Dschungel des Marburger Gassengewirrs, um ihn zu suchen.

Franziska rief Gisela zu sich und drückte ihr einige Geldscheine in die Hand. »In der neuen Fußgängerzone, eine Straße hinter dem Museum, habe ich ein Café gesehen; nimm alle, die es wollen, dorthin mit. Die Getränke gehen auf meine Rechnung. Wir holen euch ab, wenn wir ihn haben.«

Nach kurzer Beratung beschlossen sie, auf verschiedenen Wegen durch die Stadt zu gehen und Ausschau nach Moritz zu halten. Franziska sollte die untere Altstadt, die Gegend um den Marktplatz und die Einkaufszonen absuchen; Gerhard wollte die verschiedenen Aufgänge zum Schloss ablaufen und vor allem zu der Stelle hinaufsteigen, an der er zuletzt den weit Zurückgebliebenen gesehen hatte. Sie vereinbarten, über ihre Handys untereinander – und auch mit dem Busfahrer – in Kontakt zu bleiben und sich sofort gegenseitig zu informieren, wenn Moritz gefunden war.

Gerhard stieg ein zweites Mal heute, nun schon mit schweren Beinen, die steil ansteigenden Gassen und die zahllosen Treppenstufen zum Schlossberg empor. Er hätte jetzt nichts dagegen, wenn ihm Moritz schon am unteren Anstieg – mit welcher Ausrede auch immer – entgegengekommen wäre. Aber so sehr er auch Umschau hielt, von dem verschollenem Ex-Wanderführer war keine Spur zu entdecken.

Gerhard war jetzt froh, dass er nach langem Sträuben den Besitz eines Handys akzeptiert hatte. Franziska hatte ihm gut zugeredet, ihm die Notwendigkeit der Kommunikation untereinander klargemacht. Gerade auf dieser Reise, auf der sie häufig in zwei Gruppen loszogen, hatte sich die Möglichkeit einer mobilen Fernverständigung bewährt. Sie hatte nicht den Fehler der Töchter wiederholt, die den Vater schon seit langem mit einem

Handy versehen wollten und dies mit der Sorge um die Sicherheit und die Gesundheit ,in seinem Alter' begründeten. Franziska hatte ihm eines Tages ein kleines, silberfarbenes Mobiltelefon mitgebracht, ihm die Vorteile der praktischen Anwendung erklärt und ihm auf seine Einwände, dass er gar nicht erreichbar sein wollte, dargelegt, dass es allein seine Sache sei, ob er es anstellte oder ausgeschaltet ließ. Und genauso verfuhr er: Nahezu nie hatte er sein Handy in Betrieb, selten nur führte er es mit sich und niemals telefonierte er öffentlich. Die Zurschaustellung der eigenen Wichtigkeit und Unabkömmlichkeit, die mancher Zeitgenosse mit dem Handy demonstrierte, war ihm fremd und er war entschlossen, seinen Lebens- und Tagesrhythmus auch weiterhin ohne telekommunikative Eingriffe von außen selbst zu bestimmen. Es waren eher seltene Momente, an denen er sich, so wie jetzt, freute, ein Handy zur Verfügung zu haben.

Doch weder von Franziska noch von dem Busfahrer kam die Nachricht, dass der abgängige Senior sich gemeldet hatte oder gefunden worden war. Dies hieß für ihn – Gerhard stöhnte innerlich bei dem Gedanken –, dass er weiter suchen und den anstrengenden Weg hinauf zum Schloss fortsetzen musste.

Als er an der Stelle ankam, an der er Moritz zum letzten Mal gesehen hatte, hielt er inne und sah sich um. Er befand sich auf einem Steilstück des Weges, auf halber Höhe des Schlossbergs etwa, und er konnte sich lebhaft das Bild des keuchenden, nach Luft ringenden Ex-Wanderführers vorstellen, der an diesem Punkt des Anstiegs beschlossen hatte, bis hierher und nicht weiter bergauf zu gehen. Die halbhohe Mauer, die zur linken Hand den Weg zu den Obstgärten hin, die hier in früherer Zeit angelegt worden waren, abgrenzte, war an dieser Stelle unterbrochen für einen Treppenstieg, der auf der Südseite des Berges wieder in die Stadt hinunterführte. Sollte Moritz diesen Weg genommen haben, oder war er auf der gleichen Route, die er aufgestiegen war, umgekehrt?

Gerhard entschloss sich, den Treppenweg zu nehmen. Er rechnete mit der Neugier des Menschen, der ein Terrain, auf dem es noch etwas Neues zu entdecken gab, einem bekannten, schon begangenen vorzog. Vielleicht hatte Moritz auch so empfunden und war diesen Weg gegangen.

Nach einigen steilen, ausgetretenen Stufen verlief der jetzt enge Pfad fast horizontal zwischen Hecken und Zäunen, die die meist mit Apfel- und Birnbäumen, gelegentlich auch mit Pflaumenbäumen bestandenen Gärten einfassten. Kleine Holzhütten standen am Rande schmaler Obstwiesen und vermittelten das Bild einer idyllischen Schrebergartenanlage. Gerhard hatte schon fast die Treppenstufen, die jetzt endgültig in die Stadt hinunterführten, erreicht, als er aus einem Gartenhäuschen, das er gerade passiert hatte, ein lautes, unkontrolliertes Lachen und eine dröhnende, gelegentlich stockende Stimme vernahm, die gerade verkündete:

»Mensch, Jochen, du verstehst was von deinem Handwerk.«

Gerhard blieb wie angewurzelt stehen. Es war das erste Mal, dass er sich freute, die sonore Stimmgewalt Moritz Bodes zu hören. Wie oft schon hatte er sich geärgert, wenn gerade dann, wenn die Gruppe durch wildreiches Waldgebiet gewandert war, das laute, befehlsgewohnte Organ des früheren Wanderführers aufdröhnte und mögliche Begegnungen mit Wildtieren zunichte machte. Jetzt aber war er glücklich über die voluminöse Lautstärke dieser Stimme, die ihm eine unverhoffte akustische Spur gelegt hatte.

Gerhard ging die paar Schritte auf dem Pfad zurück. An einem hölzernen Gartentor blieb er stehen und lauschte zu der kleinen, fensterlosen Hütte hin, aus der er soeben die vertraute Stimme des gesuchten, abhanden gekommenen Seniors vernommen zu haben glaubte. Und richtig, wieder ertönte, etwas unsicher zwar und ohne die Prägnanz, die ihm sonst zu eigen war, Moritz Bodes überlauter Bass: »Noch einen, Jochen, einen letzten, dann muss ich los.«

Gerhard, dem Unheil schwante, stieß die Pforte auf, ging um die Hütte herum und sah ein Bild vor sich, wie es Spitzweg gemalt haben könnte oder auch Zille, wenn er in die Schrebergärten gegangen wäre: Auf einer halbverfallenen Gartenbank, die an der Rückseite der Hütte unter einem überstehenden Dach stand, saßen der ehemalige Wanderführer Moritz und ein Mann, dessen Alter sich unter einem Gesicht und Brust bedeckenden Vollbart schlecht abschätzen ließ, dessen weiße Haar- und Bartfarbe allerdings die Vermutung nahe legte, dass er schon uralt sein musste.

Vor den Männern auf dem mit Steinplatten ausgelegten Boden stand eine bauchige, großkalibrige Korbflasche, die mit einer roten Gummikappe verschlossen war. Diverse andere, ähnlich großvolumige Flaschen konnte Gerhard im Hütteninneren erkennen, und auch die Glasröhrchen einer Destillieranlage sahen aus einer Plastikschüssel hervor.

»Oh weh, der Chef«, stotterte Moritz, als er Gerhard erblickte und versuchte, auf die Beine zu kommen. Mit seiner freien Hand – in der anderen hielt er einen braunen Tonkrug – stemmte er sich hoch, verharrte kurz in halber Bewegung und sank dann wieder auf seine Bank zurück. Auch ein neuer Aufstehversuch misslang. Da der Krug ihn daran hinderte, sich mit beiden Händen festzuhalten, stellte er ihn, nicht ohne ihn vorher ausgetrunken zu haben, neben sich auf den Boden und machte erneute Anstrengungen aufzustehen.

Diesmal gelang es ihm, sich nahezu vollständig aufzurichten, und es wäre ihm auch gelungen, ganz zum Stehen zu kommen, wenn nicht das an der Hüttenwand befestigte Weinspalier, das er zum Hochziehen ergriffen hatte, sich unter dem Gewicht seiner hundert Kilo aus der Verankerung gelöst hätte und mit Splittern und Krachen zusammengestürzt wäre. Wie in Zeitlupe sank Moritz zu Boden und kam auf dem Rücken zu liegen, bedeckt von der ausladenden Weinrebe mit ihren karminroten Blättern und den stecknadelkopfgroßen Trauben. Er starrte zu Gerhard empor. Seine Augen waren glasig und die Bewegung langsam und fahrig, als er jetzt den Arm aus dem Blattgewirr herausstreckte und auf den Bärtigen zeigte, der unbeweglich auf der Bank sitzen geblieben war.

»Das ist Jochen«, posaunte er in den Nachmittag, als sollte ganz Marburg davon in Kenntnis gesetzt werden.

»Was, zum Teufel, trinkt ihr hier eigentlich!?«, machte sich Gerhard, der nicht wusste, ob er beim Anblick der beiden alten Zecher lachen oder weinen sollte, endlich Luft.

Moritz hatte sich inzwischen von den Weinzweigen und den Resten des ehemaligen Spaliers befreit; er saß jetzt auf den Steinplatten und deutete auf die Flasche: »Frischer Apfelwein, Jochen hat ihn gerade erst abgefüllt.«

Gerhard reichte dem alten Wanderführer die Hand und versuchte vergeblich, ihn aufzurichten. Erst als er ihm von hinten unter beide Achseln fasste, gelang es ihm, ihn wieder auf die Bank zu setzen.

»Willst du auch einen?«, meldete sich jetzt der Bärtige. »Es ist der erste Wein dieses Jahres.«

Ohne eine Antwort abzuwarten ging er leicht schwankend mit kleinen Tippelschritten zur Hüttentür, langte mit dem Arm hinein und holte von einem Regal, das in Eingangsnähe stand, einen weiteren Tonkrug hervor. Ehe Gerhard noch abwehren konnte, hatte er ihn aus der großen Flasche gefüllt.

»Der haut rein«, sagte Jochen, als er den Krug reichte und mit Gerhard, der nicht wusste, ob die Worte als Ermunterung oder als Warnung gedacht waren, anstieß. »Ein edler Tropfen in diesem Jahr, die Äpfel sind aber auch zuckersüß«

Als Gerhard den jungen, spritzigen Wein kostete, der noch wunderbar nach frischem Apfel schmeckte, konnte er nicht umhin, der Bewertung des Alten zuzustimmen. »Hmmm«, machte er und nahm noch einen Schluck. Dann erinnerte er sich, weshalb er eigentlich hier war. »Moritz«, sagte er, aber es gelang ihm nur mit Mühe streng zu klingen. »Sie sollten sich schämen. Der Bus wartet jetzt schon fast eine Dreiviertelstunde auf Sie; alle haben sich Sorgen gemacht, dass Ihnen etwas zugestoßen sein könnte und Sie sitzen hier und betrinken sich.« Er ermahnte sich, nicht noch ein »pfui!« hinterherzurufen. Er hatte es hier zwar mit einem erwachsenen, mündigen Menschen zu tun, der im Prinzip tun und lassen konnte, was er wollte. Aber wenn, wie in diesem Fall, sein Verhalten eine Beeinträchtigung der Ausflugsunternehmung zur Folge hatte, dann war es eben nicht mehr alleine seine Sache.

Gerhard wählte das Handy seiner Frau an.

»Hast du ihn?« Franziska war außer Atem und es klang, als fragte sie den Sheriff, ob er den Bankräuber endlich dingfest gemacht habe.

»Ja, ich habe ihn«, sagte Gerhard und betrachtete lächelnd Moritz, der die Tatsache, dass Gerhard sich zum Telefonieren einige Schritte von der Hütte entfernt hatte, ausnutzte, um sich eilig aus der dicken Flasche nachzuschenken. »Ich habe ihn«, wiederholte er, »aber es ist ein Notfall.«

»Ist er ernsthaft verletzt? Herzinfarkt? Schlaganfall?«

Gerhard sah Franziska vor sich, wie sie mit geweiteten Augen die Palette medizinischer Katastrophen durchging. »Nein, nichts von alledem, aber ich brauche deine Hilfe. Alleine schaffe ich ihn nicht zum Bus«

»Sollten wir nicht lieber den Krankenwagen rufen?«

Gerhard lachte. »Um Gottes Willen, nein«, wehrte er ab, »er ist nicht krank und auch nicht verletzt, er ist schlichtweg so betrunken, dass ich Mühe hätte, ihn allein zum Bus zu schleifen.«

Er erzählte ihr nun, wo und in welchem Zustand er Moritz gefunden hatte. Er beschrieb ihr genau, wie sie die Gartenhütte finden konnte und bat sie, schnellstmöglich dorthin zu kommen. »Nimm am besten den Treppenaufstieg, der von der Barfüßerstraße an der Lutherkirche vorbei empor führt. Wenn du das Ende der Stufen erreicht hast, gehst du noch gut zwanzig Meter auf dem Pfad weiter, dann siehst du links ein hellbraunes Gartenhäuschen – dort sind wir. – Und, bitte, ruf den Fahrer an, und teile ihm mit, dass wir in zwanzig Minuten am Bus sind.«

Er beendete das Gespräch und ging zur Hütte zurück. Er kam gerade rechtzeitig, um Moritz, der unbeholfen versuchte, sich ein weiteres Mal aus der Flasche zu bedienen, den Krug aus der Hand zu nehmen. »Ich glaube, es ist jetzt genug. Denken Sie daran, wir müssen es noch bis zum Bus schaffen. Das verstehen Sie doch, Sie als Wanderführer. Habe ich Recht?«

Durch den zusammengesunkenen Körper Moritz Bodes ging ein Ruck. Er versuchte eine Haltung einzunehmen, die der ihm soeben in Erinnerung gerufenen Führungsposition entsprach. Verwaschen, aber gerade noch verständlich formulierte er feierlich: »Ein Wanderführer muss stets mit seinen Kräften so haushalten, dass er das Ziel erreicht und er muss den anderen immer ein Vorbild sein.« Nach der Willensanstrengung, die ihn der Vortrag dieses pathetischen Postulats gekostet hatte, sackte er wieder in sich zusammen wie ein Ballon, der die Luft verlor und stierte vor sich auf den Boden.

Gerhard wandte sich an Jochen, wollte von ihm wissen, wie es dazu gekommen war, dass Moritz hier in seinem Garten gelandet war. Er erfuhr, dass man sich draußen auf dem Pfad getroffen hatte, sich über Äpfel und ihre Verwertung ausgelassen und Erfahrungen in der Obstkultivierung, die auch Moritz als Apfelbaumbesitzer besaß, ausgetauscht hatte. »Dann habe ich ihn eingeladen, mal ein Gläschen von meinem frischen Apfelwein zu probieren. Ich konnte ja nicht ahnen, dass er so wenig verträgt«, sagte er und hob bedauernd die Schultern.

Draußen auf dem Weg rief jetzt Franziska.

»Hierher. Wir sind hinter der Hütte«, lotste sie Gerhard in den Garten.

Als sie vor der auf der Bank zusammengekauerten Gestalt stand, schüttelte sie mit dem Kopf: »Herr Bode, Sie machen Sachen.«

Moritz blickte auf und blinzelte ihr zu. Ein unschuldiges, fast kindliches Lächeln breitete sich über sein Gesicht. »Dann wollen wir mal«, verlor Franziska keine Zeit.

Gemeinsam wuchteten sie den schlaffen Körper hoch, umklammerten die kraftlosen Arme, die sie sich um die Schultern gelegt hatten, mit beiden Händen und begannen mit dem mühseligen Abstieg. Über Stufen, Kopfsteinpflaster und Brücken schafften sie es schließlich, den berauschten Zecher zum Bus zurückzubringen.

Als die Gruppe mitbekam, dass sich der Suchtrupp mit dem Verschollenen näherte, bildete sich eine Gasse, die Rettern und Gerettetem das Geleit gab. Moritz bekam von seiner triumphalen Heimkehr so gut wie nichts mehr mit, was nicht das Schlechteste war, denn so blieb es ihm erspart, die vielen lästerlichen Bemerkungen bezüglich seines Zustandes hören zu müssen.

Als der Bus losfuhr, über eine Stunde später als geplant, lag der ehemalige Wanderführer Moritz Bode zusammengekugelt auf der Rückbank des Busses. Er hatte die Beine angezogen und sein linker Arm hing in den Eimer, den man vorsorglich vor die Bank gestellt hatte. Ein lautes Schnarchen verkündete, dass Morpheus sich jetzt seiner angenommen hatte und es ihm ermöglichte, seinen Rausch auszuschlafen.

5

Die Gruppe war am Morgen in guter Stimmung und erfüllt von den Erlebnissen der letzten Tage abgereist, jeder Teilnehmer nahm eine Vielzahl von Erinnerungen mit sich nach Hause. Auch der gestrige Abschlussabend, der traditionsgemäß von den Senioren selbst gestaltet wurde, war ein gelungener Ausklang der Reise gewesen, auch wenn der eingeübte Sketch, in dem Moritz die tragende Rolle spielen sollte, aus begreiflichen Gründen ausfallen musste.

Gerhard war nach Oberhone zurückgekehrt, Franziska inzwischen schon wieder in Göttingen, wo sie dringende Termine und ihr geliebtes Büro erwarteten. Für Gerhard war es schwer begreiflich, wie sie nach Tagen des anstrengenden, verantwortlichen Daseins für andere sich gleich wieder – freiwillig und freudig – in die Hektik eines publikumsintensiven

Reiseagenturbetriebes stürzen konnte. Er brauchte jetzt nach soviel Fremdbestimmung eine Zeitspanne des Verharrens, in der er wieder zu sich selbst finden konnte. Er nahm sich vor, in den nächsten Tagen ausschließlich das zu tun, was ihm am Herzen lag und was versprach, ihm die innere Ruhe und Ausgeglichenheit zu geben, die er, der harmoniebedürftige Mensch, als Lebensbasis schätzte und brauchte.

Nur eines wollte er noch vorher erledigen, ehe er sich dann ganz seinen künstlerischen Hobbys und seinen geliebten Waldwanderungen hingab: Er wollte Martha Henkelmann gleich heute noch einen Besuch abstatten, um sich die Weinrichbilder unter dem Eindruck des gestern in Marburg Gesehenen noch einmal genauer anzuschauen. Die rätselhafte Widersprüchlichkeit in der Malweise Hermann Weinrichs würde ihm solange keine Ruhe lassen, bis er nicht wenigstens versucht hatte, eine Erklärung dafür zu finden.

Er sah auf die Uhr. Der Morgen war fortgeschritten, es war schon fast Mittagszeit. Er würde mit seiner Visite bis zum Nachmittag warten, um nicht die Mittagsruhe der Seniorin zu stören.

Vier Stunden später läutete er an der Tür des Appartements Nr. 27. Er hatte die Kamera eingesteckt, vielleicht gelang es ihm, Fotos von den Gemälden zu machen.

Nun, da er auf sie vorbereitet war, hatte die große, weißhaarige Gestalt Martha Henkelmanns jetzt, als sie die Tür öffnete, nichts mehr von dem Abweisenden, Bedrohlichen, das sie ausgestrahlt hatte, als sie sich zum ersten Mal gegenüber gestanden hatten. Ein Lächeln ging über ihr faltiges Gesicht, als sie ihn erkannte.

»Ah, Dr. Gerhard«, begrüßte sie ihn. »Kommen Sie herein.« Sie schien sich aufrichtig über sein Kommen zu freuen. »Wollen Sie eine Tasse Kaffee? Oder einen Tee?«

Gerhard bat um einen Kaffee, ein gemeinsames Getränk war oft ein guter Katalysator für den erfolgreichen Verlauf eines heiklen Gespräches.

Als die Seniorin kurz darauf mit zwei dampfenden Porzellanschalen aus der Küche zurückkehrte, Zucker und Milch zurechtstellte und sich ihm gegenüber in den Sessel setzte, entschuldigte Gerhard sich zunächst für sein unangemeldetes Auftauchen.

»Da ich in Eschwege zu tun hatte, ganz in der Nähe, dachte ich, schau doch mal bei Frau Henkelmann vorbei. Vielleicht hast du Glück und sie empfängt dich.« Er sah die alte Frau mit jenem freundlichen Strahlen an, von dem Franziska behauptete, es habe noch den gleichen Charme wie in seiner Junggesellenzeit, und es sei schwer, sich seiner Wirkung zu entziehen. Aber es täusche, fügte sie jedes Mal hinzu, denn es vermittele den Eindruck, dass sein Besitzer ein unschuldiges Lamm sei, das kein Wässerchen trüben könne, ein Eindruck, den sie jederzeit zu widerlegen in der Lage sei.

Auch Frau Henkelmann schien sein Braver-Junge-Gesicht wenig zu imponieren. »Sie sind doch bestimmt nicht nur zu einem Höflichkeitsbesuch zu mir gekommen?«, fragte sie ihn in ihrem harten Ostpreußentonfall und sah ihn an. Ihr strenger Blick machte ihm klar, dass sie erwartete, dass er ohne Ausflüchte die Wahrheit sagte: »Entweder Sie haben eine Nachricht für mich oder Sie wollen etwas von mir. Also?«

Gerhard überspielte seine Verlegenheit, indem er nach der Kaffeeschale griff, sich Finger und Lippen an dem heißen Getränk verbrannte und schließlich bekannte: »Ja, tatsächlich möchte ich Sie um einen Gefallen bitten, Frau Henkelmann. Ich möchte mir nämlich, wenn es Ihnen nichts ausmacht, noch einmal die beiden Gemälde in Elfriede Weinrichs Zimmer ansehen.«

Die Seniorin sah ihn an, ein wissendes Lächeln huschte über ihre Züge und sie nickte ihm zu wie einem Kumpanen, mit dem man dasselbe Geheimnis teilt. »Sie haben also etwas bemerkt an den Bildern und daraus die richtigen Schlüsse gezogen?«

»Nein, eigentlich nicht, ich bin eher zufällig auf eine Ungereimtheit gestoßen, die ich mir nicht erklären kann. Von einem erneuten intensiven Betrachten der Bilder verspreche ich mir möglicherweise eine Auflösung dieses Widerspruchs.«

Er berichtete der alten Dame von der Entdeckung der anderen Weinrichbilder in Willingshausen und Marburg, von ihrer hohen künstlerischen Qualität und seinem Eindruck, dass die beiden hässlichen Exemplare nebenan mit voller Absicht so abscheulich gemalt worden waren und eventuell eine Botschaft enthielten, die ein erneutes genaues Anschauen möglicherweise zu entschlüsseln half. Außerdem habe er damals das Empfinden gehabt, dass sie, Martha Henkelmann, einiges mehr über die Gemälde und ihr Geheimnis wisse, als sie ihm zu offenbaren bereit gewesen war.

»Gut beobachtet, junger Mann«, stellte Martha anerkennend fest und musterte ihn aufmerksam, als brauche sie Zeit, um zu einem Entschluss zu kommen. Gerhard hoffte, dass das angeborene Erzählbedürfnis, das Frauen besitzen, sie dazu bringen würde, ihm schließlich die Kenntnisse, die sie über die Bilder besaß, mitzuteilen. Es war vielleicht zweckdienlich, ihrer weiblichen Fabulierlust einen Anstoß zu geben und sie zum Widerspruch zu reizen. Also unterstellte er: »Möglicherweise wissen Sie doch nichts über ein Geheimnis, das die beiden Bilder umgibt.«

Gerhard wusste aus eigener Erfahrung, wie schwer es war, ein Wissen, das man besaß und mit dem man anderen imponieren konnte, für sich zu behalten. Und so dauerte es auch bei Martha Henkelmann nur ein paar Sekunden, bis sie sich durchgerungen hatte: »Kommen Sie«, sagte sie und ging ihm in den Nebenraum voran. Vor den großen Wandgemälden in Elfriedes Zimmer blieb sie stehen, deutete mit ihrem knöchernen Arm darauf und forderte ihn auf: »Betrachten Sie sich die Bilder in aller Ruhe, ich mache uns in der Zwischenzeit noch einen Kaffee.«

Mit einem boshaften Kichern, das ihm signalisierte, dass sie sich sicher war, dass er, soviel er sich auch abmühte, dem Rätsel der Bilder und ihrem Geheimnis nicht auf die Spur kommen würde, verließ sie den Raum. Gerhard betrachtete die Gemälde und war erneut überwältigt von der auf ihre Art faszinierenden Vielzahl von Stilbrüchen und Gräulichkeiten, die diese beiden Bilder in sich vereinten. Aber so intensiv er sie auch anschaute, eine Erklärung, warum Hermann Weinrich so etwas Scheußliches seiner Nachwelt zugemutet hatte, fand er zunächst nicht. Er machte mehrere Fotos von den Gemälden aus verschiedenen Winkeln und bei unterschiedlichem Lichteinfall. Er würde das Abgebildete zu Hause in Ruhe, vielleicht in vergrößerten Ausschnitten studieren und auf versteckte Hinweise durchforsten. Wenn es etwas gab, würde er es finden.

Martha Henkelmann trat wieder ins Zimmer und reichte ihm die gefüllte Kaffeeschale, die er nach der vorhin gemachten Erfahrung vorsichtig mit beiden Händen, über die er seine Pulloverärmel gezogen hatte, ergriff.

»Na, sind Sie weitergekommen?« Aus der Art, wie sie ihre Frage stellte, war deutlich zu entnehmen, dass sie nicht damit rechnete, dass er zu einem Ergebnis gekommen war.

Bedauernd hob Gerhard die Schultern, er sah unglücklich aus, als er bekennen musste: »Nein, leider überhaupt nicht.« Dann erinnerte er sich an die Bemerkung, die Martha Henkelmann hier an dieser Stelle bei seinem ersten Besuch, als sie sich über die Grässlichkeit der Bilder ausgelassen hatten, gemacht hatte. »Was meinten Sie damals, als Sie sagten, die Bilder seien zwar potthässlich, aber sie hätten es in sich? Kennen Sie denn einen inneren, verborgenen Sinn, den der Maler in diesen beiden Werken möglicherweise versteckt hat?«

Martha Henkelmann schaute ihn erstaunt an. Als sie das, was er gefragt hatte, erfasste, gluckste sie fröhlich vor sich hin. Sie hatte offensichtlich ihren Spaß an der Situation. Sie kicherte, während sie um Gerhard herumging. Die Freude über seine Unwissenheit und der Stolz auf ihr Wissen waren ihr ins Gesicht geschrieben.

Gerhard war unbehaglich zumute, er fühlte sich nackt in seiner Ahnungslosigkeit. Doch wenn er Näheres über die Bilder in Erfahrung bringen wollte, war es vielleicht angebracht, weiterhin den Ahnungslosen, der er ja auch tatsächlich war, zu verkörpern, den zu erleuchten sicherlich eine große Versuchung für Martha Henkelmann darstellte.

»Ich verstehe einfach die Bedeutung Ihrer damaligen Worte nicht. Was sollen denn die Bilder in sich haben?«, fragte er mit aller Unschuld, die er auszudrücken fähig war.

Noch einmal blickte die große Frau ihm ins Gesicht, wie ein Zauberer, der vor der letzten Enthüllung seinem Publikum in die gläubigen, erwartungsfrohen Augen sieht, ehe er den Zaubertrick vollendet. Dann ging sie zu einem der Gemälde, fasste den unteren Teil des breiten Rahmens mit spitzen Fingern und zog daran. Nach einem leichten Hin- und Herbewegen gelang es ihr, die verzierte Leiste zu lockern und herauszuziehen. Der untere Rand eines weiteren, darunterliegenden Bilderrahmens, der eine glatte, schlichte Einfassung hatte, war zu erkennen.

Triumphierend drehte sich die weißhaarige Dame zu ihm um, sprach aber nicht. Sie legte den abgezogenen Rahmenteil auf die alte Polstercouch, die unter den Bildern an der Wand stand, und entfernte mit langsamen, ausschwingenden, fast feierlichen Handbewegungen die beiden Seitenpartien des oberen Rahmens. Gerhard hatte, wenn nicht den Mund, so doch die Augen weit aufgerissen, während er Martha Henkelmann bei der Zelebrierung ihres Kunststückes zusah.

Die Seniorin trat nun noch näher an das Gemälde heran, ergriff mit Daumen und Zeigefinger jeder Hand die unteren Ecken des Weinrichbildes und hob es langsam, jede Sekunde ihrer Vorstellung auskostend, in die Höhe. Als sie die langen Arme endlich ausgestreckt hatte, drehte sie ohne die Körperhaltung zu verändern ihren Kopf über die Schulter und sagte mit bewusst ruhiger Stimme, deren leichtes Vibrieren jedoch ihre Erregung und den Triumph, den sie gerade auskostete, verrieten: »Das ist es, was dieses Bild in sich hat.«

Gerhard musste neben sie treten, um unter ihrer Achsel hindurch das Unglaubliche sehen zu können, das sich seinen

Augen darbot. Unter der Maske des hässlichen Weinrichbildes war ein Bild verborgen, das ihm in seiner Schönheit, seiner Farbenpracht und Dynamik wohlvertraut war, zumal er es erst vor wenigen Tagen gesehen hatte. Vor ihm hing, leicht beschattet von der hohen Gestalt der alten Frau und eingerahmt von ihren dürren Armen, der »Schwälmer Tanz«. Sprachlos starrte er das große Werk Carl Bantzers an.

Dann aber erkannte er, dass sich dieses Gemälde doch in einigem von dem Kunstwerk, das er in Marburg gesehen hatte, unterschied: Die Gesichter der Tanzenden waren hier flächig, Mund, Nase und Augen allenfalls angedeutet, aber nicht ausgemalt. Den Röcken der Mädchen und den Kitteln der Burschen fehlten die Schließen, Spangen und Knöpfe, auch der Schulterschmuck war nur grob angelegt ohne Ausgestaltung der Einzelheiten. Die Farben indessen und die Anordnung der Figuren waren die gleichen wie auf dem Marburger Original. Gerhard war sich augenblicklich sicher, dass er hier eine Vorstudie Bantzers zu einem seiner bedeutendsten Werke vor sich hatte. Der großartigen Wirkung, die diese meisterhafte Malübung auf ihn ausübte, konnte er sich nicht entziehen. Dadurch, dass die Details der Ausgestaltung fehlten und so das Auge nicht ablenkten, wurde der Schwung der Bewegung, das rhythmische Stampfen der Tänzer und die Wucht der Farben noch hervorgehoben und betont.

Die alte Frau ließ die Arme sinken, Hermann Weinrichs Schäferszene senkte sich wieder vor das Unterbild. Als Martha Henkelmann sich anschickte, die Leisten des Oberrahmens, der offensichtlich auf den unteren nur aufgesteckt war, wieder zu befestigen, trat Gerhard schnell heran, fragte kurz: »Darf ich?« und hob den rechten Bildzipfel noch einmal an. Wahrhaftig, in der Bildecke der Schwälmer-Tanz-Studie fand er das Signum C. Bantzer in der ordentlichen Druckschrift, die er von anderen Bantzerbildern kannte und die zeigte, dass der Maler diesen Bildentwurf für künstlerisch so wertvoll angesehen hatte, dass er ihn signierte.

Er trat zurück und sah zu, wie die Seniorin die entfernten Rahmenteile in den Unterrahmen eindrückte und den alten Bildzustand wiederherstellte.

»Und das andere Bild?« Gerhard sprach leise, als könne er mit einer lauten Stimme den magischen Kreis durchbrechen und die Zaubervorstellung beenden.

Doch Martha Henkelmann dachte gar nicht daran, ihren großen Auftritt jetzt schon abzuschließen. Stumm ging sie zu dem anderen Bild, entfernte in gleicher Weise die Rahmenleisten des Weinrichbildes und enthüllte ihm das darunter verborgene Gemälde. Gerhard hielt die Luft an. Es war ebenfalls ein Bantzer, den er hier vor sich hatte, Pinselführung, Farbgebung und Ausdrucksstärke zeigten unzweifelhaft seine Handschrift. Zwei alte Männer, offensichtlich Bauern in ihren Sonntagskleidern, gingen in einen lebhaften Disput, vielleicht auch Streit verwickelt zwischen wogenden Kornfeldern einem unbekannten Ziel entgegen. Dichte, dunkle Wolken lagen über der Szene und verhießen ein Unwetter. Auch hier fand er Bantzers Signatur in der linken unteren Ecke des Gemäldes.

Nachdem Martha Henkelmann auch dieses Bild wieder unter der Weinrichtarnung verborgen hatte, bedeutete sie ihm mit einer Handbewegung, ihr in ihr Zimmer zu folgen. Schwer ließ sich Gerhard dort in den Sessel fallen, er war verwirrt von dem soeben Gesehenen. Er schreckte auf, als die alte Frau, die aufrecht ihm gegenüber in dem anderen Sessel saß, ihn ansprach: »Ich nehme an, Sie haben jetzt einige Fragen.«

Gerhard hatte viele Fragen, aber seine Gedanken schwirrten ihm so ungeordnet im Kopf herum, dass er Schwierigkeiten hatte, sie zu formulieren.

»Um Ihren Fragen zuvorzukommen«, half ihm Martha Henkelmann, »will ich Ihnen erzählen, wie ich von dem Geheimnis der doppelten Bilder erfahren habe.« Sie faltete die Hände in ihrem Schoß und schaute vor sich auf das geblümte Deckchen, das auf dem flachen Tisch, der zwischen den Sesseln stand, lag.

»Es war Zufall, dass ich von den unteren, verborgenen

Gemälden Kenntnis bekam. Trotz unserer Übereinkunft, dass jede das Zimmer der anderen in deren Abwesenheit betreten durfte und sich auch Dinge, die benötigt wurden, ausleihen konnte –Geschirr zum Beispiel oder auch einen Stuhl, wenn Besuch kam –, war es doch üblich und auch eine Selbstverständlichkeit, anzuklopfen, wenn die Zimmerbewohnerin anwesend war und nicht unaufgefordert hineinzutreten. Es war vor ungefähr drei bis vier Wochen, als ich mir einen Tee zubereiten wollte. Ich war auf dem Weg zur Küche, trat in die Diele hinaus und bemerkte, dass die Tür zu Elfriedes Zimmer einen Spalt offen stand. Das war ungewöhnlich, denn normalerweise pflegen wir unsere Türen zu schließen, selbst wenn wir nur den kurzen Weg in die Küche machen. Offensichtlich war das Schloss beim Zumachen nicht richtig eingeschnappt und die Tür hatte sich unbemerkt wieder geöffnet. Ob Sie es mir nun glauben oder nicht, ich hatte nicht vor zu lauschen oder zu spionieren. Was gab es schon in unserem eintönigen Seniorenalltag, das wert gewesen wäre, dass man ihm nachschnüffelte. Mehr im Vorbeigehen sah ich, wie Elfriede vor einem der Gemälde stand, mit beiden Händen das obere Bild, so wie ich es vorhin getan habe, in die Höhe hielt und fasziniert auf das darunterliegende, verborgene schaute. Sie hatte sich auf einen Stuhl gestellt, um bis zum Rahmenoberrand reichen zu können. Sie war so in die Betrachtung des Gemäldes versunken, dass sie nicht merkte, dass ich durch den Türspalt hereinsehen konnte. Um nicht offenbaren zu müssen, dass ich sie, wenn auch ungewollt, bei etwas beobachtet hatte, das sie vielleicht lieber geheim halten wollte, ging ich leise in die Küche weiter und bereitete meinen Tee. Als ich mit der Kanne zurückkam, war die Tür ihres Zimmers geschlossen.«

Martha Henkelmann machte eine kurze Pause. Sie blickte einmal flüchtig auf, und als sie sah, dass Gerhard ihr gebannt zuhörte, senkte sie ihren Blick augenblicklich wieder auf das Blumenmuster der Tischdecke. Man sah ihr an, dass ihr bei aller Genugtuung, das Geheimnis entdeckt zu haben, die Zwiespältigkeit der nun folgenden Enthüllungen bewusst war. Mit einer leichten Selbstironie fuhr sie fort: »Ich bin alt und ich bin eine Frau, zwei Faktoren, die für sich schon erklären, warum ich am nächsten Tag, als Elfriede mal wieder unterwegs war, in ihr Zimmer ging und die Bilder inspizierte. Ich hatte schnell herausgefunden, dass die oberen Rahmen nur aufgesteckt waren und dass sie sich leicht entfernen ließen. Ich muss sagen, dass mir die Gemälde, die ich unter den schrecklichen Weinrichbildern fand, ausgesprochen gut gefielen. Kein Vergleich mit dem Kitsch der oberen Bilder. Sie gefielen mir so gut, dass ich sie mir in den nächsten Tagen noch einige Male, wenn Elfriede außer Haus war, angesehen habe.«

Eine Frage brannte Gerhard jetzt auf der Zunge: »Woher hatte Frau Weinrich die Bilder? Ich meine die unteren, verborgenen.«

»Keine Ahnung, ich nehme an, dass ihr Vater sie ihr zusammen mit den beiden von ihm gemalten vererbt hat. Warum er sie unter seinen beiden Schinken, wie Sie sie damals bezeichnet haben, versteckt hat, kann ich noch nicht einmal erraten. Als ich Elfriede kennen lernte, war ihr Vater bereits tot und die Bilder – zumindest die oberen, von den unteren wusste ich ja damals noch nichts – schon in ihrem Besitz.«

»Haben Sie, nachdem Sie die versteckten Gemälde entdeckt hatten, Elfriede daraufhin angesprochen? Sie vielleicht nach der Herkunft gefragt?«

»Nein, natürlich nicht. Wer gesteht schon gerne ein, dass er in anderer Leute Angelegenheiten herumspioniert. Elfriede wusste nicht, dass ich das Geheimnis ihrer Bilder kenne. Sie sind der Erste, dem ich davon erzähle.«

Gerhard stand auf. Er verschränkte die Hände auf dem Rücken, eine unbewusste Geste des Sammelns und Konzentrierens, wie er sie von Gelehrten, Dichtern und Staatsmännern kannte, und trat zum Fenster. Es nieselte schon wieder, oder besser noch immer, die Konturen der Bäume im Park waren kaum zu erkennen.

»Frau Henkelmann, wissen Sie denn, wer die unter den

Weinrichgemälden verborgenen Bilder gemalt hat?«, fragte Gerhard.

Die alte Dame schüttelte den Kopf: »Nein, den Maler kenne ich nicht; aber wenn ich mich richtig erinnere, steht irgendwo in der Ecke der Bilder ein Name geschrieben, das wird der Künstler sein. Ich weiß nur soviel, dass sie nicht von Elfriedes Vater gemalt wurden.« Sie zuckte mit den Schultern: »Ich habe auch keinen Schimmer, ob die Bilder wertvoll sind oder nicht. Von der Malerei verstehe ich nicht viel. Mir gefallen die Bilder, aber was sie wert sind, weiß ich nicht.«

Gerhard hatte Martha Henkelmann während des Sprechens beobachtet. Er war sich nun absolut sicher, dass die Seniorin tatsächlich keine Ahnung davon hatte, welche Kunstwerke hinter den Weinrichbildern verborgen waren und dass sie mit der Signatur Bantzer nicht das Geringste anzufangen wusste. Wenn es denn wirklich Gemälde Carl Bantzers waren – und Gerhard hatte keinen Zweifel, dass es sich um Originalarbeiten und keine Fälschungen handelte –, dann hingen innerhalb der Wände ihres Appartements, im Zimmer ihrer alten Freundin, Objekte, die nicht nur von hohem künstlerischem, sondern auch von erheblichem pekuniärem Wert waren und von deren Bedeutung Martha Henkelmann nichts ahnte.

»Und was ist mit dem Neffen, weiß er etwas über die doppelten Bilder?«

»Das entzieht sich meiner Kenntnis. Es fiel mir nur auf, dass er wie der Teufel hinter den Gemälden her war. Und da die oberen Bilder beim besten Willen nicht des Ansehens und Erwerbens wert waren – es sei denn, er wollte sie wirklich als nostalgische Erinnerung an den Großvater, was ich einfach nicht glaube –, kann es durchaus sein, dass er die Existenz der anderen Gemälde kannte.«

»Und jetzt erbt er sie«, Gerhard erschauerte bei dem Gedanken an die Summen, die der Verkauf zweier Bantzer auf dem Kunstmarkt einbringen würde. Und dass Berthold Brandel verkaufen würde, davon war er felsenfest überzeugt. Seine luxuriösen, kostspieligen Hobbys zwangen ihn ja geradezu, die beiden Bantzer zu veräußern, um damit seinen Lebensstil halten zu können. Andererseits gab es immer wieder Menschen, die wegen des Prestigegewinns, den sie sich von dem Besitz wertvoller Gemälde versprachen, auf den Verkauf der Kunstwerke verzichteten.

Unklar war auch, von wem und warum die Bantzerbilder hinter den Weinrichgemälden versteckt worden waren. Es war gut möglich, dass der Malschüler Weinrich die beiden Bilder von seinem Lehrer geschenkt bekommen hatte, vielleicht hatte er auch etwas dafür bezahlt. Zur Zeit der Entstehung der Gemälde lagen die Preise für solche Kunstwerke noch längst nicht in den astronomischen Höhen der heutigen Zeit. Aber warum hatte er sie verborgen, wenn er sie rechtmäßig erworben hatte? Oder hatte Weinrich, dem es bei der engen Zusammenarbeit mit Bantzer sicher ein Leichtes gewesen war, an die Bilder heranzukommen, diese seinem Lehrer entwendet?

Die klare Stimme Martha Henkelmanns, in der ein Tonfall zufriedener Bosheit lag, unterbrach seine Überlegungen. »Er wird sich wundern, dieser Berthold Brandel.«

»Ist er denn schon von seiner Reise zurückgekehrt?«

»Nein, soviel ich weiß, noch nicht. Er soll aber in diesen Tagen, wie ich gehört habe, zurückkommen und dann wird er den Schock seines Lebens erleiden, wenn er die Bilder abholen will.«

»Wie meinen Sie das?«, fragte Gerhard erstaunt. »Er ist doch, soviel ich weiß, der einzige Erbe?«

»Das schon. Er wird auch alles bekommen, was Elfriede hinterlassen hat – nur die Bilder nicht.« Die Seniorin breitete in gespieltem Bedauern ihre Arme aus und klatschte anschließend die Hände zusammen, wie es Kinder tun, die ihrer Begeisterung Ausdruck geben wollen. Dann sah sie Gerhard an, dem die Verständnislosigkeit ins Gesicht geschrieben war und sagte lächelnd: »Ich verwirre Sie, Dr. Gerhard, nun schon zum wiederholten Mal. Für eine alte Frau gibt es jetzt nicht mehr so viele Gelegenheiten, einen jungen Mann zu verwirren – früher war das anders.« Sie seufzte und erhob sich aus ihrem Sessel. »Elfriede und auch ich mochten den Neffen nicht. Es war zu offensichtlich, dass die Besuche bei seiner Tante, die selten genug stattfanden, lediglich Pflichtvisiten waren, die dazu dienten, sich als künftiger Erbe in Erinnerung zu bringen. Auch sein unverhohlenes Interesse an den Bildern hat uns abgestoßen und Elfriede veranlasst, eine Verfügung aufzusetzen, die den Verbleib der Bilder nach ihrem Tod regelt.« Sie ging zu dem kleinen Nachttischchen neben dem Kopfende ihres Bettes, zog die oberste Schublade auf und holte einen Umschlag heraus, dem sie einen Briefbogen entnahm.

»Hier, lesen Sie, dann werden Sie verstehen«, sagte sie und reichte ihm das Blatt.

Das Schummerlicht des Zimmers machte es Gerhard unmöglich, das handgeschriebene Schriftstück zu entziffern. Er trat ans Fenster, zog die Gardine ein Stück zur Seite und schaute auf das Papier in seiner Hand.

»Verfügung für mein Ableben«, hatte Elfriede Weinrich in akkurater Schrift ihr augenscheinlich noch mit einem Füllfederhalter geschriebenes Vermächtnis überschrieben. Zwei Zeugen hatten auf dem unteren Teil des Dokumentes testiert, dass Elfriede die Verfasserin dieser Verfügung war und sich zum Zeitpunkt des Schreibens im Vollbesitz ihrer geistigen Fähigkeiten befunden hatte. Gerhard verwunderte sich, als er die Namen der beiden Unterschreibenden las: Martha Henkelmann und Gertrud Vaupel. Offensichtlich war das Schriftstück in einer Zeit aufgesetzt worden, in der Zeugen und Verfasserin alle noch miteinander verkehrten und sich verstanden. Der Kernsatz des letzten Willens der verstorbenen Elfriede Weinrich lautete: »Die beiden großen Gemälde, die an der Nordwand meines Zimmers hängen, vermache ich in ihrer Gesamtheit (sämtliche Rahmen und sämtliche davon eingefassten, bemalten Leinwände) der Stadt Eschwege in der Hoffnung, dass sie den Grundstock für ein Museum bilden mögen, das sich zur Aufgabe macht, Werke einheimischer Maler zu sammeln und der Bevölkerung zugänglich zu machen.«

6

In Gedanken versunken stieg Gerhard die Treppe hinunter in die Empfangshalle der Seniorenresidenz. Vor der Tafel, die über die Heiminsassen Auskunft gab, blieb er stehen. Elfriede Weinrichs Namensschild war inzwischen entfernt worden. Ihre Möbel und die wenigen Habseligkeiten, die sie besessen hatte, würden wohl auch bald verschwunden sein, wenn der Neffe sie nach seiner Rückkehr abholte und entsorgte. Äußere Spuren, die vom Dasein Elfriedes in diesem Haus zeugten, würden keine übrig bleiben.

Bei wem, fragte sich Gerhard, der noch immer vor der Namenstafel stand, in wessen Innerem hatte Elfriede Weinrich überhaupt Spuren hinterlassen, die tief genug waren, um sich einzugraben und Erinnerungen aufrechtzuerhalten, die die nächsten Tage und Wochen überdauerten? Sein Blick blieb an dem Schildchen Gertrud Vaupels hängen. Für sie war der Tod Elfriedes momentan sicherlich am schwersten zu verkraften, hatte sie doch ihre gegenwärtig engste Bezugsperson, mit der sie fast ausschließlich die vergangenen Tage in gemeinsamen Unternehmungen verbracht hatte, verloren. Eine schmerzliche Leere würde sich wahrscheinlich in den nächsten Wochen in ihr ausbreiten, aber wie lange würde sie anhalten? Voraussichtlich nur so lange, bis sie eine neue Partnerin gefunden hatte, die den Part Elfriedes einnahm und sie bald ihre frühere Begleiterin vergessen ließ.

Nein, eher schon war bei Martha Henkelmann zu erwarten, dass nach der langen und, so hatte Gerhard zwischen ihren

Worten herausgehört, tiefen Freundschaft eine Lücke entstand, die sich nicht so schnell schließen, eine Wunde, die erst spät vernarben würde. Das leere Feld unter Martha Henkelmanns Namensschild symbolisierte das Vakuum, das entstanden war und das Martha jetzt nur unzulänglich mit ihren Erinnerungen an eine frühere, gemeinsame Zeit zu füllen vermochte.

Gerhard ließ sich nicht von der äußeren Teilnahmslosigkeit, die sie bei der Nachricht vom Tod ihrer Freundin gezeigt hatte, täuschen. Er hatte bei aller Verbitterung Marthas große Liebe zu Elfriede herausgespürt, eine Zuneigung, wie sie in den vielen Jahren, die sie zusammen verlebt hatten, entstanden sein musste. Freilich war daraus in der letzten Zeit eine enttäuschte Liebe, eine verratene Gemeinsamkeit geworden, die für sie so leid- und qualvoll gewesen sein musste, dass sie in eine regelrechte Hassliebe umgeschlagen war. Auch wenn Martha Henkelmann jetzt so tat, als berühre sie der Verlust überhaupt nicht, ja sogar den Eindruck erweckte, dass er ihr Genugtuung bereitete, glaubte Gerhard, dass ihr früher oder später das Fehlen eines über Jahre vertrauten Menschen schmerzlich zu Bewusstsein kommen würde. Immer wieder gab es Beispiele, dass Ehegefährten, die sich ein Leben lang angefeindet und gegenseitig zerfleischt hatten, im Augenblick des Versterbens eines Partners zusammenbrachen und verzweifelten, weil sie plötzlich ihren Lebensbezug verloren hatten.

»Hallo, Dr. Gerhard«, ertönte die fröhliche Stimme Christa Degenhards, »schön, dass Sie mal wieder in unserer Seniorenresidenz sind.«

Gerhard drehte sich um und blickte in die lachenden Augen der Heimleiterin. Mit einem wohligen Empfinden nahm er die schlanke Gestalt, die dichten, blonden Haare und den faltenlosen Teint der, wie er wusste, immerhin 47-jährigen wahr und bewunderte die schlichte Eleganz ihrer Kleidung. Schon immer hatte ihm der Anblick schöner, geschmackvoll gekleideter Frauen ein großes Vergnügen bereitet. Er fühlte, dass, solange es ihm Freude machte, diese köstlichen Ansichten zu genießen, er dem Leben noch nicht abhanden gekommen war.

»Guten Tag, Frau Degenhard.« Er gab ihr die Hand. »Aber in Zukunft bitte nur Gerhard, lassen Sie den Doktor einfach weg, das schafft sonst zuviel Distanz«, sagte er und hielt ihre Hand fest. Distanz war das Letzte, was er sich beim Zusammensein mit Christa Degenhard wünschte.

»Gut, Herr Gerhard, einverstanden. Sie haben wohl Ihre neue Verehrerin Martha Henkelmann besucht?«

»Ja, es gab noch eine Kleinigkeit zu klären«, sagte er ausweichend. »Sagen Sie, hat sich denn der Neffe von Elfriede Weinrich inzwischen gemeldet?«

»Nein, leider bisher noch nicht.« Die Heimleiterin zeigte auf die Namenstafel. »Sie sehen, bis auf das Zimmer von Frau Weinrich sind wir voll belegt. Die Liste der Senioren, die auf ein freiwerdendes Zimmer warten, ist lang. Wenn der Neffe nicht noch in dieser Woche von sich hören lässt, müssen wir Elfriedes Zimmer ausräumen und das Mobiliar erst einmal in den Keller stellen.«

Während sie die Arme hob und die Handflächen zum Zeichen, dass ihr keine andere Wahl blieb, nach oben drehte, fiel ihr etwas ein: »Herr – Gerhard«, sie machte eine kleine Pause zwischen den Worten, um die Intimität der dokotorlosen Anrede wirken zu lassen und legte ihm dabei die Hand auf den Unterarm, »wir hatten vor kurzem, Sie erinnern sich hoffentlich noch, über unser Theaterprojekt gesprochen.« Als Gerhard nickte, fuhr sie fort: »Übermorgen, am Donnerstag, ist ein Probentermin angesetzt. Eigentlich ist es eher ein Besprechungstermin der Theater-AG, denn ein Stück für die Weihnachtsaufführung, das wir proben könnten, haben wir noch nicht.« Der Druck ihrer Hand auf seinem Arm verstärkte sich. »Wir rechnen mit Ihrer Hilfe.«

Mit dem jahrhundertealten Automatismus, mit dem Männer auf einschmeichelnde, weibliche Bitten reagieren, richtete Gerhard sich auf, legte seine Hand auf die ihre und verkündete großartig: »Natürlich helfe ich; was ich versprochen habe, das halte ich. Ein Mann – ein Wort!« Dann, weniger bombastisch, auf das Praktische bedacht: »Um wieviel Uhr ist das Treffen am Donnerstag?«

»Wir wollen nach dem Abendessen, so gegen 18 Uhr, in der Cafeteria dort drüben zusammenkommen.« Sie deutete auf eine Tür an der gegenüberliegenden Hallenseite, über der ein Schild, das er heute zum ersten Mal sah, in bunten, selbstgemalten Großbuchstaben verkündete: »Café Jungbrunnen«.

»Wenn der Name des Cafés das hält, was er verspricht, komme ich natürlich doppelt so gerne.«

»Aber Sie doch nicht, Herr Gerhard«, sagte sie mit Nachdruck, lächelte ihn an, presste noch einmal seinen Arm und verabschiedete sich.

Als Gerhard die Seniorenresidenz verließ, war sein Schritt leicht und schwebend. Er fühlte, sie hatte Recht, ein Jungbrunnen war bei ihm so überflüssig wie der Schnitt eines einjährigen Baumschösslings.

7

Der Donnerstag war gekommen und mit ihm Franziska. Überraschend hatte sie am Vormittag angerufen und ihr Erscheinen angekündigt. Auf seine Frage, ob es einen besonderen Grund für ihr Kommen gäbe, hatte sie geantwortet: »Zwei, Heinrich, zwei Gründe gibt es. Zum einen habe ich heute überraschenderweise eine Rückzahlung vom Finanzamt erhalten. Und da habe ich mir gedacht, dich an diesem unverhofften Geldsegen teilhaben zu lassen.« Sie machte eine kurze Pause und fuhr dann genüßlich fort: »Was hälst du davon, wenn ich dich heute zu Speis und Trank einlade? Wie wär's mit Kaffeetrinken am Nachmittag auf Schloss Wolfsbrunnen? Und abends dann zu Micha in die ‚Neue Liebe'?«

»Klingt gut, sehr gut sogar. Und der zweite Grund für dein unerwartetes Aufkreuzen in Oberhone?«

»Noch immer der langweilige alte: Ich habe Sehnsucht nach dir.«

Als am frühen Nachmittag Franziska auf den Hof fuhr, war Gerhard gerade dabei, die letzten Blätter, die der Wind vor den Hintereingang zur Küche auf den Freisitz geweht hatte, zusammenzukehren und in die Biomülltonne zu stopfen. Verschmutzt und mit erdverkrusteten Händen schloss er seine Frau in die Arme. »Riechst du es?«, fragte er.

Franziska schnüffelte: »Er stinkt nach Moder und Verfaultem.«

Gerhard korrigierte: »Es riecht nach Erde, nach feuchtem Laub, nach Leben und Vergehen, nach Herbst eben. Und außerdem hat es aufgehört zu regnen.« Er wies mit dem Arm zum Himmel. Die geschlossene, dunkle Bewölkung der Vortage war aufgerissen, fächerförmige Lichtstreifen, die sich über die Höhen des Spitzenbergs breiteten, zeigten, dass die Sonne dabei war, sich durch die Wolkenbänke zu kämpfen. »Ideale Bedingungen.«

Franziska löste sich aus seiner Umarmung und sah ihm in seine erwartungsfrohen Augen. Und als ihr Blick auf die grünen Cordhosen und die hohen Wanderstiefel, die er trug, fiel, fragte sie nur: »Von wo starten wir?«

»Ich würde vorschlagen, von Grebendorf aus. Hinzus durch den Wald, über die Hasselkuppe zum Schloss. Nach dem Kaffeetrinken dann am See entlang zurück zum Auto.« Er blickte sie erwartungsvoll und fragend an.

»Mein Heinrich«, seufzte sie und schüttelte mit dem Kopf. Sie kannte seine Wanderliebe zur Genüge und wusste, dass es ihm schwer fiel, einen Tag ohne die Bewegung in der Natur verbringen zu müssen. »Gib mir zwanzig Minuten zum Frischmachen und Umziehen, dann können wir los«, sagte sie und verschwand im Haus.

Als sie zwei Stunden später die Parkauffahrt zum Schloss Wolfsbrunnen, dessen märchenhafte Zinnen- und Turmsilhouette sie jedes Mal wieder verzauberte, hinaufgingen, lag ein stiller Waldspaziergang, wie ihn Gerhard liebte, hinter ihnen. Sie hatten unterwegs nur wenig geredet, dafür hatten sie nun und auch heute Abend genügend Zeit. Der Wald mit seinen vielfältigen, oft nur zarten Geräuschen, das beruhigende Rascheln des Herbstlaubes unter den Schritten, das leise Wispern der Blätter und das Rauschen der Tannenwipfel im Wind luden zum Lauschen und Schweigen ein.

Jetzt bei Kaffee und Kuchen, die sie in dem Erkerzimmer des Schlosses unter einer hohen Holzbalkendecke einnahmen, tauschten sie die Erlebnisse der letzten Tage aus. Franziska richtete Grüße von Siggi, ihrer Mitarbeiterin in Göttingen, aus und berichtete, dass diese nach wie vor die seltsame Eheführung, die sie praktizierten, missbilligte und wieder einmal der Befürchtung Ausdruck gegeben hatte, dass er, Heinrich, bei seiner Ernährung mit Dosensuppen und Würstchen früher oder später gesundheitlichen Schaden nehmen würde. »Und das sagt sie natürlich immer mit einem Seitenblick auf mich, die Ehefrau, der eigentlich aus ihrer Sicht die Bekochung des Ehemanns obliegen sollte.« Sie lachten, Siggis Sorgen um ihr Wohlergehen gehörten inzwischen zu den Vertrautheiten ihres Lebens.

Schräge Lichtbündel, die zwischen den Kastanienbäumen des Schlossparks hindurchfielen, ließen erkennen, dass die Sonne inzwischen den Durchbruch durch die Wolkendecke geschafft hatte und der Nachmittag schon weit fortgeschritten war. Mit Erschrecken fiel Gerhard plötzlich ein, dass er ja am frühen Abend in der Seniorenresidenz zum Treffen der Theater-AG erwartet wurde.

»Mein Gott, Franziska, ich habe ja ganz vergessen, dass ich jetzt gleich«, er schaute auf die Uhr, »in gut einer Stunde eine Verabredung im Altenwohnheim habe.« Er erzählte von der Bitte Frau Degenhards an ihn, die Theater-AG zu unterstützen und berichtete von der für heute vereinbarten ersten Zusammenkunft. »Ich kann das jetzt nicht absagen, die Senioren nehmen das Theaterprojekt sehr ernst.«

»Ist doch kein Problem, Heinrich. In der Zeit, in der du in

der Residenz bist, gehe ich in Eschwege bummeln. Das einzige Problem dürfte sein, dass wir, wenn wir zurück laufen wollen, bis 18 Uhr nicht am Auto sein werden.«

»Das ist mir klar. Wir werden ein Taxi nehmen müssen.« Gerhard winkte der Bedienung. »Können Sie uns ein Taxi bestellen? Von hier nach Grebendorf, so in etwa zwanzig Minuten.«

Die Erwähnung der Seniorenresidenz hatte Gerhard in Erinnerung gerufen, dass er Franziska noch nichts von seinem letzten Besuch bei Martha Henkelmann und den rätselhaften Entdeckungen dort erzählt hatte.

»Kannst du dir vorstellen, dass ich zwei echte, unbekannte Bantzerbilder entdeckt habe?«, fragte er jetzt mit dem gleichen Triumph in der Stimme, den auch Martha Henkelmann bei der Ankündigung ihres Geheimnisses gehabt hatte.

»Zwei unbekannte Bantzer?«, Franziska blickte ihn verwundert an. »In einem Museum?«

»Nein, nicht in einem Museum, im Zimmer von Elfriede Weinrich«, verkündete Gerhard und machte eine kurze Pause, um das Gesagte wirken zu lassen. Dann berichtete er den Verlauf seiner Visite bei Martha Henkelmann, erzählte von den doppelten Bildern und auch von Elfriedes Vermächtnis, das die Gemälde der Stadt Eschwege zusprach.

»Ist so was denn gültig, eine testamentarische Verfügung ohne Rechtsanwalt?«, fragte Franziska.

»Das weiß ich nicht, aber ich halte es für durchaus möglich, dass ein von zwei Personen bezeugter letzter Wille Gültigkeit hat.«

»Und glaubst du wirklich, dass die Bantzer gestohlen sein könnten?«

»Warum sonst sind sie hinter anderen Bildern versteckt worden, kannst du mir das sagen? Wenn man Werke solcher Schönheit und Bedeutung besitzt, will man sie doch ansehen und mit ihnen Eindruck schinden.«

»Willst du die Polizei informieren?«

»Um Gottes Willen, nein. Ich bin nur durch reinen Zufall mit dieser Bildergeschichte, hinter der ja möglicherweise überhaupt nichts Unrechtmäßiges steckt, konfrontiert worden. Ich halte mich da raus, obwohl ich gespannt bin, wie es weitergeht mit den Gemälden.«

Der junge Mann, der bediente, kam an ihren Tisch. »Ihr Taxi ist da.«

Gerhard bezahlte und gab ein großzügiges, einem Schlosscafé, wie er glaubte, angemessenes Trinkgeld. Auf der Fahrt nach Grebendorf zu ihrem Auto vereinbarten sie, sich gegen halb neun in der »Neuen Liebe« zu treffen. Länger, war sich Gerhard sicher, würde die Theaterbesprechung auf keinen Fall dauern, schließlich hatte er es mit Senioren zu tun, die noch andere Schlafgewohnheiten als die heutigen Generationen besaßen und früh zu Bett gingen.

Als Gerhard auf die Minute pünktlich, was ihm ganz bestimmt Pluspunkte bei den alten Herrschaften einbringen würde, die Cafeteria »Jungbrunnen« betrat, kam er sich vor wie ein Jubilar, der beim Eintreten in den Festsaal mit einem Hymnus begrüßt und gewürdigt wurde. Verwundert blickte er auf die Vielzahl der weißhaarigen Köpfe, die sich jetzt in einer einzigen, wie einstudiert wirkenden Bewegung zu ihm umdrehten und ihn mit leuchtenden Augen ansahen, so als käme Gustav Gründgens persönlich herein.

Christa Degenhard, die auf einem hohen Hocker an der Kuchentheke gesessen hatte, sprang auf und stellte sich in Positur. Wenn sie jetzt den Taktstock erhoben hätte und Gesang ertönt wäre, hätte ihn das nicht erstaunt.

Aber es erklang keine Musik. Stattdessen begrüßte ihn die wohltönende Stimme der Heimleiterin: »Herr Dr. Gerhard«, ein Zwinkern ihrer Augen verriet, dass sie die titellose Anrede für persönliche Gespräche reservieren wollte, »ich begrüße Sie im Namen unserer Theater-AG und danke Ihnen von ganzem Herzen, dass Sie uns bei unserem Vorhaben, ein Theaterstück aufzuführen, unterstützen wollen. Ein Mann Ihrer Qualitäten«,

Gerhard atmete tief ein , »der selbst schauspielerisch tätig und auch als Bühnenautor hervorgetreten ist, kann uns bestimmt dabei helfen, unseren Traum vom Theaterspielen zu realisieren. Nicht wahr?«

Christa Degenhard blickte ihre Senioren an. Kein donnernder, ein allenfalls grummelnder Beifall klang auf, was aber weniger an dem fehlenden Enthusiasmus – eine Seniorin stampfte sogar mit den Füßen – als vielmehr an der reduzierten Physis der Versammelten lag, deren zusammenschlagende Hände nicht mehr das gleiche schallende Klatschen wie in früheren Zeiten hervorzubringen vermochten.

Gerhard hob abwehrend die Hände. »Guten Abend erst einmal«, begrüßte er die Anwesenden, »und danke für den freundlichen Empfang.« Er wandte sich an die Heimleiterin. »Und nun, Frau Degenhardt, wer von den Herrschaften gehört denn zu den Schauspielbegeisterten? Wenn Sie mir diejenigen Senioren vielleicht vorstellen könnten?«

Der Arm der Heimleiterin schwenkte in einer anmutigen, allumfassenden Rundumbewegung über die Köpfe der am Tisch Sitzenden hinweg, ehe sie mit einem Anflug von Stolz verkündete: »Alle, alle, die hier sind, wollen Theater spielen. Ich sagte Ihnen schon, die Begeisterung ist groß.«

»Alle«, stammelte Gerhard, »das sind ja…«

»Genau dreiundzwanzig Senioren, das wird ein großes Stück werden.«

Ein Theaterstück für dreiundzwanzig Personen, Gerhard schüttelte ungläubig den Kopf.

»Am besten, ich stelle Ihnen Ihre zukünftigen Schauspieler erst einmal einzeln vor«, sagte Christa Degenhard und ging mit ihm die Reihe der erwartungsfrohen alten Menschen durch. Er schüttelte Hände, bekam aber die Namen kaum mit. Zu sehr war er schon in Gedanken mit den Schwierigkeiten beschäftigt, die es bereiten würde, ein dermaßen personenaufwändiges Stück zu schreiben – denn dass man von ihm das Schreiben des Theaterstücks erwartete, war ihm von Anfang an klar gewesen. Am einfachsten würde es sein, einige Schlachtszenen einzubauen, bei denen alle Personen, ohne viel Text rezitieren zu müssen, mitmachen konnten. Aber Kampf- und Kriegsszenen in einem Weihnachtsstück?

Er schreckte aus seinen Überlegungen auf, als er den Namen Gertrud Vaupel hörte. Eine kleine alte Dame mit schütterem Haar und hellen Augen, die ihn gütig anleuchteten, reichte ihm die Hand. Die Berührung des schwachen Drucks, mit dem sie ihn begrüßte, verspürte er kaum.

»Ich habe schon viel von Ihnen gehört, Herr Dr. Gerhard, von Elfriede.« Sie machte eine Pause. »Leider ist sie jetzt nicht mehr unter uns.« Der Schmerz in ihrer Stimme und die Trauer um ihren Mund, die plötzlich sichtbar wurde, war tief empfunden, das fühlte Gerhard. Aber genauso schnell, wie er erschienen war, verschwand der Ausdruck der inneren Qual wieder aus dem runzligen Gesicht, dessen viele Falten weniger dem hohen Alter, sondern eher der Freude am Lachen zu verdanken waren. Gertrud Vaupel würde bald über den Verlust Elfriedes hinweggekommen sein, da war sich Gerhard sicher.

»Beinahe wäre ich auch mit Ihnen gewandert, aber mein Rheumatismus hat mir einen Strich durch die Rechnung gemacht«, bedauerte sie. »So hat Elfriede sich eben alleine anmelden müssen.«

Wieder befiel Gerhard das durch nichts begründete Schuldgefühl, das er schon damals unmittelbar nach dem Tod Elfriede Weinrichs empfunden hatte. Wenn ein Schwerkranker am Ende seines Leidens verstirbt, ist das ein Vorgang, der wenig zu Grübeleien Anlass gibt. Aber der Tod eines vitalen Menschen, auch wenn er alt ist, der so plötzlich ohne Vorzeichen stirbt, hinterlässt immer den Nachgeschmack, dass etwas Auslösendes, Einwirkendes übersehen oder nicht beachtet wurde.

Die weitere Vorstellung der potentiellen Mimen verdrängte seine düsteren Gedankengänge und er versuchte, sich auf die Namen und die liebenswürdigen Worte, die jeder Senior mit ihm zu wechseln bemüht war, zu konzentrieren. Als er schließlich dreiundzwanzig Hände geschüttelt und in dreiundzwanzig Augenpaare geblickt hatte, nahm ihn Christa Degenhard am Arm, eine fast schon vertraute Geste, und führte ihn an den Kopf des langen Tisches, an dem die Senioren saßen.

»Und nun hören wir uns am besten erst einmal an, welche Vorstellungen Herr Dr. Gerhard darüber hat, wie wir zu einem guten Stück kommen können, in dem jeder von uns seine Rolle findet, und wie das Einstudieren in den nächsten Wochen vonstatten gehen soll. Bitte, Herr Gerhard«, übergab sie ihm mit einer Handbewegung das Wort, nicht ohne noch hinzuzufügen. »Wenn auch für mich eine kleine Rolle in Ihrem Stück abfallen sollte, wäre ich überglücklich.«

Beifälliges Murmeln bezeugte den Respekt der Heimbewohner vor dieser konspirativen Geste ihrer Leiterin.

Gerhard breitete hilflos die Arme aus. Eigentlich hatte er erwartet, dass das Grundkonzept der Theateraufführung in groben Zügen schon vorlag und er nur noch die Korrekturen, eventuelle textliche Veränderungen und die Probenleitung übernehmen sollte. Aber so, wie es aussah, brachte die Theater-AG nichts weiter in das geplante Unternehmen mit ein, als Begeisterung und den festen Willen, sich zur Weihnachtsfeier auf Bühnenbrettern zu präsentieren.

Er räusperte sich: »Bevor wir zu dem Stück selbst und den Rollenwünschen der einzelnen kommen, zunächst einige praktische Fragen.« Er wandte sich an Christa Degenhardt: »Wo soll gespielt werden? Wieder im Veranstaltungssaal?«

»Ja, genau dort, wo Sie im Frühjahr mit Ihrer Theatergruppe aufgetreten sind. Wir werden die Bühne wieder so wie damals aufbauen.«

»Gut, und wie lange in etwa soll das Stück dauern?«

»Na, mindestens mal eine Stunde, wenn möglich sogar noch etwas länger«, sagte sie und sah ihre Mitspieler an, die zustimmend nickten.

Oh weh, dachte Gerhard, ein Stück dieser Länge mit einer dermaßen großen Personenzahl würde ein schwieriges, probenintensives Unterfangen werden. Als erstes musste er versuchen, den Anteil der Mitwirkenden deutlich zu verkleinern.

»Ein Bühnenstück dieser Größenordnung«, wandte er sich deshalb an sein künftiges Schauspielerensemble, »kann nur gelingen, wenn neben den schauspielerischen Aufgaben auch alle anderen für eine Theateraufführung lebensnotwendigen Erfordernisse fachkundig erledigt werden. Ja, ich gehe sogar soweit zu sagen, dass für den Erfolg einer Aufführung es mindestens ebenso wichtig ist, wenn nicht sogar noch wichtiger als das bloße Spielen einer Rolle, dass im richtigen Moment die richtigen Dinge passieren und zu den jeweiligen Szenen das dazu passende Ambiente geschaffen wird. Dass zum Beispiel zum richtigen Zeitpunkt ein Licht angeht, ein Gong erklingt oder ein Nebel aufwallt; dass sich der Vorhang öffnet, wenn der Akt beginnt und sich erst dann wieder schließt, wenn er zu Ende ist; dass Personen, die auf der Bühne agieren, ihrem Rollenbild entsprechend geschminkt sind und in Kostümen stecken, die dazu passen. Das sind die wirklichen Herausforderungen des Theaters. Deshalb sollten sich jetzt alle die melden, die sich die Bewältigung einer solchen Aufgabe zutrauen, die über entsprechende Kenntnisse verfügen, vielleicht sogar früher als Schneiderin, Friseurin oder Elektriker gearbeitet haben und damit für diese verantwortungsvolle Tätigkeit prädestiniert sind. So können wir zuerst das wichtige, tragende Gerüst bauen, ohne das jede Aufführung zusammenfallen muss.«

Erschöpft nahm Gerhard auf einem Holzstuhl, den er sich heranzog, Platz. Das Tuscheln unter den Senioren verriet, dass der Köder, den er soeben ausgelegt hatte, angenommen wurde.

Die leise Stimme Gertrud Vaupels unterbrach seine Betrachtungen: »Herr Dr. Gerhard, bitte entschuldigen Sie mich einen Moment, ich muss kurz auf mein Zimmer. Ich habe vergessen, meine Tabletten einzunehmen. Ich komme gleich wieder.« Sie drehte sich um und wollte zur Tür gehen, kehrte aber noch einmal um.

»Ich würde sowieso keine Ihrer soeben dargestellten Aufgaben übernehmen, so verlockend Sie sie auch angepriesen haben.« In gespieltem Vorwurf schaute sie ihn dabei so an, dass er sich unter ihrem Lächeln ertappt fühlte. »Ich«, fuhr Gertrud Vaupel fort, »möchte schauspielern. Am liebsten würde ich eine Rolle spielen, die meinem Wesen völlig widerspricht. Da die Leute im Allgemeinen sagen, ich sei zu gutmütig, wäre die Rolle einer Hexe doch genau das Richtige.« Kichernd ging sie davon, aber ihr Lachen hatte nichts Diabolisches oder Magisches, sondern passte eher zu einer Großmutter, die ihren Enkeln über den Kopf streicht und sich dabei über einen Streich freut, den sie dem Großvater gespielt haben.

Der Erfolg seiner Werbekampagne für das nicht schauspielernde Theaterbodenpersonal war phänomenal. Innerhalb kurzem waren die Posten eines Requisiteurs, zweier Kostümschneiderinnen, einer Maskenbildnerin, eines Tonmeisters und Beleuchters, eines Bühnenbildners und eines Kulissenschiebers, der gleichzeitig die Aufgabe des Vorhangöffnens und –schließens übernommen hatte, besetzt.

Eine ehemalige Lehrerin hatte die Rolle der Souffleuse übernommen, was Gerhard zu der Befürchtung Anlass gab, dass jeder Fehler, jedes falsche Wort, wie unbedeutend es auch für den Verlauf und die Handlung des Stücks sein mochte, unbarmherzig berichtigt wurde.

Erleichtert, dass der Kader der aufs Theaterspielen Versessenen auf vierzehn Personen – zuzüglich der Heimleiterin Christa Degenhard – geschrumpft war, begann Gerhard, sich bei den zukünftigen Mimen nach der Art der Rolle, die sie sich wünschten und die zu spielen sie sich selbst zutrauten, zu erkundigen. Er verband mit dieser Befragung zugleich die Absicht, sich ein Bild über das Ausdrucksvermögen, das Stimmvolumen und die Sprachverständlichkeit jedes einzelnen zu machen.

Ein Problem jeder Laienspielgruppe wurde auch bei dieser deutlich: Es fehlte an Männern, die sich trauten, sich vor Publikum zu präsentieren und in Rollen zu schlüpfen, die oft nicht dem hehren, stattlichen Bild vom Herren der Schöpfung entsprachen. Zwölf schauspielernden Frauen standen lediglich zwei männliche Darsteller gegenüber. Eine weitere Schwierigkeit beim Schreiben des Stückes, dachte Gerhard, es sei denn, er schuf jede Mengen Hosenrollen oder siedelte seine Geschichte im Reich der Amazonen an.

Ein alter Mann, der einen Rollator vor sich herschob, kam zur Tür herein. Er sah sich um, erblickte die Heimleiterin und rollte auf sie zu. »Frau Degenhard, entschuldigen Sie, wenn ich störe, aber der Fahrstuhl geht mal wieder nicht. Ich stehe nun schon seit fünf Minuten davor und drücke und drücke, aber nichts geschieht.«

»Ach jeh«, stöhnte Christa Degenhard und stand auf. »Hat schon wieder einer vergessen, die Aufzugstür richtig zuzudrücken.« Sie seufzte. »Kommen Sie, Herr Biesterfeld, ich laufe schnell nach oben und schicke Ihnen den Fahrstuhl herunter.«

Bevor sie ging, beugte sie sich zu Gerhard hin und flüstere ihm zu: »Ich bin gleich wieder da.« Dann verschwand sie mit forschem Schritt, dem der Alte mit seinem Rollator nur mit Mühe folgen konnte, in die Halle.

Gerhard, der gerade mit seiner Umfrage zu Ende gekommen war, resümierte: Die Rollenwünsche der Männer waren eindeutig. Beide konnten sich vorstellen, einen Weihnachtsmann oder Nikolaus, aber auch einen Feuerwehrhauptmann, einen Offizier oder Schiffskapitän zu spielen. Ebenso war für sie die Verkörperung eines Großvaters oder eines patriarchalischen Familienoberhauptes akzeptabel. Dagegen war die Darstellung eines Weichlings oder Fieslings keinem in den Sinn gekommen.

Die Wunschpalette der weiblichen Schauspieler umfasste ausschließlich altersgerechte, feminine Rollen: Natürlich stand die liebevolle Großmutter oder die Mutter, die die Familie zusammenhielt, an erster Stelle ihrer Wünsche, aber auch Feen, Engel, Königinnen und Gräfinnen schwebten ihnen vor. Indessen hatte erstaunlicherweise keine die für jedes Theaterspiel so wichtige Rolle der jugendlichen Liebhaberin in Betracht gezogen.

Ein schriller Schrei, der von irgendwo im Haus bis in die Cafeteria drang, ließ alle zusammenfahren. Während die Köpfe der Senioren sich erschreckt zur Tür hindrehten, sprang Gerhard auf und raste nach draußen.

Der alte Mann stand, müde auf seinen Rollator gestützt, vor der noch immer verschlossenen Aufzugstür. Aus dem Treppenaufgang, der sich direkt neben dem Fahrstuhl befand, taumelte Christa Degenhard mit schreckgeweiteten Augen und hielt beide Hände vor den Mund gepresst. »Dort oben, im Fahrstuhl«, stammelte sie entsetzt, als Gerhard an ihr vorbei die Treppe hinaufstürmte. ‚Nicht schon wieder', ging es ihm dabei durch den Kopf, als er die Stufen in großen Sprüngen nahm. Das rhythmische Schnappen der auf- und zugehenden Aufzugstür drang bis ins Treppenhaus und verstärkte sich mehr und mehr, je näher er dem Absatz des zweiten Stockwerks kam. Außer Atem bog er um die Mauerecke, die die Treppe vom Fahrstuhlschacht trennte, und blieb wie angewurzelt stehen. Auf der Schwelle der hellerleuchteten Aufzugskabine lag die kleine Gestalt Gertrud Vaupels regungslos am Boden. Der Kopf, aus dem ihn zwei leblose Augen ansahen, ruhte zwischen ausgestreckten Armen auf dem Teppich des Gangs, der Körper und die angewinkelten Beine befanden sich im Fahrstuhl. Die Aufzugstür, die sich ununterbrochen automatisch zu schließen versuchte, quetschte dabei jedes Mal den zierlichen Oberkörper zwischen ihren dicken Metallblättern ein, bis der Mechanismus das Hindernis erkannt hatte und die Tür sich wieder mit einem Klacken öffnete.

Mit wenigen, schnellen Schritten war Gerhard an der Fahrstuhlkabine und kniete sich neben dem zerbrechlichen Körper der Seniorin nieder. Eine Überprüfung der Herztätigkeit und der Atmung sowie ein Blick in die entrundeten, starren Pupillen machten ihm klar, dass hier jede Reanimation vergeblich wäre. Gertrud Vaupel war tot.

8

Franziska hatte ein Glas Tee vor sich stehen und las in der »Werra-Rundschau«, als Gerhard die Gaststätte »Neue Liebe« in der Forstgasse betrat. Während er Micha und Isabell, das Gastwirtehepaar, begrüßte, blickte sie auf, legte die Zeitung zur Seite und sah ihrem Mann entgegen.

»Was ist los«, fragte sie, »du siehst aus, als hättest du ein Gespenst gesehen.« Sie nahm ihre Jacke vom Stuhl, hängte sie über die Lehne und bedeutete ihm sich zu setzen.

»Micha, ein Bier«, rief sie zum Tresen hin, »oder brauchst du etwas Stärkeres?«

»Nein, ist schon gut so«, antwortete Gerhard. Er rückte sich den Stuhl zurecht und nahm Platz.

»Also, was ist los?«, wiederholte sie.

»Sieht man mir's an?«

»Ja«, sagte sie nur, »erzähle!«

Gerhard strich sich zwei-, dreimal mit der Hand über die Augen. Er stützte die Arme auf den Tisch, sah in das Glänzen der Tischplatte, als spiegelten sich dort die Bilder dieses Abends, und begann, das Geschehen in der Seniorenresidenz zu schildern.

Während des Berichts, der nur einmal unterbrochen wurde, als Micha das Bier brachte, durchlebte er nochmals die schreckliche Szene, als er die kleine tote Frau im Fahrstuhl gefunden hatte. »Wir haben Dr. Sinning, den Hausarzt, noch rufen müssen; es musste ja eine Leichenschau erfolgen und ein Leichenschauschein ausgestellt werden. Ich war bei der Untersuchung der Verstorbenen dabei. Weder der Kollege Sinning noch ich haben irgendetwas feststellen können, das den Tod Gertrud Vaupels verursacht haben könnte. Keine Verletzungen, die auf einen Sturz schließen ließen, keine Zeichen einer lebensbedrohlichen Krankheit. Wieder so ein plötzliches Herzversagen aus heiterem Himmel.« Gerhard schnaubte leise vor sich hin. »Ich hatte durch meinen Beruf weiß Gott genug mit dem Sterben von Menschen zu tun, aber der Tod der beiden alten Damen, die vor ihrem Ableben noch so voller Lebensfreude waren, macht mir doch mehr zu schaffen als ich dachte.«

Er trank sein Bier aus. Beide schwiegen eine Weile, jeder hing seinen Gedanken nach. Micha hinter der Theke streckte den Daumen hoch und hob die Augenbrauen.

»Fährst du heute Abend«, fragte Gerhard, und als Franziska nickte, gab er Micha das Zeichen für ein weiteres Bier.

Die Wärme des Raumes und die ruhige Ausstrahlung, die der große, fast kahlköpfige Wirt und Isabell, seine kleine Frau mit den freundlichen Augen vermittelten, aber auch die Wirkung des Alkohols hatten zur Folge, dass Gerhard die Ereignisse der letzten Stunde jetzt distanzierter, weniger gefühlsbeladen als im Augenblick des Erlebens oder unmittelbar danach betrachtete. Man war viel zu leicht geneigt, Vorfällen, nur weil sie sich mit einer gewissen Ähnlichkeit abspielten und sich wiederholten, eine Bedeutung zuzumessen, die ihnen einfach nicht zukam. Es war reiner Zufall, dass er nun schon zum zweiten Mal innerhalb weniger Tage mit dem plötzlichen, unerwarteten Tod alter Frauen zu tun hatte. Es war weder eine Bestimmung noch eine geheimnisvolle Vorsehung, dass gerade dann ihr Herz versagte, wenn er in der Nähe war.

Er lehnte sich entspannt zurück. Zufall, nichts als Zufall. Micha brachte das Bier, verzichtete aber mit sensiblem Gespür für die Stimmungslage seiner Gäste auf eine seiner sonst üblichen ironisch-sarkastischen Bemerkungen.

Franziska rührte gedankenverloren in ihrem inzwischen kalten Tee. Man sah ihr an, dass ihr etwas durch den Kopf ging und sie beschäftigte. »Die vielen Parallelen«, murmelte sie vor sich hin und schüttelte den Kopf. »Das ist einfach zu auffällig.«

»Wie meinst du das?« Gerhard beugte sich zu ihr hin, »von welchen Parallelen sprichst du?«

Mit bedeutungsvollem Blick sah Franziska ihn an. Ihre Stimme war gedämpft, als sie antwortete: »Alleine schon die

Übereinstimmungen der Seniorinnen, die verstarben, sind unübersehbar. Zwei vitale Frauen, die am Tag ihres Todes voll sprudelnder Lebenslust waren, beide ohne schwere Erkrankungen, ohne besondere Risiken, die ein vorzeitiges Ableben befürchten lassen mussten; dazu beide eng befreundet…«

»Einen entscheidenden Risikofaktor hast du vergessen«, unterbrach Gerhard sie, »das Alter.«

»Ja, ja, darauf läuft es meistens hinaus: Wenn man alt ist, darf man jederzeit einfach so sterben«, maulte Franziska. »Aber eine Parallele in diesen beiden Todesfällen sticht doch geradezu ins Auge.« Sie trank ihren Tee, gab ihm Zeit, das Offenkundige selbst zu finden, und fuhr, als er nicht reagierte, fort: »Du hast mir vorhin erzählt, das Gertrud Vaupel die Theatersitzung deshalb verließ, weil sie auf ihr Zimmer gehen wollte, um die vergessene Abendmedizin einzunehmen. Auch Elfriede Weinrich hatte, wie uns damals ihre Mitbewohnerin Luise Petzold erzählt hat, kurz vor ihrem Tod Medikamente eingenommen. Sogar zeitlich findet sich eine Übereinstimmung der beiden Fälle. Luise hatte uns berichtet, dass sie, nachdem Elfriede ihre Tabletten genommen hatte, ins Bad gegangen war, um sich für die Nacht zurecht zu machen. Als sie dann nach fünf bis sechs Minuten ins Schlafzimmer zurückkam, lag ihre Zimmergenossin sterbenskrank auf dem Bett. Heute die gleiche Zeitspanne: Gertrud Vaupel geht auf ihr Zimmer, nimmt ihre Medizin, macht sich vielleicht noch ein bisschen frisch und begibt sich zum Fahrstuhl, wo sie, ebenfalls etwa fünf Minuten nach der Einnahme ihrer Tabletten, tot umfällt.«

Franziska sah ihn triumphierend an. Aus Gerhards Gesicht war jetzt alle Müdigkeit gewichen. Aber noch sträubte er sich, den kühnen Gedankengängen seiner Frau zu folgen. »Die Medikamente Elfriede Weinrichs sind im Krankenhaus genau untersucht worden«, wandte er ein. »Alle Arzneien, die sie in ihrem Medikamentenkästchen hatte, waren in Ordnung, Verwechslungen oder Überdosierungen nicht möglich.«

»Und die Tabletten Gertrud Vaupels, hast du dir die angesehen?«

»Nein, das nicht, aber ich weiß, weil ich mit Dr. Sinning darüber gesprochen habe, dass sie bei guter Gesundheit war. Er hatte ihr deshalb lediglich harmlose Alterspräparate verschrieben, die, egal wie viel sie davon einnahm, niemals zu ihrem Tod geführt hätten.«

Franziska war keineswegs entmutigt. Das Leuchten ihrer Augen zeigte, dass sie noch ganz andere Karten auszuspielen gedachte: »Du denkst zu einfach, zu einspurig, eben so wie Männer denken, wenn sie sich an einem Gedanken festgezurrt haben.«

Als Gerhard sich empören wollte, fuhr sie schnell fort: »Ihr werft uns Frauen immer vor, dass wir von einem Thema zum nächsten schweifen, von Hölzchen auf Stöckchen kommen und außerstande sind, einer klaren Linie zu folgen. Manchmal ist das ganz nützlich.« Sie machte eine kurze Pause, um ihm Gelegenheit zu geben, über den Sinn ihrer Vorrede nachzudenken; dann sagte sie: »Du hast dich festgebissen in dem Gedanken, dass der Tod zweier liebenswürdiger alter Damen, wenn er schon nicht natürlicher Art war, so doch höchstenfalls durch unglückliche Verquickung, eine versehentlich falsche Medikamenteneinnahme, eine Dosisverwechslung verursacht gewesen sein könnte. Was aber, wenn dem Tod weder eine natürliche Ursache noch ein Unglück oder Versehen zu Grunde lag, sondern er mit voller Absicht herbeigeführt wurde?«

Sie lehnte sich zurück und funkelte ihn mit glänzenden Augen an. Ihre Erregung sprang auf ihn über. Mit offenem Mund starrte er sie an.

»Das hieße ja...«, stieß er hervor.

»Dass es vielleicht Mord war, ja; zumindest sollte man diese Möglichkeit ins Auge fassen.«

Der Gedanke war zu ungeheuerlich, als dass Gerhard ihn so ohne weiteres akzeptierte: »Aber wir haben doch die Medikamente untersucht...«

»Du bist wie der ungläubige Thomas«, unterbrach sie ihn, »du glaubst nur, was du siehst oder überprüft hast. Aber das, was du nicht gesehen hast, das könnte das Entscheidende gewesen sein.«

Gerhard starrte sie, auch wenn er den Mund jetzt geschlossen hatte, noch immer an. »Ich verstehe nicht…«

»Überleg doch mal«, forderte sie ihn geduldig auf, »du bist immer davon ausgegangen, dass die Arzneibox Elfriede Weinrichs nur Medikamente enthielt, die ihr vom Hausarzt verschrieben worden waren. Du hast sogar vom Krankenhaus bestätigt bekommen, dass sich in dem Tablettenkästchen nur gängige Medikamente in normaler Zusammensetzung und Stärke befanden. Und ich bin sicher, dass, falls man die Arzneien Gertrud Vaupels ebenfalls untersuchen sollte, das gleiche Ergebnis herauskäme. Was aber ist mit der Tablette oder Kapsel, die nicht mehr – zumindest nicht mit einfachen Methoden – untersucht werden kann? Die Tablette nämlich, die kurz vor dem Tod eingenommen und geschluckt wurde. Was würdest du sagen, wenn diese Tablette sich von den normalen Medikamenten gravierend unterschieden hätte…«

»Unterschieden? Wie denn das?«

»… weil sie so manipuliert worden war, dass sie ein tödliches Gift enthielt.«

»Ein Gift!«, Gerhard stöhnte leise auf, »Aber wie sollte denn ein Gift unter die Medikamente kommen?«, fragte er verwirrt; es fiel ihm schwer, nach dem Konstrukt, das Franziska gerade entworfen hatte, einen klaren Gedanken zu fassen.

»Nichts leichter als das. Vielleicht kannst du dich noch an einen schon Jahre zurückliegenden Mordfall erinnern, bei dem das Opfer E605 in einer präparierten Praline zu sich genommen hat und verstarb. Es dürfte keine Schwierigkeiten bereiten, in den dicken Enzymkapseln, die, wie wir wissen, von Elfriede eingenommen wurden, eine ausreichende Menge Gift unterzubringen. Das Einsortieren der Medikamente in die Tablettenkästchen, bei dem die Kapseln aus ihren zugeschweißten Folien herausgedrückt werden, erleichtert zudem einem Manipulator den Zugang erheblich. Ich wette, dass Gertrud Vaupel auch eine Arzneimittelbox besaß, in die sie ihre Medikamente für mehrere Tage vorportioniert hatte.«

Der klaren Linie des Gedankengebäudes, das Franziska skizziert hatte, konnte sich Gerhard nun nicht länger entziehen. Der Faden musste weiter gesponnen werden, das spürte er. Aber er brauchte ein paar Minuten Zeit, um das soeben Gesagte zu verinnerlichen.

»Lass uns nach Hause fahren, bitte. Wir können uns noch ein bisschen an den Kamin setzen und weiterreden«, schlug er vor. Bei dem Gedanken an das Unfassbare, mit dem er gerade konfrontiert worden war, das aber doch im Bereich des Möglichen lag, fröstelte er; die Wärme des Feuers würde ihm gut tun.

Auf der kurzen Fahrt nach Oberhone schwiegen sie. Jeder versuchte für sich aus den Erinnerungen, Schilderungen und Hypothesen ein Bild des Zusammenhangs und des Ablaufs der tödlichen Geschehnisse zusammenzusetzen.

Als sie schließlich vor dem knisternden Kaminfeuer saßen, Franziska mit ihrem obligaten Glas Martini, er vor seinem Bier, und eine Weile in die Flammen geschaut hatten, war es Gerhard, der das aussprach, was beide in den letzten Minuten quälend beschäftigt hatte und in das zwangsläufig alle ihre künftigen Gedanken und Überlegungen einmünden mussten: »Wer, Franziska, wer könnte ein Interesse haben, zwei alte, reizende Damen auf eine solch hinterhältige Weise – immer vorausgesetzt, dass es sich wirklich so abgespielt hat, wie du es vorhin angedeutet hast – umzubringen? Wer, das verrate mir, hat überhaupt ein Motiv so etwas zu tun?«

Ratlos blickte er in das Stieben und Funken, das der auffrischende Wind im Kamin entfacht hatte. »Welchen Grund kann jemand haben, betagte, wehrlose Frauen zu töten?«

Franziska hatte sich weit vorgebeugt. Mit gefalteten Händen, die Unterarme auf die Knie gestützt, sah sie ins Feuer. Der Widerschein der Flammen spiegelte sich in ihrem Gesicht. Ein leichtes Nicken des Kopfes zeigte an, dass sie nachdachte.

»Mir fallen auf Anhieb zwei Personen ein, die ein mehr oder weniger starkes Motiv besitzen, die beiden Seniorinnen zu beseitigen.« Sie sprach, sich der Bedeutung ihres Verdachts bewusst, ernsthaft und langsam.

»Martha Henkelmann?«, rief Gerhard und sah Franziska fragend an. Sie erwiderte seinen Blick und nickte.

»Ist das nicht ein bisschen weit hergeholt?«, gab er zu bedenken, »Mord aus gekränkter Eitelkeit, aus Enttäuschung über die Abwendung der Freundin?«

»Du vergisst, dass die Eifersucht – und genau darunter leidet Martha Henkelmann – eines der Hauptmordmotive unserer Gesellschaft ist. Wir sind es gewohnt, Eifersuchtsdramen vorwiegend mit jüngerem Lebensalter, mit sexuell aktiven Menschen in Verbindung zu bringen. Aber wer sagt denn, dass eine alte Frau, die miterlebt, wie die geliebte Freundin ihr verloren geht, verführt von einer verhassten Rivalin, und die weiß, dass sie diesen Verlust nie wieder kompensieren kann, nicht eine ebenso große Gefühlsintensität besitzt wie junge Menschen? So groß vielleicht, dass Mordgedanken in ihr entstehen?«

»Möglicherweise hast du Recht«, stimmte ihr Gerhard nachdenklich zu, der sich noch gut an Martha Henkelmanns Verbitterung errinnerte, wenn sie von dem Verhältnis Elfriedes mit Gertrud Vaupel sprach. Auch ihre mangelnde Anteilnahme am Tod Elfriedes fände so eine natürliche Erklärung.

»Offen bleibt allerdings, wie sie – wenn sie es denn war – an ein so tödliches Gift gekommen sein könnte?« Franziska zuckte mit den Schultern, um ihrer Unwissenheit Ausdruck zu geben, und da auch er im Moment keine Erklärung fand, schauten sie wieder schweigend in die Flammen.

»Ich ahne, wen du als zweite Person im Auge hast, die Interesse am Tod zumindest Elfriede Weinrichs haben könnte«, meldete sich Gerhard nach einer Weile zu Wort. »Ein Motiv, das an Häufigkeit und Gewicht dem der Eifersucht in nichts nachsteht, es wahrscheinlich sogar noch übertrifft, ist die Geldgier. Und Elfriede besaß etwas, das dieses Verlangen sehr wohl wecken konnte – die Bantzerbilder nämlich. Und damit rückt Berthold Brandel, der Neffe, ins Blickfeld. Habe ich Recht?«

»Wie immer, Heinrich, wie immer«, sagte sie lächelnd und unterdrückte den Wunsch, ihm klarzumachen, dass sie es war, die ihn zu diesen Schlüssen hingeführt hatte. »Wie allerdings der Tod Gertrud Vaupels in die Konstruktion, dass der Neffe der Täter ist, passt, ist mir nicht klar. Hat er sie vielleicht als mögliche Mitwisserin des Geheimnisses um die Bantzerbilder beseitigt? Oder wegen ihres Wissens um die posthume Übereignung an die Stadt Eschwege? Aber dann müsste er ja Martha Henkelmann, die nicht nur von den Bildern und dem Vermächtnis weiß, sondern die letztwillige Verfügung Elfriedes sogar in Händen hält, zuallererst ausschalten.«

»Wir wissen nicht einmal, ob er von den Bantzerbildern überhaupt Kenntnis hat«. Gerhard hielt sich die Hand vor den Mund und unterdrückte ein Gähnen. »Wahrscheinlich erweisen sich alle Vermutungen, die wir heute Abend angestellt haben, als Hirngespinste und die beiden Seniorinnen sind an nichts anderem als an Altersschwäche gestorben.«

Er erhob sich schwerfällig aus dem Sessel. »Ich bin müde, Franziska, es war ein aufregender, aber auch anstrengender Tag. Ich bin bettreif, es ist Zeit, mich hinzulegen.« Er beugte sich zu ihr hinunter und küsste sie auf die vom Feuer warme Stirn.

»Heinrich«, Franziska hielt ihn am Arm fest, »ich glaube, du solltest morgen die Polizei über unseren Verdacht informieren. Immerhin könnte es sein, dass Martha Henkelmann in Gefahr ist.«

»Es sind reine Vermutungen, die wir haben, keinerlei Beweise, dass der Tod der alten Frauen durch eine äußere Einwirkung herbeigeführt wurde. Immerhin ist auf beiden Leichenschauscheinen das Feld ‚natürlicher Tod' angekreuzt worden.«

»Geh trotzdem«, bat Franziska, »dann haben wir uns wenigstens nichts vorzuwerfen, wenn doch noch etwas passiert.«

»Na gut«, sagte Gerhard und ging zur Tür. »Ich werde morgen Charly Montag aufsuchen und ihm alles über die beiden Todesfälle und unsere Schlussfolgerungen berichten. Aber ich weiß schon jetzt, was er dazu sagen wird.«

9

Gerhards Vermutungen hinsichtlich Charly Montags Reaktion erwiesen sich als zutreffend. Als er kurz vor Mittag des nächsten Tages das Dienstzimmer des Hauptkommissars in der Polizeidirektion Eschwege betrat, empfing ihn ein Duft nach Kaffee und frischem Backwerk.

»Hallo Heiner«, begrüßte ihn Karl Montag mit voller Stimme, während er sich bedächtig aus seinem Drehstuhl erhob und hinter dem Schreibtisch hervorkam.

Alle seine Freunde nannten ihn Heiner, daran hatte sich Gerhard längst gewöhnt, nur Franziska hatte sich das Privileg vorbehalten, ihn unverkürzt mit Heinrich anzureden. Als er jetzt dem Hauptkommissar die Hand reichte, zuckte er unter dem kräftigen Händedruck zusammen und ächzte: »Hallo Charly, da bin ich mal wieder.«

»So, so«, sagte Montag nur und sah ihn von der Seite an. »Dann setz dich erst einmal.« Er deutete auf den neben seinem Schreibtisch stehenden Stuhl. Aber er hätte sich diese Bewegung auch sparen können, denn abgesehen von dem Drehstuhl des Hauptkommissars war dieses schlichte Möbelstück die einzige Sitzgelegenheit im Raum. Gerhard kannte die spartanische Einrichtung des Dienstzimmers von früheren Besuchen und auch der Geruch, der in der Räumlichkeit hing, war ihm von seinen damaligen Visiten vertraut.

»Hat denn jemand heute Geburtstag?«, fragte Gerhard scheinheilig und sah ostentativ auf die dickbauchige Tüte, die auf dem kleinen Schränkchen unter dem Fenster, eingerahmt von drei kümmerlichen Grüngewächsen lag und deren Ausbuchtungen die Köstlichkeiten der Kaffeestückchen, die sie enthielt, erahnen ließen. Die Vorliebe des Hauptkommissars für Quarktaschen und Mohnschnecken war allgemein bekannt, es gab nur wenige Tage, an denen er der Versuchung, sich in der nahen Bäckerei einzudecken, widerstehen konnte.

»Nein, kein Geburtstag«, antwortete Montag, der den Blick Gerhards auf die Gebäcktüte bemerkt hatte. Das Lächeln, das auf seinem Gesicht erschien, und das Funkeln der Augen verrieten die Freude auf den bevorstehenden Genuss. »Gunter kommt gleich – Dienstbesprechung – und da dachte ich...«, er wies vage zur Tüte hin, hob seinen Becher auf und trank aus. »Ich hole schnell frischen Kaffee. Bin sofort wieder da«, sagte er und verließ den Raum.

Gerhard kannte den Hauptkommissar seit einigen Jahren, er mochte die lebensbejahende, offene Art Karl Montags, seine aufrichtige Hilfsbereitschaft, den warmen, dunklen Tonfall seiner Stimme, die allerdings auch sehr schnell streng und sachlich werden konnte, wenn er über eine dienstliche Angelegenheit sprach. Gerhard teilte mit ihm die Leidenschaft für das Handballspiel, sie sahen sich häufig in den Sporthallen und führten dort manche hitzige Diskussion über die Mannschaftsaufstellung, über Angriffsvarianten und die Abwehrleistung ihres Eschweger TSV, wobei die Hitze bei den Debatten meist von dem eher impulsiven Hauptkommissar ins Spiel gebracht wurde, während Gerhard wesentlich objektiver und analysierender bei der Aufarbeitung des Spielgeschehens zu Werke ging.

Ihr Kontakt war ein rein privater, meist auf der Basis ihrer sportlichen Interessen. Dienstlich hatte Gerhard erst einmal mit der Kriminalabteilung der Eschweger Polizeidirektion und Hauptkommissar Montag zu tun gehabt. Es war noch nicht einmal ein Jahr her, dass er maßgeblich an der Lösung eines Mordfalls beteiligt gewesen war. Es war damals Gerhards Beharrlichkeit, seiner Wissbegier und seinen intuitiven Eingebungen zu verdanken gewesen, dass der Todesfall, der offiziell schon als Selbstmord ad acta gelegt worden war, als Mord entlarvt zur Aufklärung kam und die Verhaftung des Mörders erfolgen konnte.

Auf diese gemeinsame Zusammenarbeit spielte Charly Montag jetzt an, als er mit einer Thermoskanne zurückkam, die Becher vollgoss und wissen wollte: »Na, was liegt denn diesmal an?« Seine Stimme hatte einen leicht ironischen Unterton. »Witterst du mal wieder ein Verbrechen, von dem die Polizei keine Ahnung hat?«

»Ja«, antwortete Gerhard und amüsierte sich über das verdutzte Gesicht seines Freundes.

»Heißt das«, fragte der Hauptkommissar, »dass du erneut auf eine Ungesetzlichkeit gestoßen bist, von der wir nichts wissen?« Spöttisch fügte er hinzu: »Womöglich auf einen Mord?«

»Nein, Charly, auf zwei. Ich will euch von zwei Todesfällen in Kenntnis setzen, die mir suspekt erscheinen. Es wird das Zweckmäßigste sein, ich teile dir erst einmal die Fakten mit, dann kannst du dir selbst ein Urteil bilden.«

Gerade, als Gerhard mit seinem Bericht über die Ähnlichkeiten im Ableben der beiden Seniorinnen und die von ihm und Franziska daraus gezogenen Schlüsse beginnen wollte, kam Gunter ins Zimmer. Er trug eine Papiertüte mit einer Bäckereiaufschrift in der Hand.

»Hallo, Heiner, lange nicht gesehen«, begrüßte er Gerhard und wollte die mitgebrachten Kaffeeteilchen auf dem Schränkchen am Fenster ablegen; dabei bemerkte er die dort bereits liegende Tüte, deren Bedruckung verriet, dass sie ebenfalls Backwaren enthielt.

»Warum sagst du mir denn nicht, dass du auch in die Bäckerei gehst, Charly. Dann hätte ich mir das hier sparen können.« Er hielt seine Tüte in die Luft.

»Besser zwei als keine«, verkündete genüsslich der Hauptkommissar. »Und außerdem haben wir jetzt mit Heiner einen dritten Esser, da kommen deine Hefestückchen gerade recht.«

»Das ist auch wieder richtig«, stimmte Gunter zu, legte seine Tüte neben die andere und verließ das Zimmer, um sich aus einem Nebenraum einen Stuhl zu holen.

Gerhard starrte fasziniert auf die zwei papierumschlossenen Gebirgserhebungen, die nun nahezu völlig die Topfpflanzen auf dem Schränkchen verdeckten. Aber er war sich sicher, dass es den digestiven Erosionskräften der beiden Kommissare sehr schnell gelingen würde, diese Berge zu verkleinern, wenn nicht gar zum Verschwinden zu bringen.

Oberkommissar Gunter Schröders korpulente Gestalt verriet, dass er kulinarischen Verlockungen nur allzu oft und allzu gerne erlag, als er jetzt mit einem Plastikstuhl, den er aus irgendeinem Konferenzraum geholt haben mochte, zurückkehrte. Inzwischen hatte Charly Montag die Tüten auf seinen Schreibtisch umgelagert und drei Kuchenteller bereitgestellt. Er forderte zum Zugreifen auf.

»Weißt du, weshalb Heiner heute hier ist?«, fragte der Hauptkommissar seinen Kollegen.

»Wahrscheinlich liegt wieder eine Leiche herum, die wir übersehen haben.« Beide Polizisten lachten, Charly schlug mit der Hand auf die Schreibtischplatte, während Gunter Gerhards Arm ergriff, als wolle er ihm zu verstehen geben, dass sie es nicht böse meinten und ihn auf keinen Fall auslachen wollten. Dann beugten sich beide zu den Tüten hin und versenkten ihre Hände darin.

»Heiner wollte gerade beginnen zu erzählen, was es mit seinen neuerlichen Vermutungen auf sich hat, als du hereinkamst. Das Beste wird sein, wir lassen ihn berichten und hören uns erst einmal an, was er vorzutragen hat«, schlug Charly Montag vor und zog seine Hand aus der Tüte. Nach einem kräftigen Biss in die Quarktasche lehnte er sich in seinem Schreibtischstuhl zurück und sah Gerhard erwartungsvoll an.

Auch Gunter hatte es sich auf seinem Plastikstuhl bequem gemacht, die Krümel und Kügelchen auf seinem Vollbart ließen erkennen, dass er mit Inbrunst dabei war, einer Mohnschnecke zu Leibe zu rücken. »Ich höre«, nuschelte er mit noch halbvollem Mund und biss wieder zu.

Gerhard, der mutmaßte, dass sein Bericht den beiden Kommissaren wunderbar ins Konzept passte, um in aller Ruhe die Kaffeestückchen vertilgen zu können, begann mit der Schilderung der Ereignisse der letzten Tage, soweit sie die plötzlichen Todesfälle der alten Frauen betrafen. Vor allem den Zusammenhang zwischen der Medikamenteneinnahme und dem nur kurze Zeit später eingetretenen Tod stellte er heraus, wies auf die gute Verfassung beider Frauen am Tage ihres Sterbens hin, erwähnte die enge Freundschaft, die Aktivität und den Unternehmungsgeist der zwei Seniorinnen.

»Und dann sterben beide innerhalb einer Woche – so völlig ohne Vorzeichen, regelrecht aus heiterem Himmel –, das erscheint mir – und auch Franziska – ein bisschen zu viel an Gemeinsamkeiten, um nur bloßer Zufall zu sein.«

Charly Montag, der gerade sein drittes Gebäckstückchen geschafft hatte, stellte die Frage, auf die Gerhard gewartet hatte: »Gut, mal den unwahrscheinlichen Fall angenommen, dass sich wirklich Gift in der Kapsel befand, wer hat dann deiner Meinung nach die Kapsel präpariert? Wer hat ein Interesse oder einen Nutzen davon, alte Frauen zu töten?« Er biss in ein Plunderstückchen, das er sich während seiner Frage aus Gunters Tüte geangelt hatte und wartete auf die Antwort.

Gerhard berichtete nun von den beiden potentiellen Verdächtigen und ihren möglichen Motiven, so, wie sie sie gestern Abend am Kamin ausgemacht und diskutiert hatten. Er sprach von der Erbitterung und der enttäuschten Zuneigung Martha Henkelmanns, ihrem vermutlichen Hass auf die beiden Verstorbenen, sprach von dem Neffen, der glauben musste, beim Tod der Tante wertvolle Gemälde zu erben. Er unterließ es allerdings, die Ereignisse des Vormittags zu erwähnen, als Martha Henkelmann ihm das Geheimnis der verborgenen Bilder und die testamentarische Verfügung entdeckt hatte, verschwieg auch seinen Verdacht, dass vielleicht etwas Unrechtmäßiges dem früheren Erwerb der Bilder zugrunde liegen könnte. Dies hatte mit den Todesfällen möglicherweise überhaupt nichts zu tun und beruhte auch letztendlich auf wenig fundierten Spekulationen seinerseits.

Als er geendet hatte, schauten sich beide Kommissare an. Gunter, der gerade das letzte Stück seiner Nussecke heruntergeschluckt hatte, drehte sich zu Gerhard hin.

»Heiner«, sagte er und sein Tonfall verriet, dass er jetzt besänftigend und geduldig zu reden gedachte, wie zu einem Kind, das Albträume hatte, die es zu zerstreuen galt, »das ist ja alles gut und schön, was du uns vorgetragen hast. Klar, wenn man zwei Todesfälle in kurzer Zeit aus nächster Nähe miterlebt, hat man immer ein ungutes Gefühl. Aber sieh mal selbst, was wir an Fakten haben: Zwei Frauen, beide um achtzig Jahre alt, sterben ohne erkennbaren Grund, aber auch ohne den geringsten Hinweis auf eine Einwirkung von außen. Beide Leichenbeschauer bescheinigen einen natürlichen Tod. Dagegen steht dein Gefühl, dass etwas nicht mit rechten Dingen zugegangen ist, nur weil beide am Todestag putzmunter gewesen sind und außerdem eng befreundet waren. Heiner, Hand aufs Herz, was würdest du an unserer Stelle tun, wenn du einen solchen Sachverhalt nach seiner kriminellen Relevanz beurteilen müsstest? Wenn du bei solch spärlichen Indizien abzuwägen hättest, ob eine polizeiliche Ermittlung eingeleitet werden soll oder nicht?«

Das Zusammenknüllen der ersten, leergegessenen Tüte und das Geräusch, das ihr Auftreffen im Papierkorb verursachte, unterbrachen die Stille, die nach Gunters Worten entstanden war. Gerhard fühlte sich unbehaglich. Genau diesen Verlauf des Gespräches hatte er erwartet und insgeheim konnte er den Standpunkt der Polizisten verstehen und ihre Zweifel und ihr Zögern nachvollziehen. »Das Problem ist, dass es jedem, der nicht direkter Zeuge der Ereignisse gewesen ist, schwer fallen muss, nur nach Faktenlage zu dem gleichen Ergebnis zu kommen wie ich, der ich das Geschehen unmittelbar miterlebt habe. Die Diskrepanz, die ich sah, war einfach zu groß – hier die Lebensfreude, dort nur wenig später der Tod – und die Ähnlichkeit beider Abläufe zu auffällig, um nicht rein gefühlsmäßig stutzig zu werden.«

»Rein gefühlsmäßig, genau das ist die Schwierigkeit; das hatten wir doch schon einmal, Heiner«, erinnerte der Hauptkommissar. »Damals hattest du zwar Recht, dein Gefühl hatte dich im Fall des toten Spaniers nicht betrogen. Aber so etwas wiederholt sich in der Regel nicht. Nur auf Gefühlen können wir keine Ermittlungen aufbauen. Du verstehst das, oder?«

Das war der Zeitpunkt, an dem das Kind gefragt wurde, ob denn jetzt wieder alles gut sei und der Albtraum vorbei.

Gerhard erhob sich. »Ich hielt es für meine Pflicht, euch von dem, was mir aufgefallen war, zu berichten. Was ihr daraus macht, ist eure Sache.«

»Anders sieht es natürlich aus«, klärte ihn Gunter auf, »wenn du eine Anzeige machen willst – gegen Unbekannt wegen Tötung der Frauen, dann müssen wir ermitteln.«

»Um Gottes Willen, nein. Dafür ist der Verdacht viel zu vage. Schön jedenfalls, dass ihr mir zugehört habt.« Mit einem Blick auf die verbliebene Gebäcktüte, die nur noch einen kümmerlichen Sockel des einstigen Berges darstellte, wünschte er beiden noch einen guten Appetit und wandte sich zur Tür. »Machts gut, bis irgendwann mal wieder.«

In einem Versuch, den Freund zu trösten, rief Charly ihm nach: »Komm wieder, wenn du eine dritte Leiche hast!«

Gerhard öffnete die Tür und ging. Das erneute Knistern von Papier, das er hinter seinem Rücken hörte, verkündete, dass jetzt auch die zweite Tüte geleert und dem Abfallkorb anvertraut worden war.

10

Es war unübersehbar, dass der Oktober sich dem Ende zuneigte und der November bevorstand. Dicke Regenwolken lagen über Eschwege, als Gerhard aus dem Polizeigebäude trat. Die runden Bergkegel der beiden Leuchtberge, die sich wie der mächtige Busen einer liegenden Frau hinter der Stadt erhoben, waren in den tiefen Wolkenschleiern kaum zu erkennen.

Gerhard zog den Reißverschluss seiner Jacke hoch, stellte den Kragen auf und stapfte los in Richtung Innenstadt. Er bereute es nicht, dass er seinen Wagen auf dem zentralen Stadtparkplatz »Am Werdchen« abgestellt hatte und zu Fuß zur Polizeidirektion gegangen war. Auch wenn der Rückweg jetzt feucht werden würde, er genoss es, gegen den kräftigen Wind, der ihm die Regentropfen ins Gesicht blies, ankämpfen zu müssen. Schon lange, bevor er die Altstadtgassen erreichte, liefen ihm die ersten Regenrinnsale in den Kragen und über Brust und Rücken.

Mit dem Eintauchen in die engen Häuserzeilen überkam Gerhard trotz der widrigen äußeren Bedingungen ein Gefühl des Behagens und der Geborgenheit, so, wie es in früheren Zeiten die Bürger dieser alten Städte empfunden haben mussten, wenn sie abends von der Feldarbeit zurückkehrten; oder auch Reisende und Soldaten, die aus dem Krieg heimkamen und in der gedrängten Ansammlung der Fachwerkbauten Schutz suchten und fanden.

Als er die Herrengasse hinaufging und das Fotogeschäft zur linken Hand passierte, fiel ihm ein, dass er dort schon vor einigen Tagen den Film, der die Aufnahmen von den Weinrichbildern in Elfriedes Zimmer enthielt, zum Entwickeln abgegeben hatte. Das betonte »Natürlich« des Verkäufers auf seine Frage, ob die Fotos fertig seien, drückte einen stillen Vorwurf aus, dass er erst jetzt und nicht schon vor zwei Tagen, als die Bilder längst bereit lagen, zum Abholen kam.

Gerhard eilte, die Fototüte in die noch trockene Innentasche seiner Jacke gestopft, durch den unablässigen Regen das kurze Stück hinunter bis zum »Stad«, der Hauptfußgängerzone Eschweges. Ihn begann zu frösteln, er sehnte sich nach einem geheizten Raum und einem dampfenden Kaffee. Außerdem wollte er einen ersten Blick auf die Aufnahmen werfen, die er von den Weinrichbildern gemacht hatte. Er war neugierig, ob ihm bei ruhiger, längerer Betrachtung etwas auffallen würde, das seinem bisher eher flüchtigen Blick entgangen war.

Er betrat die »Traube«, eine seiner bevorzugten Kneipen

in der Stadt, die zu dieser Mittagszeit den Gast noch in ihrer hellen, angenehmen Tagesbeleuchtung empfing, ehe am Abend dann aus unerfindlichen, für Gerhard nicht nachvollziehbaren Gründen das Licht dermaßen heruntergedreht wurde, dass ein Lesen oder Betrachten einer Zeitschrift kaum noch möglich war. Kuschelatmosphäre nannte man das; nun ja, jetzt jedenfalls war es hell und warm und Evas freundliches »Hallo, Heiner« trug zu einer weiteren Erwärmung bei.

Nachdem er seine völlig durchnässte Jacke aufgehängt und einen Pott Kaffee bestellt hatte, machte er sich auf den Weg zu den Toilettenräumen. Auch wenn der eingedrungene Regen inzwischen Körperwärme angenommen hatte, irritierte ihn die Nässe und verursachte ihm besonders im Nacken- und Rückenbereich ein unangenehmes, feuchtes Kleben.

Im Toilettenvorraum zog er sich Hemd, Pullover und Unterhemd aus und hängte sie an den Fenstergriff. Dann sah er sich nach Papierhandtüchern um, die er neben dem Waschbecken erwartete, um sich die triefenden Haare und den nassen Oberkörper abzureiben. Ein mickriger, elektrischer Händetrockner, der in halber Höhe an der seitlichen Wand angebracht hing, war alles, was er entdeckte.

Es gelang ihm, einen ersten Impuls zu unterdrücken, aus einem Gefühl der Enttäuschung mit der Faust auf den unschuldigen Apparat einzuschlagen. Dann jedoch überlegte er, ob er es vielleicht schaffen könnte, seinen nassen Körper in den Bereich des warmen, dem Automaten entströmenden Luftstroms zu bringen und so eine Trocknung zu erreichen. Und wirklich, wenn er seinen Kopf nur tief genug senkte, strich die Warmluft sanft über seine Haare und erreichte, dass sie in kurzem abtrockneten.

Schwieriger gestaltete es sich indessen, den Oberkörper so nah an die Wand und die untere Öffnung des Apparates zu bugsieren, dass der Luftstrom ihn zumindest in seinen Randbereichen erfasste. Er wand sich nach links und nach rechts, bog sich, zog sich zusammen und buckelte und versuchte dabei, wenn auch nur mit geringem Erfolg, die Wärmeströmung auf seinen nassen Leib zu leiten.

Gerade, als ihm eine yogaähnliche, jedem Fakir zur Ehre gereichende Drehung des Brustkorbes in den Luftstrom gelungen war und er mit gekrümmtem Rücken im Hohlkreuz unter dem Trockner posierte, öffnete sich die Tür, die von der Kneipe in die Toilette führte, und ein junger Mann trat eiligen Schrittes, offenbar von einem dringenden Bedürfnis getrieben, ein. Beim Anblick des halbnackten Mannes, der sich unter dem mit lautem Rauschen Warmluft produzierenden Händetrockner hin und her bewegte, blieb er wie angenagelt stehen. Es dauerte nur wenige Sekunden, in denen er wie versteinert auf das ungewöhnliche Bild, das sich ihm darbot, starrte; dann drehte er sich genauso eilig, wie er hereingekommen war, um und verließ, ohne seinem Bedürfnis abgeholfen zu haben, die Toilette.

Gerhard, der die Untauglichkeit des kleinen Warmluftautomaten für eine wirkungsvolle Trocknung seines Körpers erkannte, richtete sich mit schmerzendem Rücken wieder auf. Böse betrachtete er den weißen Apparat, er war drauf und dran, den Händetrockner nun doch noch zu malträtieren. Dann besann er sich aber und beschloss, sich mit seinem Unterhemd erst einmal die Nässe vom Körper zu reiben und die restliche Trocknung der Wärme der Kneipenheizung zu überlassen.

Wieder mit Hemd und Pullover bekleidet, das nasse Unterhemd über die Schulter geworfen, kehrte er in die Gaststätte zurück. Sofort drehten sich nahezu alle Köpfe zu ihm hin und verfolgten ihn mit den Augen. Offensichtlich hatte der junge Mann, der mit einer Gruppe Gleichaltriger am Tisch saß und eine gequälte Unruhe ausstrahlte, in einer zur Informierung aller Gäste ausreichenden Lautstärke von seiner Begegnung in der Toilette berichtet. Mit welcher Kommentierung er seine Schilderung versehen hatte, konnte Gerhard erahnen, als er die ihn begleitenden Blicke sah, die denen nicht unähnlich waren, die man exotischen Tieren zuwirft, von denen man nie wusste, ob sie neben ihrer Fremdartigkeit nicht auch gefährlich sein konnten.

Er wählte sich einen kleinen Tisch direkt neben dem Heizkörper, über den er sein Unterhemd zum Trocknen spannte, und breitete die Fotos, die er aus der Jackentasche geholt hatte, vor sich aus. Eva brachte den Kaffee, sah ihn, so glaubte er zumindest, an wie immer und machte keine Bemerkung. Auf der Untertasse seines Kaffeepotts lagen die gewohnten drei Plätzchen, eine Aufmerksamkeit Evas gegenüber lieben Gästen, was Gerhard ohne Bescheidenheit auf sich bezog. Nun war die Welt wieder in Ordnung, behaglich lehnte er sich zurück und ließ die Wärme der Heizung und des Kaffees in sich wirken.

Doch dann begann in ihm die Neugier Oberhand zu gewinnen und er fing an, sich die Fotographien, die vor ihm lagen, anzusehen.

Noch einmal spürte er, wie die Blicke der Gäste ihn ins Visier nahmen, als er die Glanzlichtbilder dicht an die Birne der Deckenlampe, die über dem Tisch hing, hielt, um die Einzelheiten besser erkennen zu können. Offensichtlich schien man nach der Entkleidungseskapade in der Toilette seine harmlosen Fotografien mit pornographischem Bildgut in Verbindung zu bringen.

Die ersten drei Fotos, die Gerhard sich jetzt vornahm, waren die Aufnahmen des Gemäldes mit der Schäferszene am Bach, die Weinrich so kitschig maigrün-türkis gemalt hatte, dass schon das flüchtige Daraufsehen die Augen schmerzte.

Gerhard wusste nicht, wonach er suchen sollte. Er hoffte, dass er irgendeine Abartigkeit, eine demonstrative Übertreibung, eine symbolische Verschlüsselung finden konnte, die einen Hinweis enthielt, warum der Maler, der doch mit anderen Bildern bewiesen hatte, wie gut er die Kunst verstand, hier so übertrieben schlecht und geschmacklos zu Werke gegangen war. Er glaubte, im Gegensatz zu Franziska, die eher einen Scherz hinter der abscheulichen Bildgestaltung vermutete, an eine Absicht, die den Künstler zu den bewussten, malerischen Entgleisungen bewogen hatte. Über die Richtung, in die diese Absicht zielte, war er sich allerdings völlig im Unklaren. Es gab viele Beispiele in der Kunst, vor allem in der Literatur und der Malerei, dass die Schöpfer in ihren Werken, gelegentlich aus einer kindlichen Lust am Versteck- und Ratespiel, aber auch aus dem Wunsch heraus, der Nachwelt etwas mitzuteilen, Geheimnisse, Hinweise auf Verborgenes, Prophezeiungen in verklausulierter Form eingeflochten hatten. Vielleicht gelang es Gerhard ja, auch in den Werken Hermann Weinrichs eine solche Chiffrierung zu entdecken.

An der Figur des Schäfers im Vordergrund bemerkte er nichts, das aus dem Rahmen des Normalen fiel. Er ertappte sich dabei, dass er sogar die Finger beider Hände, die sich auf den knorrigen Schäferstock stützten, zählte, um eine eventuelle Abnormität zu erkennen. Die vierzehn abgebildeten Schafe sahen aus, wie Schafe auch heute noch aussehen, und auch die Vermutung, dass ihre Anordnung auf dem Gemälde vielleicht eine geheimnisvolle Form, einen Umriss, gar eine Karte darstellen könnte, bestätigte sich nicht.

Bach, Hügel und Blumenwiese gaben ihm trotz eindringlicher Betrachtung ebenso wenig Hinweise auf eine versteckte Nachricht. Den kleingemalten Hintergrund vermochte Gerhard bei der diffusen Beleuchtung der Kneipenlampe nicht deutlich zu erkennen. Er vermeinte, einige Häuser, vielleicht auch eine Kirche unterscheiden zu können, aber sicher war er sich da nicht. Eine genaue Inspektion dieser Objekte wollte er am Abend zu Hause bei gutem Licht und mit einem Vergrößerungsglas durchführen.

Auch das zweite Gemälde, das Gerhard mit drei Aufnahmen aus unterschiedlichen Winkeln abfotografiert hatte, gab keinen Aufschluss darüber, ob, und wenn ja, welche Nachricht Hermann Weinrich einem späteren Betrachter übermitteln wollte. Die mit der Heuernte beschäftigten Personen hatten, außer dass sie in übertriebener Gestik und in zum Teil schreienden Farben abgebildet waren, nichts an sich, das als geheime, verborgene Botschaft gedeutet werden konnte. Die Haufen der Heuballen, die Anzahl der Wagenspeichen, die

Menge der Wolken, die an dem orangeroten Himmel standen – beliebige Zahlen ohne Übereinstimmung, ohne Aussage, ohne Bedeutung. Auch auf diesem Gemälde war, ähnlich wie auf dem anderen, eine Häuseransammlung, möglicherweise ein Dorf am Hang eines Hügels vage auszumachen. Aber auch hier waren Einzelheiten nicht zu erkennen. Nun, die nähere Betrachtung musste bis zum Abend warten, eine detaillierte Identifizierung des Hintergrundes war bei diesen Bedingungen einfach nicht möglich.

Gerhard packte seine Fotos zusammen. Als er mit dem jetzt trockenen Unterhemd in der Hand dem Ausgang der »Traube« zusteuerte, lenkte er ein letztes Mal die Augen der Gäste auf sich, bis sich die Gaststättentür hinter ihm schloss.

Draußen empfing ihn der Regen wie ein alter Bekannter, der auf ihn gewartet hatte. Da aber der Weg zum Auto kurz war, fiel die Durchnässung diesmal nur gering aus und hatte gegen die anschließend vollaufgedrehte Wagenheizung keine Chance.

Franziska rief am frühen Abend aus Göttingen an. Sie berichtete, dass sie gerade erst nach einem stressigen Tag in ihre Wohnung zurückgekehrt sei. »Ich sitze, oder besser ich liege in meinem Sessel, habe die Beine auf den Tisch gelegt…«

»Und ein Glas Martini in der Hand«, ergänzte Gerhard.

»Woher weißt du das?«, fragte sie und spielte die Erstaunte.

»Nach über dreißig Ehejahren weiß man so manches.«

»Was zum Beispiel«, flötete sie. Gerhard wusste, worauf sie aus war und tat ihr den Gefallen, vor allem auch deshalb, weil das, was er nun sagte, ihm aus dem Herzen kam: »So weiß ich zum Beispiel, dass ein See, über den der Wind der Zeit hinweggegangen ist, auch nach dreißig Jahren nichts an Tiefe und Schönheit verliert. Mag auch inzwischen einiges Seegras in ihm gewachsen sein, das die Wildheit früherer Wellen jetzt dämpft, sein Wasser ist nach wie vor geheimnisvoll und verlockend.«

Der Seufzer am anderen Ende der Leitung und die Stille, die ihm folgte, sagten Gerhard, dass seine Botschaft angekommen war. »Das hast du aber wunderbar gesagt, das hätte Rosamunde

Pilcher nicht poetischer ausdrücken können«, machte sie ihm ein äußerst fragwürdiges Kompliment. Dann aber besann sie sich auf den Grund ihres Anrufs: »Sag mal, warst du schon bei der Polizei?«

»Ja, war ich. Und das Ergebnis war genau so wie ich es vorhergesagt habe.« Er erzählte ihr von der Unterredung mit den beiden Kommissaren und von ihrer aus polizeilicher Sicht verständlichen, für ihn aber unbefriedigenden Reaktion: »Es wird also vorerst nichts passieren, keine Ermittlung, keine Nachforschung oder Untersuchung. Erst, wenn ich eine dritte Leiche habe, soll ich wiederkommen, hat mir Charly Montag hinterhergerufen.«

»Ganz schön makaber. Hoffentlich wird das nie eintreffen«, sagte Franziska und verabschiedete sich mit einem zärtlichen telefonischen Kuss von ihrem Mann.

Nach dem Abendessen verzog sich Gerhard in seinen Künstlerbereich. So nannte er das Nebenhaus, den ehemaligen Stall des alten Bauernhauses, den er sich vor drei Jahren als seinen persönlichen, künstlerischen Arbeitsbereich ausgebaut hatte. Durch sechs Fenster auf der den Wiesen und Feldern zugewandten Hausseite fiel das Tageslicht ungehindert in den großen Raum und gewährte den freien Blick über die Flussniederungen bis hin zum Horizont. Nicht zuletzt wegen der guten Lichtverhältnisse diente ihm dieser Raum als seine Malwerkstatt.

Hierhin, in sein Atelier, begab er sich nun. Er setzte sich unter die starken Deckenstrahler, die über seinem Malplatz angebracht waren und nahm vorsichtig das Bild, an dem er noch vor kurzem gemalt hatte, von der Staffelei. Mit einem Lappen entfernte er die Reste der Ölfarben, kippte das Holzgestell in seine maximal mögliche Schräge und breitete auf einem Pappbogen, den er untergelegt hatte, die Fotographien der Weinrichgemälde aus. Er veränderte die Stellung des Deckenstrahlers so, dass das auffallende Licht keine Spiegelung oder Blendung verursachte und begann, sich in die erneute Betrachtung der Bilder, jetzt unter optimalen Sichtbedingungen, zu vertiefen.

In den hellen Lichtkegeln, die auf die Aufnahmen fielen, war nun deutlich zu erkennen, dass die Häuseransammlungen im Hintergrund der Gemälde ein Dorf darstellten. Die Gleichartigkeit in der Anordnung der Gebäude ließ vermuten, dass in beiden Bildern jeweils dieselbe Ortschaft abgebildet war. Einige hundert Meter abseits des Dorfes lag ein ebenfalls in beiden Werken sichtbarer einzeln stehender Gebäudekomplex, der mit feinen, sorgfältigen Pinselstrichen herausgearbeitet war und sich abhob von den anderen, lediglich in groben Konturen gemalten Häusern.

Gerhard stand auf und holte die große Leselupe. Er hatte sie vor Jahren von einer Arzneimittelfirma, die ein Augenmittel vertrieb, geschenkt bekommen. »Mit Optiopt haben Sie mehr Durchblick«, stand in roten Buchstaben am Rand. Er wusste nicht, ob dieses Mittel noch im Handel war, aber er war jetzt dankbar, das starke Vergrößerungsglas zur Hand zu haben. Mit einer prickelnden Erwartung setzte er sich vor seine Staffelei und begann, die Aufnahmen mit der Lupe gründlich durchzugehen.

Das Erste, was ihm auffiel, als er das dicke Glas über die Fotos hielt, war der spöttische Zug, den das Gesicht des Schäfers zur Schau stellte und der ihm vorher nicht aufgefallen war. Die gerade Linie der geschlossenen Lippen, das leichte Anheben der Mundwinkel in ihren äußersten Enden und der direkte Blick aus hellen Augen, deren linke Lidspalte wie zu einem Zwinkern verengt war, gaben dem Betrachter das Gefühl, belächelt und bespöttelt zu werden.

Schnell richtete Gerhard seine Lupe auf die Figuren des anderen Gemäldes. Tatsächlich, als er in das Gesicht des vespernden Bauern schaute, erblickte er die gleichen ironisch fragenden Augen, so wie man sie häufig auf den Gesichtern von Wissenden gegenüber Ahnungslosen sieht. Hintergründiger, verhaltener Spott lag in den Zügen dieser Männergestalt, die auffälligerweise als einzige Person des Gemäldes den Bildbetrachter anschaute. Alle anderen – Bäuerin, Knechte und Erntehelfer, blickten mit indifferenten Mienen vor sich hin oder sahen auf ihre Arbeit.

War dieser amüsierte, fast höhnische Ausdruck im Blick beider Hauptfiguren, das spöttische Lächeln um ihren Mund nur zufällige Übereinstimmung? Oder war es die Absicht des Malers, genau diese Mimik den männlichen Protagonisten zuzuordnen? Eher das Letzte, entschied Gerhard.

Er betrachtete jetzt noch einmal, diesmal mit dem Vergrößerungsglas, die Hintergründe der Gemälde, die so ähnlich angelegt worden waren, dass diese Tatsache an sich schon auffallend war. Die auf den Bildern gemalte Häuseransammlung stellte unzweifelhaft das gleiche Dorf dar, das erkannte er jetzt mit der Lupe: Die Lage und die Formen der Gebäude, auch wenn der Maler sie nur angedeutet hatte, waren nahezu identisch, auch Bäume, Sträucher und Zäune standen an den gleichen Stellen.

Als er die Lupe nun nochmals über die Bilder gleiten ließ, von einem Foto zum anderen schwenkte und schließlich auf das abseits gelegene, einzeln stehende Haus fokussierte, konnte er nur mit Mühe einen Schrei unterdrücken. Am liebsten hätte er »heureka« wie weiland Archimedes gerufen; denn das, was er unter der starken Vergrößerung des gewölbten Glases jetzt sah, war genau das, da gab es für ihn keinen Zweifel, nach dem er gesucht hatte. Es war die Art, wie Weinrich das Anwesen gemalt hatte, die ins Auge sprang und die erst mit Hilfe der Lupe deutlich sichtbar geworden war. Mit feinem Pinselstrich, einer neben dem anderen, akribisch sorgfältig ausgeführt, hatte der Künstler eine Miniaturmalerei geschaffen, die einen Komplex von drei Gebäuden abbildete, die mit nahezu fotographischer Genauigkeit gemalt waren: Ein großes, in schönem Fachwerk errichtetes Haupthaus und ein langgestreckter, fast ebenso großer Nebenbau – vielleicht eine Stallung – sowie ein kleines, einige Meter seitlich gelegenes Häuschen, das als Gartenhütte oder Geräteschuppen dienen mochte. An der Seite des großen Gebäudes war ein mächtiges Schaufelrad angebracht, aus dessen Fächern das Wasser lief.

Es war offensichtlich, dass der Maler eine Mühle mit ihren Nebengebäuden zur Abbildung gebracht hatte, und es konnte auch kein Zweifel bestehen, dass die realistische, detaillierte Darstellung signalisierte, dass diese Mühle so, wie sie in allen ihren deutlich erkennbaren Einzelheiten gemalt war, tatsächlich existierte und einer Identifizierung zugänglich war.

Doch warum hatte Hermann Weinrich diesen Gebäudekomplex so exponiert erkennbar dargestellt? Was bedeutete dem Maler das Haus? Wollte er dem Betrachter eine Botschaft, die mit diesem Anwesen zu tun hatte, zukommen lassen, ihm ein Geheimnis mitteilen? Oder hatte er lediglich nostalgische Erinnerungen an die Mühle, denen er in seinen Bildern nachhing?

Es musste doch möglich sein, herauszubekommen, wo sich diese Bauwerke, auch wenn sie schon vor einigen Jahrzehnten gemalt worden waren, befanden. Den auf den Bildern dargestellten Szenen war klar zu entnehmen, dass sie im Schwälmer Land oder in seiner näheren Umgebung spielten; dort mussten auch, da war sich Gerhard sicher, die gesuchten Gebäude und das Dorf zu finden sein. Die relativ nahe Lage der Mühle bei der abgebildeten Ortschaft könnte dazu beitragen, den Standort der gemalten Örtlichkeiten ohne allzu große Schwierigkeiten zu bestimmen.

Gerhard stand erregt auf. Er kannte die Unruhe, die ihn stets dann erfasste, wenn es galt, einer unaufgeklärten Sache, die sein Interesse geweckt hatte, nachzuspüren. Dann war er wie ein Jagdhund, der auf die Spur des schweißenden Wildes gestoßen war und nicht eher ruhte, bis er die Beute aufgestöbert hatte.

Er trat zu den Fenstern. Durch Lücken der schnell dahin fliegenden Wolken ließ der Mond ein schwaches Licht auf die bleichen Wiesen fallen. Gerhard schaute zum Horizont, der in der Dunkelheit kaum mehr zu erkennen war. Irgendwo da draußen befand sich das Dorf, das er suchte, und nicht weit davon lag das Haus, dessen Geheimnis ihn anzog und ihn solange in seinem Bann halten würde, bis er es gefunden hatte. Ihm war augenblicklich klar, dass ihm kein anderer Weg blieb, als noch einmal in die Schwalm zu fahren und die Mühle ausfindig zu machen.

11

Als er am frühen Vormittag aus dem Haus trat, war die Novemberstimmung des gestrigen Regentages einem lichterfüllten Herbstmorgen gewichen. Die Sonne war über den Dächern von Oberhone aufgegangen und stieg am steilen Hang des dahinterliegenden Lotzenkopfes empor. Nur noch wenige Wolkenreste, die am östlichen Himmel dahintrieben und sich im Schein des schwindenden Morgenrots auflösten, kündeten von der gestrigen Regenfront. Die nassen Wiesen und Felder dampften unter der Wärme der Sonnenstrahlen, und Gerhard fühlte, wie seine Unternehmungslust, die nach der gestrigen Entdeckung in ihm erwacht war, von diesem hellen Oktobertag noch weiter beflügelt wurde.

Als erstes wollte er noch einmal bei Martha Henkelmann vorsprechen. Er wollte ihr die Bilder zeigen und sehen, wie sie darauf reagierte. Doch zunächst war es notwendig, Vergrößerungen der kleinformatigen, mit dem bloßen Auge kaum erkennbaren Bildobjekte anfertigen zu lassen. Der Verkäufer des Fotogeschäftes, das er vor seinem Besuch im Seniorenstift aufsuchte, versprach sein Möglichstes zu tun; in einer halben Stunde werde er die Vergrößerungen wohl fertig haben.

Gerhard nutzte die Zeit zu einem Bummel durch die Fußgängerzone Eschweges, die an diesem frühen Morgen noch nahezu unbelebt dalag. Er liebte es, eine Stadt erwachen zu sehen. Er lauschte den Geräuschen, die das Hochschieben der Sicherheitsgitter und das Aufschließen der Kaufhaustüren erzeugten, beobachtete das Rangieren und Entladen der Lieferfahrzeuge, die in hastiger Eile bemüht waren, ihre Tätigkeit beendet zu haben, ehe der stetig zunehmende Fußgängerstrom von der Straße Besitz ergreifen würde.

Tatsächlich, nach der versprochenen halben Stunde konnte er die vergrößerten Bildausschnitte, die in erstaunlicher Klarheit Dorf und Mühle zeigten, in Empfang nehmen und sich auf den Weg in das Altenwohnheim machen. Er war gespannt, ob Martha Henkelmann die abgelichteten Objekte erkennen, vielleicht sogar benennen und lokalisieren konnte.

Die Seniorin schien nicht erstaunt, ihn wiederzusehen, als sie ihm die Tür öffnete. Die Empörung, Verbitterung, die Eifersucht und der Hass, die er bei seinen vorhergehenden Besuchen in ihrer Sprache und ihrem Verhalten registriert hatte, waren jetzt einer tiefen Trauer gewichen, die deutlich sichtbar in ihrem Gesicht eingegraben war und die sich auch in den müden Bewegungen, mit denen sie ihm in ihr Zimmer vorausging, ausdrückte. Gerhard machte sich Vorwürfe, dass er sie in dieser Stimmung behelligte, aber Martha Henkelmann beteuerte ihm, dass sie sich aufrichtig freue, ihn wiederzusehen.

»Sie kommen doch bestimmt noch einmal wegen der Bilder?«, wollte sie wissen, als sie sich gegenübersaßen. »Sie sind noch immer da. In Elfriedes Zimmer ist alles unverändert.«

»Ist denn der Neffe immer noch nicht aufgetaucht?«, fragte Gerhard verwundert.

»Nein, er ist wohl noch immer auf Reisen. Die Heimleiterin war gestern bei mir. Sie kündigte an, dass das Zimmer bis nächste Woche ausgeräumt sein muss.« Sie sprach mit schwerer Stimme, es fiel ihr nicht leicht, die Worte zu finden. »Es gibt jemanden, der dort einziehen will.« Als ihre Augen plötzlich feucht wurden, wendete sie ihr Gesicht zum Fenster hin und sah mit leerem Blick hinaus. »Elfriede kann niemand ersetzen.« Ein unvermitteltes Schluchzen schüttelte ihren Körper. »Mein Gott, was habe ich getan?«, stöhnte sie kaum hörbar und vergrub ihr Gesicht zwischen den Händen.

Gerhard starrte sie an. War er gerade Zeuge eines Eingeständnisses geworden? ‚Was habe ich getan!' Worauf bezog sich die Frage, die sich die alte Frau soeben selbst gestellt hatte? Der schmerzliche Zug um den Mund verriet, wie entsetzlich sie unter dem Verlust Elfriedes litt. In diesem Augenblick war er überzeugt, dass Franziska Recht hatte mit ihrer Vermutung, Martha Henkelmann könnte die schrecklichen Gifttaten begangen haben. Wie nahe lagen Hass und Hingabe nebeneinander, wie schnell konnte zerstörerischer Ingrimm Bindungen unkontrolliert zerreißen und den an seiner überstürzten Tat Verzweifelten vor dem Trümmerhaufen einer übergroßen Liebe zurücklassen.

Die Seniorin bemerkte den Blick, mit dem Gerhard sie ansah. Es war deutlich, dass es sie Mühe kostete, ihre Beherrschung wiederzufinden und den soeben offenbarten Kontrollverlust ihrer Gefühle zu überspielen. »Wollen wir in Elfriedes Zimmer hinübergehen?«, fragte sie um einen neutralen Tonfall bemüht und machte Anstalten aufzustehen.

»Nein, nein, Frau Henkelmann«, beeilte sich Gerhard zu sagen, »ich bin lediglich gekommen, um Sie zu bitten, einmal einen Blick auf diese Bilder zu werfen.« Er zog die Vergrößerungen aus der Innentasche seiner Jacke und legte sie ihr vor.

Verständnislos sah die alte Frau auf die dargestellten Ansichten.

»Kennen Sie die Örtlichkeiten, die dort abgebildet sind?«, fragte Gerhard.

Ohne zu antworten stand sie auf, ging zu ihrem Schreibtisch und zog die oberste Schublade heraus. Einem Etui entnahm sie eine Brille, setzte sie auf und kehrte zu dem Tisch zurück, auf dem die Bilder ausgebreitet lagen. Erneut studierte sie die vergrößerten Gemäldeausschnitte. »Nein, dieses Dorf und diese Mühle habe ich noch nie gesehen, sie sagen mir gar nichts«, sagte sie schließlich bestimmt. Ihrer anteilnahmslosen, unbeteiligten Art, mit der sie die abkopierten Fotos betrachtete, entnahm Gerhard, dass sie wirklich nichts von den dargestellten Objekten wusste und auch nicht erkannte, dass sie Teil der Gemälde waren, die nebenan in Elfriedes Zimmer hingen.

Augenscheinlich interessierte es sie nicht, woher die Abbildungen stammten und warum sie ihr vorgelegt worden waren. Sie war zu sehr mit sich und ihrer Trauer beschäftigt, zu sehr eingefangen in Selbstbemitleidung und dem Beklagen ihrer jetzigen Situation. »Elfriede fehlt mir«, jammerte sie ein um das andere Mal. »Hätte ich das gewusst…«

Gerhard schwieg. Die üblichen, tröstenden Worte erschienen ihm in diesem Moment zu flach und unpassend. Auch war er zwiespältig in seinem Empfinden der alten Frau gegenüber, von der er ja, bei allem Leid und aller Hilflosigkeit, die sie im Augenblick erkennen ließ, annehmen musste, dass sie möglicherweise eine Mörderin war.

Wie verhielt er sich richtig? Sollte er Martha Henkelmann direkt mit seinem Verdacht konfrontieren, ihr womöglich ein Geständnis entlocken? Was aber, wenn sie nichts mit dem Tod ihrer Mitbewohnerin zu tun hatte? Wie, fragte er sich, würde sie die Kränkung, die sie durch seine Verdächtigung erfuhr, in sich aufnehmen, und, vor allem, was würde diese in ihr anrichten?

Sollte er der Heimleiterin seine Vermutungen mitteilen? – Nein, auf keinen Fall, beantwortete er sich gleich selbst die Frage. Es brachte nichts, Anschuldigungen in die Welt zu setzen, die durch nichts Objektivierbares untermauert werden konnten. Misstrauen, ob begründet oder unbegründet, nistete sich, einmal gesät, allzu bereitwillig in die Gedanken der Mitmenschen ein. Nein, das wollte er Martha Henkelmann nicht antun.

Er verabschiedete sich und trat auf den Gang. Die hohe, asthenische Gestalt im Türrahmen hatte nun nichts mehr von der Dominanz, der Aktivität, die sie bei seinen früheren Besuchen ausgestrahlt hatte. Gedrückt, mit duldendem Blick stand sie, ein Spielball ihrer Gefühle, da und reichte ihm stumm die Hand. Gerhard war traurig, als er die Treppe hinunterging, er hätte der alten Frau andere, freudvollere Tage am Ende ihres Lebens gewünscht.

In der Empfangshalle lief er Christa Degenhard über den Weg. Eingedenk der düsteren Ereignisse bei ihrer letzten Begegnung begrüßte sie ihn diesmal weniger überschwänglich. Sie lud ihn zu einem Cappuccino in die Cafeteria ein.

Die Bilder des vergangenen Donnerstages tauchten wieder vor Gerhard auf, als er den Raum betrat. Er sah die lebhafte, liebenswerte alte Dame vor sich, wie sie ihm schelmisch ihren Wunsch vorgetragen hatte, eine Hexe spielen zu wollen. Aber auch der Anblick der toten kleinen Frau im Fahrstuhl erschien vor seinem Auge, aber es war ein Bild, das flüchtiger, verschwommener war, als er befürchtet hatte. Er war froh, dass die lebendige Erinnerung, die er an Gertrud Vaupel hatte, die ihres Todes überdeckte.

Die Heimleiterin hatte die Beine übereinander geschlagen, der halblange Rock ließ wohlgeformte Unterschenkel bis zu den Knien sichtbar werden, und Gerhard hatte alle Mühe, sich auf den Cappuccino zu konzentrieren, der ihm gerade von einer Seniorin an dem kleinen Tischchen, an das sie sich gesetzt hatten, serviert wurde.

»Nach ein paar Tagen Abstand von dem Geschehen ist bei unseren schauspielernden Senioren recht schnell der Schrecken über den plötzlichen Todesfall einer gewissen Enttäuschung gewichen, dass die Theatersitzung nach dem traurigen Ende abgebrochen werden musste«, berichtete Christa Degenhard und sah ihn dabei erwartungsvoll an: »Wollen wir am kommenden Donnerstag noch einmal den Versuch einer gemeinsamen Besprechung, vielleicht sogar einer Probe machen?«

»Aber ja, natürlich. Wir fahren dort fort, wo wir beim letzten Mal aufhören mussten.« Gerhard gab sich Mühe, nicht erkennen zu lassen, dass er sich überhaupt noch keine Gedanken über das Theaterstück gemacht hatte. »Bis dahin werde ich das Grobkonzept des Stückes fertig haben, dann können wir schon mal das Problem der Rollenverteilung angehen«, verkündete er großspurig, aber er wusste aus eigener Erfahrung, dass die Methode, sich selbst unter Druck zu setzen, bei ihm die besten Ergebnisse erbrachte. Nun war er gezwungen, bis zur nächsten Probe zumindest gedanklich eine Konzeption des aufzuführenden Stückes zu entwerfen.

»Ich komme gerade von Martha Henkelmann«, erklärte Gerhard seinen Besuch im Haus. »Es war schrecklich für mich zu sehen, wie sie unter dem Verlust Elfriede Weinrichs leidet.«

»Ja, sie trauert mehr als ich erwartet hatte«, stimmte die Heimleiterin zu. »Bei aller Spannung, die über dem Verhältnis der beiden in letzter Zeit gelegen hatte, scheint sie Elfriede doch so verbunden gewesen zu sein, dass sie ihr Tod jetzt völlig aus der Bahn wirft. Sie macht sich regelrechte Schuldvorwürfe, als hätte es in ihrer Macht gestanden zu verhindern, dass Elfriede starb.«

Gerhard schwieg dazu, stattdessen fragte er: »Hat denn der Neffe noch immer nichts von sich hören lassen? Frau Henkelmann sagte mir, dass das Zimmer der Verstorbenen bald wieder belegt werden soll?«

»Ich habe die Firma in Sontra, bei der Herr Brandel, der Neffe, als Prokurist arbeitet, angerufen. Sein Urlaub geht an diesem Wochenende zu Ende, so dass er am Montag im Betrieb zurückerwartet wird. Ich hoffe, ihn dann dort erreichen zu können. Was die Vergabe des Zimmers betrifft, die Sie ansprachen, ist es eine dringende Notwendigkeit, es baldmöglichst wieder zu belegen. Die Warteliste der Bewerber in unserem Haus ist zu groß, als dass wir ein halbes Appartement einfach leerstehen lassen könnten. – Außerdem«, fügte sie hinzu, während sie sich den Rock wieder über die Knie zog, »verspreche ich mir von einer neuen Mitbewohnerin jemanden, der Martha Henkelmann von ihrer Trauer ablenken kann und sie aus der momentanen Leere, die das Ableben Elfriedes in ihr hinterlassen hat, herausholt.«

»Sie wirkt auf den ersten Blick so groß und aufrecht, so stabil. Aber das täuscht wohl, wie man sieht. Ihrer Aussprache nach muss sie Ostpreußin sein?«

Er sah Christa Degenhard fragend an.

»Ja, sie kam im letzten Kriegsjahr mit einem Flüchtlingstreck irgendwoher aus Masuren hierher nach Eschwege, wo sie entfernte Verwandte hatte. Sie hat mir einmal die Geschichte ihrer Flucht erzählt. All das, was wir aus Berichten kennen, hat sie am eigenen Leib erfahren müssen. Vielleicht hat das, neben ihrer ostpreußischen Veranlagung, dazu beigetragen, dass sie sich so verschlossen und herb gibt und auf Außenstehende durchaus abweisend wirken kann. Aber im Grunde ihres Herzens ist sie eine Frau voller tiefer Gefühle und Empfindungen, die sie hinter einer Fassade der Unnahbarkeit verbirgt.«

Gerhard stimmte ihr innerlich zu, wenn er an die Taten dachte, deren er Martha Henkelmann verdächtigte. Auch wenn die Vergiftungen der beiden Seniorinnen im Voraus geplant sein mussten, so waren sie doch weniger das Ergebnis eines überlegten, berechnenden Kalküls als vielmehr das zwangsläufige Resultat überbordender und letztlich nicht mehr kontrollierbarer Emotionen.

In einer plötzlichen Eingebung fragte er: »Was hat Frau Henkelmann eigentlich beruflich gemacht? Oder war sie nicht berufstätig?«

»Doch, bis zu ihrem sechzigsten Lebensjahr stand sie voll im Arbeitsleben. Sie hat die Apotheke am Dünzebacher Tor geleitet.«

Gerhard setzte sich ruckartig auf. »Wie, sie hat Pharmazie studiert?«, fragte er verblüfft.

»Wird sie wohl«, bemerkte die Heimleiterin erstaunt über die Reaktion ihres Gegenübers. »Warum verwundert Sie das?«

»Nun… ich weiß nicht…«, stotterte er. »Es passt so gar nicht zu ihr«, flüchtete er sich in eine vage, wenig Sinn ergebende Aussage. Um seiner Verwirrung Herr zu werden, erhob er sich und rückte umständlich seinen Stuhl unter den Tisch. Er reichte Frau Degenhard, die ebenfalls aufgestanden war, die Hand. »Wir sehen uns auf jeden Fall am Donnerstag«, versprach er und ließ ein letztes mal seine Augen über die jetzt nur noch zu zwei Dritteln sichtbaren Unterschenkel gleiten, wobei er den Weg, den sein Blick von ihrem Gesicht bis dorthin zurücklegte, genauso genoss wie das Ziel, »und vielen Dank für den Cappuccino.«

Als er sich zum Gehen wandte, trat ihm eine Seniorin in den Weg. »Sie«, sprach sie ihn an und zupfte ihn am Ärmel, »ich hab mir's überlegt. Am Donnerstag habe ich mich zwar als Kostümschneiderin eintragen lassen, jetzt möchte ich aber viel lieber schauspielern.« Sie holte tief Luft, als brauche sie all ihren Atem, um das, was ihr am Herzen lag, vorzubringen. »Am liebsten würde ich etwas – Verwerfliches spielen, einen Vamp zum Beispiel oder eine Kokotte, auch ein leichtes Mädchen, – vielleicht fällt Ihnen ja eine entsprechende Rolle für mich ein.«

Wie zur Unterstreichung ihres Wunsches legte sie die linke Hand unter den leicht nach hinten gebeugten Kopf und stützte den gewinkelten rechten Arm in die Seite, eine Pose, von der sie glaubte, dass sie die ganze Verderbtheit und Sinnlichkeit ausdrückte, die sie zu verkörpern fähig war.

Gerhard schaute auf die kleine Frau hinunter, sah auf die braunen Schildpattkämme, die das graue, schüttere Haar zusammenhielten und blickte in freundliche Augen, die so gar nichts Verwerfliches hatten. Er lächelte. Wo, wenn nicht im Theater, ließen sich Wünsche und Sehnsüchte leichter erfüllen, waren Verwandlungen und Illusionen einfacher zu verwirklichen.

Er beugte sich zu der Seniorin und zwinkerte ihr zu: »Mal sehen, was sich machen lässt, Irma.«

»Irma?«, wollte die kleine Dame gerade zu protestieren beginnen, als ihr aufging, auf was Gerhard anspielte.

»Ja, Irma la douce, das wäre zu schön«, flüsterte sie selig und sah verschämt zu Boden.

Christa Degenhard war dazugetreten. Sie hatte die Szene mit sichtbarem Vergnügen verfolgt. »Das wird ein Stück«, rief sie in ansteckendem Enthusiasmus. Das zustimmende Nicken der Gäste und des Personals verrieten Gerhard, dass man ihre Überzeugung und ihre Begeisterung allgemein teilte. Er würde sich sputen und ans Werk gehen müssen, wollte er den Erwartungen gerecht werden.

Mit einem eleganten Armschwung verbeugte er sich tief, einen nicht vorhandenen Hut mit großem Pathos vom Kopf nehmend: »Schauspieldirektor und Bühnenautor Gerhard verabschiedet sich von seiner Theatergemeinde und begibt sich fliegenden Fußes an seinen Schreibtisch.« Das frische Lachen der Heimleiterin und das vergnügte Kichern der Seniorinnen begleiteten seinen theatralischen Abgang, als er mit dem würdevollen Schritt des gefeierten Mimen die Cafeteria verließ.

12

Es war Sonntag. Gerhard war im Zweifel, ob er heute fahren sollte. Alle Ämter und Informationsstellen, die ihm bei der Suche nach dem Dorf und der Mühle behilflich sein konnten, waren geschlossen. Und dass er Hilfe brauchen würde, das stand für ihn fest. Bei der Größe des Schwälmer Landes würde es fast der Suche nach der Nadel im Heuhaufen gleichen, wenn er aufs Geradewohl von Dorf zu Dorf führe und darauf hoffte, dass sich ihm die gesuchten Objekte in dem Blickwinkel, in dem Hermann Weinrich sie gemalt hatte, präsentierten. Denn nur dann, wenn er in sie in ihrer Lage und Anordnung zueinander genau so wie auf den Gemälden abgebildet sehen konnte, würde er sie erkennen, darüber war er sich im Klaren.

Gerhard versuchte, vor sich selbst Rechenschaft abzulegen, was ihn eigentlich bewog, einer geheimnisvollen Sache nachzugehen, die ihn im Grunde gar nichts anging. Aber gerade das war es: Die Angelegenheit war geheimnisvoll, rätselhaft, verlockend, und so, wie er als Kind keiner Höhlenöffnung, keinem halbverschütteten Stolleneingang widerstehen konnte, bis er herausgefunden hatte, was sich dahinter verbarg, so zog ihn das Mysteriöse der versteckten Mühle mit einer magischen Kraft an, die nicht eher ihre Wirkung verlieren würde, bis er nicht zumindest versucht hatte, das Rätsel zu lösen.

Doch wo sollte er ansetzen bei seiner Suche nach Mühle und Ortschaft? Wer würde in der Lage sein, nur anhand der vergrößerten Gemäldeausschnitte die abgebildeten Örtlichkeiten zu erkennen?

Ihm fiel der kauzige Heimatforscher ein, der einmal vor Jahren sein Patient gewesen war. Er hatte den Namen vergessen, aber er erinnerte sich noch gut an das schmächtige, agile Männchen, das immer in Bewegung war. Nie hatte der Mensch es, sooft er in seiner Sprechstunde auftauchte, lange auf dem Patientenstuhl, der seitlich neben dem Arztschreibtisch stand, ausgehalten. Nach nur kurzer Zeit und wenigen Worten, die er seinem Hausarzt zur Einstellung seines Diabetes und für die übliche Ermahnung zur Einhaltung der Diät zugestanden hatte, pflegte der kleine Mann, der im Berufsleben Biologielehrer war, aufzustehen und ruhelos im Zimmer umherzugehen. Dabei dozierte er über die Vorzüge der Naturmedizin, brandmarkte die Schädlichkeit schulmedizinischer Arzneien und landete unweigerlich bei einem seiner regionalen Forschungsobjekte wie zum Beispiel der Freilegung einer von ihm entdeckten, alten Kircheninschrift oder der Zuordnung eines von Bauarbeitern freigelegten Mauerrestes zu einer vergangenen Siedlungsepoche.

Gerhard hatte meist seine liebe Mühe gehabt, den lebhaften, redseligen Mann nach einer dem Füllungszustand des Wartezimmers angemessenen Zeit zu unterbrechen und schließlich hinauszukomplimentieren. Der größte Teil der Arztbesuche dieses schrulligen Lehrers entsprang, das war offensichtlich, weniger einer medizinischen Notwendigkeit als vielmehr dem Bedürfnis, die Ergebnisse seiner Heimatforschung an den Mann zu bringen.

Wie lange lag das jetzt schon zurück, fragte sich Gerhard. Gut zwanzig Jahre waren es, dass er seine Praxistätigkeit im oberhessischen Alsfeld beendet hatte und als Polizeiarzt in den medizinischen Staatsdienst eingetreten war. Er erinnerte sich gerne an die Alsfelder Zeit, die zwar strapaziös und aufreibend gewesen war, dies aber mit vielen interessanten Begegnungen und einer engen Einbindung in das Kleinstadtleben mehr als ausgeglichen hatte.

Wie hieß er nur, der kleine Heimatkundler? Bei seinen profunden Kenntnissen der lokalen Verhältnisse dürfte er am ehesten in der Lage sein, die gesuchten Objekte zu identifizieren. Bei allem Grübeln, ihm fiel der Name nicht ein. Er griff zum Telefon. Ilse, Franziskas beste Freundin in den Alsfelder Jahren, kannte jeden und alles, was die Stadt und seine Einwohner betraf und würde ihm sagen können, ob besagter Lehrer überhaupt noch lebte und, wenn ja, wo er wohnte und wie er hieß.

Erwin, Ilses Mann, war am Apparat. Nach den üblichen ‚Wie geht's' – und ‚Lange nicht gesehen'-Floskeln und der Mitteilung, dass Ilse momentan außer Haus sei, erkundigte sich Gerhard nach dem ehemaligen Biologielehrer und hoffte, dass Erwin, der gebürtige Alsfelder, über den gleichen Kenntnisstand wie seine Frau verfügte.

»Ach, Dr. Lang meinst du? Den kennt doch jeder hier in der Stadt.«

Jetzt, nach Nennung des Namens fielen auch Gerhard wieder Einzelheiten ein. Er sah die Patientenkarteikarte vor sich, die er so oft in der Hand gehalten hatte, erinnerte sich an den Namenszug Dr. Rudolf Lang und wusste sogar noch, dass die Wohnadresse damals die Mainzer Gasse war.

»Lebt denn dieser Dr. Lang noch? Er dürfte so um die achtzig sein.«

»Und wie der lebt«, lachte Erwin ins Telefon, »jeden Tag kannst du ihn mit Tippelschritten durch die Stadt flitzen sehen. Wegen einer starken Sehbehinderung darf er kein Auto mehr fahren, deshalb läuft er jetzt die langen Strecken in die Nachbardörfer zu seinen Kirchen und Friedhöfen zu Fuß. Schon zweimal habe ich, wenn ich ihm unterwegs begegnet bin, angehalten und ihn im Auto mitgenommen.« Es klang nicht allzu interessiert, als Erwin fragte: »Was willst du denn von ihm?«

»Ich brauche nur eine Auskunft«, wich Gerhard aus, der jetzt keine Lust hatte, die Geschichte um die Bantzer- und Weinrichbilder zu erzählen, »ich muss nur etwas über die mittelalterliche Besiedlung Oberhessens in Erfahrung bringen.«

»Da bist du genau an der richtigen Stelle. Wenn einer darüber etwas weiß, dann er.«

»Sei so gut und such mir seine Nummer im Telefonbuch heraus«, bat Gerhard, »und bitte, schau auch nach, ob er noch in der Mainzer Gasse wohnt.«

Erwin gab ihm die Nummer und teilte ihm mit, dass sich die Adresse Dr. Langs geändert hatte. Er wohne jetzt, laut Telefonbuch, am Grabbrunnen 2. Ob er wisse, wo das ist?

»Sechs Jahre Allgemeinpraxis mit jeder Menge Hausbesuchen – da dürfte es keine Straße oder Gasse und keinen Platz geben, an dem ich nicht schon gewesen bin. Natürlich weiß ich, wo der Grabbrunnen liegt«, sagte Gerhard. Nach dem Austausch einiger alter Erinnerungen und Grüßen an die Ehefrauen verabschiedeten sich die Freunde früherer, lange zurückliegender Jahre.

Gerhard behielt den Hörer gleich in der Hand und wählte die Nummer Dr. Langs. Nach dem siebten Läuten, als er schon nicht mehr an das Zustandekommen einer Verbindung glaubte, wurde am anderen Ende abgehoben und die hohe, piepsige Stimme, die Gerhard sofort als die seines ehemaligen Patienten wiedererkannte, krächzte ein lautes »Ja?« in den Apparat.

»Herr Dr. Lang, guten Tag. Hier spricht Dr. Gerhard, Ihr früherer Hausarzt. Erinnern Sie sich noch?«

»Ist da wer?«, fragte die Stimme, die jetzt noch um eine Nuance höher und schriller geworden war.

»Ich bin's, Dr. Gerhard.«

»Ich kann Sie nicht verstehen. Sie müssen lauter sprechen.« Ein Unterton von Gereiztheit klang mit.

Gerhard, der sich jetzt erinnerte, dass Rudolf Lang schon damals ein Hörgerät getragen hatte, schrie ins Telefon: »Dr. Lang, hören Sie mich jetzt?«

Nach einer kurzen Stille erklang nun zum letzten Mal, jetzt aber gekränkt und böse, die Stimme des ehemaligen Biologielehrers: »Wenn Sie sich nicht melden, dann lege ich eben auf.« Ein Knackgeräusch verriet, dass er seine Ankündigung wahr gemacht hatte.

»Uff«, stöhnte Gerhard, das würde kein leichtes Unterfangen werden, von dem schwerhörigen und, wie er von Erwin erfahren hatte, halbblinden Heimatforscher brauchbare Auskünfte zu erhalten. Aber jedenfalls wusste er jetzt, dass Rudolf Lang lebte, wo er wohnte und vor allem, dass er im Augenblick zu Hause war. Er entschloss sich, sofort loszufahren und hoffte, dass sich in der Stunde, die er bis Alsfeld brauchte, der lauffreudige alte

Mann nicht bereits auf die Socken gemacht hatte, um seinem Hobby in einem der umliegenden Dörfer nachzugehen.

Dem, der auf der Autobahn Alsfeld umfuhr und der auf ein von weitem wenig markantes Ortsbild schaute, erschloss sich kaum die Schönheit dieser alten Stadt. Auch dem Autofahrer, der sie nur auf der Hauptstraße durchfuhr, musste der eigentliche Zauber, der dieser jahrhundertealten Ansiedlung innewohnte, entgehen. Erst, wenn man zu Fuß durch die engen Altstadtgassen ging, unter seinen Füßen die Tritte vergangener Generationen spürte und den Geist einer reichen Geschichte einatmete, teilte sich die besondere Atmosphäre und die Faszination der kleinen Kreisstadt mit.

Gerhard, der ja immerhin sechs Jahre hier gewohnt hatte, erlag jedes Mal wieder der Anziehungskraft der schmalen Fachwerkgassen, die er jetzt auf seinem Weg zur Wohnadresse Dr. Langs durchschlenderte. Vorbei an der runden Häuserfront des Kirchplatzes gelangte er durch den Torbogen neben der Stadtkirche auf den Marktplatz, bewunderte ein wievieltes Mal das weitbekannte, mittelalterliche Rathaus und drang dann ein in das verwinkelte Gässchengewirr, das sich jenseits der Untergasse erstreckte und in dem sein Ziel lag.

Das Haus am Grabbrunnen 2 war so schmal wie das sprichwörtliche Handtuch, wenn man es mit den anderen Fachwerkhäusern des kleinen Platzes, in dessen Mitte der namengebende Brunnen stand, verglich. Gerade mal die Breite eines kleinen Zimmers umfasste das Erdgeschoss und die beiden daraufsitzenden Stockwerke; und hätten nicht die Nachbarhäuser fest an den Seiten des kleinen Hauses angelegen und es gestützt, es wäre längst, diese Befürchtung hatte Gerhard, von einem kräftigen Wind umgeweht worden. Die gebogenen, durchhängenden Balken des Fachwerks bestätigten, dass es sich um ein sehr altes Haus handeln musste.

Gerhard suchte vergebens einen Klingelknopf, den er drücken konnte. Schon erhob er die Faust, um gegen die verwitterte, eicherne Eingangstür zu schlagen, als er, den Blick nach oben gerichtet, über dem Türsturz einen Seilzug gewahrte, der in einem der beiden Fenster im ersten Stock verschwand.

»Gibt es denn so etwas noch?«, fragte sich Gerhard und zog an der Schnur. Das helle Bimmeln einer Glocke erklang. So einfach sie war, die Konstruktion funktionierte und hatte nebenbei noch den Vorteil – vielleicht war auch deshalb der Zug so hoch angebracht worden –, es Kindern nicht so ohne weiteres zu ermöglichen, Klingelstreiche zu verüben. Das Fenster, in das die Schnur verlief, öffnete sich und der vogelgesichtige Kopf des schmächtigen Mannes erschien in seinem Rahmen. Durch eine große, braungefasste Brille schauten kurzsichtige Augen, die hinter den dicken, stark gewölbten Gläsern kaum zu erkennen waren, auf den Besucher hinab, der ein Stück vom Eingangsbereich zurückgetreten war, und musterten ihn.

»Was wollen Sie«, krächzte der Alte mit keifender Falsettstimme aus der Höhe zu Gerhard hinunter; dabei machte er mit seinem aus dem Fenster gestreckten Arm eine Bewegung, mit der man gewöhnlich Hunde verscheucht.

»Herr Dr. Lang, erkennen Sie mich nicht?«, brüllte Gerhard mit der ganzen Kraft, die er seiner Stimme zu entlocken vermochte, zum ersten Stockwerk hinauf. »Ich bin Ihr ehemaliger Hausarzt, Dr. Gerhard.«

Er stellte sich so in Positur, dass er gut zu sehen war und machte eine erwartungsvolle Pause in der Hoffnung, dass seine Botschaft akustisch angekommen war.

»Warum schreien Sie so«, kam es von oben zurück. »Warten Sie, ich komme herunter und mache auf.«

Gerhard hörte, wie sich das Fenster schloss. Er griff sich an den Kopf und schüttelte ihn solange, bis er den Sachverhalt erfasste und die einfache Erklärung fand: Rudolf Lang hatte jetzt, im Gegensatz zu dem Telefongespräch vorhin, sein Hörgerät angelegt und eingeschaltet.

Der runzlige Alte, der kurz darauf in der Tür stand, war womöglich noch weiter zusammengeschrumpft als Gerhard ihn in Erinnerung hatte. Die Haare hatten inzwischen eine silbrig graue Färbung angenommen und fielen ihm in dünnen Strähnen über die Schläfen, aber noch immer zeigte sich trotz seines hohen Alters die frühere Lebhaftigkeit in jeder seiner Bewegungen und Gesten.

Mit hüpfenden Schritten trat er über die Türschwelle, stellte sich nahe zu Gerhard und starrte ihm von unten mit schiefgelegtem Kopf ins Gesicht. Dann aber, als er erkannte, dass er wirklich seinen früheren Hausarzt vor sich hatte, ergriff er dessen Hände und schüttelte sie mit einer Herzlichkeit, die nach seinem vorherigen mürrischen Auftreten völlig unerwartet kam.

»Dr. Gerhard«, piepste er freudig, wobei sich seine Fistelstimme vor Begeisterung überschlug. »Kommen Sie herein, kommen Sie herein«, gestikulierte er und zog Gerhard, den er am Ellbogen gepackt hatte, hinter sich her in das düstere Hausinnere. Mit einem großen Riegel, der in halber Höhe der Tür angebracht war, sperrte er unmittelbar nach ihrem Eintritt ab, so, als wolle er verhindern, dass ihm sein Gast gleich wieder davonlaufe. Mit einer ruckartigen Bewegung drehte er sich zu Gerhard um: »Ich muss Ihnen unbedingt von meiner neuesten Entdeckung berichten«, sagte er in verschwörerischem Ton, »kommen Sie, ich zeige Ihnen etwas.«

Er stieg die steilen, abgenutzten Treppenstufen, die zum ersten Stock führten, empor und bedeutete seinem Besucher mit lebhafter Geste, ihm in das kleine Zimmer, das die komplette obere Etage bildete, zu folgen. »Hier«, wies er aufgeregt zu einem Tisch hin, der auf hohen Beinen in der Nähe der beiden Fenster stand. Auf dem roh zusammengezimmerten Möbelstück, einem Arbeitstisch, wie man ihn früher in Waschküchen finden konnte, lagen über die ganze Fläche verstreut kleine Objekte, die Gerhard im Dämmerlicht des Raumes nicht näher unterscheiden konnte.

Rudolf Lang, der zu dem Tisch getreten war, winkte ihn mit einer ungeduldigen Handbewegung heran. Unwillkürlich zog Gerhard den Kopf ein, als er unter der tiefhängenden Balkendecke dem Alten zum Fenster folgte.

Jetzt, als er näher kam, erkannte er, was auf dem Tisch ausgebreitet lag. Offensichtlich handelte es sich um eine Vielzahl archäologischer Kleinfunde, vor allem Tonscherben, Holzgerätschaften und verrostete Metallartefakte, die sowohl Gebrauchsgegenstände als auch Teile primitiver Waffen gewesen sein mochten. Mit hastigen Bewegungen knipste Dr. Lang einen Deckenstrahler, der über dem Tisch montiert war, an. Er deutete auf die jetzt in helles Licht getauchten Objekte: »Sehen Sie nur«, flüsterte er und blickte ehrfürchtig auf das zum Teil mit Erde behaftete Miniaturtrümmerfeld.

Gerhard, völlig überrumpelt von dem Enthusiasmus des kleinen Mannes und seiner zupackenden Einvernahme, stotterte verwirrt ein »schön«, »erstaunlich«, »interessant«, um dann ohne sonderliche Anteilnahme zu fragen: »Und wo, Herr Lang, haben Sie die Funde gemacht?«

Ein Leuchten ging über das faltige, hohlwangige Gesicht des Alten: »Das werden Sie nie erraten!«, stieß er triumphierend hervor und weckte, so wie er auf seinen krummen Beinen dastand, in Gerhard die flüchtige Illusion, in der kleinwüchsigen Gestalt, auch wenn sie nicht mit dem Fuß auf den Boden stampfte, Rumpelstilzchen vor sich zu sehen. »Kommen Sie mit, dann will ich es Ihnen zeigen.« Rudolf Lang quietschte jetzt regelrecht vor Erregung, als er zur Tür ging und Gerhard wieder das Zeichen machte, ihm zu folgen.

»Warten Sie, Herr Lang«, rief dieser und zog in größter Eile die Fotos aus der Tasche, deretwegen er ja eigentlich hierher gekommen war. »Ich wollte Sie um einen Gefallen bitten, Sie als der ausgewiesene Kenner dieser Region«, schmeichelte er, »können mir bestimmt sagen, wo ich dieses Dorf und die nahe dabei liegende Mühle finden kann.«

Er streckte dem alten Mann die Bilder entgegen, nahm ihn am Arm und führte ihn zum Fenster zurück. Verdutzt und irritiert, dass sein Gast nicht die gleiche Begeisterung bezüglich des Ursprungsortes der archäologischen Funde wie er an den Tag legte, hob der kurzsichtige Alte die Bilder vor die Augen, griff, da er offensichtlich Schwierigkeiten beim Erkennen des Abgebildeten hatte, zu einem Vergrößerungsglas, das auf der Fensterbank lag, und studierte mit deutlicher Ungeduld die Gemäldeausschnitte. Schließlich schüttelte er den Kopf: »Ich meine beides, Dorf und Mühle, schon einmal gesehen zu haben, kann mich aber nicht erinnern, wo das war. Wenn ich mir den achteckigen Kirchturm ansehe, würde ich die Ortschaft am ehesten im Ziegenhainer Raum ansiedeln. Ein Dorf in Alsfelds unmittelbarer Umgebung ist es jedenfalls nicht.« Er zögerte. Man merkte ihm an, dass er mit seinen Gedanken nicht bei den Fotos, sondern bei seiner Entdeckung war, die er so gerne und so schnell wie möglich Gerhard zeigen wollte.

Ein plötzlicher Einfall brachte ihn wieder in Bewegung. Aus einem Notizbuch riss er ein Blatt und kritzelte mit zittriger Hand etwas darauf. »Hier«, er reichte Gerhard das Papier, »hier habe ich Ihnen die Adresse eines Freundes und Kollegen in Ziegenhain aufgeschrieben. Der weiß über die Zentralschwälmer Lokalitäten besser Bescheid als ich. Der wird Ihnen mit Sicherheit helfen können.« Mit eiligen Schritten, die signalisierten, dass er sich nun nicht mehr aufhalten lassen würde, verließ er den Raum. »Nun kommen Sie schon«, rief er von der nach unten führenden Treppe aus Gerhard zu, der noch immer mit dem Notizblatt in der Hand in dem niedrigen Zimmer stand, »Sie werden sich wundern, wenn Sie die Fundstelle sehen.«

Gerhard, dem nichts anderes übrig blieb, als ihm hinunter zu folgen, darauf gefasst, nun zu einer Ausgrabungsstelle bestenfalls im Stadtbereich, möglicherweise aber auch irgendwo außerhalb gebracht zu werden, staunte nicht schlecht, als der alte Lehrer nicht, wie er vermutet hatte, das Haus verließ, sondern auf den Hintergrund der kleinen Erdgeschossdiele zuging und dort eine Tür, die von der nach oben führenden Treppe verborgen wurde, öffnete. Eine nackte Glühbirne, die in eine Halterung an der Seitenwand eingeschraubt war, beleuchtete steile Steinstiegen, die in die Tiefe führten. Gerhard zögerte kurz, dem Alten, der schon in der Dunkelheit des Kellergewölbes verschwunden war, hinterherzugehen. Als aber die auffordernden Rufe Dr. Langs immer dringlicher wurden, stieg auch er die feuchten Kellerstufen hinab.

Im Halbdunkel des flachen Gewölbes, das sich am Ende der Treppe auftat, konnte er den kleinen Mann, der hinter einem Erdhaufen fast verschwand, in gebückter Haltung stehen und auf etwas, das vor ihm lag, blicken sehen.

Der Kellerboden, den Gerhard jetzt betrat, war, wie noch häufig in alten Häusern, ein Naturboden aus gestampftem Lehm. Er bückte sich und zerbröselte einige Erdkrumen zwischen seinen Fingern. Im Lehmuntergrund war, im Gegensatz zu der Oberfläche der steinernen Kellerstufen, keinerlei Feuchtigkeit festzustellen.

Plötzlich war Rudolf Lang, den er gerade noch vor sich gesehen hatte, wie vom Erdboden verschwunden. Gerhard machte verwundert einige Schritte zu der Stelle hin, an der er soeben noch gekauert hatte, und blieb verblüfft stehen. Vor ihm lag eine gut eineinhalb Meter tiefe Grube, auf deren Boden der Alte hockte.

»Hier«, er blickte vom Grunde des Loches zu Gerhard empor, »unter meinem eigenen Haus habe ich die Funde gemacht.« Als sich die kleine Gestalt jetzt aufrichtete, überragte sein Kopf kaum den Rand der Ausgrabungsgrube. »Eine einmalige Entdeckung – wahrscheinlich Reste einer vorchristlichen Besiedlung – ein sensationeller Fund.«

Mit einer Behändigkeit, die sein Alter vergessen ließ, stieg er wieder aus dem Loch heraus. »Ich muss noch weiter ins Erdreich hinein, in dieser Tiefe erwarte ich die interessantesten Funde«, redete er begeistert auf Gerhard ein. »Aber die Arbeit geht nicht mehr so wie früher von der Hand«, klagte er und wies auf das neben dem Erdhaufen liegende Werkzeug. »Das Hantieren mit der Kreuzhacke und der Schaufel fällt mir schwerer als ich es wahrhaben möchte.« Er hob einen Gegenstand vom Boden auf. »Zuletzt habe ich hiermit gegraben«, sagte er betrübt und hielt eine spitz zulaufende Handschaufel hoch, wie sie Kinder beim

Bauen ihrer Sandburgen benutzen. »Eine mühselige Angelegenheit.«

Gerhard, dessen Augen sich inzwischen an das Halbdunkel gewöhnt hatten, sah sich um. Etwa ein Viertel des Kellers wurde von der Grube eingenommen, in einem weiteren Viertel lag die ausgehobene Erde. Die verbleibende Hälfte des Gewölbes war unberührt und vollkommen leer.

»Wollen Sie das alles hier umwühlen?« Gerhard zeigte auf den aus archäologischer Sicht noch jungfräulichen Lehmboden. »Warum lassen Sie sich nicht von einem versierten Grabungsteam helfen?«

Ein spitzer Schrei der Entrüstung drang durch das Kellergewölbe. »Nein, nein«, keifte das Männlein und glich jetzt Rumpelstilzchen mehr noch als vorher, »das ist meine Entdeckung, soll ich den Ruhm mit anderen teilen?« Er gestikulierte mit seinen dünnen Ärmchen in der Luft herum, als wolle er mögliche Neider vertreiben und seinen Alleinanspruch unterstreichen. Gerhard spürte plötzlich, dass ihn der Alte mit listigen Blicken betrachtete und einer abwägenden Begutachtung unterzog. Das unbehagliche Gefühl der Vereinnahmung, das ihn schon vorher befallen hatte, verstärkte sich. Was mochte jetzt noch kommen?

»Herr Dr. Gerhard«, brach es nach einigen Augenblicken der Musterung aus dem alten Mann heraus, »Sie schickt der Himmel!« Er fuchtelte erregt mit den Händen und fuhr, als Gerhard ahnungsvoll schwieg, fort: »Sie sind jung, gesund und stark; Ihnen dürfte es doch ein Leichtes sein, das bisschen Erde hier unten umzugraben.«

Obwohl es Gerhard gewöhnlich genoss, mit dem Adjektiv jung in Verbindung gebracht zu werden, vergällten ihm diesmal jedoch die Erwartungen, die Dr. Lang an seine vermeintliche Jugend knüpfte, das zweifelhafte Kompliment.

»Bitte«, bettelte die fistelnde Diskantstimme des passionierten Hobbyforschers weiter, »nur ein paar Schaufeln Erde, das ist doch für Sie kein Problem. – Denken Sie doch nur, was in diesem Boden alles noch verborgen sein kann.«

Gerhard versuchte einige Ausflüchte vorzubringen, sprach von der fehlenden Zeit, wies auf seine unpassende Kleidung hin und führte sogar, wofür er sich später schämte, Rückenschmerzen ins Feld. Er bemühte sich nach Kräften, dem Bitten und Flehen Rudolf Langs, der die unverhoffte Chance sah, seine Ausgrabungen entscheidend voranzubringen, zu widerstehen.

Als Gerhard schließlich dann doch auf dem Grund der Grube stand und mit der Kreuzhacke wütend die fette Lehmerde bearbeitete, entsprang sein Zorn weniger dem Umstand, dass er sich zu der Arbeit hatte überreden lassen, als vielmehr der Scham darüber, dass er sich so lange hatte bitten lassen, einem alten Mann bei der Verwirklichung seines Lebenstraumes zu helfen. Was kosteten ihn schon diese wenigen Pickelschläge und Schaufelwürfe? Was aber bedeuteten sie für den kleinen, verschrobenen Pseudogelehrten, dem am Ende seines Lebens noch einmal der Triumph einer Entdeckung zuteil wurde. Er vergab sich nichts. Auch wenn am Ende die Schuhe verdreckt, die Hose voller Lehm und das Hemd verschwitzt waren, so war es das doch wert, wenn er in das Gesicht des schmächtigen Mannes schaute, das vor Freude und Erwartung jetzt regelrecht erblüht war.

Ein Hauch von Schatzgräberromantik kam auf, als Rudolf Lang eine Petroleumlampe, die früher einmal in einem Bergwerk Verwendung gefunden haben mochte, auf den Grubenrand stellte, um so die Objekte, auf die man möglicherweise stieß, besser erkennen zu können. Der flackernde Schatten, den Gerhard auf die rückwärtige Wand der Grube und des Gewölbes warf, bewegte sich im Rhythmus seiner Arbeit, huschte bis fast zur Decke, wenn er die Kreuzhacke über den Kopf hob, um kurz darauf zusammenzufallen, wenn er sie ins Erdreich niedersausen ließ.

Die Augen des dicht am Grubenrand hockenden Alten verfolgten hinter der dicken Brille jede Schaufel Erde, die aus dem Loch befördert wurde. Gerhard war sich sicher, dass das Hörgerät jetzt auf seine höchstmögliche Leistungsstufe geschaltet war, um jedes Kratzen, Scheppern und Schaben, das auf die Berührung eines Fundobjektes hinwies, registrieren zu können.

Nicht einmal zwanzig Minuten waren vergangen, seit Gerhard mit der Arbeit begonnen und Lochumfang und Höhe des Erdhaufens beträchtlich vergrößert hatte, als ein schürfendes, metallisches Geräusch unter seiner Schaufel, die er gerade in das gelockerte Erdreich geschoben hatte, den aufmerksamen kleinen Beobachter am Grubenrand zusammenfahren und aufschreien ließ. »Halt«, kreischte Rudolf Lang und sprang mit einem Satz neben Gerhard, der erschrocken in seiner Arbeit innehielt. Mit der ganzen Wenigkeit seines Gewichtes legte der Alte sich auf den Schippenstiel, um zu verhindern, dass er angehoben und weiter bewegt wurde. Dann kniete er sich nieder und durchwühlte mit flinken Händen in fieberhaftem Eifer die das Schaufelblatt umgebende Erde.

Das Bild eines Goldsuchers, der über einem gefundenen Nugget die Welt um sich vergaß, kam Gerhard vor Augen, als er den kleinen Mann dort am Boden hocken und mit zitternden Händen ein rundliches, metallenes Gefäß, von dem er mit äußerster Behutsamkeit den zähen Lehm strich, hochhalten sah. »Bronze«, stöhnte der Alte und stellte den Gegenstand vorsichtig auf dem Grubengrund ab.

Noch einmal durchwühlten seine Finger die Erde und förderten diesmal zwei kleine Metallplatten zu Tage. »Mein Gott, Münzen«, flüsterte Dr. Lang und rieb im schwachen Schein der Petroleumlampe mit dem Ärmel seiner Strickjacke über die verdreckten Oberflächen.

»Soll ich weitermachen?«, fragte Gerhard unschlüssig.

»Nein, um Gottes Willen, nein. Ihre Arbeit ist beendet«, waren die letzten Worte, die Rudolf Lang an seinen ehemaligen Hausarzt richtete, bevor er sich wieder mit ganzer Hingabe unter völliger Ignoranz seiner Umgebung der Suche nach weiteren Gegenständen und Münzen widmete.

Gerhard stieg aus dem Loch. Er zog seine Jacke, der er sich vor Beginn der Grabtätigkeit entledigt hatte, wieder über und trat noch einmal an den Rand der Grube. Der ehemalige Biologielehrer, der inmitten der gelockerten Erde im Flackerlicht der Funzel am Boden hockte, war so in den Anblick seiner Fundstücke versunken, dass er auf Gerhards Frage, ob er noch etwas für ihn tun könne, gar nicht reagierte. Die in der Tiefe des Loches verloren aussehende Gestalt hatte sich, wie eine Raupe in einen Kokon, eingesponnen in seine heimatkundliche, archäologische Gedankenwelt, deren undurchdringliches Netz ihn jeglicher Ansprechbarkeit entzog.

Gerhard murmelte einen unerwiderten Abschiedsgruß und stieg die Steinstufen empor. Es war wohl das Beste, den alten Mann jetzt alleine zu lassen mit seinen Kostbarkeiten, die ihm so viel bedeuteten.

Als er aus dem schmalen, dunklen Haus, aus der drückenden Enge der niedrigen Zimmer und der Düsternis des Gewölbes, in dem der besessene Alte seinen Träumen nachhing, hinaustrat auf den kleinen Platz, atmete er tief durch. Ungläubig schüttelte er den Kopf, wenn er an das Erlebte dachte. Die Bilder der Schatzgräberszene, in der er mitgewirkt hatte, ließen ihn leise vor sich hinlachen. Im Grunde war Rudolf Lang, so wie er ihn zuletzt glückselig inmitten seiner Funde in dem Erdloch hatte sitzen sehen, um sein Betätigungsfeld und seine selbstgestellte Aufgabe, die ihm auch noch im hohen Alter soviel Befriedigung gab und ihn trotz seiner körperlichen Gebrechen und der Nähe zum Tod mit Leben und Begeisterung erfüllte, zu beneiden.

Noch einmal schaute er auf das winklige, verbogene Puppenhaus – oder sollte er besser Hexenhaus sagen –, dann machte er sich auf den Weg hinaus aus dem dämmrigen Gassenlabyrinth in die Helle eines sonnigen Herbsttages.

Die Weite des Schwalmtales, dem er nun nach Norden in Richtung Ziegenhain folgte, und die sanft geschwungene Hügellandschaft, die es begrenzte, taten ihm gut nach der beengenden Atmosphäre im Haus am Grabbrunnen. Es war für Gerhard schwer einzuschätzen, was die Adresse des Ziegenhainer Heimatkundlers, die ihm Rudolf Lang gegeben hatte, wert war.

Aber da er jetzt schon einmal hier war, nur wenige Kilometer von der kleinen Schwälmer Stadt entfernt, würde er die Chance, von dem Experten die gewünschten Auskünfte zu erhalten, nutzen und ihn in Ziegenhain aufsuchen.

Zur linken Hand der Bundesstraße floss die Schwalm, hier eher noch ein großer Bach als ein Fluss, durch flache Wiesenauen. Die mäandernden Schleifen des früheren Verlaufs waren begradigt, ein großes Wasserrückhaltebecken bei Heidelbach gebaut worden, um das jährlich wiederkehrende Hochwasser einigermaßen in den Griff zu bekommen. Kurz vor Schrecksbach verengte sich das Tal. Die Straße verlief nun am Fuß bewaldeter Anhöhen dahin und näherte sich dem Fluss, dessen Ufer hier von hohen Ulmen und Weiden bestanden waren. Der Tag war mild und freundlich, er würde in fünf Minuten in Ziegenhain sein.

Gerhards Blick schweifte hinüber zu den Erhebungen jenseits der Schwalm, fing sich in einem kleinen Dorf, das am Hang klebte, und kehrte zur Straße zurück, die gerade an einem alleine in den Wiesen stehenden Anwesen vorbeiführte.

Er hatte das Haus schon einige Meter hinter sich gelassen, als er mit Vehemenz auf die Bremse trat und den Wagen abrupt am Straßenrand zum Stehen brachte. Ein BMW schoss mit aufheulendem Motor unter Hupen an ihm vorüber. Die beleidigende Handbewegung des Fahrers, die seinem Bremsvorgang galt, bemerkte Gerhard nicht. Was hatte er gesehen? Was hatte ihn aufschrecken lassen? Es dauerte einige Sekunden, bis er sich aus seiner Erstarrung gelöst hatte. Ein plötzlicher Adrenalinstoß trieb ihm den Schweiß auf die Stirn und beschleunigte seinen Herzschlag. Schnell legte er den Rückwärtsgang ein und stieß die wenigen Meter zurück.

Auf der Höhe der Gebäude, an denen er soeben vorbeigefahren war, hielt er auf dem Randstreifen an. Sein Blick fiel auf das große Fachwerkhaus mit dem Schaufelrad an der Seite, glitt über das langgestreckte Stallgebäude hin zu dem kleinen Gartenhaus und wanderte schließlich noch einmal hinüber zu dem Dorf am Berghang, hinauf zu dem Kirchturm mit seiner achtflächigen Kuppel. Erregt stieß er die Luft aus: »Mein Gott, das gibt es doch nicht«, flüsterte er und staunte über die Zufälle des Lebens.

Nein, eine Täuschung war nicht möglich: Vor ihm lag die Mühle, die er suchte, und dahinter das Dorf, genau so, wie es von Hermann Weinrich vor vielen Jahren gemalt worden war.

13

Auf einem weißen Schild, das wohl als Orientierungshilfe für Besucher, Briefträger und Lieferanten auf einem Holzpfahl neben der Straße angebracht worden war, las Gerhard den Namen des Anwesens: Losemühle. Schon wollte er in der ersten Begeisterung, das Gesuchte so schnell gefunden zu haben, einem Impuls folgen und in die Einfahrt einbiegen, die auf den breiten, gepflasterten Hof zwischen den Hauptgebäuden führte, als ihm mit plötzlicher Deutlichkeit aufging, dass er überhaupt noch kein Konzept für sein weiteres Vorgehen hatte und er Gefahr lief, durch ein überstürztes und unüberlegtes Handeln das ganze Unternehmen zu gefährden.

Er startete den Motor und rollte bis zur nächsten Kurve, hinter der er auf einen Feldweg abbog und anhielt. Wie hatte er sich eigentlich den weiteren Ablauf vorgestellt? Wenn er ehrlich war, musste er sich eingestehen, dass er bisher nur daran interessiert gewesen war, wie er die auf den Weinrichbildern dargestellten Objekte finden konnte. Über das, was dann, wenn er sie schließlich gefunden hatte, geschehen sollte, hatte er sich keine Gedanken gemacht.

Es war möglicherweise eine schlechte Lösung, so einfach auf den Hof zu fahren und an der Tür zu klingeln, den Bewohnern dann die Fotos vor die Nase zu halten und sie aufzufordern, ihm das Geheimnis, das er hinter der Darstellung ihres Hauses auf den Gemälden vermutete, zu enthüllen. Abgesehen davon, dass er damit rechnen musste, dass sie nach der langen Zeit, die seit den Bildschöpfungen Hermann Weinrichs vergangen war, überhaupt nichts darüber wussten, war es unklug, von vorneherein seine Karten auf den Tisch zu legen, ohne nicht eine ungefähre Ahnung zu haben, welches Blatt die Mitspieler in der Hand hielten. Er würde also erst einmal Erkundigungen einziehen über die jetzigen und vor allem auch früheren Hausbewohner. Er würde sich nach Ereignissen umhören, die man sich im Zusammenhang mit der Losemühle erzählte, würde nach besonderen, auch weit zurückliegenden Vorkommnissen fragen, die auffällig genug waren, um sich im Gedächtnis der Bevölkerung festgesetzt zu haben.

Wahrscheinlich kannte man in Schrecksbach, dessen Häuser er vor sich sah, die jetzigen Bewohner der Mühle sehr genau und wusste auch einiges über die Vergangenheit des alten Hauses und ihre früheren Besitzer. Dort in Schrecksbach erschienen ihm Nachforschungen am erfolgsversprechendsten.

Er bog von der Bundesstraße, die um den Ort herumführte, ab und folgte der Hauptstraße bis ins Zentrum des großen Schwälmer Dorfes. Ein natursteingemauertes, schlossähnliches Gebäude mit einem runden Turm und die helle Kirche, die beide auf kleinen Anhöhen das Dorf überragten, sprangen ihm als erstes ins Auge. Auch einige schöne Fachwerkhäuser und Bauernhöfe mit großen, hölzernen Scheunentoren fielen ihm auf. Jetzt, nachdem der Autoverkehr vorbeigeleitet wurde, war es ruhig in Schrecksbach geworden. Der verschlafene Eindruck, den das Dorf vermittelte, war an einem späten Sonntagnachmittag wie diesem, an dem der mittägliche Verdauungsspaziergang schon beendet und die familiäre Kaffeetafel noch im Gange war, besonders stark spürbar. Die Straßen waren menschenleer und die Ortschaft wirkte wie ausgestorben.

Ein einsamer, jugendlicher Fußgänger, der einen dackelähnlichen Hund an kurzer Leine hinter sich herzog, überquerte die

Straße. Gerhard stieg aus und wartete, bis der Junge, der missmutig vor sich hinstarrte und kein Auge für seine Umgebung hatte, ihn erreichte.

»Hallo«, grüßte Gerhard in der lässigen Art der Jugend, die er sich inzwischen selbst zu eigen gemacht hatte. »Kannst du mir sagen, ob es hier in Schrecksbach eine Gaststätte gibt?«

Noch vor einigen Jahren hätte sich das Ob dieser Frage erübrigt, ein Wo wäre angebrachter gewesen, aber bei den allenthalben sichtbaren Veränderungen im Ausgeh- und Feierverhalten der heutigen Bevölkerung, deren Leben sich mehr und mehr in die eigenen vier Wände verlagerte, war die Selbstverständlichkeit, dass jedes deutsche Dorf über mindestens eine Gastwirtschaft verfügte, längst Vergangenheit.

»Ja«, antwortete der Junge lustlos, »da sind die Gaststätten Ohly und Schäfer; aber zu Schäfers würde ich jetzt nicht gehen, da ist's rappelvoll.«

»Eine geschlossene Gesellschaft?«, fragte Gerhard.

»Nein, aber die Fußballer sind da. Der VfB hatte heute ein Heimspiel.«

Gerhard nickte. Das würde möglicherweise genau die richtige Umgebung sein, um etwas in Erfahrung zu bringen. Die gelösten, redebereiten Zungen, die er sowohl bei den Sportlern als auch bei den Anhängern nach ein paar Bier erwarten durfte, konnten hilfreich sein bei seinem Unterfangen, etwas über die Mühle und seine Bewohner herauszufinden.

»Und wer hat gewonnen?«, rief er dem Jungen, der inzwischen weitergegangen war, hinterher.

»Wir natürlich.« Sein Ton verriet sein Unverständnis für eine solche Frage, denn nur ein fremder, ignoranter Zweifler konnte eine andere Möglichkeit überhaupt in Betracht ziehen.

Der Geräuschpegel war hoch, die Luft verräuchert und die Sitzplätze an den Tischen nahezu alle besetzt, als er die Gaststätte Schäfer betrat. Auch am Tresen war das Gedränge groß. Besonders in dem engen, neuralgischen Durchgang vom Thekenbereich in den Schankraum hatte sich eine laut diskutierende

Männertraube gebildet, die sich in einem unsichtbaren, stillen Einvernehmen jedes Mal öffnete und wieder zusammenschloss, wenn die Bedienung ihr volles Tablett hindurchbalancierte.

Gerhard erklomm einen freien Barhocker und bestellte ein Bier. Normalerweise trank er so früh am Tag keinen Alkohol, ein Kaffee wäre ihm jetzt lieber, aber das wäre einer Selbstausgrenzung aus dieser Gesellschaft gleichgekommen, die sich in bierseliger Laune geräuschvoll und sehr parteiisch mit den Unzulänglichkeiten der gegnerischen Mannschaft, den Fehlentscheidungen des Schiedsrichters und der Unbezwingbarkeit des eigenen Teams auseinander setzte.

»Schrecksbach hat gewonnen, stimmt's?«, brachte sich Gerhard in das Gespräch seiner Thekennachbarn ein, die sich um die Berechtigung eines dem Gegner zugesprochenen Handelfmeters stritten.

Die Köpfe der beiden Männer drehten sich bedächtig zu ihm um: »Ei, was dann anners«, verkündete der ältere, schon leicht angegraute Herr, der unmittelbar neben Gerhard saß. Einen Barhocker weiter nickte ein schnauzbärtiger Mann zustimmend und stellte fest: »Sie sind nicht von hier!«, als erkläre nur das das Fragezeichen hinter dem ‚gewonnen'.

»Nein, ich komme aus Nordhessen. Auf der Heimfahrt nach Eschwege bin ich hier vorbeigekommen, und als ich den Namen Schrecksbach las, klingelte es in meinem Fußballgedächtnis. Habt ihr nicht früher einmal höherklassig gespielt?«

Nun drehten sich auch die Körper der Männer zu ihm um. Gerhard wusste, sein Pfeil hatte das Herz der beiden Fußballbegeisterten getroffen und süße Erinnerungen an glorreiche Zeiten freigelegt. Aber ihm war auch klar, dass er nun einen ausführlichen Bericht zu hören bekam, der alle Einzelheiten des Auf- und Abstiegs des VfB Schrecksbach enthalten und reich an Ausschmückungen sein würde – der Preis für seinen Einstieg in ihr Vertrauen.

Aus seiner Alsfelder Zeit besaß er noch einige Kenntnisse, die den damaligen Schrecksbacher Fußballhöhenflug betrafen.

Gut erinnerte er sich noch daran, wie die Zuschauermassen, zu denen er hin und wieder auch gehört hatte, ins neuerbaute Metzenbergstadion geströmt waren, kannte noch einige Namen der Stars des damaligen Erfolgsteams und konnte so mit seinem wenn auch spärlichen Wissen die Erzählbegeisterung seiner Nachbarn aufrechterhalten und durch gelegentliche, geschickte Einwürfe sogar noch steigern.

So bekam er in der nächsten halben Stunde alles über den technisch versierten Walter Kalbfleisch und über Tango-Diehl, der später zum 1. FC Kaiserslautern gewechselt war, zu hören, erhielt Informationen über den damaligen Aufstieg in die höchste hessische Amateurklasse, der hauptsächlich auf der guten Jugendarbeit des Vereins und dem Engagement einiger Mäzene basierte, und erfuhr schon bald, dass der Graumelierte Albert und der Schnauzbärtige Alois hieß und dass dieser, anders als sein Name vermuten ließ, nicht aus Bayern, sondern aus Schrecksbach stammte.

Nach dem dritten Bier, das unaufgefordert vor ihn hingestellt worden war, geordert von seinen neuen Freunden, die sich inzwischen in einen wahren Erzählrausch hineingesteigert hatten, winkte Gerhard dem Wirt und fragte nach einem Fremdenzimmer.

Nein, er habe leider keine Zimmer zu vermieten, sagte der Wirt, er bedaure sehr. »Früher einmal, ja, da hatten wir Pensionsbetrieb. Aber jetzt – wer verirrt sich schon nach Schrecksbach?« Er zuckte mit den Schultern und kehrte zu seinem Zapfhahn zurück.

»Nun ja, dann lege ich mich eben ins Auto«, verkündete Gerhard und spreizte bei der Aussicht auf die wenig komfortable Nacht fatalistisch die Arme. Fahren konnte und wollte er jetzt nicht mehr. Aber er war zuversichtlich, dass es ihm mit einigen Bieren mehr gelingen würde, sich die nötige Bettschwere, die ihm zum Schlaf verhelfen, und die innere Erwärmung, die ihm ein Frieren im kalten Wagen ersparen würde, zu verschaffen.

Aber er hatte nicht mit der sprichwörtlichen Gastfreundschaft der Schwälmer und speziell seiner Thekennachbarn gerechnet.

»Kommt nicht in Frage«, tönte Albert, »du willst im Auto schlafen und bei mir zu Hause steht eine große Schlafcouch? Nein, du kommst heute Nacht mit zu mir«, bestimmte er, »das wäre ja noch schöner, wenn du hier bei uns keinen Schlafplatz bekämst.« Bei dieser Vorstellung schüttelte er sich und bestellte drei Bier.

»Du kannst auch bei mir schlafen.« Alois beugte sich vor. »Du kannst das Gästezimmer haben mit eigenem Badezimmer und Fernseher«, versuchte er Alberts Angebot zu übertrumpfen. »Schon seit Jahren hat da keiner mehr drin geschlafen.«

Gerhard wehrte mit schwachem Protest, der deutlich erkennen ließ, dass ihm eine Schlafstatt in einem geheizten Zimmer lieber als ein kaltes Autolager war, die Einladungen zumindest pro forma ab, zierte sich mit einem »das kann ich doch nicht annehmen« noch ein bisschen und fragte schließlich: »Und was werden die Frauen dazu sagen, wenn ich so einfach mitkomme?«

»Also meine wird nichts dazu sagen, denn sie existiert gar nicht. Ich bin bis zum heutigen Tage Junggeselle geblieben und denke auch nicht daran, das zu ändern«, stellte Albert befriedigt fest, »wenn ich mir das ganze Theater vorstelle, dass Alois mit seiner Frau durchgemacht hat, dann bin ich heilfroh, alleine zu leben.«

»Sie ist mir durchgebrannt«, erklärte Alois mit einer wegwerfenden Handbewegung, die andeuten sollte, dass er inzwischen darüber hinweg war. »Die Schwalm war ihr zu einsam, das Leben hier zu eintönig. Sie ist nach Frankfurt gegangen, schon vor sechs Jahren.« Noch einmal fegte er mit der Hand die Vergangenheit vom Thekentisch und spülte den schlechten Geschmack, der davon geblieben war, mit seinem Bier hinunter.

»Also gut«, nahm Gerhard schließlich die Offerten an, auch weil er erkannte, dass er für keinen der beiden eine Last, sondern eher eine willkommene Abwechslung in ihrem einsamen Leben darstellen würde. »Und wohin?«, fragte er und sah seine Nachbarn an.

»Zu mir natürlich«, bestand Albert auf seiner Einladung, »ich habe zwar kein Gästezimmer mit all dem Schnickschnack wie der Alois, dafür aber habe ich die beste rote Wurst im ganzen Dorf. Stimmts?«

Der Schnauzbart nickte und gab sich geschlagen. Gegen ein solch wohlschmeckendes Argument konnte er nichts Gleichwertiges ins Feld führen. »Das ist wohl wahr, Alberts rote Wurst ist dorfbekannt.«

»Und außerdem«, fügte der Junggeselle hinzu, »habe ich zu Hause ein dickes Album mit Fotos und Zeitungsausschnitten aus der damaligen Zeit, die soll sich Heiner ansehen, damit er versteht, dass Schrecksbach einmal der fußballerische Mittelpunkt der Schwalm gewesen war. – So«, er schlug klatschend mit der Hand auf die Theke, um seinen Worten Gewicht und Endgültigkeit zu geben, »jetzt trinken wir hier noch einen. Und danach gehen wir zu mir und machen einer langen Stracken den Garaus. Was haltet ihr davon?«

»Hört sich gut an«, sagte Gerhard, »aber die Runde jetzt geht auf mich, schon mal ein Dankeschön für eure Gastfreundschaft.«

Als sie sich schließlich mit schon leicht unsicheren Schritten auf den Weg zu Alberts Wohnung machten, fiel Gerhard ein, dass er unter der lebhaften Schilderung und dem Aufleben der Schrecksbacher Fußballerinnerungen, die er anfangs als taktisches Manöver heraufbeschworen hatte, später ganz sein eigentliches Anliegen, etwas über die Mühlenvergangenheit in Erfahrung zu bringen, aus den Augen verloren hatte. Es war das alte Lied, das Frauen nur allzu oft sangen: Über dem Fußball vergaßen Männer alles andere. Nun, er würde an diesem Abend noch genügend Zeit finden, die Mühle und ihre Geschichte anzusprechen.

Die Wohnung von Albert, der, wie Gerhard am Türschild las, mit Nachnamen Weitzel hieß, lag in einem Randbereich des zentralen Ortskerns. Das unpersönliche Zweifamilienhaus stammte aus der Zeit nach dem Krieg, in der es vor allem galt, neuen Wohnraum zu schaffen und in der Belange der Ästhetik vernachlässigt wurden. Es ließ in seiner funktionalen, äußeren Hässlichkeit in keiner Weise den schönen, in gewisser Hinsicht geradezu kostbaren inneren Kern, den Alberts Heim darstellte, vermuten.

Als sie die kleine Diele der Dreizimmerwohnung im ersten Stock betraten, hielt Gerhard überrascht den Atem an. Ein hoher, fast bis zur Decke reichender Holzschrank, auf dem in bunter Bauernmalerei Blumenmuster und allerlei andere Motive zu erkennen waren, füllte nahezu die gesamte rechte Dielenwand aus. Ihm gegenüber stand eine nicht minder prächtige, ebenfalls mit farbiger Malerei versehene schwere Truhe, an deren Kurzseiten eiserne Handgriffe befestigt waren, die ein Anheben der gewichtigen Last ermöglichten. Auch die darüber angebrachte Garderobe war aus dem gleichen Holz gefertigt, offensichtlich handgeschnitzt und wies die gleiche Ornamentik wie die beiden Möbelstücke auf.

»Mensch, Albert, das sind ja prächtige Stücke«, staunte Gerhard.

»Gefallen sie dir? Na, dann komm erst mal rein«, forderte Albert ihn auf und öffnete die Tür zum Wohnzimmer.

Durch zwei Fenster, die zur Haushinterseite hinausgingen, fiel ein letzter Schimmer des schwindenden Tages, als Gerhard in das Dämmerlicht des Raumes trat. Alois, der sich augenscheinlich auskannte, steuerte zielbewusst auf eine Eckbank zu, während Albert die Tür schloss und zum Lichtschalter ging. Drei jeweils in den Ecken platzierte Wandleuchten tauchten das Zimmer, das durch einen offenen Türbogen mit dem Nachbarraum verbunden war, in warmes Licht und legten einen milden Glanz auf das ringsum verteilte Mobiliar.

Gerhard fühlte sich augenblicklich in den Raum eines Heimatmuseums, wie es in jeder hessischen Kleinstadt zu finden ist, versetzt, als er die Kostbarkeiten, die hier aufgestellt waren, erblickte. Allein drei Schränke, alle aus hellem, reich verziertem Naturholz standen an den Wänden; dazwischen sah er Kommoden, Tischchen, Truhen, die alle einmal irgendwann vor langer Zeit in Schwälmer Bauernstuben gestanden haben mussten. Prunkstück des Zimmers war die mächtige Eckbank, auf der Alois inzwischen Platz genommen hatte, und der massive Eichentisch davor, dessen dicke Holzplatte auf geschwungenen, kunstvoll verzierten Wangen ruhte und Platz für eine ganze Fußballmannschaft bot. Auch Küche und Schlafzimmer, die Albert voller Stolz seinem Gast zeigte, waren mit alten, rustikalen Möbeln ausgestattet und passten in das harmonische, einheitliche Gesamtbild, das die Wohnung vermittelte.

Gerhard war beeindruckt: »Mein Gott, du hast ja Werte hier zusammengetragen, um die dich jedes Museum beneiden würde.«

»Jeder Mensch hat sein Hobby, seine Leidenschaft, manche sagen auch Spleen dazu. Ich sammle nun einmal Schwälmer Bauernmöbel, die ich in meiner Kellerwerkstatt selbst repariere und restauriere. Aber anders als im Museum beziehe ich sie in mein tägliches Leben ein. Diese alten Schränke, Bänke und Betten sind so stabil gebaut, dass eine Benutzung ihnen nichts anhaben kann. Noch in Jahrhunderten wird man, anders als bei unseren modernen Pressholzmöbeln, ihre einfache Schönheit bewundern können.« Albert deutete zur Eckbank hin. »Bitte, nimm doch Platz, Heiner. Ich sorge jetzt erst einmal für die versprochene Stärkung. Alois läuft schon seit Minuten das Wasser buchstäblich aus den Mundwinkeln.«

»Na, ganz so weit ist es noch nicht«, brummte es unter dem Schnauzbart hervor, »aber wenn du nicht gleich die Wurst holst, wird es dazu kommen.«

Albert verschwand in der Küche, aus der alsbald ein lebhaftes Rumoren verkündete, dass er sich daran machte, seine Gäste zufrieden zu stellen.

Gerhard nahm erst jetzt, als er sich nochmals im Zimmer umsah, die Bilder wahr, die über und zwischen den Schränken und Kommoden an den Wänden hingen. Seine Aufmerksamkeit war beim Betreten der Wohnung so von den beeindruckenden

Möbeln in Anspruch genommen gewesen, dass er die Gemälde – überwiegend Landschaften der Schwalm – gar nicht beachtet hatte. Es waren Bilder von mäßiger, um nicht zu sagen geringer Qualität, das konnte Gerhard schon beim flüchtigen Betrachten entscheiden. Sie waren ganz offensichtlich von derselben Hand mit ängstlichem Pinselstrich in einem eintönigen Malstil und in dem stereotypen Bestreben, nur die idyllischen Seiten der hiesigen Umgebung darzustellen, gemalt worden. Eigentlich kaum der Betrachtung, weniger noch einer Kommentierung wert konnten sie jedoch eine gute Einstiegsplattform für die Fragen bilden, die Gerhard bald zu stellen gedachte.

Albert balancierte stilgerecht, wie es das rustikale Ambiente verlangte, ein großes Holzbrett, so wie es in Fleischergeschäften verwendet wird, ins Zimmer und stellte es auf der glattgescheuerten Tischplatte ab. Aus einem der Bauernschränke holte er eine nahezu quadratische Flasche, die eine klare Flüssigkeit enthielt, und platzierte sie mit drei hochstieligen Schnapsgläsern neben der Vesperplatte.

»Greift zu«, forderte er auf, während er die Gläser vollgoss und schließlich das seine hochhielt. »Auf unseren Gast – und die Schwalm mit all ihren Köstlichkeiten.«

»‚Feurige Helene'«, erklärte er seinem Besucher aus Nordhessen, der ihn nach dem Austrinken mit anerkennendem Nicken fragend angesehen hatte. »Eine Schrecksbacher Spezialmischung. Besteht hauptsächlich aus Birnenschnaps, aber auch andere Früchte und Kräuter sind darunter. Gut bekömmlich, aber wirkungsvoll«, fügte er hinzu und schüttete nach.

Sie aßen mit den Fingern, ohne Teller und Besteck und erwiesen so in dem rustikal eingerichteten Zimmer den alten bäuerlichen Essgewohnheiten ihre Referenz. Von der langen roten Wurst, den breiten Brotscheiben und den dicken Essiggurken, die sich anfangs in beängstigend labiler Höhe auf dem Holzbrett gestapelt hatten, war binnen kurzem nichts mehr zu sehen.

Draußen war es inzwischen dunkel geworden. Gesättigt und zufrieden lehnten sich die Männer auf er alten Eckbank in dicke

Kissen zurück, die die unbequeme Härte der Rückwand erträglich machten, und genossen die Behaglichkeit des Raumes.

Albert machte Anstalten aufzustehen: »Ich hole jetzt das Fotoalbum«, sagte er. Gerhard, der erkannte, dass mit einem erneuten Eintauchen in die Schrecksbacher Fußballhistorie und dem Aufblühen nostalgischer Erinnerungen die Wahrscheinlichkeit sank, von seinen Schwälmer Freunden brauchbare Informationen zu erhalten, beeilte sich, das Gespräch in Bahnen zu lenken, die seinem Vorhaben dienlich waren. Noch bevor es Albert, der sich schon halb aufgerichtet hatte, gelang, sich aus der Eckbank herauszuzwängen, deutete Gerhard auf die Gemälde an der Wand.

»Stammen diese Bilder von einem Maler aus der Willingshäuser Malerkolonie?«, fragte er.

»Nein, nein«, wehrte Albert ab. »Die hat ein Schrecksbacher Hobbykünstler, mit dem ich befreundet bin, für mich gemalt. Ich brauchte ein paar Bilder, die zu den Schwälmer Bauernmöbeln passten. – Nun, vom Motiv her passen sie ja. Ob sie allerdings besonders schön sind, sei dahingestellt.«

Gerhard kommentierte diese Feststellung nicht. Er wollte jetzt schnell zum Kern dessen, was ihm am Herzen lag, kommen, zumal er bemerkte, dass die »Feurige Helene« in beängstigendem Maße verschlankte und er eine fortschreitende Beeinträchtigung sowohl seiner Gesprächspartner als auch seines eigenen Aufnahmevermögens befürchtete.

»Ich bin selbst Maler«, sagte er, »und mich interessieren besonders die Werke, die in Willingshausen entstanden sind. Ich meine, auf dem Weg hierher kurz vor Schrecksbach auf der linken Straßenseite eine Mühle gesehen zu haben, die ich von einem Gemälde her kenne. Hatte denn Schrecksbach auch eine Künstlerkolonie?«

»Nein, keine Kolonie, das wäre zuviel gesagt.« Alois schüttelte den Kopf. »Früher soll mal ein Maler eine Zeitlang in der Mühle, die du gerade erwähnt hast, gelebt haben; das muss so vor fünfzig, sechzig Jahren gewesen sein, im Krieg oder kurz danach.«

»Ja, ich kann mich noch ganz gut an diesen Maler, einen Franz Lippmann, erinnern«, ergänzte der ältere Albert, der diese Zeit als junger Bursche noch miterlebt haben musste. »Wir haben als Kinder oft staunend zugeschaut, wenn Onkel Franz, wie wir ihn nannten, irgendwo auf der Wiese oder in den Feldern, manchmal auch mitten im Dorf auf seinem Klappstuhl vor der Staffelei saß und malte.«

»War er der Eigentümer der Mühle?«

»Nein, die Mühle und auch das Land ringsum sind seit Generationen im Besitz der Familie Diehl. Franz Lippmann wohnte lediglich dort zur Miete, genauer gesagt wohnte er nicht im Hauptgebäude, sondern in einem kleinen Gartenhaus, das er sich als Atelier eingerichtet hatte.« Albert schmunzelte in sich hinein. »Wir Kinder kamen gerne dorthin und besuchten Onkel Franz. Das Häuschen wirkte auf uns verlockend und geheimnisvoll. Die herrliche Unordnung in seinem Innern, der Geruch der Farben und nicht zuletzt der verschrobene Maler in seinem verkleckstem Kittel – das zog uns magisch an. Oft lagen wir bäuchlings auf dem kleinen Dachboden, den man nur über eine Holzleiter erreichen konnte, und sahen Onkel Franz von oben beim Malen zu. Häufig kam ein anderer Maler zu Besuch. Der blieb meist für einige Tage oder Wochen bei Franz Lippmann. Dann malten beide zusammen, zogen schon morgens gemeinsam hinaus in die Felder und kehrten oft erst spät am Nachmittag zurück. Insoweit kann man vielleicht von einer Mini-Malerkolonie in Schrecksbach sprechen.«

»Kennst du den Namen des Malers, der Franz Lippmann besuchte?«

Albert zog die Schultern hoch. »Wahrscheinlich werde ich ihn damals gekannt haben, aber nach so langer Zeit ist er mir entfallen. Ich weiß lediglich, dass dieser Maler es liebte, Schafe zu malen, was uns Kindern natürlich sehr gefallen hat.«

Gerhard sah auf. Das Schäferbild Hermann Weinrichs kam ihm vor Augen – und auch das andere Gemälde mit dem Heuwagen.

»Dieser Franz Lippmann, hatte der auch ein Lieblingsmotiv?«

Albert lachte. »Jetzt, da du fragst, fällt mir ein, dass ihn die Dorfleute nur den Ernte-Franz nannten. Er malte vorzugsweise Ernteszenen, egal ob es sich nun um das Einfahren des Getreides im Sommer oder das Ausmachen der Rüben im Herbst handelte. Ob er dem Einbringen der Frucht eine tiefere Bedeutung zumaß, weiß ich natürlich nicht. Vielleicht hatte er auch einfach nur Spaß an solchen ländlichen Szenen.«

»Und was ist aus Franz Lippmann geworden?«, fragte Gerhard.

»Keine Ahnung. Er müsste inzwischen über hundert Jahre alt sein, ist also mit größter Wahrscheinlichkeit längst verstorben. Nach der Sache mit dem Amerikaner ist er ganz plötzlich aus Schrecksbach verschwunden.«

»Das muss ein Riesenaufstand damals gewesen sein«, mischte sich Alois ein. »Meine Eltern haben mir davon erzählt.«

»Die Sache mit dem Amerikaner?« Gerhard verspürte eine unbestimmte Erregung. Schließlich war er hierher gekommen, um solche Geschichten zu hören. »Hatte die Sache etwas mit der Mühle zu tun?«

»Na klar, die Amis wohnten doch dort, als das passierte«, warf Alois ein.

»Also, soweit ich mich erinnern kann«, übernahm Albert wieder die Schilderung der Ereignisse, »ist damals eigentlich gar nichts Dramatisches geschehen. Es war kurz vor dem Kriegsende, die Amerikaner hatten gerade die Schwalm besetzt und sich in allen möglichen Häusern einlogiert. Auch in unserem Dorf suchten sie Quartier und kamen so auch in die Losemühle. Das Verhältnis der hiesigen Bevölkerung zu den Besatzungssoldaten war im Großen und Ganzen problemlos. Natürlich gab es hier und da Übergriffe und Unkorrektheiten, wie sie bei jeder Armee, besonders wenn sie siegreich ist, vorkommen. Aber viele Deutsche haben in den Amerikanern weniger die Sieger und Besetzer als vielmehr die Befreier gesehen und durchaus freundliche Gefühle für sie gehegt. Diese weitgehend unbelastete Beziehung zwischen beiden Parteien fand eines Tages ein abruptes Ende. Ein in der Losemühle einquartierter Amerikaner war plötzlich verschwunden, er hatte sich regelrecht in Luft aufgelöst. Es war wohl so, dass er alleine in der Mühle zurückgeblieben war, während seine Kameraden auf eine Patrouillenfahrt gegangen waren. Als sie später zurückkehrten, war ihr Gefährte nicht mehr auffindbar. Auch in den nächsten Tagen blieb er, soviel man auch nach ihm suchte, wie vom Erdboden verschluckt. Das Dorf und seine Bewohner waren unter dem Eindruck dieses Ereignisses in der Folgezeit einigen Repressalien ausgesetzt. In nahezu allen Häusern fanden auf der Suche nach dem Vermissten Razzien statt, die Bevölkerung wurde in harten Verhören befragt und mussten eine ganze Menge an Einschränkungen und Schikanen hinnehmen.«

Albert sah Gerhard an. »Du fragst dich, woher ich das alles weiß, obwohl ich doch damals, als sich das abspielte, gerade mal im Teenageralter war.« Er stand auf und ging zu einem Bücherbord, das an der Wand über einer Kommode befestigt war. Nach kurzem Suchen zog er ein in grünen Karton gebundenes Bändchen aus der Bücherreihe. Noch im Gehen, während er zum Tisch zurückkehrte, blätterte er darin und reichte Gerhard die aufgeschlagenen Seiten hin: »Hier, da steht die ganze Geschichte. Anlässlich der 750-Jahrfeier von Schrecksbach hat der Pfarrer eine Dorfchronik verfasst und auch die Episode von damals in allen Einzelheiten aufgeschrieben. Wenn es dich wirklich so interessiert, dann lies es dir in Ruhe durch.«

Gerhard nahm das Büchlein entgegen. »Vielleicht nachher, vor dem Einschlafen. Danke jedenfalls. Doch sag mir jetzt noch eines. Hat man später eine Erklärung für das Verschwinden des Amerikaners gefunden?«

»Ja, zumindestens glaubte man das. Die amerikanische Militärpolizei, die diese Angelegenheit untersuchte, fand heraus, dass der vermisste GI gemeinsam mit einem anderen Soldaten in einen Bilderraub verwickelt war.«

»In einen Bilderraub?« Gerhard richtete sich auf. »Wie und wo ist das passiert? Erzähle!«

Albert Weitzel, der die Erregung seines Gastes nicht so recht deuten konnte, schaute ihn verwundert an. Dann zeigte er auf den kleinen Band, den Gerhard aufgeschlagen mit den Seiten nach unten auf den Tisch gelegt hatte. »Da steht alles drin«, sagte er. »Die beiden haben wohl bei einer Hauskontrolle die Gemälde in der Villa eines Unternehmers im Marburger Raum entdeckt und mitgehen lassen. Nachdem dann die Militärpolizei den Diebstahl aufgedeckt und die Täter entlarvt hatte, konnten die Bilder nirgends gefunden werden. Der Ort, den der andere Soldat bei seinem Geständnis als Versteck angegeben hatte, war leergeräumt, die Gemälde verschwunden. So hat man flugs das Verschwinden des einen Amerikaners mit dem Nichtauffinden der Bilder in Verbindung gebracht und einen Zusammenhang zwischen beidem konstruiert. Nach offizieller Version soll der Soldat, der auf der Mühle zurückgeblieben war, das Versteck ausgeräumt und sich mit den Gemälden auf und davon gemacht haben. Ob es wirklich so war, entzieht sich meiner Kenntnis, denn soviel ich weiß, sind bisher weder der Amerikaner noch die Bilder wieder aufgetaucht.«

Zur Unterbindung weiterer Fragen und Einwände hob Albert, der nun endlich zu dem Wichtigen kommen wollte, die Arme in die Höhe und verkündete mit einer Stimme, der man die Vorfreude anhörte: »So, jetzt hole ich die Fotos.« Dann verschwand er durch den Türbogen.

Von Alois, dessen Augen in Erwartung des bevorstehenden Exkurses in Schrecksbach Fußballglorie glänzten, wollte Gerhard noch ein Letztes wissen: »Wer bewohnt denn jetzt die Mühle? Sind das immer noch die Diehls?«

»Ja, Georg und Irmgard Diehl. Nachdem der Mühlenbetrieb schon vor Jahrzehnten eingestellt wurde, hat die Familie sich seitdem hauptsächlich von der Landwirtschaft ernährt. Georg ist der Enkel des letzten Müllers.«

Den Rest des Abends verbrachte Gerhard damit, sich von

den beiden Schrecksbacher Freunden anhand der umfangreichen Fotosammlung die Eigentümlichkeiten, Besonderheiten und Großartigkeiten vergangener Fußballtage näher bringen zu lassen, wobei adjektivische Ausschmückungen wie wunderbar, fantastisch, denkwürdig, unvergleichlich in stetiger Wiederholung zur Anwendung kamen. Häufig aber saß er nur als stummer Zuhörer auf der Bank und wurde Zeuge, wie Albert und Alois in Erinnerungen schwelgten, wie sie Zeiten heraufbeschworen, in denen noch elf Freunde auf dem Platz standen, die sich für nichts anderes als die Ehre des Dorfes auf dem verschlammten Spielfeld herumwälzten und deren einziger Lohn die Freude, für ihren Verein die Punkte geholt zu haben, war. Nun, diese Zeiten mussten schon eine ganze Weile zurückliegen.

Gerhards Gedanken schweiften gelegentlich ab, wenn sich die beiden allzu sehr in Weißt-du-noch-Erinnerungen verloren. Er musste vor allen Dingen jetzt erst einmal Ordnung in das, was er heute Abend gehört hatte, bringen und seinen Kenntnisstand erweitern. Dazu wollte er sich später die Geschichte von dem mitsamt den Bildern verschwundenen Amerikaner, wie sie der Pfarrer in der Dorfchronik verfasst hatte, durchlesen. Möglicherweise erhielt er so noch einige zusätzliche Informationen. Zudem nahm er sich vor, gleich morgen früh zur Mühle hinauszufahren und mit den Besitzern zu sprechen, vielleicht ließ sich auch da noch etwas Neues in Erfahrung bringen.

Später dann, als die »Feurige Helene« getrunken und Alois gegangen war und auch Albert sich in sein Schlafzimmer zurückgezogen hatte, lag Gerhard auf der ausgezogenen Schlafcouch und dankte dem Himmel, dass seine bequeme Bettstelle das Produkt einer modernen Möbelmanufaktur war und nicht der ihn umgebenden Sammlung bäuerlicher Möbelstücke entstammte.

Er nahm die Chronik zur Hand und blätterte bis zu dem Beitrag über den verschwundenen Amerikaner. Doch noch bevor er den ersten Absatz gelesen hatte, waren ihm bereits das Büchlein aus der Hand und die Augen zugefallen.

14

Nebel lag über dem stillen Tal der Schwalm, als Gerhard sich am nächsten Morgen auf den Weg machte. Er hatte sich entschlossen, das Auto zunächst noch vor der Gaststätte Schäfer stehen zu lassen und zu Fuß durch die Wiesen zur Mühle zu gehen.

Der gestrige Abend und vor allem die »Feurige Helene« hatten Wirkung gezeigt und Nachwirkungen zurückgelassen. Die von Albert verkündete Bekömmlichkeit des fruchtigen Birnenschnapses konnte zumindest von Gerhard, wenn er das Klopfen in seinem Kopf und das Rumoren in seinem Darm als Maßstab anlegte, nicht bestätigt werden. Aber wahrscheinlich lag die momentane Unpässlichkeit weniger in der mangelnden Qualität der »Feurigen Helene«, sondern eher in seiner Empfindlichkeit gegenüber hochprozentigem Alkohol begründet; denn Albert und Alois, mit denen er vor seinem Aufbruch zur Mühle gemeinsam, so wie gestern noch vereinbart, gefrühstückt hatte, zeigten heute Morgen nicht die geringste Beeinträchtigung ihres Befindens. Ihre lebhafte Frühstücksunterhaltung und ihr unbändiger Appetit, mit dem sie einer großen Pfanne Rührei mit Schinken und Speck zu Leibe gerückt waren, hatten dies hinreichend demonstriert.

Als Albert die Anstrengung bemerkt hatte, die es Gerhard an diesem Morgen kostete, sich auf die Dorfchronik, die zu lesen er sich noch vor seiner Abreise aus Schrecksbach vorgenommen hatte, zu konzentrieren, hatte er ihm das Büchlein aus der Hand genommen, es zusammengeklappt und es vor Gerhard auf den Tisch gelegt. »Nimm es mit nach Hause und lies es in aller Ruhe. Es gibt genügend Exemplare hier im Dorf – für den Fall, dass ich die Chronik einmal brauchen sollte.«

Nach der herzlichen Verabschiedung von seinen Gastgebern, die er mit einer Gegeneinladung nach Eschwege verbunden hatte, war er nun also auf dem Weg zur Mühle. Er wollte sein Hiersein dazu nutzen, noch vor der Heimfahrt so viel wie irgend möglich in Erfahrung zu bringen, das helfen konnte, die geheimnisvolle Geschichte um die Weinrich- und Bantzerbilder zu erhellen. Dabei waren ihm Fakten ebenso willkommen wie Gerüchte und Vermutungen.

Als er jetzt mit nassen Schuhen durch die Wiesen spazierte und sich der Mühle näherte, genoß Gerhard den frischen Morgenwind, der ihm angenehm kühlend über das Gesicht strich und ihm das Haar zerzauste. Auch wenn sie ihn frösteln machte, war er froh über die kalte Luft, die den pochenden Schmerz in seinem Kopf linderte.

Auf der Höhe des Mühlengebäudes, dessen großes Schaufelrad längst stillstand und lediglich noch eine dekorative Erinnerung an vergangene Zeiten bildete, bog Gerhard auf den Weg ein, der von der kleinen Schwalmbrücke hinauf zum Haupthaus verlief.

Ein alter Hund, der, als er den Hof betrat, vergeblich versuchte sich zu erheben, winselte ihm zu. Aus dem Stallgebäude, das den Hof auf der einen Seite begrenzte, trat eine Frau in mittleren Jahren, die sich anschickte, zum Wohnhaus hinüberzugehen. Als sie ihn bemerkte, blieb sie stehen, umfasste den schwarzen Eimer, den sie vorher am Griff gehalten hatte, mit beiden Armen und beugte den Oberkörper zurück. Stabil und erdverbunden stand sie so da und sah ihm mit erwartungsvollem Blick und freundlichen Augen entgegen.

»Frau Diehl?«, mutmaßte Gerhard, als er sich ihr näherte.

»Ja«, sagte sie und musterte ihn kurz. Dann stellte sie den Eimer auf dem Hofpflaster ab und streckte ihm die Hand, die sie vorher an der Schürze abgewischt hatte, entgegen. »Irmgard Diehl«, stellte sie sich vor. »Sie kommen vom Fluss, von der Schwalm herauf. Haben Sie dort etwas gesucht?«

Gerhard war einen Moment verunsichert. Er konnte ihr doch schwerlich erklären, dass er den Spaziergang durch die Flusswiesen nur deshalb unternommen hatte, um nach einem abendlichen Zechgelage wieder einen klaren Kopf zu bekommen. Aber warum eigentlich nicht? Mit einem Ausdruck ehrlicher Betrübnis blickte er in das offene, lebenskluge Gesicht Irmgard Diehls: »Ich komme wegen einiger Auskünfte, die ich mir von Ihnen oder Ihrem Mann erhoffe. Mein Auto habe ich in Schrecksbach stehen gelassen, ich wollte lieber zu Fuß gehen…« Er stockte. »Um die Wahrheit zu sagen, ich brauchte Bewegung und vor allem frische Luft, die »Feurige Helene« hat mich gestern Abend so leidenschaftlich in ihre Arme genommen, dass mir noch heute der Kopf brummt.«

»Ja, ja«, lachte sie, »wen die »Feurige Helene« einmal gepackt hat, den hält sie in der Regel auch noch am nächsten Morgen fest.« Sie nahm den Eimer wieder am Griff und wandte sich zum Wohnhaus. »Kommen Sie, ich mache Ihnen erst einmal einen starken Kaffee, und dann will ich hören, welche Auskünfte Sie sich von mir versprechen.«

Gerhard wurde in ein geräumiges Wohnzimmer geführt, dessen Fenster auf den Hof hinausgingen. Der alte, vor sich hin dösende Hund lag zusammengerollt vor dem Stalltor und ließ sich von der Sonne, die sich inzwischen durch die Flussnebel hindurchgekämpft hatte, das struppige Fell wärmen.

Die Hausherrin war in der Küche verschwunden, um den Kaffee zuzubereiten. Sie hatte ihm berichtet, dass ihr Mann heute den ganzen Tag außer Haus sei – er befände sich auf einer Tagung des Brieftaubenverbandes und käme erst spät zurück. Er müsse also mit ihr als Auskunftsperson vorlieb nehmen.

Gerhard sah sich im Raum um. Auch dieses Wohnzimmer war rustikal und gemütlich eingerichtet, ohne jedoch den musealen Charakter von Alberts Domizil zu besitzen. Eine bequeme Couchgarnitur und schwere Sessel ergänzten die alten, ererbten Möbelstücke. Kleine Porzellanfiguren, die zwischen Topfpflanzen auf den Fensterbänken und in Schranknischen standen, sowie gestickte Wandbehänge verrieten die Handschrift der Frau.

Irmgard Diehl kam mit einem Tablett aus der Küche zurück und verteilte Kaffee, Milch und eine Gebäckschale, die Salzstangen und Kräcker enthielt, auf dem Tisch. Mit bedeutungsvollem Blick hielt sie Gerhard ein großes Glas Orangensaft hin.

»Das wird Ihnen helfen«, sagte sie und zeigte damit auf sehr praktische Art, dass sie um die Folgen eines Alkoholexzesses wusste und die richtigen Maßnahmen dagegen kannte.

Gerhard, der das Saftglas dankend entgegengenommen und in einem Zug geleert hatte, erzählte nun zuerst einmal seiner Gastgeberin, woher er kam und wie es dazu gekommen war, dass er gestern in Schrecksbach hängen geblieben und versackt war. Er berichtete von seinem Gespräch mit Albert Weitzel über die Malerei der Schwalm im Allgemeinen und den Künstler Franz Lippmann im Speziellen, der ja früher in der Losemühle gewohnt und gewirkt hatte. Er erwähnte auch, wie er den Gebäudekomplex der Mühle und das dahinter am Hang liegende Dorf auf zwei Gemälden von Hermann Weinrich abgebildet gefunden hatte, ohne dass er freilich näher auf die Einzelheiten der Entdeckung einging. Dies alles interessiere ihn, da er selbst Maler sei und ganz besonderen Gefallen an der natur- und volksverbundenen Malweise finde, wie sie damals in der Willingshäuser Malerkolonie angewendet worden war. Auch habe er von dem aus der Losemühle verschwundenen Amerikaner und dem damaligen Bilderraub gehört, einiges darüber zudem in der Dorfchronik gelesen. »Diese Geschichte hat mich gefesselt und meine Aufmerksamkeit erregt. Falls Sie nichts dagegen haben, möchte ich Ihnen gerne ein paar Fragen dazu stellen.«

»Ja, natürlich, ich will Ihnen gerne das, was ich weiß, erzählen«, versicherte sie bereitwillig, »nur fürchte ich, dass meine Kenntnisse nicht sehr umfangreich sein werden. Mein Mann würde Ihnen eher behilflich sein können, denn diese Mühle ist schließlich sein Elternhaus. Ich bin erst vor gut zwanzig Jahren, nach unserer Heirat, hierher gezogen und kenne die alten Geschichten, genauso wie Sie, nur vom Hörensagen.«

»Sagt Ihnen der Name Hermann Weinrich etwas?«

»Nein«, überlegte Irmgard Diehl, »als Sie ihn vorhin erwähnten, hörte ich ihn zum ersten Mal.«

»Aber der Name Franz Lippmann ist Ihnen vertraut?«

»Vertraut ist zuviel gesagt. Es war ja lange vor meiner Zeit, als er hier in der Mühle gewohnt und gemalt hat. Aber natürlich kenne ich seinen Namen und das Gerede um seinen plötzlichen Weggang.«

Gerhard, der gerade den Kaffeebecher zum Mund führen wollte, hielt inne. »Gerede? Was wurde denn zum Beispiel geredet?«

»Na, Sie kennen doch die Maler«, sagte sie und machte eine wegwerfende, abfällige Handbewegung, die ihr Misstrauen und ihren Argwohn gegenüber dieser aus ihrer Sicht exotischen Spezies Mensch ausdrücken sollte. Dann aber fiel ihr ein, dass auch ihr Gegenüber sich kurz zuvor als Maler zu erkennen gegeben hatte. Erschrocken legte sie eine Hand auf den Mund. »Nun, ich meine, dass Künstler immer schon einen gewissen Freiraum für ihre schöpferische Tätigkeit und ihre Lebensführung brauchten.«

»Wollen Sie damit sagen, dass seine partnerschaftlichen Beziehungen…«, Gerhard zögerte, »vielleicht etwas inkonstanter, freizügiger als bei einem Normalsterblichen waren?«

»Na klar, eine nach der anderen soll er vernascht haben damals. – Aber die Frauen sind ja so dumm«, empörte sie sich, »dumm und eitel. Gedrängt haben sie sich, um von ihm gemalt zu werden. Ihre Gefallsucht hat sie ihm regelrecht in die Arme getrieben. Verstehen Sie das?« Irmgard Diehl hatte sich jetzt in ihrem Sessel aufgerichtet, ihr Wangen waren gerötet. Mit der einen Hand strich sie sich über das Haar, während die andere eine Falte ihres Kleides glattzog. Ja, Gerhard glaubte zu verstehen. Er konnte sich gut vorstellen, wie Franz Lippmann die weibliche Bevölkerung dieses ländlichen Raumes aufgemischt hatte, dass er das getan hatte, was man von Künstlern gemeinhin erwartete. Gut möglich, dass er seine Modelle nicht nur gemalt, sondern bei ihnen auch eine andere als eine künstlerische Annäherung gesucht und gefunden hatte.

»Es gab also Affären mit Frauen?«, stellte Gerhard fest.

»Das kann man wohl so sagen. Es muss damals einigen Aufruhr um die Weibergeschichten Franz Lippmanns gegeben haben. Man spricht von Vorkommnissen, die Ehezerwürfnisse nach sich gezogen haben. Auch Versuche, Minderjährige zu verführen, wurden ihm angelastet. Als er dann über Nacht mit der Frau des Holzburger Tierarztes verschwand, passte das nur allzu gut zu dem Image, das er sich aufgebaut hatte.«

»Heißt das, dass er damals mit einer verheirateten Frau durchgebrannt ist?«

»Ja, von einem Tag auf den anderen war er verschwunden – genau wie die Frau. Der Zusammenhang zwischen diesen beiden Verschwinden war, zumindest für das Dorf, sofort sonnenklar.«

»Wissen Sie, wann genau das war?«

»Um das Kriegsende herum. Aber, wie gesagt, ich kenne die ganze Angelegenheit nur aus zweiter Hand, nicht aus eigenem Erleben. Mein Mann könnte Ihnen sicherlich das genaue Datum nennen.« Bedauernd hob sie die Hand, unterbrach aber abrupt die Bewegung und fasste sich an den Kopf. »Mir fällt da gerade etwas ein. Georg hat einmal eine Bemerkung gemacht, die mir jetzt in den Sinn kommt.« Sie schloss kurz die Augen, als dächte sie nach, dann sagte sie: »Ungefähr so hat er es ausgedrückt: Hier in unserem ruhigen Schrecksbach passiert jahrelang nichts und dann verschwinden der Amerikaner und der Maler nahezu am gleichen Tag. Ja, so hat er es gesagt.« Man sah ihr an, dass es sie froh und glücklich machte, ihm mit dieser Auskunft möglicherweise geholfen zu haben.

»Hhm«, Gerhard stützte den Kopf in die Hand und überlegte. Was konnte dieses zeitliche Zusammentreffen, von dem er gerade erfahren hatte, bedeuten? Ein Amerikaner, der wertvolle Bilder entwendet hatte, verschwand spurlos. Zur gleichen Zeit verließ Hals über Kopf ein Maler, der auf der in Hermann Weinrichs Bildern abgebildeten Mühle gelebt hatte, mit einer verheirateten Frau Schrecksbach. Gab es ein beide Ereignisse verbindendes Glied, einen Zusammenhang, den er nur noch nicht sah? Oder war es einer der eigenartigen Zufälle, die zwar selten, aber gelegentlich doch vorkommen?

»Sagen Sie, Frau Diehl«, forschte Gerhard nach, »die Bilder, die damals von den beiden Amerikanern aus einer Villa entwendet wurden – waren darunter auch Bantzergemälde?«

»Bantzer?« Verständnislos sah sie ihn an.

»Ein berühmter Schwälmer Maler«, beeilte er sich, sie aufzuklären und ihre Verwirrung zu zerstreuen.

»Das weiß ich nicht, die Bilder sind ja nie wieder aufgetaucht – Aber der Besitzer dürfte doch damals der Polizei oder den Militärbehörden ein Verzeichnis aller gestohlenen Gemälde gegeben haben, oder?«

»Wahrscheinlich ja. Aber es ist fraglich, ob ein solches Verzeichnis, wenn es existierte, die Turbulenzen des Kriegsendes überstanden hat. Und ob nach so langer Zeit sich noch jemand an den damaligen Bilderbestand erinnert, ist auch nicht sicher.« Zweifelnd wiegte Gerhard den Kopf. »Was ist eigentlich aus Lippmann geworden? Hat man nach seinem plötzlichem Abgang noch einmal etwas von ihm gehört?«

»Nein, lange Zeit nicht. Man nahm allgemein an, dass er mit der Frau des Tierarztes, die sich einige Zeit später von ihrem Mann hatte scheiden lassen, in irgendeiner fernen Gegend lebte. Man hatte Franz Lippmann schon fast vergessen, bis dann vor einigen Jahren überraschend sein Sohn nach Holzburg kam und dort in das ererbte Elternhaus der Mutter einzog.«

»Der Sohn des Malers lebt in Holzburg?«, wunderte sich Gerhard.

Irmgard Diehl stand auf und trat ans Fenster. »Dort hinten – die Ortschaft.« Gerhard stellte sich neben sie. »Das ist Holzburg, und da oben auf dem Berg in dem großen Gebäude, gleich neben der Kirche, hatte damals der Veterinär seine Praxis. Das Haus war Eigentum seiner Frau und wurde auch nach deren Fortziehen nicht verkauft. Nun bewohnt es Carsten Lippmann, der Sohn.«

Gerhard sah zu den Hügeln jenseits der Schwalm hinüber, konnte die Kirche und die Linden, die sie umstanden, unterscheiden und glaubte auch, das große, ehemalige Tierarzthaus ausmachen zu können. Das also, Holzburg, war das Dorf, das Hermann Weinrich zusammen mit der Mühle abgebildet hatte.

»Was ist eigentlich mit den Bildern, die Franz Lippmann gemalt hat, geschehen?«, wollte Gerhard wissen.

Irmgard Diehl, die welke Blätter von den Topfpflanzen zupfte, zuckte mit den Schultern. »Einige seiner Gemälde, vor allem die Portraits von den Dorfbewohnern, hängen wahrscheinlich hier in Schrecksbach in den Wohnzimmern, zwei, drei Landschaften auch im Rathaus, soviel ich weiß. Alle übrigen Bilder hat er bei seinem überstürzten Aufbruch mitgenommen.«

»Das heißt, auch hier in der Mühle hängen keine Bilder von ihm?«

»Nein, Lippmann soll sehr geschäftstüchtig gewesen sein. Das, was er malte, hat er immer zu verkaufen versucht. Nein, wir haben keine Bilder von ihm.«

Gerhard spürte, dass er von Irmgard Diehl nicht mehr viel erfahren konnte. Ihre Distanz zu den weit zurückliegenden Ereignissen war einfach zu groß, ihre persönliche Anteilnahme an den Geschehnissen, von denen ihr erst Jahre später berichtet wurde, zu gering. Das ferne Schicksal des Malers Lippmann hatte sie nie sehr interessiert und berührte sie auch jetzt nicht sonderlich. Er würde vielleicht später noch einmal hierher fahren und mit Georg, dem Ehemann sprechen müssen, der zu den, wenn auch als Kind nur, miterlebten damaligen Begebenheiten eine ganz andere Beziehung haben musste und wahrscheinlich auch über wesentlich detailliertere Kenntnisse verfügte als seine Frau.

»Eine letzte Frage noch«, schloss Gerhard seine Nachforschungen ab. »Ein anderer Maler soll Franz Lippmann hier auf der Mühle regelmäßig besucht und mit ihm zusammen gemalt haben. Wissen Sie etwas davon und, vor allem, wissen Sie, wie dieser Maler hieß?«

Unglücklich schüttelte sie den Kopf. Es war ihr deutlich anzusehen, wie bekümmert sie darüber war, ihm so wenig dienlich sein zu können. »Leider nein«, bedauerte sie, »und ich muss gestehen, dass ich von einem anderen Maler, der hier zu Besuch gewesen sein soll, eben zum ersten Mal höre.« Traurig schaute sie aus dem Fenster. Gerhard, dem sie den Rücken zugekehrt hatte, wusste, dass sie sich den Kopf zerbrach, wie sie ihm doch noch helfen konnte.

»Ich will Sie nun nicht länger aufhalten«, sprach er sie an. »Ich möchte mich herzlich bei Ihnen bedanken, dass Sie sich Zeit genommen haben, auf meine Fragen zu antworten.«

Irmgard Diehl drehte sich um. Die betrübte Miene, die sie soeben noch zur Schau getragen hatte, war verschwunden, ein Ausdruck freudigen Triumphes lag auf ihrem Gesicht. »Ich habe doch noch etwas für Sie. Die Kiste – die hatte ich ganz vergessen. Kommen Sie«, sagte sie erregt und eilte zur Tür.

Gerhards Erstaunen über ihre plötzliche Gemütsveränderung wich schnell der hoffnungsvollen Erwartung, dass er vielleicht doch noch etwas Brauchbares erfahren konnte. Von der Begeisterung der Frau angesteckt folgte er ihr die wenigen Stufen hinunter zur Haustür und trat mit ihr zusammen ins Freie. Der Tag, der sich jetzt nebelfrei und hell im Sonnenlicht präsentierte, hatte in gleichem Maße aufgeklart wie Gerhards Kopf, in dem sich die Gedanken wieder schmerzfrei in gewohnter Schärfe und Intensität formten. Er spürte Unternehmungsgeist in sich aufkeimen, registrierte, wie ihn die Neugier auf das, was er nun zu sehen bekommen sollte, antrieb.

Irmgard Diehl war ihm vorausgegangen in den Garten, der sich unmittelbar an das Wohnhaus anschloss. Die meisten der rechteckigen Beete waren bereits abgeerntet und umgegraben, lediglich einige Kohlköpfe streckten noch ihre krausen Blätter in die Höhe. Die Wege, auf denen sie gingen, waren sauber und an ihren Rändern ordentlich eingefasst. Büsche und Hecken hatten ihren Herbstschnitt hinter sich, Zweige und Äste stapelten sich sorgfältig auf einem großen Haufen. Alles in diesem Garten zeugte von der liebevollen und fleißigen Pflege, die man ihm angedeihen ließ.

Nach wenigen Metern erkannte Gerhard das Ziel, auf das

Irmgard Diehl zusteuerte. Vor ihm lag, versteckt zwischen Apfel- und Pflaumenbäumen, das kleine Haus, in dem seinerzeit Franz Lippmann gewohnt hatte. Ranken, deren herbstbunte Blätter im Sonnenlicht leuchteten, krochen an beiden Stirnseiten über Holzspalierc bis unter das spitze Ziegeldach, hellblau gestrichene Fenster in den Gefachen des braunen Fachwerks kontrastierten und harmonierten gleichzeitig mit dem Rotgold des Laubes, ein Farbenspiel, wie es die Künstler, die hier gewirkt hatten, kaum besser hätten malen können.

Als sie näher an das Gebäude herankamen, entdeckte Gerhard eine in das Dach eingelassene Holzkonstruktion, die eine quadratische Öffnung freiließ. Er erinnerte sich an Irmgard Diehls Erwähnung, dass ihr Mann heute an einer Tagung des Brieftaubenverbandes teilnahm. Dies musste das Ein- und Ausflugloch der Tauben sein, deren Schläge offenbar im Dachboden des Häuschens gelegen waren.

Ein vorsintflutliches Vorhängeschloss, das den heutigen Sicherheitsanforderungen kaum mehr genügte, versperrte die Holztür. Knirschend drehte die Hausherrin den nicht minder alten Schlüssel, den sie ihrer Schürzentasche entnommen hatte, in der Schließöffnung und ließ den rostigen Bügel mit einem Schnappen aufspringen.

Durch die vier Fenster fiel das helle Tageslicht in den Raum und fing sich in den Staubflocken, die sie beim Eintritt aufgewirbelt hatten. Das erste, was Gerhard in die Augen fiel, war eine Vielzahl alter, landwirtschaftlicher Gerätschaften, die an der dem Eingang gegenüberliegenden Wand befestigt oder aufgehängt waren. Hölzerne Heurechen sah er, Sensen und Sicheln in unterschiedlichen Formen, Dreschflegel, Schöpfkellen und andere Gebrauchsgegenstände früherer noch nicht maschinisierter Zeiten. Irmgard Diehl, die Gerhards Blicke bemerkte, erklärte: »Mein Mann sammelt diese alten Sachen. Ein Teil ist aus dem eigenen Bestand, anderes hat er sich bei den Bauern im Dorf besorgt. Dies hier«, sie schwang den Arm durch den Raum und hob dann den Blick zur Decke, »und seine Tauben da oben füllen ihn ganz aus.« Das leise, wehmütige Seufzen am Ende des Satzes kündete von ihrer Betrübnis über die vielen verlorenen Stunden, die ihr Georg, anstatt mit ihr zusammen zu sein, bei seinen Hobbys verbrachte. Aus den zahlreichen beschädigten, noch nicht restaurierten Objekten, die sich im übrigen Raum verteilten, schloss Gerhard, dass Irmgard auch zukünftig mehr als ihr lieb war auf die Präsenz ihres Mannes würde verzichten müssen.

Ihm fiel das Gespräch mit Albert Weitzel ein, seine Erzählung, wie sie, die Dorfjungen, dem Maler von oben bei seiner Arbeit zugeschaut hatten. Die Leiter, die er erwähnt hatte, war inzwischen durch eine schmale Treppe ersetzt worden, die mit steilen Stufen hinauf zum Bretterboden führte, auf dem die Kinder gelegen hatten.

Frau Diehl war zu einem Gerümpelhaufen, der an der Seitenwand gestapelt war, getreten und wühlte in Kisten, Körben, Schränkchen und Kartons. Mit einem freudigen Ausruf hob sie schließlich einen länglichen Holzkasten aus dem Stapel heraus, trug ihn zu einem Gartentisch und setzte ihn mit feierlicher Bewegung darauf ab. Dann winkte sie Gerhard heran.

»Was ist das?«, fragte dieser und zeigte auf den weißgestrichenen, hölzernen Behälter. Zum zweiten Mal innerhalb kurzer Zeit kam er sich wie ein Schatzgräber vor, nur dass er diesmal nicht erst, wie in Alsfeld, graben musste, sondern die Schatzkiste zugriffsbereit präsentiert bekam.

»Diesen Kasten hat Franz Lippmann zurückgelassen, ich nehme an, versehentlich. Wir haben ihn bei Aufräumarbeiten oben auf dem Dachboden gefunden. Schauen Sie nur hinein. Vielleicht entdecken Sie etwas, das Ihnen weiterhilft.« Wie zur Ermunterung klappte sie den Deckel der kleinen Kiste auf und ließ Gerhard herantreten.

Obenauf lagen gebrauchte, zum Teil stark abgenutzte Utensilien, wie man sie zum Malen mit Aquarellfarben benötigt: Dicke, bauchige Pinsel sah er, deren Haare nach allen Seiten abstanden, aber auch schmale mit fein zulaufender Spitze fand er, außerdem Wasserbecher und Mischschalen, farbfleckenübersäte Lappen und jede Menge Näpfchen, die die unterschiedlichsten Farben enthielten. Gerhard hob die Malgegenstände heraus und häufte sie auf den Tisch.

Ein Bündel weißer Blätter, das den Boden der Kiste bedeckte, wurde sichtbar. Vorsichtig holte er die zwanzig oder mehr Bögen hervor und legte sie, nachdem er die Tischplatte vorher sorgfältig mit dem Ärmel abgewischt hatte, neben die Malsachen. Mit dem Zeigefinger strich er über das oberste Blatt des Stoßes und spürte die raue Oberfläche des festen Papiers. Dann machte er sich daran, jedes Blatt schonend mit beiden Händen anzuheben und behutsam umzudrehen.

Es waren ausnahmslos Aquarelle, die, als er schließlich alle Papierbogen umgewendet hatte, vor ihm ausgebreitet auf dem Tisch lagen. Die Ernteszenen, die auf der Mehrzahl der Blätter abgebildet waren, trugen ein mit großem Schwung in die rechte, untere Bildecke gesetztes F.L. und waren offensichtlich vor Ort gemalte Arbeiten Franz Lippmanns, der seinem Namen Ernte-Franz in diesen Bildern alle Ehre machte. Dichte Farbflächen, in denen dunkle, erdige Töne überwogen, gaben den kleinformatigen Kunstwerken eine für Aquarelle ungewöhnliche Schwere. Drohende Gewitterwolken lagen über fast jeder der Darstellungen und die Last und Bürde eines beschwerlichen Lebens zeigte sich in Haltung und Gesten seiner abgebildeten Personen.

Lediglich zwei Aquarelle unterschieden sich deutlich von den eher düsteren Ansichten der übrigen Bilder. Helle, warme Farben waren hier mit leichter Hand und mit genau der Luftigkeit, die den Zauber des Aquarells ausmacht, auf die Malflächen aufgetragen. Die Art der Objektanordnung und die den Blick lenkenden Diagonalen, die die beiden freundlichen Landschaften durchzogen, waren Gerhard aus anderen Bildern vertraut.

Auch ohne die Signatur und die in die Wiesen hineingemalten Schafe erkannte er sofort die Urheberschaft dieser Arbeiten. Das, was er längst vermutet hatte, wurde nun Gewissheit: Der mysteriöse Maler, der mit Franz Lippmann befreundet gewesen war und ihn auf der Mühle regelmäßig besucht hatte, möglicherweise auch zu der Zeit, als der Bilderdiebstahl der beiden Amerikaner stattfand, war kein anderer als Hermann Weinrich gewesen.

15

Da der Tag unverändert sonnig und schön und Gerhards Lust auf Bewegung in der freien Natur ungebrochen war, beschloss er, auf dem Weg zurück zu seinem Auto den kleinen Umweg über Holzburg, den Wohnort Carsten Lippmanns, zu machen. Die Feuchtigkeit des Morgens war inzwischen unter der noch immer kräftigen Herbstsonne aus den Wiesen verschwunden, die Wege abgetrocknet und die Luft so erwärmt, dass er seine Jacke auszog und über die Schulter hängte. Die Beschwerlichkeiten, unter denen er als Folge des gestrigen Abends noch in der Frühe gelitten hatte, waren verflogen und hatten einem Gefühl der Zuversicht, das durch die bisherigen Ergebnisse seiner Nachforschungen genährt wurde, Platz gemacht.

Vor ihm lag das Dorf, das ihm in der Anordnung seiner Häuser und der exponierten Lage der Kirche auf dem Hügel von seinen ausgiebigen Studien der vergrößerten Bildausschnitte her vertraut war. Einzelne Gebäude, die Weinrich gemalt hatte, erkannte er an Umriss und Kontur wieder. Auch das große Haus nahe der Kirche, das das Ziel seines Abstechers nach Holzburg war, konnte er jetzt deutlich ausmachen. Dort, so hoffte er, würde er weitere Informationen erhalten, weitere Bausteine in das Puzzle, dessen endgültiges Bild sich zur Zeit nur undeutlich erahnen ließ, einfügen können.

Er schaute zurück zur Mühle, die von den hohen Ulmen des Schwalmufers halbverborgen jenseits des Flusses in der stillen Landschaft ruhte und deren friedlicher Anblick nichts von den kurzen Wirren des Kriegsendes, von denen sie flüchtig berührt worden war, widerspiegelte.

Es war nicht viel, was er von Irmgard Diehl erfahren hatte, kleine Mosaiksteine nur, die das Gesamtbild ergänzten, ohne seine letztendliche Form und Bedeutung schon zu offenbaren. So hatte er einiges über Franz Lippmann erfahren, hatte von dessen Weibergeschichten gehört, die in seiner Affäre mit der Frau des Holzburger Tierarztes und dem gemeinsamen Durchbrennen gipfelten, und war von der Mitteilung überrascht worden, dass es einen Sohn gab, der in das mütterliche Elternhaus zurückgekehrt war. Die wahrscheinlich bedeutungsvollste Information aber, die er erhalten hatte, betraf die zeitliche Übereinstimmung des Verschwindens der von dem ebenfalls verschwundenen Amerikaner geraubten Bilder aus ihrem Versteck und dem plötzlichen Weggang des Malers aus Schrecksbach. So war es jetzt nur ein kleiner Schritt, dass, wenn er die Freundschaft Franz Lippmanns zu Hermann Weinrich und dessen häufige Aufenthalte in der Mühle dazu addierte, sich in ihm eine Vorstellung formte, wie möglicherweise die wertvollen Bantzerbilder damals in den Besitz von Elfriedes Vater gekommen waren. Sollten die beiden Maler an dem Kunstraub der amerikanischen Soldaten beteiligt gewesen sein? Waren die Bilder vielleicht der Anteil, den Hermann Weinrich für seine Mitwirkung erhalten hatte?

Gerhard stieg die Bergstraße zur Kirche empor. Die Uhr des achtkantigen Turmes, der aus den Lindenbäumen herausragte, zeigte, dass es inzwischen kurz vor Mittag war. Gerhard schätzte, dass der Sohn Franz Lippmanns, wenn er in Betracht zog, dass seit Kriegsende fast sechzig Jahre vergangen waren, jetzt ebenfalls auf die Sechzig zuging und sich vielleicht sogar inzwischen schon im Rentner- oder Pensionärsstand befand. Es war also gut möglich, dass er ihn zu dieser Zeit auch an einem Werktag wie heute zu Hause antreffen würde.

CARSTEN LIPPMANN stand in kursiven Großbuchstaben auf einem goldfarbenen Schild, das unterhalb der mit einem

Sprossenkreuz versehenen Mattglasscheibe auf die dekorative Haustür aufgeschraubt war. Andere Namensetikette konnte Gerhard nicht entdecken. Offensichtlich leistete sich Carsten Lippmann den Luxus, das große Haus, das, neuverputzt und frisch gestrichen, den Eindruck von Wohlhabenheit vermittelte, alleine – ob mit oder ohne Familie, das entzog sich seiner Kenntnis – zu bewohnen. Auf das Drücken des Klingelknopfes ertönte ein Gong, der melodisch nachhallte.

Der Mann, der kurz darauf öffnete, war Gerhard auf den ersten Blick unsympathisch. Neben der Physiognomie, die er durch die platte Nase, wie sie Boxer häufig haben, und die stechenden Augen als abstoßend empfand, war es vor allem die schroffe Art, das lauernde Misstrauen und die deutliche demonstrative Ablehnung, die Gerhard veranlasste, unwillkürlich einen Schritt zurückzutreten. Ehe er noch eine Begrüßung hervorbringen konnte, wurde er von der massigen Gestalt, die fast den gesamten Türrahmen ausfüllte, in barschem Tonfall angeraunzt: »Ja und? Wollen Sie was von mir?«

Trotz der Drohung, die in dem Gesagten mitschwang, machte Gerhard wieder einen Schritt vorwärts. »Sind Sie Carsten Lippmann?«, fragte er und musste sich zwingen, beherzt zu klingen.

»Und wenn? Was wollen Sie von mir?«, wiederholte er.

»Herr Lippmann, ich bin da auf eine seltsame Geschichte um die Bilder eines Malerfreundes Ihres Vaters gestoßen«, kam Gerhard gleich zum Kern seines Anliegens, denn er ahnte, dass sein Gegenüber ihm nur wenig Zeit für seine Fragen einräumen würde. »Er heißt Hermann Weinrich. Haben Sie den Namen schon einmal gehört?«

»Woher denn? Von dem habe ich mein Lebtag noch nichts gehört«, stieß Lippmann grob hervor, aber sein Blick, der plötzlich wach und aufmerksam geworden war, strafte ihn Lügen. Er war kurz davor, seinem Besucher die Tür vor der Nase zuzuschlagen. Dann aber besann er sich. Augenscheinlich war er daran interessiert zu erfahren, was Gerhard von ihm wollte.

»Also, was ist mit dem Maler, was habe ich damit zu tun?«, fragte er. Die Anstrengung, die es ihn kostete, einen weniger rüden Tonfall anzuschlagen, war ihm deutlich anzumerken.

Gerhard, der schon nicht mehr damit rechnete, von Carsten Lippmann ins Hausinnere gebeten zu werden und der auch letztlich froh darüber war, dem Mann nicht allein in einem geschlossenen Raum gegenüber treten zu müssen und ihm dort ausgeliefert zu sein, beschloss es mit einem Bluff zu versuchen. Er würde dem ungehobelten, unzugänglichen Menschen auf dem üblichen Weg schwerlich nur irgendwelche Auskünfte entlocken können, »Herr Lippmann, in dem Nachlass des Malers Hermann Weinrich wurde ein Schriftstück gefunden. Aus dem geht hervor, dass er wenige Tage vor Kriegsende, also vor fast sechzig Jahren, bei Ihrem Vater auf der Losemühle wohnte und mit ihm zusammen malte. Dort soll er in den Besitz wertvoller Gemälde gekommen sein, die kurz vorher aus einer Villa gestohlen worden waren. Diesen Hinweisen gehe ich nach und bin deshalb zu Ihnen gekommen, um Sie zu fragen, ob auch bei Ihrem Vater plötzlich um diese Zeit wertvolle Bilder aufgetaucht waren.«

»Woher soll ich das wissen? Um diese Zeit war ich ja noch nicht einmal geboren«, brauste er auf.

»Und später, haben Sie solche Gemälde, vor allem Kunstwerke aus der Willingshäuser Malerkolonie um Carl Bantzer, in seinem Besitz gesehen?«

»Wollen Sie damit sagen, dass mein Vater gestohlene Bilder erworben hat?« Drohend ballte er die Faust.

Gerhard, der allen Mut zusammennahm und sich innerlich darauf vorbereitete, einem möglichen Schlag auszuweichen, schluckte ein paar Mal und sagte dann in bewusst provokantem Ton: »Erworben? Möglich…, es kann aber auch sein…« Er ließ die Worte einige Sekunden in der Luft hängen, ehe er fortfuhr: »Bei dem Maler Weinrich besteht der Verdacht, dass er die Gemälde auf andere Art in seinen Besitz gebracht hat.«

»Sie haben die Frechheit anzudeuten, dass mein Vater Bilder

gestohlen hat«, schrie Carsten Lippmann und hob den Arm. Gerhard duckte sich und schob seinerseits den Ellbogen zur Abwehr des erwarteten Schlages nach vorne. Mit sichtbarer Mühe, die Beherrschung wiederzugewinnen, verschränkte der bebende Hüne die Arme vor der Brust und sah Gerhard wuterfüllt an.

»Sind Sie von der Polizei?«, wollte er wissen.

Gerhard glaubte, zum ersten Mal einen besorgten Unterton in seiner Frage mitklingen zu hören. Auch zeigte ihm der Blick, der unstet und flackernd geworden war, dass sich zu der Wut nun eine andere Regung dazugesellt hatte. – Aufkommende Angst? Unsicherheit vielleicht?

»Nein«, antwortete er so ruhig, wie er nur konnte. »Ich bin nicht von der Polizei. Es sind private Nachforschungen, die ich anstelle.«

»Dann sind Sie Journalist«, stieß Lippmann aus und ballte die Faust von neuem.

»Nein, ich sagte Ihnen doch, ich recherchiere als Privatmann. Mich interessiert die Schwälmer Malerei, ich sehe mir die Bilder in den Museen und Häusern an und mache mir Gedanken über die verschwundenen Gemälde.«

Lauernd beugte sich der große Mann nach vorne.

»Und wer weiß noch von dieser Geschichte mit dem Nachlass und den angeblich gestohlenen Bildern?«, fragte er und machte den Eindruck, als wolle er jeden Moment Gerhard am Kragen packen und ihn wie einen Schuljungen, der einen Streich nicht eingestehen will, durchschütteln.

In ungeahnter Couragiertheit wich Gerhard jedoch keinen Zentimeter zurück. »Noch niemand«, antwortete er und betonte das Noch. Mit einer Ruhe, die ihm selbst unheimlich war, setzte er hinzu: »Aber das kann sich ändern, je nachdem, was ich von Ihnen erfahre – oder auch nicht erfahre«, fügte er bedeutungsvoll an.

In einem Anflug von Erleichterung lachte Lippmann laut auf. »Sie sind gut, kommen hierher, beschuldigen indirekt meinen Vater des Diebstahls, ohne den geringsten Beleg und

Beweis für diese Anschuldigungen zu haben. – Oder können Sie vielleicht das, was Sie eben angedeutet haben, beweisen?« Noch einmal lachte er auf, aber die Frage stand im Raum und mit einer gewissen angstvollen Erwartung sah er der Antwort entgegen.

»Noch kann ich nichts beweisen«, sagte Gerhard, »aber deshalb bin ich ja hier, um Fakten zu sammeln, die es mir ermöglichen, den Beweis meiner Vermutungen anzutreten. Über Hermann Weinrich und seine Verstrickungen in die damalige Angelegenheit weiß ich schon einiges, nun hoffe ich, von Ihnen etwas über den anderen möglicherweise Beteiligten, Ihren Vater nämlich, zu erfahren.«

Lippmann blies in einer Geste der Entrüstung die Backen auf und fragte: »Wie kommen Sie überhaupt zu all den Kenntnissen über Weinrich? Der wohnte doch damals ganz woanders?«

»Ach, das wissen Sie? Sagten Sie nicht vorhin, dass Sie Weinrich gar nicht kennen? Wie können Sie dann wissen, wo er wohnte?«

Überrumpelt flüchtete sich der hünenhafte Mann in einen bösartigen Sarkasmus: »Sie kommen sich wohl mächtig schlau vor. – Passen Sie nur auf, dass Sie nicht über Ihre eigene Klugheit stolpern und sich das Genick brechen«, drohte er unverhohlen.

Gerhard blieb unbeeindruckt. »Ich will Ihnen sagen, weshalb ich so gut über Hermann Weinrich Bescheid weiß. Ich komme aus Eschwege, der Stadt, in der auch er lebte, und bin sehr gut mit seiner Tochter Elfriede bekannt, die mir viele Informationen über ihren Vater gegeben hat.«

»Die Tochter? Ich denke, die ist tot?«

»Ach, davon sind Sie auch unterrichtet?«, wunderte sich Gerhard und sah Carsten Lippmann ins Gesicht. Er wollte in seine Augen blicken, seine Reaktion beobachten, wenn er jetzt einen Trumpf ausspielte. »Unter den Erbstücken Hermann Weinrichs habe ich zwei wertvolle Gemälde entdeckt, beide zweifelsfrei echte Bantzer. Ich nehme an, es dürfte nicht allzu schwer sein, herauszufinden, aus welchem Bestand diese Bilder stammen, und die Umstände aufzuklären, wie sie in den Besitz

Weinrichs gelangt sind. – Und danach Querverbindungen zu anderen Beteiligten zu ziehen, dürfte ein Leichtes sein.«

Der Schrecken, den seine Worte auslösten, verwandelte das abstoßende Gesicht in eine hässliche Fratze. Ein Schnauben und das Knirschen der mächtigen Kiefer drang bis zu Gerhard, der befürchtete, dass sich der riesige Körper jeden Augenblick auf ihn stürzen könnte. Fluchtbereit beobachtete er das Ringen des Mannes um Fassung. Reglos standen sie sich gegenüber und fochten einen lautlosen Kampf, der nur einige Sekunden dauerte, dann drehte sich Carsten Lippmann wortlos um und verschwand im Haus. Mit einem Krachen fiel die Tür hinter ihm ins Schloss.

Nachdenklich machte sich Gerhard auf den Weg zurück nach Schrecksbach. Er war, das spürte er mit aller Deutlichkeit, auf eine heiße Spur gestoßen, eine Fährte, die so heiß war, dass es aufpassen musste, dem Feuer nicht zu nahe zu kommen und darin zu verbrennen.

Franz Lippmann war unzweifelhaft in die Vorkommnisse um die bei Kriegsende verschwundenen Bilder, zu denen nach Gerhards Überzeugung auch die zwei Bantzerbilder Elfriedes gehörten, verwickelt. Und Carsten, der Sohn, wusste von diesem wie auch immer unrechtmäßigen Treiben seines Vaters, ja schien sogar selbst auf irgendeine, für Gerhard noch nicht durchschaubare Weise in diese Angelegenheit involviert zu sein. Das Leugnen, den Namen Weinrich zu kennen, hatte er später mit seiner Kenntnis von dessen Wohnort und dem Wissen von Elfriedes Ableben selbst als Lüge entlarvt. Das legte den Verdacht nahe, dass der lange zurückliegende Fall des damaligen Bilderraubs eine hochaktuelle Nachgeschichte hatte, in die Carsten Lippmann seine schmutzigen Hände gesteckt und, so sah es aus, noch immer stecken hatte.

Gerhard beschleunigte unwillkürlich den Schritt. Er wollte Abstand schaffen zu dem Ort, an dem er soeben mit Drohungen belegt worden war, die er durchaus ernst nahm. Er würde bei seinen weiteren Recherchen vorsichtiger, bei der Einholung von

Informationen zurückhaltender und dezenter vorgehen müssen, wollte er nicht Gefahr laufen, sich dabei sowohl sprichwörtlich als auch wörtlich das Genick, wie angedroht, zu brechen.

Dass Hermann Weinrich ebenfalls mit dem Bilderdiebstahl zu tun hatte und dass die Bantzerwerke, die er hinter seinen eigenen Gemälden verborgen hatte, aus dem damaligen Raub stammten, stand für Gerhard unzweifelhaft fest. Was ihn beunruhigte war die Tatsache, dass es auch heute noch, nahezu sechzig Jahre später, eine Verbindung zwischen der Schwalm und dem fernen Eschwege geben musste. Wie sonst hätte Carsten Lippmann von dem Tod der Weinrichtochter, der ganz sicher nicht in der hiesigen Presse publiziert worden war, wissen können.

Gerhard erreichte, etwas außer Atem, den Ortseingang von Schrecksbach. Er war entschlossen, sofort nach seiner Ankunft in Eschwege noch einmal Martha Henkelmann in der Seniorenresidenz aufzusuchen. Möglicherweise war das Zimmer der toten Elfriede noch nicht ausgeräumt, der bis auf die Bantzerbilder spärliche Nachlass noch unberührt. Vielleicht gelang es ihm mit seinem jetzigen neuen Kenntnisstand in den Hinterlassenschaften Hinweise zu finden, die Licht auf die aktuellen Verknüpfungen zwischen Ober- und Nordhessen werfen konnten. Er bestieg sein Auto und verließ Schrecksbach auf dem gleichen Weg, auf dem er am Vortag gekommen war, um dann bei Alsfeld auf die Autobahn in Richtung Eschwege einzuschwenken.

Als er sein Haus in Oberhone betrat, kam Kurt mit lautem Miauen die Treppe vom oberen Stockwerk heruntergesprungen. Oh weh, fühlte sich Gerhard schuldig, er hatte vergessen, das Tier vor seiner gestrigen Abreise nach draußen ins Freie zu lassen. Ausgehungert umstrich der trotz der mehrstündigen Fastenzeit noch immer viel zu dicke Kater Gerhards Beine und veranlasste diesen, in einer inkonsequenten, sein schlechtes Gewissen beruhigenden Großzügigkeit eine ganze Dose Katzenfutter statt der sonst üblichen Halbbüchsenportion in den Fressnapf zu kippen.

Dann leerte er den Briefkasten, überflog den Heimatteil der Tageszeitung, um sich wieder einmal zu überzeugen, dass er in seiner Abwesenheit nichts Wesentliches an regionalen Ereignissen versäumt hatte, und hörte den Anrufbeantworter ab. Auf der Anzeige leuchtete eine Zwei, beide Telefongespräche waren heute Vormittag aufgezeichnet worden.

Zuerst hatte Franziska angerufen: »Wo steckst du?« Ein leichter Vorwurf schwang in der Frage mit, der durchaus berechtigt war, denn er hatte vergessen, sie von seiner Fahrt nach Alsfeld und in die Schwalm zu unterrichten. »Du bist wohl wieder bei dieser gutaussehenden Leiterin des Seniorenheims?« Gerhard stellte sich den Schmollmund vor, den Franziska höchstwahrscheinlich beim Aussprechen dieser Vermutung gemacht hatte und musste lächeln. Eine Frau, die sich Gedanken macht, mit wem und wo ihr Mann seine Zeit verbringt, zeigt, wie wichtig er ihr ist. »Melde dich mal, ich brauche wenigstens deine Stimme, wenn ich schon nicht deinen Heldenkörper in meinen Armen halten kann«, beendete sie in theatralischer Sprachgebärde das Telefonat.

Der zweite Anruf kam von Christa Degenhard, jener in der Tat attraktiven Frau, bei der Franziska ihn fälschlicherweise vermutet hatte. Die Nachricht war kurz, die Heimleiterin bat um baldigen Rückruf.

Er wählte die Nummer der Seniorenresidenz und ließ sich verbinden.

»Herr Gerhard«, sagte sie nach einer knappen Begrüßung, »ich wollte Sie als einen derjenigen, die in der letzten Zeit am häufigsten mit ihr zu tun hatten, schnellstmöglich informieren und habe deshalb schon heute Vormittag versucht, bei Ihnen anzurufen. Es ist etwas geschehen.« In der kurzen Pause, die sie machte, hielt Gerhard den Atem an; ein Gefühl, als krampfe sich ihm die Brust zusammen, befiel ihn, als Frau Degenhard fortfuhr: »Gestern Abend, nachdem man sie zum Abendessen vermisste, ist Martha Henkelmann tot in ihrem Zimmer aufgefunden worden.«

16

»Ist Hauptkommissar Montag im Haus?«, fragte Gerhard die zumindest der Frische der Stimme nach zu urteilen junge Dame, die sich, als er am nächsten Morgen in der Polizeidirektion Eschwege anrief, am Telefon meldete.

»Kommissar Montag?«, fragte das Mädchen, wobei Sie den Hauptkommissar ohne die geringsten Bedenken um zwei Beförderungsstufen degradierte. Gerhard hörte sie aufgeregt in einem Buch oder Verzeichnis blättern, das ihr offensichtlich erst Auskunft geben musste, ob ein Herr Montag überhaupt existierte und wenn ja, wo er steckte und wie er telefonisch erreichbar war. Wahrscheinlich eine Auszubildende, wenn es so etwas bei der Polizei überhaupt gab, dachte Gerhard; oder eine Praktikantin, die für einige Wochen aus dem Schulbetrieb herausgenommen worden war, um in einem Betrieb oder einer Institution die Schönheiten, aber auch die Härten des Berufslebens kennen zu lernen.

Nach einigen Sekunden, die verrieten, dass sie mit dem Studieren der Beamtenhierarchie noch nicht sehr weit gekommen war, verkündete ihre jugendliche Stimme mit einem freudigen Stolz, so als habe sie gerade eben das lange gesuchte missing link der Menschheitsentwicklung in einer ostafrikanischen Höhle gefunden: »Ja, es gibt ihn! Ich verbinde.«

Die Antwort auf seine Frage, ob der Hauptkommissar im Haus sei, erhielt Gerhard erst, als Charly Montag sich mit Nennung seines vollen Dienstgrades meldete. »Na, Heiner«, fragte der Freund, nachdem sie sich begrüßt hatten und einige Bemerkungen zu der katastrophalen Schiedsrichterleistung des letzten, verlorenen Handballspiels ausgetauscht hatten, »was machen deine Leichen?«

»Sie vermehren sich«, antwortete Gerhard lakonisch.

»Wie?«, Charly verschlug es die Sprache.

»Bei unserem letzten Treffen habt ihr, Gunter und du, mich

aufgefordert wiederzukommen, wenn ich eine dritte Leiche habe.«

»Und, hast du eine?«

»Ja, seit gestern. – Kann ich also kommen?«

»Aber natürlich«, antwortete Montag, »Am besten, du kommst in einer Stunde. Gunter führt im Moment eine Vernehmung durch, dürfte dann aber damit fertig sein.«

»Das alte Ritual?«, fragte Gerhard. »Einer, also ich, bringe die Teilchen, der andere, du, kochst den Kaffee?«

»Eigentlich wollte ich in der nächsten Zeit ein bisschen kürzer treten. Ich muss dringend abnehmen«, wandte Charly mit lauem Protest ein.

»Eigentlich oder wirklich?«

»Na gut, ab morgen fange ich mit der Korrektur meiner Essgewohnheiten an«, ergab sich der Hauptkommissar allzu leicht und gerne der süßen Versuchung, der er, solange Gerhard ihn kannte, noch nie hatte wiederstehen können.

Gunter und Charly saßen, als Gerhard das Dienstzimmer Karl Montags betrat, bereits vor vollen Bechern und leeren Tellern; Stuhl und Gedeck standen auch für ihn bereit und auf dem Schreibtisch war Platz geschaffen für den ausladenden Teller, auf dem er die mitgebrachten Kaffeestückchen vorsichtig und kunstvoll übereinander legte, um ein Herabfallen vom übervollen Rand zu verhindern.

Das Interesse der Kommissare an der Neuigkeit, die Gerhard mitbrachte, war diesmal größer als noch beim letzten Mal. Noch während er an seiner ersten Mohnschnecke kaute, wollte Oberkommissar Schröder wissen, was es mit der dritten Leiche, von der Charly ihm erzählt hatte, auf sich habe: »Wieder eine deiner Seniorinnen, die nach der Einnahme ihrer Medikamente tot umgefallen ist?«, fragte er und bemühte sich um einen sachlichen, jeden ironischen Unterton vermeidenden Tonfall.

»Ja und nein, Gunter«, schränkte Gerhard ein. »Martha Henkelmann, die Seniorin, die gestern verstarb, war ebenfalls Bewohnerin des »Gertrudisstift«, so wie die beiden anderen toten Frauen auch, aber sie starb, abweichend von den vorigen Fällen, nicht nach Medikamenteneinnahme.«

»Sondern?«, fragte Montag mit vollem Mund.

»Ja, wie soll ich sagen?«, Gerhard zuckte etwas ratlos mit den Achseln, »sie starb einfach so, ohne erkennbare Ursache.« Unsicher sah er die beiden Polizeibeamten an, die untereinander kurze Blicke tauschten.

»Einfach so«, wiederholte Oberkommissar Schröder. Ein Anflug von Spott war diesmal aus seiner Stimme zu hören. »Wie alt, wenn man fragen darf, war die Dame eigentlich?«

»Na, ich denke, deutlich über achtzig«, antwortete Gerhard kleinlaut und zog die Schultern ein.

Charly Montag fuchtelte mit einer angebissenen Nussecke in der Luft herum: »Lass doch Heiner einfach mal erzählen, was da im Seniorenwohnheim abgelaufen ist, danach können wir immer noch Fragen stellen«, wandte er sich an seinen Kollegen. »Also, Heiner, schieß los!«

Während er den Rest der Nussecke in den Mund schob und sich eine Quarktasche vom Teller angelte, begann Gerhard mit seinem Bericht über das, was er gestern Nachmittag in der Seniorenresidenz, in die er gleich nach Christa Degenhards Anruf gefahren war, von der Heimleiterin erfahren hatte. »Das, von dem ich euch jetzt unterrichte, ist völlig unspektakulär und wird euch nicht von den Sitzen reißen«, dämpfte er eventuelle Erwartungen der Kommissare. »Martha Henkelmann, Elfriede Weinrichs Mitbewohnerin, die bis gestern ohne jegliche gesundheitliche Probleme oder Auffälligkeiten im Heim lebte, war nicht zum Abendessen erschienen. Das war ungewöhnlich, denn seit ihrem Einzug in die Residenz war sie regelmäßig und stets pünktlich in den Speiseraum gekommen. In routinemäßiger Sorge ging eine der Pflegekräfte zu ihrem Zimmer und öffnete, als niemand auf ihr Läuten reagierte, mit dem Generalschlüssel die Wohnungstür. Als sie in das Zimmer trat, fand sie dort Martha Henkelmann in einem ihrer Sessel mehr liegend als sitzend. Sie erkannte augenblicklich, dass die alte Dame tot war. Man rief Dr. Sinning, der die meisten Senioren des »Gertrudisstift« betreut und der auch sofort kam. Er bestätigte den Tod Martha Henkelmanns. Als Zeitpunkt ihres Sterbens vermutete er den frühen Nachmittag und bescheinigte einen natürlichen Tod im Leichenschauschein, da er keinerlei Hinweise auf eine anderweitige Ursache oder Einwirkung finden konnte. Auch eine Tabletteneinnahme als mögliche Todesursache scheidet diesmal aus, da Martha Henkelmann nach Aussage des Hausarztes keine Medikamente einnahm.«

»Soweit, so gut«, unterbrach ihn Gunther, »wenn es ein so natürliches Ableben war, wie du es soeben geschildert hast, was treibt dich dann zu uns, zur Polizei?«

»Es sind zwei Dinge, die mir nicht gefallen und die den Rahmen reiner Zufälligkeiten sprengen. Zum einen ist es die Häufung der Todesfälle. Auch von der Heimleiterin wird diese als ungewöhnlich und noch nie dagewesen eingestuft. Innerhalb nur weniger Tage sterben drei zugegebenermaßen alte Frauen, die alle in demselben Haus wohnen. Wenn das nicht auffällig ist.«

Hauptkommissar Montag winkte ab. »Nichts ist unmöglich«, zitierte er den bekannten Werbeslogan, um dann zu fragen: »Und das Zweite, das dich bewog, zu uns zu kommen?«

»Die Personenkonstellation«, antwortete Gerhard überzeugt von dem Gewicht seiner Argumentation, »die, das musst du zugeben, alle Vorstellungen von Zufall übersteigt. Da sterben in einem Altenwohnheim, in dem, ich weiß nicht genau wie viel, jedenfalls weit über hundert Senioren leben, hintereinander ausgerechnet die drei Personen, die in den engsten Beziehungen zueinander standen. Die sich gegenseitig mochten, liebten und hassten, die, wie Elfriede und Martha, seit Jahren eng beieinander wohnten oder die, wie Gertrud Vaupel und Elfriede, miteinander ausgingen und gemeinsam den Tag verbrachten. Und gerade diese drei sterben eines angeblich natürlichen Todes innerhalb kürzester Zeit? Wenn das nicht stutzig macht.«

Gerhard stand auf und schenkte sich Kaffee nach. Die Stille

im Raum bestätigte ihm, dass er die Bedeutung seiner Argumentation richtig eingeschätzt hatte. Gedankenversunken saßen die Kommissare auf ihren Stühlen und kauten schweigend vor sich hin.

»Da ist was dran, Heiner«, räumte Montag schließlich ein.

»Ein bisschen zuviel der Zufälle«, stimmte Schröder zu.

Nach einigen weiteren, nachdenklichen Sekunden fragte Gerhard: »Und wie geht's jetzt weiter? Wollt ihr etwas in dieser Angelegenheit unternehmen?«

Der Hauptkommissar wiegte den Kopf hin und her und gab damit seiner Unentschlossenheit Ausdruck. »Lass uns ein wenig Zeit, das Ganze noch einmal zu überdenken und zu diskutieren. Du hast uns über den Sachverhalt informiert, wofür wir dir danken. Das Weitere überlass nun der Polizei.«

»Und was ist mit deinem Verdacht, die nun tote Martha Henkelmann könnte die Giftmörderin der beiden vorher verstorbenen Seniorinnen gewesen sein?«, warf Gunter ein. »Der bricht ja wohl jetzt nach ihrem eigenen Tod zusammen oder?«

»Es sei denn«, argumentierte Gerhard, der sich mit dieser Frage schon den ganzen gestrigen Abend herumgequält hatte, »man nimmt an, dass sich Martha Henkelmann mit einer ihrer Giftkapseln selbst umgebracht hat. Vielleicht in verzweifelter Reue über ihre Mordtaten oder weil sie die Einsamkeit ohne Elfriede nicht mehr ertrug?«

»Nun, das lässt sich überprüfen.« Der Oberkommissar runzelte die Stirn. »Du hattest doch noch einen anderen Verdächtigen, den Neffen einer der toten Seniorinnen?« Er sah Gerhard fragend an.

»Ja, Berthold Brandel aus Sontra. Er muss glauben, zwei wertvolle Bilder bei dem Tod seiner Tante Elfriede zu erben. Das könnte ein ausreichendes Motiv für einen Mord sein.«

»Aber dafür reicht es doch, die Tante umzubringen. Warum sollte er dann noch die beiden anderen Todesfälle auf sein Gewissen laden?«

Die kurze Pause, die entstand, nutzte Hauptkommissar Karl

Montag: »Gut«, sagte er und wuchtete sich mit dem ganzen Gewicht seines imposanten Körpers aus dem Schreibtischsessel. Die Arme auf die Schreibunterlage vor sich gestützt erinnerte er an einen Richter unmittelbar vor der Verkündigung des Urteils. Nur die unablässigen Bewegungen seiner Kaumuskulatur taten der richterlichen Würde etwas Abbruch. »Wir haben gehört, was Heiner uns zu erzählen hatte. Wir werden nach einer Analyse der Fakten – und deiner Vermutungen«, konnte er sich nicht verkneifen, hinzuzufügen, »die notwendigen Maßnahmen ergreifen. Ich werde dich auf dem Laufenden halten, Heiner. Sobald wir irgendwelche Untersuchungsergebnisse haben, rufe ich dich an.« Er richtete sich auf. »Nochmals vielen Dank also«, kam er mit ausgestreckter Hand in feierlicher Pose hinter dem Schreibtisch hervor, »dem Bürger Heinrich Gerhard, dessen Wachsamkeit und Aufmerksamkeit der Polizei einmal mehr Überstunden und Zusatzarbeit beschert.« Sie lachten alle und reichten sich die Hände.

Ein Blick auf den leeren Kuchenteller ließ Gerhard die gleiche Effizienz, die die beiden Polizisten beim Vertilgen der Gebäckstücke an den Tag gelegt hatten, für die anstehenden Ermittlungen erhoffen.

»Viel Erfolg auch, Charly, bei deiner morgen beginnenden Diät«, wünschte Gerhard mit genüsslicher Boshaftigkeit, während er zur Tür ging.

»Wie?«, Gunter starrte seinen Chef und Kollegen an. »Du willst Diät machen?«, fragte er ungläubig.

»Nun ja«, wand sich Karl Montag und umfasste mit beiden Händen seinen Bauchansatz. »Es wäre, glaube ich, notwendig und hätte schon längst geschehen sollen. Ich meine, ich sollte mich endlich dazu durchringen.«

»Macht's jedenfalls gut«, rief Gerhard, bevor er den Raum verließ und die Tür hinter sich schloss. Schmunzelnd schritt er den Gang entlang und stieg die Treppe ins Erdgeschoss hinunter. Bei so vielen Konjunktiven, die Charly Montag für seine Diätankündigung gebraucht hatte, war der Misserfolg vorprogrammiert und eine Änderung des Essverhaltens des Hauptkommissars mit an Sicherheit grenzender Wahrscheinlichkeit auszuschließen.

Gerhard, der zu Fuß zur Polizeidirektion gekommen war, nahm nun die Strecke zurück über den Heuberg in Angriff. Entlang sechstöckiger Hochhausbauten, die man in den Wirtschaftswunderjahren zur schnellen Wohnraumbeschaffung wenig ansehnlich aus dem Boden gestampft hatte, aber auch vorbei an schmucken Ein- und Zweifamilienhäusern, die erst in jüngster Zeit in diesem Eschweger Stadtteil entstanden waren, führte der Weg vom Berg hinunter durch Felder und kleine Wäldchen in die Flussniederung der Wehre, in der am Rande eines Hügels inmitten ausgedehnter Wiesen sein Dorf, Oberhone, lag.

Während er mit zügigem Schritt dahinstapfte, fragte er sich ein um das andere Mal – ja machte sich geradezu Vorwürfe –, warum er der Polizei nichts von dem noch in der Schublade ruhenden Testament Elfriede Weinrichs erzählt hatte, in dem diese die kostbaren Gemälde dem Erbe des Neffen entzogen und sie der Stadt Eschwege vermacht hatte. So hätte zum Beispiel eine Mitwisserschaft Gertrud Vaupels und Martha Henkelmanns, von der er ja wusste, dass sie das Testament kannte, es sogar in ihrem Besitz hatte, sehr wohl ein hinlängliches Tatmotiv für Berthold Brandel abgegeben. Wollte der Neffe erben, so musste Elfriedes letztwillige Verfügung verschwinden und alle, die davon Kenntnis hatten, zum Schweigen gebracht werden.

Gerhard war klar, dass er der Polizei früher oder später sein Wissen anvertrauen musste. Zunächst aber wollte er Brandel und seine näheren Lebensumstände kennen lernen, wollte sehen, wie er reagierte, wenn er mit den Fakten, die er in Schrecksbach in Erfahrung gebracht hatte, konfrontiert wurde. Später, das war unumgänglich, musste dann auch die Polizei informiert werden.

Unter dem Eindruck des Todes Martha Henkelmanns hatte er gestern versäumt, die Heimleiterin zu fragen, ob der Neffe nun endlich erschienen war, vielleicht das Zimmer der Tante schon ausgeräumt hatte. Ein plötzlicher Schrecken durchfuhr Gerhard bei diesem Gedanken; er beschleunigte den Gang, lief regelrecht, als er durch die stillen Dorfstraßen seinem Haus zustrebte. Den Schlüssel ließ er von außen stecken, behielt die Jacke an und eilte zum Telefon.

Die Nummer der Seniorenresidenz war ihm nach den häufigen Telefonaten der letzten Zeit geläufig. Er wählte. Ungeduldig darauf wartend, mit der Heimleiterin verbunden zu werden, hoffte er inständig, dass sie nicht in die Mittagspause und vielleicht außer Haus gegangen war.

»Degenhard«, meldete sich zu seiner großen Erleichterung die vertraute Stimme. Gerhard verzichtete auf jegliche verbalen Höflichkeiten und kam sofort zum Kern dessen, was ihn bewegte.

»Frau Degenhard«, bat er dringlich um Auskunft, »der Neffe von Elfriede Weinrich, ist der inzwischen aufgetaucht?«

»Ja«, gab sie ihm freudig Bescheid, »Gott sei Dank hat er gestern schon einen Teil des Zimmers seiner verstorbenen Tante ausgeräumt.«

Gerhards Stimme verriet ein leichtes Zittern, als er die nächste Frage stellte: »Die Bilder an der Wand – hat er die etwa mitgenommen?«

»Ja, beide Bilder, dazu das Nachttischchen und den Schreibtisch. Warum fragen Sie?« Die Verwunderung über Gerhards drängenden Ton war ihr deutlich anzuhören.

Ohne darauf einzugehen, wollte Gerhard ein Letztes wissen: »Haben Sie die Sachen Martha Henkelmanns, die Schubladen und Schränke schon durchgesehen?«

Die Angst, die in Gerhards Frage mitschwang, war für Christa Degenhard selbst am anderen Ende der Leitung fühl- und spürbar. »Warum interessiert Sie das? Natürlich haben wir die wenigen Habseligkeiten sichten müssen. Vielleicht hatte Martha Henkelmann ja irgendwelche Regularien für den Fall ihres Ablebens und ihrer Beisetzung getroffen, die es zu berücksichtigen galt. Auch nach der Adresse von Angehörigen und Bekannten, die benachrichtigt werden mussten, haben wir gesucht.«

»Haben Sie dabei auch eine testamentarische Verfügung ihrer Freundin Elfriede Weinrich gefunden? Bitte, Frau Degenhard, es ist wichtig«, flehte Gerhard.

Verwirrt von der starken emotionalen Beteiligung ihres Gesprächspartners antwortete die Heimleiterin: »Nein, wir haben nichts dergleichen gefunden. Wo sollte die denn gelegen haben?«

»In der Nachttischschublade; ein Blatt Papier in einem Umschlag. – Haben Sie da auch nachgesehen?«

»Ja, gerade die Nachttischschublade haben wir gründlich durchgesehen, weil dort oft die persönlichen Dinge und wichtige Schriftstücke aufbewahrt werden. Aber eine testamentarische Verfügung in einem Umschlag, so wie Sie es eben beschrieben haben, war ganz sicher nicht darin.«

17

Gerhard rief Bergmanns in Sontra an. Er wusste, er durfte jetzt keine Zeit verlieren, durfte Berthold Brandel keinen Spielraum, keine Möglichkeit geben, die Bantzerbilder an einem Ort, an dem sie nicht mehr oder nur mit Mühe auffindbar sein würden, zu verbergen. Vielleicht hatte der Neffe ja schon im Vorfeld in dem sicheren Wissen um den Tod der Tante und dem damit verbundenen Erhalt der Bilder einen Käufer gefunden, der bereit war, eine sechsstellige Summe für die Gemälde auf den Tisch zu legen. Es gab genügend kunstbesessene, finanzkräftige Privatleute, die für den Besitz von Meisterwerken anerkannter Künstler diese Summen ausgaben, obwohl sie wussten, dass sie bei dem Bekanntheitsgrad des Malers die illegal erworbenen Gemälde nie in der Öffentlichkeit würden zeigen können.

Rolf Bergmann, sein Mitstreiter früherer Handballschlachten, war selbst am Apparat.

»Ach, Heiner, du. Schön, mal wieder deine Stimme zu hören. Man sieht sich so selten in letzter Zeit.«

»Wofür es triftige Gründe gibt«, erinnerte Gerhard seinen Freund, »du steigst die Karriereleiter Stufe um Stufe in die Höhe – ich nehme an, von deiner jetzigen Rektorsprosse kannst du bereits die heiligen Höhen des Kultusministeriums sehen –, und ich befinde mich, wie du weißt, seit kurzem in dem stressigen Lebensabschnitt, der Pensionärsdasein heißt. Ein Abschnitt, dem man nachsagt, dass sein Betreten gleichzusetzen ist mit dem Verlust an frei verfügbarer Zeit und Muße.«

»Ja, ja«, seufzte Rolf, »mein jetziger Job kostet mich eine Menge der Zeit, die ich früher der Familie und dem Handball gewidmet habe.«

»Immerhin ein Amt, das du freiwillig angenommen hast. Denn neben dem Ansehen, das ein Schulleiter genießt, beschert es dir auch einen Zuwachs an Gehalt. Oder täusche ich mich?«

»Du hast ja Recht, ich will mich auch nicht beklagen«, räumte Rolf Bergmann ein und wechselte das Thema. »Hanne hat erzählt, dass du dich vor ein paar Tagen nach unserem Mitbewohner Berthold Brandel erkundigt hast.«

»Ja, und dieser Mann ist auch der Grund meines Anrufs. Ich muss nämlich dringend mit ihm sprechen, am besten noch heute. Hast du eine Ahnung, wann er normalerweise von seiner Arbeit zurückkommt?«

»Wenn er aus seiner Firma direkt nach Hause geht – und ich betone das Wenn, da ein unmittelbares Heimkommen eher selten ist –, dann kehrt er nicht vor fünf Uhr, eher noch später am Nachmittag zurück. Meist jedoch begibt er sich direkt von seiner Arbeitsstelle zum Flugplatz. Seit einem halben Jahr ist nämlich Fliegen sein neuestes Hobby.«

»Drachenfliegen?«

»Nein, Segelfliegen. Oben im Hangar des Vereins auf dem

Dornberg steht sein eigener Motorsegler, mit dem er schon Touren bis zu den Alpen und an die Nordsee gemacht hat.«

»Sportwagen, Yacht und jetzt noch ein Flugzeug«, wunderte sich Gerhard erneut über den aufwändigen Lebensstil Berthold Brandels. »Woher hat er nur das Geld?«

»Ja, das fragen wir uns alle. Er verdient zweifellos nicht schlecht als Prokurist. Aber ob man mit diesem Gehalt solche Sprünge machen kann, ist zumindest fraglich.«

Gerhard nickte und nahm sich vor, diese Ungereimtheit zu klären. »Ja, Rolf, das wars dann auch schon. Jetzt weiß ich, wo ich ihn finden kann.«

»Warum rufst du ihn nicht einfach an und verabredest ein Treffen?«

»Ich brauche den Überraschungseffekt. Ich muss sehen, wie er reagiert, wenn ich ihn mit einer bestimmten Sache konfrontiere«, sagte Gerhard und fügte schnell hinzu, um der Frage, die Rolf wahrscheinlich auf der Zunge lag, zuvorzukommen: »Ich werde dir später erklären, um was es geht. Sei bitte so gut, und erwähne ihm gegenüber nicht, dass ich dich angerufen habe. Ich muss ihn unvorbereitet treffen. Nur dann bringt mir das Gespräch etwas.«

Nachdem Rolf Schweigen zugesichert hatte, ließ Gerhard die Restfamilie grüßen und beendete das Telefonat. Er sah auf die Uhr. Der Nachmittag hatte gerade erst begonnen, zu früh um schon nach Sontra zu fahren. Der Neffe würde jetzt noch in der Firma sein, ein wenig günstiger Ort für das Gespräch, das Gerhard zu führen gedachte und von dem er erwartete, dass es heikel, wenn nicht gar brisant werden würde.

Das Hungergefühl, das in ihm zu nagen begann, verstärkte die Unruhe, die ihn seit seinem Besuch auf der Polizeidirektion und seinem Anruf in der Seniorenresidenz befallen hatte. Es erinnert ihn daran, dass er aus Rücksichtnahme auf das genüssliche Vergnügen, mit dem die Kommissare der Gebäcktüte zu Leibe gerückt waren, auf eine eigene Beteiligung verzichtet und sich nur an dem Kaffee gütlich getan hatte.

Er setzte den Topf auf, rührte, als das Wasser kochte, eine Nudelsuppe aus dem Beutel ein und warf ein Rindswürstchen dazu. Während er aß, überlegte er, wie er wieder eine klare Linie in seine Gedanken, die seit der gestrigen Mitteilung vom Tod Martha Henkelmanns in Verwirrung geraten waren, bringen konnte.

Auch wenn er der Polizei gegenüber angedeutet hatte, dass die alte Frau sich selbst umgebracht haben könnte, glaubte er nicht wirklich an diese Version. Martha Henkelmann wäre, so wie er sie kennen gelernt hatte, Schwierigkeiten höchstwahrscheinlich nicht ohne den Versuch, sie zu bewältigen, ausgewichen, wäre mit Bedrängnis und Kümmernissen, auch wenn sie noch so heftig auf sie eingewirkt und sie bedrückt hätten, früher oder später fertig geworden. Sie, die alte Ostpreußin, war einfach nicht der Typ, der sich so ohne weiteres vor Belastungen und Problemen mit einer Giftkapsel davonstehlen würde. Er musste sich von seiner bisherigen Annahme, dass Martha Henkelmann die Mörderin ihrer Mitbewohnerin war, wohl oder übel jetzt, nachdem sie selbst ein Opfer dieser Mordserie geworden war, verabschieden. Er gestand sich ein, dass er Erleichterung empfand, die große, herbe Frau, die das Schicksal so schwer gezeichnet hatte, von dem grässlichen Verdacht, zwei Morde begangen zu haben, streichen zu können.

Doch was blieb noch, wenn Martha Henkelmann nicht mehr auf der Liste der Tatverdächtigen stand? Dem Neffen, bei dem noch nicht einmal feststand, ob er etwas von den Bantzerbildern wusste, so mir nichts dir nichts drei Morde anzuhängen war mehr als fragwürdig, obgleich er in die Theorie, die Gerhard nach Marthas Tod entworfen hatte, bestens hineinpassen würde: Berthold Brandel wollte um jeden Preis, auf Geld zur Bestreitung seines extravaganten Lebensstils aus, die Bilder haben – vorausgesetzt, dass er ihr Geheimnis und ihren wirklichen Wert kannte. Von ihrem Besitz schloss ihn jedoch die letztwillige Verfügung seiner Tante aus. Deshalb war es notwendig, die Personen, die von dem testamentarischen Schriftstück Kenntnis hatten und die mit ihrem Wissen ihm im Weg standen, gleichzeitig mit dem Testament zu beseitigen, um das Bildererbe antreten zu können.

Natürlich blieben noch viele Fragen offen bei dieser gewagten Täterkonstruktion. So war beispielsweise völlig unklar, wie er in den Besitz des Giftes kommen konnte, da er sich doch zur fraglichen Zeit auf seiner Yacht im Mittelmeer aufgehalten hatte. Fragen, die er sich später bei seiner Unterredung mit Berthold Brandel zu stellen vornahm und auf die er befriedigende oder doch zumindest aufschlussreiche Antworten erwartete.

Einem plötzlichen Bedürfnis folgend begab sich Gerhard hinüber ins Nachbarhaus, in sein Künstlerdomizil. Dort stellte er den großen Zeichenblock, auf dem er normalerweise seine Portraitstudien anfertigte, auf die Staffelei und setzte sich davor.

Ein Bild, das er jetzt mit großzügigen Strichen zu skizzieren begann, hatte sich aus seinem Gedächtnis gelöst und schwebte ihm nun deutlich vor Augen. In sanften, runden Linien glitt sein Kohlestift über das Papier. Die Ruhe der Landschaft, die er zeichnete, übertrug sich auf ihn und ließ ihn vorübergehend die bewegten Ereignisse der letzten Tage vergessen. Mit weichen Konturen umriss er die Hügel, die das breite Tal einfassten, malte in kräftigen Bögen die großen Bäume, die am Ufer des schmalen, sich windenden Flusses standen und tupfte einen Sommerhimmel, den bauschige Schönwetterwolken durchzogen, darüber. Sparsam kolorierte er nun die Zeichnung mit Pastellkreiden und betrachtete das Bild. Er war zufrieden. Es war ihm gelungen, eine friedvolle, in sich ruhende Flusslandschaft aus seiner Erinnerung zu Papier zu bringen. Und er wusste auch, warum diese Kohlezeichnung so harmonisch, fern aller Störungen, auf ihn wirkte: Er hatte – bewusst oder unbewusst – das Dorf und die Mühle, die in das Bild hineingehörten, weggelassen, hatte das Bedrohliche, das von diesen Objekten jetzt ausging, nachdem er so viel über sie in Erfahrung gebracht hatte, einfach aus der friedlichen Schwalmlandschaft verbannt.

Er besprühte das Bild mit einem Fixierungsmittel und stand auf. Ein so simples Verfahren, wie er es in der Zeichnung praktiziert hatte, würde ihm die Realität nicht gestatten. Mit einem leichten Schaudern wurde er sich bewusst, dass er nicht umhin kam, noch ein zweites Mal die Mühle und auch Holzburg aufzusuchen, wenn er das Geheimnis um die vor langer Zeit verschwundenen Menschen und Bilder enträtseln wollte. Gerade jetzt, da der Neffe zunehmend in das Blickfeld krimineller Machenschaften rückte, lag es im Bereich des Möglichen, ja sogar des Wahrscheinlichen, dass die Todesfälle in der Seniorenresidenz mit den Geschehnissen der alten Bilderraubaffäre mehr oder weniger eng zusammenhingen.

Gerhard fiel die Schrecksbacher Dorfchronik ein, die er in den Turbulenzen der jüngsten Ereignisse völlig vergessen hatte und die noch ungelesen in seiner Jackentasche steckte. Deshalb legte er, nachdem er ins Haupthaus zurückgekehrt war, als erstes das kleine Bändchen auf den Tisch, damit er es nicht noch einmal vergaß. Heute Abend wollte er endlich die Einzelheiten über das plötzliche Verschwinden des Amerikaners, die der Ortspfarrer zusammengetragen hatte, lesen und sehen, ob sie ihm zu neuen, verwertbaren Hinweisen und Erkenntnissen verhelfen konnten.

Jetzt aber – er schaute auf die Uhr – war es Zeit, zum Segelfluggelände auf dem Dornberg zu fahren. Er war neugierig den Neffen persönlich kennen zu lernen und zu sehen, wie er sich angesichts der Wahrheiten und Vermutungen, die Gerhard ihm ins Gesicht zu sagen beabsichtigte, verhielt.

Eine schmale, asphaltierte Waldstraße führte in Kurven hinauf auf den Berg. Gerhard parkte vor einem Schlagbaum, der ein Weiterfahren verhinderte. Nur wenige Meter entfernt erhob sich ein kleines Gebäude, wahrscheinlich das Vereinshaus, vor dem zwei Männer standen und sich unterhielten. Etwas seitlich sah er den flachen Flugzeughangar liegen und weiter hinten am Ende der Landebahn konnte er den Lastwagen mit der Seilwinde, die die Segelflieger in die Luft zog, erkennen.

Die Männer unterbrachen ihr Gespräch, als er herankam und sahen ihn fragend an.

»Wo finde ich Berthold Brandel?«, erkundigte sich Gerhard, nachdem er gegrüßt hatte.

»Da müssen Sie sich aber beeilen, wenn Sie noch etwas von ihm wollen«, informierte ihn einer der Männer. »Er ist der nächste, der hochgeht, gleich nach dem Segler, der gerade auf der Startbahn steht. In einer Viertelstunde ist er in der Luft.« Er deutete auf einen etwas abseits der Flugpiste stehenden Flieger, um den ein Mann langsam herumging. Er zog mal hier an einer Verankerung, rüttelte mal dort an Rädern und Flügeln und unterzog ganz offensichtlich sein Flugzeug einer Kontrolle vor dem Start.

»Da«, der Mann zeigte nochmals in Richtung des Motorseglers, der gerade überprüft wurde, »das ist Brandel. Gehen Sie aber außen entlang auf dem markierten Weg, wenn Sie unbedingt noch zu ihm wollen.«

Gerhard setzte sich in Bewegung. Ihm blieb nicht viel Zeit für seine Fragen, er würde also schnell zur Sache kommen müssen.

Als er sich näherte, schaute Berthold Brandel auf und hob die Augenbrauen. Mit seinem braungebrannten Gesicht, den von der Sonne gebleichten hellblonden Haaren und dem durchtrainierten Körper entsprach er schon auf den ersten Blick dem Erscheinungsbild, das man gemeinhin mit dem Begriff Playboy verband. Sein manieriertes Auftreten, seine Art sich zu bewegen, als er jetzt Gerhard entgegentrat, und die ganze sorgfältig auf äußere Wirkung bedachte Erscheinung passten haargenau in das Klischee eines Menschen, der im sinnlichen Genuss die Erfüllung seines Lebens sah und der so mit dem Glätten, Polieren und Präsentieren seines Äußeren beschäftigt war, dass er andere unter der Oberfläche verborgenen Qualitäten zu seinen sichtbaren Ungunsten vernachlässigte.

Berthold Brandel, der wenig über vierzig Jahre alt sein mochte, baute sich vor Gerhard auf und verwehrte ihm mit ausgebreiteten Armen ein Weitergehen. »Was wollen Sie, hier ist Flugbetrieb«, herrschte er ihn an.

Unbeeindruckt von dem arroganten, autoritären Gehabe des Neffen ging Gerhard auf ihn zu, sah ihn fest an und machte nicht eher Halt, bis er unmittelbar, ihn nahezu berührend, vor ihm stand. Unwillkürlich machte Berthold Brandel einen Schritt zurück, winkelte die Arme an und hielt sie sich schützend vor den Körper.

Gerhard hatte ihn richtig eingeschätzt, sein aus der Ferne großtönendes Imponiergehabe brach zusammen wie ein Kartenhaus, wenn es auf energische Erwiderung und Gegenwehr stieß. Mit angehobener, resoluter Stimme sprach er ihn an, wobei er sich nicht mit Vorreden und Höflichkeitsfloskeln aufhielt, sondern seinen Überraschungsvorteil ausnutzte und ihn mit unverhüllter Direktheit fragte: »Herr Brandel, haben Sie die Bilder Ihrer Tante mitgenommen? Widerrechtlich mitgenommen, um genau zu sein?«

Wie unter einem Anstoß wich der Angesprochenen einen weiteren Schritt zurück. Die großspurige Fassade, die er anfangs zur Schau getragen hatte, war mit einem Mal wie weggebrochen. Das selbstbewusste Erscheinungsbild, das er dargeboten hatte, war einer fühlbaren Unsicherheit gewichen. Angstvoll blickte er auf, zog hörbar die Luft in schnellen Atemzügen durch den offenstehenden Mund und presste, flüsternd fast, hervor: »Wer sind Sie?«

»Mein Name ist Gerhard. Aber Sie haben meine Frage noch nicht beantwortet. Haben Sie die Bilder, ja oder nein?«

Wie ein angeschlagener Boxer, den ein weiterer Schlag trifft, zuckte Berthold Brandel zusammen. »Was geht Sie das an?«, versuchte er trotzig, aber kraftlos eine laue Gegenattacke. »Wer sind Sie überhaupt und wieso belästigen Sie mich?«

Gerhard beschloss, seine Identität zunächst noch nicht offenzulegen. Vielleicht war es hilfreich, ihn glauben zu machen, er käme von der Polizei oder einer anderen amtlichen Behörde. Er rechnete nicht damit, dass der Neffe ihm bereitwillig Antworten auf seine Fragen geben würde. Deshalb war es wichtig, ihn weiter einzuschüchtern, aus seinen Reaktionen die richtigen Schlüsse zu ziehen und so neues Wissen zu gewinnen. Mit seinem jetzigen Kenntnisstand, der erdrückend wirken musste auf einen Täter, der glaubte, alle Zeugen aus dem Weg geräumt zu haben, würde er Berthold Brandel nun weiter mit Sachverhalten, die dieser geheim glaubte, konfrontieren und ihn vielleicht so zu ungewollten Eingeständnissen verleiten können.

»Die Bilder gehören Ihnen nicht, das ist Ihnen doch bekannt. Wo also sind die Bilder und wo vor allem ist das Schriftstück?«

»Davon wissen Sie?«, fragte Brandel ungläubig. »Sie wissen von dem Testament?«

»Diejenige, die die letztwillige Verfügung nach dem Tod Ihrer Tante in Verwahrung hatte, ist jetzt auch tot«, setzte Gerhard nach, »haben Sie sie getötet?«

»Nein, natürlich habe ich Martha Henkelmann nicht getötet«, schrie er. »Wie kommen Sie darauf!«

»Und die anderen beiden Seniorinnen, die gestorben sind? Elfriede Weinrich, Ihre Tante, und Gertrud Vaupel, deren Freundin. Hatten Sie bei ihrem Tod ebenfalls die Finger im Spiel?«

»Um Gottes Willen, nein, was behaupten Sie da!«, stieß er hervor, als könne er das Unglaubliche, das er gerade gehört hatte, nicht begreifen.

Gerhard sah ihn an. Die verzerrten Mundwinkel, die geweiteten Augen zeigten das fürchterliche Erschrecken, das ihm in die Glieder gefahren war. Aber als Gerhard die Fassungslosigkeit in Berthold Brandels Gesicht wahrnahm, das völlige Unverständnis, war er sich augenblicklich sicher, dass das Entsetzen, das ihn befallen hatte, einzig der Ungeheuerlichkeit seiner Behauptungen galt und nicht etwa der Angst, er könne mögliche Taten von ihm aufgedeckt haben. Verwirrt stoppte Gerhard seine offensive Befragung. Er spürte, er war zu weit gegangen, hatte den Rahmen des Schicklichen und Zumutbaren verlassen. Zudem gaben ihm die emotionale Betroffenheit des Neffen und seine Reaktion auf die Anschuldigungen nahezu die Gewissheit, dass er in Berthold Brandel nicht den Giftmörder der alten Frauen vor sich hatte. Nein, dieser Mann, in welche Ungesetzlichkeiten auch immer er verstrickt sein mochte, hatte noch soviel moralisches Fundament, dass er mit aufrichtiger Bestürzung auf die unerhörte Annahme reagierte, er habe etwas mit den heimtückisch geplanten Morden im Seniorenheim zu tun.

In der kurzen Zeitspanne, in der Gerhard seine Befragung ausgesetzt hatte, war es Brandel gelungen, seine Fassung wiederzuerlangen. »Lassen Sie mich in Ruhe! Verschwinden Sie!«, zischte er wütend zwischen zusammengepressten Zähnen hervor. Die Unsicherheit und Verletzlichkeit, die er eben noch gezeigt hatte, war wieder hinter der Maske seines anfänglichen, affektierten Auftretens verschwunden. Noch während des Umdrehens richtete er sich auf und schritt in gestelztem, Festigkeit vortäuschendem Gang seinem Flugzeug entgegen.

Vom Clubhaus rief jemand herüber: »Du kannst jetzt starten, Berthold.«

Brandel hob den Arm zum Zeichen, verstanden zu haben. Er öffnete den ovalen Einstieg zur Pilotenkanzel, setzte einen Fuß auf den Kabinenboden und ergriff mit beiden Händen den Rahmen. Noch einmal drehte er den Kopf zu Gerhard und warf ihm einen wütenden Blick zu. Dann zog er sich hoch ins Innere der Maschine und schloss die gläserne Kuppel.

Gerhard, der auf dem Rückweg zu seinem Wagen das Vereinshaus passierte, wurde aus seinen Gedanken gerissen, als einer der beiden noch immer vor dem Gebäude diskutierenden Männer plötzlich mit dem Arm auf das Flugfeld zeigte und ausrief: »Was ist denn mit dem los? Guck dir das mal an.«

Gerhard wendete sich um und sah in die Richtung, in die der Arm des Mannes deutete.

Mit aufheulendem Motor brauste in beträchtlichem Tempo das Flugzeug Berthold Brandels über die wellige Wiese, hüpfte bei jeder Unebenheit in die Höhe und krachte mit den kleinen Rädern des Fahrgestells zurück in die Bodenlöcher. Mit einer quietschenden, schleudernden Drehung schwenkte es, ohne das Tempo zu drosseln, rutschend auf die Startbahn, wo es nach forciertem, weiterem Beschleunigen schon nach wenigen Sekunden abhob und steil in den wolkenverhangenen Himmel stieß.

Gerhard ließ die beiden kopfschüttelnden Männer zurück und bestieg sein Auto. Nachdenklich wendete er und fuhr langsam den Dornberg wieder hinunter. Nun also hatte er Elfriedes Neffen, der von Anfang an als ein unsichtbares, nicht erreichbares Phantom die Ereignisse der letzten Tage und Wochen begleitet hatte, kennen gelernt, hatte seine Zwiespältigkeit, die sich unter dem Schein einer glänzenden Oberfläche verbarg, erfahren.

Was, fragte sich Gerhard hatte ihm diese Begegnung mit Berthold Brandel eigentlich an neuen Einsichten und Erkenntnissen gebracht? Im Grunde hatte sie die Verwirrung, die nach dem Tod der von ihm tatverdächtigten Martha Henkelmann entstanden war, nur noch verstärkt. Wer, wenn er jetzt auch Berthold Brandel als Mörder ausschloss, kam denn nun noch in Betracht, den drei Seniorinnen das Gift verabreicht zu haben? Oder sollte sich am Ende doch herausstellen, dass die Todesfälle tatsächlich nichts anderes waren als die unwahrscheinliche Summierung zufälliger, natürlicher Ereignisse, die mit Mord und Verbrechen nicht das Geringste zu tun hatten?

18

Die Dämmerung begann sich bereits auf das Land zu legen, als er sein Haus in Oberhone erreichte. Auf dem Weg von Sontra hierher war ihm eingefallen, dass er ganz vergessen hatte, Franziska anzurufen. Aber auch ohne ihre Bitte nach einem Lebenszeichen von ihm hätte er heute Abend zum Telefonhörer gegriffen, um mit ihr zu sprechen. Er sehnte sich nach einem Gespräch mit ihr, nach ihren Einwänden, die so häufig mit einem zustimmenden Ja begannen, denen dann jedoch ein einschränkendes Aber zu folgen pflegte, wenn sie in weiblicher Intuition vom geradlinigen Pfad der Logik abwich und einen Weg beschritt, der erstaunlicherweise oft zum Ziel führte.

Er wählte die Nummer ihrer Wohnung in Göttingen, in die sie, so hoffte er, inzwischen aus ihrem Büro zurückgekehrt war. Wie in Erwartung seines Anrufs wurde der Hörer schon nach dem ersten Läuten abgehoben.

»Heinrich, bist du's?«, fragte Franziska und fügte mit einem Seufzer der Erleichterung hinzu: »Schön, dass du dich endlich meldest.«

»Melden? Das klingt so nach Rapport«, wandte Gerhard ein.

»Ja, Liebesrapport«, flüsterte sie, »ich höre.«

Er spielte das Spiel, von dem Franziska nie genug bekommen konnte, versicherte sie seiner Liebe, beglückte sie, indem er ihr sagte, wie sehr er sie vermisste, und endete in dem praktischen Bekenntnis, dass er sie dringend brauche, um mit ihr nach Darlegung der neuesten Entwicklungen und Erkenntnisse seine Gedanken auszutauschen, seine wirren Überlegungen zu sortieren und gemeinsame Folgerungen aus dem Besprochenen zu ziehen.

»Aber natürlich, Sherlock«, versicherte sie ihm vergnügt, »Watson kommt, wenn du ihn rufst. Wie wäre es mit einem detektivischen Konzilium morgen Nachmittag in Bad Sooden-Allendorf. Ich halte dort einen Vortrag über Korfu und die Ionischen Inseln. Der Beginn ist um 15 Uhr, so dass ich rechne, bis 16.30 Uhr fertig zu sein. Wir könnten uns also anschließend irgendwo in der Stadt treffen. Einverstanden?«

Gerhard stimmte zu, schlug das Bistro »Amadeus« am Allendorfer Marktplatz als Treffpunkt vor und versicherte ihr, wie sehr er sich freute, sie wiederzusehen.

Das Telefonat mit Franziska hatte die Spannung, die sich seit seinem Gespräch mit Berthold Brandel in ihm aufgebaut hatte, beträchtlich gemildert und verringert. Ein vollständiges Verschwinden versprach er sich von einem Gasthausbesuch bei Hilde in »Knaufs Schänke«. Dort würde er auch endlich dazu kommen, sich in aller Ruhe die Dorfchronik und die Geschichte, die sich am Kriegsende in Schrecksbach zugetragen hatte, durchzulesen.

Von einem runden Kringel schnitt er sich eine ansehnliches Stück ‚Ahle Wurst', wie die Nordhessen ihre rote Wurst nennen, ab, fingerte eine dicke Gurke aus dem Glas und legte beides auf eine Scheibe Brot.

Es war frisch geworden jetzt kurz vor November, aber es war trocken draußen und die Luft voller Erdgerüche. Gerhard entschloss sich, mit dem Fahrrad zu Hilde nach Eltmannshausen zu fahren. Es erforderte zwar einiges an akrobatischer Könnerschaft, mit der einen Hand Wurst, Gurke und Brotscheibe zu fassen und sie gelegentlich dem Mund zum Hineinbeißen zuzuführen, mit der anderen den Lenker ohne allzu viel Schlenkern in festem Griff zu halten, aber schließlich gelang es ihm, wohlbehalten und gesättigt in das Nachbardorf einzufahren. Das Kneipenschild, das ihm schon von weitem entgegen leuchtete, veranlasste ihn, seine Trittfrequenz, so wie Kamele mit der Witterung der Oase ihren Gang beschleunigen, zu erhöhen. Wenig später erreichte er »Knaufs Schänke«.

In einem angenehmen Gleichgewicht zwischen der inneren Erwärmung, die das Treten der Pedale in ihm erzeugt und der Abkühlung, die die Abendluft bewirkt hatte, betrat er die Gastwirtschaft. Mit einem Klopfen auf die Theke begrüßte er die Anwesenden, ausnahmslos Männer heute, deren Gesichter ihm vertraut und deren Namen ihm inzwischen geläufig waren. Torsten und Klaus saßen wie immer, Dietmar und Otto wie häufig auf ihren Barhockern und redeten sich den Frust eines Arbeitstages von der Seele.

Hilde war, was gelegentlich vorkam, heute nicht in der Gaststube. Vielleicht waren die Enkelkinder zu Besuch gekommen oder aber eine Rosamunde-Pilcher-Verfilmung lief im Fernsehen. Mario, der Schwiegersohn, stand hinter der Theke und zapfte.

Gerhard nahm das Büchlein aus der Jackentasche und setzte sich an den Tisch am Fenster, an dem er stets zu sitzen pflegte. Er blätterte in der Schrecksbacher Dorfchronik, bis er auf den Bericht über die mysteriöse Episode, die sich am Ende des Krieges in der Losemühle zugetragen hatte, stieß. Sogar zwei alte Fotographien hatte man in die dreiseitige Abhandlung eingefügt. Auf der einen waren die Gebäude der Mühle, so wie sie damals ausgesehen hatten, abgebildet, schadhaft zwar in Putz und Mauerwerk, aber mit dem Flair der guten alten Zeit, als die Müller noch ihrem Handwerk nachgingen. Das andere Foto war ein Familienbild: Vor zwei jungen Männern, die hinter einer Bank standen und sich lachend ansahen, saß ein schon etwas älteres Paar und schaute in die Kamera. Der letzte Müller, las Gerhard die Bildunterschrift. Er nahm an, dass einer der beiden Söhne Georg Diehls Vater war.

Erst, nachdem Mario ihm das zweite Bier gebracht hatte, begann er das, was von dem Pfarrer aus Schrecksbach über die Affäre zusammengetragen worden war, aufmerksam und von Zeile zu Zeile mehr interessiert zu lesen.

Zunächst berichtete der Geistliche von der Schwierigkeit, verlässliche Zeitzeugen der damaligen Ereignisse zu finden. Viele konnten sich noch an das Verschwinden des Amerikaners und seine Verwicklungen in den Bilderdiebstahl erinnern, einige hatten die negativen Folgen und Auswirkungen für das Dorf und seine Bewohner am eigenen Leib miterlebt, aber nach so langer Zeit waren natürlich Dramatisierungen der Geschehnisse, Verklärungen und Ausschmückungen hinzugekommen, die es ihm nicht leicht gemacht hatten, ein einigermaßen objektives Bild der Vorkommnisse zu erhalten.

Den größten Teil der angeführten Fakten, die durch zusätzliches Studium von Dokumenten der örtlichen Behörden und Protokollen der amerikanischen Militärverwaltung erhärtet waren, kannte Gerhard schon aus den Erzählungen Albert Weitzels und

Irmgard Diehls. Einiges war indessen ausführlicher dargestellt und enthielt Informationen, die für ihn neu waren. So war zum Beispiel detailliert auf den Bilderraub der beiden Amerikaner, dessen Aufdeckung durch die Militärpolizei und die strenge Bestrafung zumindest des einen Soldaten, dessen man habhaft werden konnte, eingegangen.

Auch der Name des Möbelfabrikanten, ein Andreas Holzheimer, aus dessen Villa in Neustadt die gestohlenen Bilder stammten, war genannt. Außerdem fand sich eine Auflistung der Maler, deren Bilder abhanden gekommen waren. Als Gerhard die Künstlernamen las, sprang ihm der Name Bantzer sofort ins Auge.

Der am Raub beteiligte, dann aber so plötzlich verschwundene Amerikaner, trug, wie aus der Chronik hervorging, den Namen Jerome Klinger und stammte aus Jacksonville in Illinois. Er war, so hatten die Recherchen des Pfarrers ergeben, bis heute, genauso wie die geraubten Bilder, nicht wieder aufgetaucht. Auch spätere Nachforschungen eines Sohnes, eines Kevin Klinger, der in den späten achtziger Jahren sich in Dorf und Mühle nach den damaligen Vorgängen, dem Verschwinden und dem Verbleib seines Vaters erkundigt hatte, waren ohne Erfolg geblieben.

Gerhard trank sein Bier aus und lehnte sich zurück. Bei der Erwähnung des Namens Illinois war ihm sofort Helmuth Koch, ein Freund aus gemeinsamen Studienzeiten, eingefallen, der, so glaubte er sich zu erinnern, im Klinikum der Hauptstadt Springfield an einem kardiologischen Forschungsprojekt arbeitete. Seine dortige Adresse und Telefonnummer hatte er irgendwo notiert, gleich morgen früh wollte er sie heraussuchen. Vielleicht was es über Helmuth Koch möglich, mit der Familie Klinger Kontakt aufzunehmen und in Erfahrung zu bringen, ob von Jerome, dem verschollenen Soldaten, vielleicht doch noch ein Lebenszeichen oder aber eine Todesnachricht aufgetaucht war.

Mario brachte ein drittes Bier. Er schaute Gerhard über die Schulter: »Was liest du denn da? So in die Lektüre vertieft, wie du gerade dagesessen hast, muss es etwas Spannendes sein.«

»Eine Kriminalgeschichte, geschrieben nach einer wahren Begebenheit«, antwortete Gerhard und zeigte auf die Chronik.

Mario nickte. Ihn wunderte nichts mehr, eine Kneipe war immer für Überraschungen gut, obwohl er einen Krimileser bisher noch nicht unter seinen Gästen gehabt hatte. »Na, dann viel Spaß«, murmelte er und kehrte zu seinem Zapfhahn zurück.

Gerhard nahm das Büchlein wieder auf und las den Bericht des Pfarrers zu Ende. Noch einmal erfuhr er etwas, was er bis jetzt noch nicht gewusst hatte: Am Tag, als der Amerikaner verschwand, hatte sich Hermann Weinrich zu Besuch bei seinem Malerkollegen und Freund Franz Lippmann in der Mühle aufgehalten. Sie hatten, da es regnerisch war, das Atelier Lippmanns im Gartenhäuschen zu gemeinsamem Malen benutzt. Das Verschwinden des Soldaten war ihnen, laut Protokoll der amerikanischen MP, nicht aufgefallen. Sie hatten bei den Verhören angegeben, das Atelier nicht verlassen zu haben.

Gerhard klappte die Chronik zu und legte sie vor sich auf den Tisch. Nachdenklich schaute er das kleine Bändchen an. Nun also bestätigte sich, was er bisher nur vermutet hatte. Hermann Weinrichs Bantzergemälde stammten unzweifelhaft aus dem Bilderraub von Neustadt. Unklar war nach wie vor, auf welchem Wege die Kunstwerke in die Hände der Maler gelangt waren. Hatten sie den Amerikanern Handlangerdienste, zum Beispiel beim Abtransport oder Verstecken der Bilder geleistet oder waren sie erst später – legal oder illegal, wobei das Letztere das Wahrscheinlichere war – in ihren Besitz gekommen?

Nein, heute Abend wollte er dieser Frage nicht mehr weiter nachgehen. Das Bier hatte ihn, so wie er es gewünscht und erwartet hatte, entspannt und träge gemacht, nach konstruktivem, analytischem Denken war ihm nicht mehr zumute. Morgen würde er zusammen mit Franziska versuchen, aus den vielen Steinchen, die er inzwischen gesammelt hatte, ein Bild zu formen, das ihn dem Ziel, das Geschehene rekonstruieren zu können und die Zusammenhänge zu verstehen, näherbrachte.

Ein älterer Herr betrat die Gaststätte. Auf seinem Mantel perlten Wassertropfen. Ein kleines Rinnsal lief über den Rand seines Hutes, als er sich vorbeugte, um die Knöpfe zu öffnen. »Guten Abend«, grüßte er und hängte seine Kleidungsstücke an die Haken der Garderobe.

Die Köpfe der Thekengäste drehten sich nur kurz zu dem Neuankömmling um, brummten eine Erwiderung des Grußes und setzten ihre Gespräche fort.

»Regnet's, Fritz«, erfragte Mario das Offensichtliche.

»Es schüttet wie aus Gießkannen«, war die Antwort des alten Herrn, der, obwohl der nassen Kleidung längst entledigt, sich in animalischem Reflex wie ein gerade aus dem Fluss steigender Hund schüttelte.

»Oh weh«, entfuhr es Gerhard, als er daran dachte, dass er mit dem Fahrrad gekommen war.

Fritz, der Neue, fragte nach Hilde. Er wolle mit ihr, so verkündete er mit lauter Stimme, den Ablauf seiner am Wochenende hier in dieser Gaststätte stattfindenden Feier anlässlich seines 75. Geburtstag besprechen.

»Warte einen kleinen Moment«, vertröstete ihn Mario und schaute auf die Uhr. »In fünf Minuten ist der Film zu Ende, dann kommt meine Schwiegermutter sowieso herunter. Willst du etwas trinken?«

Nachdem Fritz mit einem gespritzten Apfelwein versorgt war, Gerhard sein viertes Bier vor sich stehen hatte und seinen Leichtsinn verfluchte, nicht die Wettervorhersage vor Antritt seines Fahrradausflugs abgehört zu haben, trat Hilde noch vor Ablauf der angekündigten fünf Minuten in den Schankraum. Die Wangen glühten und das Licht der Theke spiegelte sich in dem feuchten Schimmer der Augen und legte Zeugnis ab von der Unwiderstehlichkeit und Wirksamkeit der Pilcher'schen Gefühlsattacken.

Sie ging zum Tresen, bereit, das prosaische Kneipengeschäft jetzt von ihrem Schwiegersohn zu übernehmen. Dieser jedoch winkte ab. »Mutter, geh du nur mit Fritz nach nebenan in den

Saal und besprich mit ihm seine Geburtstagsfeier. Ich zapfe solange weiter.«

Gerhard nahm sein Bier und ging zur Theke hinüber. Die Unterhaltung der auf den Barhockern Sitzenden, die anfangs so lebhaft und impulsiv gewesen war, schleppte sich nun dahin und beschränkte sich größtenteils auf Bemerkungen und Einwürfe, die keine Reaktion oder Antwort erforderten und auch nicht erwarteten. Die primäre Belebung, die die ersten Biere in den erschöpften Arbeitern bewirkt hatten, war nun mit zunehmendem Quantum einer allgemeinen, ansteckenden Erschlaffung gewichen; der wohlige Mantel der Entspannung und Müdigkeit legte sich auf die eingesunkenen Schultern der Männer, die mit auf den Tresen aufgestützten Armen vor sich hinsahen.

Aus dem Saal drangen Wortfetzen herüber, wenn Fritz, der Lautstimmige, Hilde seine Wünsche für die Feier unterbreitete. Von Lammkotelett und Nougatcreme war die Rede, von Fischplatten, Obstkörben und Schweinemedaillons. Wie das leise Dahinplätschern eines Baches, der nur gelegentlich aufwallte, wenn Fritz sprach, schwebte das hintergründige, nachbarliche Gespräch in die Stille des Gastraums hinein und umhüllte wie ein Wiegenlied die müden Gäste.

Ein plötzlicher Aufschrei ließ alle zusammenfahren und die Köpfe wie in einer einzigen Bewegung zur Schiebetür, die den Saal von der Gaststube trennte, hindrehen. Durch den schmalen Durchgang, der hinter der Theke Zugang nach nebenan gewährte, rief Mario seiner Schwiegermutter zu: »Alles in Ordnung?« Auch Klaus war besorgt: »Was ist los, Hilde?«

In die kurze Stille, in der alle den Atem anhielten und auf Antwort warteten, krachte das abrupte Aufschnappen des Schlosses und das Aneinanderschlagen der Lamellen, als die Ziehharmonikawand energisch aufgeschoben wurde.

Mit in die Seite gestemmtem linken Arm, dem der rechte nach Beenden des Aufschiebens in der gleichen Geste des Protestes folgte, stand Hilde, die Wangen womöglich noch röter als unter dem emotionalen Bombardement des Pilcherfilms, in der weiten Öffnung und schüttelte entsetzt mit dem Kopf. »Nein,«, rief sie mit ablehnender, zurückweisender Stimme. »So ein Schweinekram. Nicht in meiner Wirtschaft.« Mit bebender Brust durchschritt sie die Türöffnung, trat, so als suchte sie Schutz, hinter die Thekenbrüstung und gab den Blick frei auf den unglücklich dreinblickenden Fritz, der mitten im Saal stehend die Hände hilflos vor seinem Bauch verschränkte.

Als er die vorwurfsvollen Augen der Anwesenden bemerkte, die ihm mit ihren Blicken zu verstehen gaben, dass sie ihn der unsittlichen Annäherung an die Wirtin, sei es nun auf verbale oder handgreifliche Art, verdächtigten, beeilte er sich in das Gastzimmer zurückzukehren und eine Erklärung abzugeben.

»Es soll eine Überraschung für meine Geburtstagsgäste werden, mal etwas Besonderes und nicht nur die üblichen ermüdenden Reden und das nicht minder langweilige, endlose Essen und Trinken. Schließlich wird man nur einmal 75«, ereiferte er sich.

»Und wenn du 100 wirst, hier in diesem Gasthaus wird so etwas …«, Hilde stockte und suchte nach Worten, »… so etwas Unanständiges, Anstößiges und …«, nun flüsterte sie geradezu, »… Schlüpfriges nie und nimmer stattfinden!« Um ihrer Empörung Gewicht zu geben, holte sie sich die schweigende Zustimmung ihres verstorbenen Mannes: »Das hätte Günter nie zugelassen.«

Die Gäste, die verständnislos im Kreuzfeuer der beiden Kontrahenten auf ihren Barhockern saßen, sahen sich ratlos untereinander an und zuckten die Schultern, bis Dietmar schließlich den Kopf von Hilde zu Fritz und wieder zurück drehte und mit einer gewissen Verstimmung ob seines Nichtverstehens fragte: »Um was, zum Teufel, geht es hier überhaupt? Und was, um Himmels Willen, gibt es Anstößiges in dieser Kneipe?«

Das Nicken der Köpfe zeigte die Zustimmung der übrigen, die bei der lautstarken Auseinandersetzung und bei der Brisanz des Themas wieder hellwach geworden waren; und auch Gerhard war neugierig, was sich hinter dem Unanständigen verbarg, dem Schlüpfrigen, diesem Wort, das Hilde soeben mit dem gleichen Erschauern hingehaucht hatte, wie eine Dienstmagd erschauert, die einen Damenslip im Schlafzimmer ihres Herrn findet und ihn mit spitzen Fingern, aber heißen Wangen und klopfendem Herzen aufhebt.

»Sprech's ihnen«, forderte die Wirtin den bekümmert an der Theke lehnenden Fritz in der für die Nordhessen typischen Weise, jemanden zu bitten, etwas Verbales von sich zu geben, auf. »Sprech's ihnen, so wie du's mir gesprochen hast«, wiederholte sie und hielt sich in Erwartung des Unheilvollen, Unmoralischen, dass sie nun zum zweiten Mal mitanhören musste, an der Umrandung des stählernen Gläserspülbeckens fest.

»Ja, eigentlich«, stammelte der noch 74-jährige, der durch die vehemente, empörte Abwehrhaltung Hildes sichtbar eingeschüchtert und verunsichert war, »eigentlich sollte es so eine Art künstlerische Vorstellung, eine Darstellung des Schönen, ein Genuss für das Auge…«

»Ich wusste gar nicht«, rief Hilde in ungewohnter Frivolität dazwischen, »das Männer ihre Augen einen Meter tiefer als Frauen tragen.«

»Nun, also …«, stotterte Fritz, »… man kann das Ganze mehr als eine Darbietung anmutiger Bewegungen…«

»Jetzt komm endlich zur Sache«, unterbrach Otto, der Schnauzbärtige, ungeduldig.

Hilde, die in genetisch femininer, schicksalhafter Bestimmung – oder Verdammung – nun der Versuchung nicht länger widerstehen konnte, ihr Wissen an den Mann oder, wie in diesem Fall, an die Männer zu bringen, vor allem, da Fritz gerade wieder mit einem umschreibenden ‚Nun also' beginnen wollte, stieß in abfälligster Verachtung, mit der sie die ungehörige Absicht des Jubilars zu brandmarken und niederzuschmettern gedachte, hervor: »Eine Stripteasetänzerin will er auftreten lassen – an seinem Geburtstag – vor allen Leuten – hier in meiner Wirtschaft. Hat man denn so etwas schon gehört oder gesehen?«

Ja, hätte Gerhard ihr antworten können. Er erinnert sich noch gut an eine solche freizügige Veranstaltung, die er vor einigen Jahren, auch im Rahmen einer Geburtstagsfeier, miterlebt hatte. Es war anlässlich des 60. Geburtstages eines ehemaligen Handballkollegen gewesen, dem die Stripteasevorführung von seinen Mannschaftskameraden zum Geschenk gemacht worden war. Er hatte amüsiert mitangeschaut, wie der ehemalige Mitspieler mit zittrigen Fingern, aber durchaus fachkundig, was einige Lebens- und Liebeserfahrung verriet, die ansehnliche Dame eigenhändig unter dem Beifall der Freunde bis auf die letzte Hülle entkleidet hatte. Er lächelte vor sich hin und wiegte anerkennend den Kopf, als ihm das angenehme Bild der Frau von damals wieder vor Augen kam.

Gerhard sah zu seinen Mitzechern hin. Torsten saß, den Kopf zum Fenster gedreht, auf seinem Hocker und hielt sich die Hand vor den Mund, um nicht loszuprusten. Klaus und Dietmar grinsten und feixten sich heimlich gegenseitig zu, während Otto noch mit sich zu Rate ging, ob er Fritz offen vor Hildes Augen seine Anerkennung für dieses ungewöhnliche und kühne Vorhaben zeigen durfte. Nur Mario in seiner direkten, unverblümten Art riskierte den Familienstreit und begeisterte sich, ohne die Folgen zu bedenken, für die Idee. »Ein Strip in ‚Knaufs Schänke', das wäre mal eine Abwechslung, das würde uns über die Dorfgrenzen hinaus bekannt machen.«

Mit einem leisen Schrei schlug Hilde die Hände vors Gesicht. Es blieb unklar, ob sie es aus Scham tat oder ob sie ihr Entsetzen darüber verbergen wollte, dass andere Leute sich die Mäuler über das frevelhafte Geschehen in ihrer Gaststätte zerrissen. »Wie kannst du denn so etwas sagen?«, empörte sie sich und funkelte ihren Schwiegersohn an. »Sagt ihr doch auch mal was dazu«, warb sie um Unterstützung bei den Gästen.

Torsten fand als erster den Mut, darauf einzugehen. »Ich fänd's gar nicht so schlecht. Ist mal was anderes«, wagte er sich auf Marios Seite zu schlagen.

»Na ja, eigentlich ist ja auch nichts dabei«, bekannte Klaus und fügte diplomatisch und nichtssagend hinzu: »Man kann das Ganze so oder so sehen, je nachdem, wie man es betrachtet.«

An Dietmar war es, das Fass zum Überlaufen zu bringen, »Das, was der Mann an Tatkraft, Übersicht und Logik der Frau voraushat«, sprach er mit der Weisheit eines Alters, das er nicht besaß, »gleicht sie mit der Schönheit und Anmut ihres Körpers aus. Warum sollte sie dieses Pfund nicht wuchern lassen und ihren Leib nicht nackt und unverhüllt zeigen dürfen?«

Hilde war sprachlos. Der männlichen Phalanx, der sie sich gegenüber sah, war sie nicht gewachsen. In Gerhard, der still genießend am Ende des Tresens die Szene verfolgt hatte, sah sie nun ihren letzten Strohhalm, der sie aus dem Sumpf der moralischen Verkommenheit, in den sie geraten war, herausziehen konnte. Mit einem Blick, der dem eines schlachtreifen Lammes ähnelte, sah sie ihn an. »Du auch, Heiner?«

Auch wenn sie nicht Brutus zu ihm gesagt hatte, wusste Gerhard, dass seine aufrichtige Meinung zu der nackten Angelegenheit ihr den Todesstoß, so wie Cäsar ihn einst erhielt, versetzen würde. Deshalb versuchte er, sich so neutral wie möglich, eher wissenschaftlich und geschlechtslos, auszudrücken. »Ich als Mediziner und Künstler betrachte den menschlichen Körper anders als die meisten. Ich stehe quasi über den Dingen, sehe alles eher mit anatomischen als erotischen Augen. Deshalb stört mich natürlich ein unverhüllter Leib nicht im Geringsten.« Gerhard steigerte sich in eine gefährliche Begeisterung. »Im Gegenteil, ich freue mich über das Spiel der Muskeln und die Harmonie der Bewegungen, ich bewundere die Proportionen…«

»Besonders die vorne, in Brusthöhe«, warf Mario, der gerade ein Bierglas vollzapfte, lachend ein.

So, wie in einer Reihe von Dominosteinen der erste Stein, einmal angestoßen, einen Stein nach dem anderen mitreißt, erhob sich nun unter den Gästen ein befreiendes, ungezügeltes Gelächter, dem auch Gerhard sich nicht entziehen konnte. Torsten, der sich nicht mehr halten konnte, schlug immer wieder mit der flachen Hand auf die Theke, während Klaus unter entfesseltem Lachen Dietmar ein um das andere Mal auf die Schulter klopfte. Otto gluckste fröhlich vor sich hin und zwirbelte über weit hochgezogenen Mundwinkeln seinen Oberlippenbart und auch Fritz hatte bei soviel Bundesgenossenschaft seine Fassung und seinen Frohmut wiedergefunden.

Wie eine Säule, die ihre Standhaftigkeit auch im stärksten Sturm beweisen will, stand Hilde einige Sekunden mit versteinertem Gesicht da. Ihr Mienenspiel befand sich im Widerstreit zu ihrer Reglosigkeit und ließ den Vulkan, der in ihr brodelte, erahnen. Noch einmal blitzte die ganze Verachtung, die sie empfand, in ihren Augen und Worten auf, als sie den Anwesenden entgegenschleuderte: »Männer! Ppphhh! Ich seid doch alle gleich.« Dann verließ sie, ohne sich noch einmal umzudrehen, die Gaststube.

»O je«, stöhnte Mario und wischte sich den imaginären Schweiß von der Stirn, »der Familiensegen dürfte in den nächsten Tagen etwas schiefhängen. – Aber sag mal, Fritz, wie bist du überhaupt auf die Idee mit dem Striptease gekommen und woher willst du die Tänzerin nehmen?«

Der Alte lachte vergnügt und leckte sich die Lippen.

»Ganz einfach. Vor drei, vier Wochen war ich zu einem zweitägigen Imkertreffen, das der thüringische Landesverband in Elxleben, einem Dorf bei Erfurt, ausgerichtet hat. Na, und wie das so ist, der Abend war lang und wir Männer unter uns. Ein Einheimischer, der die Verhältnisse in der Landeshauptstadt gut kannte, kam auf die Idee, eine Spritztour durch die Nachtlokale und Bars zu machen. Und dort in einem kleinen Rotlichtetablissement, nicht weit von der Krämerbrücke, habe ich sie tanzen gesehen, Natascha aus der Ukraine, erst mit, dann ohne Kleidung. Ich sage euch, ein Weib!« Er schnalzte mit der Zunge. »Und da kam mir dann die Idee, sie auf meinem Geburtstag als Attraktion zu präsentieren.«

»Weiß denn deine Frau davon?«, wollte Torsten wissen.

»Natürlich nicht, soll doch eine Überraschung sein, auch für sie.«

»Na, wenn das keine Überraschung für dich geworden wäre«, vermutete Mario und stellte vor jeden ein frisches

Bier. »Die Runde geht auf mich, Prost«, sagte er und hob sein Glas. »Vielleicht ist es ganz gut, dass Hilde die Stripeinlage in ihrer Kneipe nicht duldet. Dadurch ersparst du dir eine Menge Geld.«

»Wenn's doch so wäre«, seufzte Fritz. Er stützte den Kopf in die Hand und schaute betrübt in sein Bierglas. »Das Problem ist, ich habe den Stripteaseauftritt an meinem Geburtstag schon bezahlt. Natascha bestand auf Vorauszahlung.«

»Das ist allerdings ärgerlich«, räumte Dietmar ein, »wieviel war's denn?«

»200 Euro für den Auftritt und 50 Euro Fahrtkosten.«

»Ein Batzen Geld«, Torsten wiegte den Kopf, wahrscheinlich rechnete er gerade, wieviele Gläser Bier er für diese Summe bestellen konnte.

Ein betretenes Schweigen kündete von dem Mitgefühl, das man Fritz entgegenbrachte, der nicht nur 250 Euro in den Sand gesetzt hatte, sondern auch auf das, zumindest aus seiner Sicht, Sahnehäubchen der Geburtstagsfeier verzichten musste.

Die mitleidige Stille der Männer wurde von Klaus, der die ganze Zeit stumm und nachdenklich dagesessen hatte, durchbrochen. »Wann genau feierst du?«, wollte er von Fritz, der ihn überrascht ansah, wissen.

»Jetzt am Samstag. Warum fragst du?«

Ohne zu antworten, zog Klaus aus dem Portemonnaie einen Minikalender, den er zu studieren begann. Nach einer kurzen Weile nickte er und sah auf. Der Glanz in seinen Augen verriet, dass er etwas zu verkünden hatte.

»Hört mal her, ich habe da einen Vorschlag.« Triumphierend schaute er von einem zum andern. »An dem Samstag, an dem Fritz feiert, ist Antje nicht zu Hause; sie ist mit ihrer Gymnastikgruppe unterwegs und kommt erst am Sonntag aus der Rhön zurück. Außerdem spielt an diesem Tag die Nationalmannschaft in Kiew gegen die Ukraine. Und dann, was das Ganze erleichtert, wohne ich hier gleich im Haus nebenan. Versteht ihr?«

Da ihm aber die ratlosen Gesichter nichts als Verständnislosigkeit verrieten, begann er, wobei er sogar aufstand und sich in Positur stellte, mit verschwörerischer Miene seinen Plan darzulegen und zu erläutern: »Wenn Fritz nun schon für die Stripteasetänzerin, diese Natascha, bezahlt hat und sich so auf seine Geburtstagsattraktion gefreut hat, die als Höhepunkt der Feierlichkeiten geplant war, dann glaube ich, sollten wir alles daran setzen, diese Aktion nicht ausfallen zu lassen.« Zustimmendes Nicken veranlasste ihn fortzufahren. »Deshalb biete ich dir an, Fritz, quasi als Geburtstagsgeschenk, bei uns zu Hause, in unserem Wohnzimmer, deinen Gästen den Striptease vorführen zu lassen. Und da die Frauen der Geburtstagsgesellschaft nichts davon wissen sollen – wobei es mir ganz Recht wäre, wenn auch Antje nichts von der Sache erfährt –, geben wir das Ganze als eine Männerunde aus, die sich gemeinsam das Fußballländerspiel ansehen will.« Klaus hielt kurz inne, sah in die Gesichter der aufmerksamen Zuhörer, sah ihre Augen leuchten und wusste, dass er Mitstreiter in dieser heiklen Angelegenheit gefunden hatte. »Was haltet ihr davon?«

In einem Anflug von Rührung legte Fritz, der Geburtstager, der die Feier mit der besonderen Note nun gerettet sah, Klaus den Arm um die Schulter und drückte ihn an sich. »Das würdest du tun?«

»Natürlich. Aber etwas ist dir doch klar, Fritz. Wir brauchen für dieses Vorhaben vor allem eines: Verschwiegenheit. Und da es keine bessere Methode gibt, sich die Verschwiegenheit der Leute zu sichern, als sie zu Mitbeteiligten und Mitverschwörern zu machen, gehe ich davon aus, dass wir, die Mitwisser des Plans, zu deinem Fest oder zumindest zu der Entkleidungsveranstaltung geladen werden. Oder?« Klaus kehrte dem Alten den Rücken und zwinkerte den anderen zu.

Überrumpelt und noch unschlüssig blickte Fritz in die Runde. Dann aber in einem schnellen Entschluss, dankbar und erleichtert, dass seine Geburtstagsattraktion doch noch über die Bühne gehen konnte, verkündete er, dass selbstverständlich alle hier Anwesenden zu der geheimen Männerrunde im Wohnzimmer von Klaus eingeladen seien. Auch einiges vom Geburtstagsbuffet sowie ein Zehn-Liter-Fässchen Eschweger Klosterbräu versprach er dorthin anzuliefern.

Der Rest des Abends verging mit dem Planen des Ablaufs der pikanten Enthüllungsvorführung. Man besprach die Stuhlverteilung im Zimmer, die Sitzordnung, die richtige Beleuchtung, die Raumtemperatur, die auf den unbekleideten Gast abgestimmt sein sollte, und ähnliche Details, die zum Gelingen des Ganzen sorgfältig geplant werden mussten.

Mitternacht war nahe, als Gerhard, der noch zwei Bierrunden hatte überstehen müssen, sich endlich auf den feuchten Heimweg machte. Es schüttete nun nicht mehr, ein feines Nieseln hatte die Regenflut abgelöst und um das Dorf und die umgebenden Auen eine dunstige Hülle gelegt. Gerhard radelte, abseits der Straßen, auf Nebenwegen zurück nach Oberhone. Die nächtlichen Wiesen, die abgeernteten Felder waren ihm dabei geduldige, stille Zuhörer, wenn er leise in die Dunkelheit und in den Regenhimmel hinaussang oder ab und zu verhalten vor sich hinlachte, bierselig und vergnügt in der Erinnerung an den köstlichen Abend in »Knaufs Schänke«.

19

Es regnete am nächsten Tag noch immer. Aus seinem Atelier sah Gerhard auf nasse Wiesen und Weidezäune, von deren glänzenden Drähten schwere Wassertropfen in wiederkehrender Gleichmäßigkeit in das farblose Gras fielen. Der Spitzenberg, der sich gewöhnlich deutlich am südlichen Ende der Wehreniederung abzeichnete, war heute nur schemenhaft im diesigen Hintergrund zu erkennen. Nordlandwetter, empfand Gerhard und holte eine Platte von Sibelius aus dem Regal. Unter den schwermütigen Klängen der Musik tauchte er ein in alte Erinnerungen an dunkle Wälder und glitzernde Wasserflächen, lauschte den sehnsuchtsvollen Melodien der Karelia-Suite, deren strahlender Schlusssatz gerade begann, als das Telefon läutete.

Herausgerissen aus seiner elegischen Stimmung, in die ihn der Regentag und die nordische Musik versetzt hatten, stand er unwillig auf und hob den Hörer ab.

Karl Montag war am Apparat und wünschte frohgelaunt einen Guten Morgen. Gerhard, den die prächtige Stimmung des Hauptkommissars stutzig machte, argwöhnte sofort, dass es bei jemandem, der sich in solch heiterer Verfassung präsentierte, mit Diät und angestrebter Gewichtsreduzierung nicht weit her sein konnte.

»Na, nach Entzug hörst du dich nicht gerade an, Charly«, stellte Gerhard fest, »war wohl nichts mit der Änderung der Essgewohnheiten, die du angekündigt hattest.«

»Doch, doch, bis heute habe ich strenge Diät gehalten«, verteidigte sich Karl Montag.

»Bis heute? Das heißt, du bist heute rückfällig geworden?«

»Nun ja«, druckste der Hauptkommissar herum, »die Kollegen meinten, ich wäre nur schwer erträglich, so ganz ohne…«

»Und da hast du dir heute Morgen, aus purer Rücksicht auf deine Mitarbeiter, eine Tüte Gebäckstückchen mitgebracht…«

»Nein, nein, Gunter war's, er stand plötzlich mit den Teilchen da…«

»Aha, als fürsorglicher Vorgesetzter konntest du ihn natürlich nicht vor der Tür stehen lassen, sondern hast dich seiner erbarmt und dich zusammen mit ihm aufopferungsvoll über die Tüte hergemacht.« Gerhard lachte. »Einen ganzen Tag also hast du durchgehalten. Große Leistung, Charly, mein Kompliment.«

Der Hauptkommissar gab nicht zu erkennen, dass er den ironischen Unterton und die verdeckte Rüge, die in den Worten steckte, wahrgenommen hatte. In unverändert frohgemuter Stimmung teilte er Gerhard den Grund seines Anrufs mit. »Wir haben gerade den Bericht der gerichtsmedizinischen Untersuchung von Martha Henkelmann zugefaxt bekommen.«

»Und?«, Gerhard richtete sich auf. Endlich hatte die Polizei etwas unternommen. »Was hat man gefunden?«

»Nichts«, war die lakonische Antwort Karl Montags.

»Nichts? Was heißt das? Irgend etwas müssen sie doch gefunden haben.«

»Zumindestens nichts, was auf einen unnatürlichen Tod hinweist.« Der Tonfall des Hauptkommissars war bedächtig, behaglich und gesättigt. Gerhard konnte sich gut vorstellen, wie Charly jetzt, die Beine auf den Schreibtisch gelegt, mit der einen Hand den Telefonhörer fassend, die andere den gerundeten Bauch liebkosend, mit ihm sprach. »Die Gerichtsmediziner haben nicht die geringsten Anzeichen für eine fremde Einwirkung feststellen können. Sie ist eindeutig eines normalen Todes gestorben. An Herzversagen, Ersticken durch Atemlähmung oder etwas ähnlichem – du als Arzt weißt besser als ich, an was man so alles im Alter sterben kann.« Ein nur unzureichend unterdrückter Rülpser am anderen Leitungsende verriet, dass Gunter nicht mit der kleinsten Tüte aus der Bäckerei gekommen war. Ganz offensichtlich und hörbar genoss der Hauptkommissar ohne die geringste reuevolle Zerknirschung seinen Rückfall.

»Und von dem Gift keine Spur?«, fragte Gerhard.

»Nichts heißt natürlich auch kein Gift. Der Toxikologe betont ausdrücklich, da wir ihn auf die Möglichkeit eines Giftmordes hingewiesen haben, dass nicht die geringste Spur eines Toxins festgestellt werden konnte.«

»Tja«, Gerhard war ratlos und verwirrt, »jetzt weiß ich gar nicht mehr, was ich denken soll.«

Charly, der Freund, tröstete ihn. »War ja irgendwie logisch, deine Geschichte und die Theorie, die du uns vorgetragen hast, Heiner. Aber jetzt, nach diesem gerichtsmedizinischen Urteil, werden wir die Angelegenheit ruhen lassen. Es gibt einfach zu wenig fundierte Fakten, die weitere Untersuchungen rechtfertigen würden.«

Gerhard war kurz davor, dem Hauptkommissar von den verborgenen Bantzerbildern, ihrem Ursprung aus dem Neustädter

Bilderraub und ihrer testamentarischen Übereignung an die Stadt Eschwege zu berichten, besann sich aber dann. Verwirrt durch den Eindruck, den er bei seiner gestrigen Begegnung von dem Neffen gewonnen hatte, den er sich nur schwer als dreifachen Mörder vorstellen konnte, sah er die Zusammenhänge und Verbindungen nicht mehr. Er wollte zunächst das nachmittägliche Treffen mit Franziska abwarten und versuchen, im Gespräch mit ihr seine Gedanken zu ordnen, ehe er der Polizei sein Wissen anvertraute.

»Ist schon in Ordnung, Charly. Danke jedenfalls, dass du mich informiert hast. Mach's gut.«

Nachdenklich saß Gerhard noch eine Weile in seinem Sessel und schaute dabei hinaus in den trüben Herbstmorgen. Er war fest davon ausgegangen, dass der Tod Martha Henkelmanns in die Reihe der Seniorenmorde, die er vermutete, hineinpasste, dass auch sie, auf welche Weise auch immer, Opfer einer Vergiftungsaktion geworden war. Nun aber hatte die forensische Untersuchung ergeben, dass nichts anderes als das natürliche Ableben einer alten Frau vorlag. Er war verunsichert, umso mehr, als die Polizei den Fall, der nach dem gerichtsmedizinischen Ergebnis gar kein Fall mehr war, nicht weiterverfolgen wollte. Nun also würde er wieder auf seine eigenen bescheidenen Mittel, Nachforschungen durchzuführen, auf seine intuitiven Eindrücke zurückgreifen müssen, wenn er der Angelegenheit weiter nachgehen wollte. Er kannte seine Neugier und seine Angewohnheit, einen einmal eingeschlagenen Weg bis zum Ende zu gehen; deshalb stand außer Frage, dass er weitermachen und versuchen würde, der Wahrheit, wie auch immer sie aussehen mochte, auf die Spur zu kommen.

Während seines Nachgrübelns hatte es aufgehört zu regnen. Die geschlossene Wolkendecke war an mehreren Stellen aufgebrochen und ließ eine fahle Sonne auf die glitzernden Felder fallen.

Gerhard rief Franziska an. »Bringst du mich nach unserem Treffen in Allendorf zurück nach Oberhone?«, fragte er seine

Frau, die er aus einer Kundenbesprechung herausgeholt hatte. Natürlich hatte das den Protest von Siggi, ihrer Mitarbeiterin und Wächterin über tadelfreies, einer Chefin angemessenes Auftreten hervorgerufen. Einen Kunden zu verlassen, nur um mit dem Ehemann ein Gespräch zu führen, gehörte nach Siggis Ansicht nicht zu den adäquaten Verhaltensweisen einer Unternehmensleitung.

»Natürlich fahre ich dich zurück, Heinrich. Aber wenn du dir eine rauschende Liebesnacht mit mir ausmalen solltest, muss ich dich – und auch mich – enttäuschen. Ich habe morgen ganz früh einen Termin in Northeim wahrzunehmen, muss deshalb schon heute Abend zurück nach Göttingen fahren.«

»Nein, Franziska, an die Liebe habe ich, zumindest in diesem Zusammenhang, nicht gedacht«, bekannte er. »Es gibt einen ganz praktischen Grund, weshalb ich dich um Chauffeursdienste bitte…«

»Lass mich raten«, unterbrach sie ihn, »du kommst zu Fuß nach Allendorf? Kaum ist der Regen weg, da treibt's dich wieder in die Wälder. Habe ich Recht?«

»Du kennst mich eben, Franziska.«

»Das will ich auch hoffen, nach all den Jahren.«

»Ich brauche Bewegung und außerdem die klare Luft und die Stille der Wälder, um einen freien Kopf zu bekommen. Ich mache mich gleich nach dem Mittagessen auf, so dass ich rechtzeitig zu unserer Verabredung in Allendorf bin.«

»Ich bin neugierig, was du zu erzählen hast, Heinrich, und ich freue mich – auf dich.«

»Dann also bis gleich – im »Amadeus«.«

Ein Fußmarsch von dreieinhalb Stunden lag hinter Gerhard, als er mit schweren Beinen und verschwitztem Hemd, aber in zufriedener, ja glücklicher Stimmung in Allendorf ankam. Er hatte nicht den direkten Weg genommen, der parallel zum Fluss über die Werrahügel führte, sondern war von Motzenrode aus auf 560 Meter aufgestiegen, um vom Hohestein auf dem schmalen Grat, der die Berge verband, zur Hörne hinüberzuwandern.

Der Geruch des modernden Laubes war nach dem Regen der Nacht und des Morgens besonders intensiv gewesen, die Luft noch vollgesogen mit der Feuchtigkeit der letzten Stunden.

Es war vier Uhr, als Gerhard das Bistro, in dem er sich mit Franziska verabredet hatte, betrat. Sein Tisch am Fenster, an dem er vorzugsweise saß, wenn er im »Amadeus« einkehrte, war frei. Von hier hatte er einen ungehinderten Blick auf den Allendorfer Marktplatz, das alte Rathaus und den Marktbrunnen davor, auf stattliche Bürgerhäuser, deren Fachwerkfassaden reich verziert und farbig ausgemalt waren. Es war ein Anblick, dessen er, sooft er sich ihm auch dargeboten hatte, nie überdrüssig geworden war.

Gerhard hatte sich, bevor er losgewandert war, Papier und Stift eingesteckt. Jetzt, als der Kaffee vor ihm dampfte, strich er das zusammengefaltete Blatt glatt und begann, seine Gedanken, die er sich unterwegs während der Ungestörtheit des Waldspaziergangs gemacht hatte und die er nun einer Systematik unterwerfen wollte, in die drei Spalten, in die er den Bogen unterteilt hatte, einzutragen. Über das linke Drittel des Papiers schrieb er »Fakten«, über die Spalte des mittleren setzte er »Nahezu gesicherte Vermutungen« und dem rechten Drittel gab er die Überschrift »Hypothetische Annahmen«. Mit einem Gefühl äußerster gedanklicher Klarheit, die ihm der Gang durch die frische Waldluft verschafft hatte, schrieb er all das, mit dem er in den vergangenen Tagen konfrontiert und beschäftigt gewesen war, auf und ordnete es einer der Spalten zu.

Es war ein mühseliges Unterfangen. Immer wieder musste er eine zunächst in der Rubrik »Fakten« niedergeschriebene Erkenntnis bei genauerer Beleuchtung doch letztendlich unter »Vermutungen« einsortieren oder sogar noch weiter zu den „Hypothesen“ verschieben. Er war um übergroße Objektivität bemüht und legte sich selbst ein derartiges Maß an Urteilsstrenge auf, dass, als er geendet hatte, kaum noch etwas an belegbaren Tatsachen in der linken Spalte übriggeblieben war.

Gerade, als er sich seinen zweiten Kaffee bestellt hatte, kam

Franziska zur Tür herein. Die sportlich elegante Kleidung, die sie stets bei ihren Vorträgen trug, um Aktivität und den Atem der großen Welt zu vermitteln, stand in auffallendem Kontrast zu den zerknitterten Cordhosen, dem ausgefransten Pullover und den verdreckten Wanderstiefeln, in denen Gerhard, der Waldmensch, wie sie ihn gelegentlich nannte, ihr entgegenkam und sie in seine Arme schloss.

Ihre geröteten Wangen und das ihm so vertraute Leuchten der Augen veranlassten ihn zu der Frage: »Bin ich's oder der gelungene Vortrag, der dich so strahlend aussehen lässt?«

»Beides, Heinrich, du zuallererst, natürlich, aber auch der Vortrag war ein voller Erfolg.«

Gerhard drückte ihre Hand. Er mochte die Begeisterung, die Franziska stets an den Tag legte, wenn sie von etwas selbst überzeugt war. Es war ihr dann ein Bedürfnis, diesen Enthusiasmus anderen näherzubringen, wobei es ihr am wenigsten, da war sich Gerhard sicher, um die finanziellen Auswirkungen ging, die eine gute Resonanz auf ihre Bemühungen zwangsläufig nach sich zog; vielmehr war es ihr wichtig, ihre Sicht des besuchten Landes anderen darlegen und mit ihnen teilen zu können.

Sie ergriff, als sic sich gegenübersaßen, das engbeschriebene, mit vielen Durchstreichungen und Pfeilvermerken versehene Blatt Papier, das vor ihm auf dem Tisch lag, und sah ihren Mann fragend an.

»Das ist das Ergebnis der letzten halben Stunde«, erklärte er und zuckte mit den Achseln, »Du siehst, an Fakten ist nicht viel übriggeblieben. Kein Wunder, dass sich die Polizei so schwer tut, in eine Untersuchung nur auf Grund dieser wenigen Anhaltspunkte einzusteigen.«

Franziska legte ihre Hand auf seinen Unterarm, vielleicht als Geste des Trostes, vielleicht aber auch als Aufforderung, denn sie bat: »Jetzt erzähle erst einmal. Es würde mich wundern, wenn du in den Tagen seit unserem letzten Zusammensein nur untätig herumgesessen und nicht deine Nase tiefer in diese Sache mit den Seniorenmorden und den verborgenen Bildern gesteckt hättest. Also berichte!« Sie stützte ihren Arm auf das Fensterbrett, blickte kurz hinaus auf das Pflaster des Platzes, dann legte sie den Kopf in die Hand und sah ihn erwartungsvoll an.

Gerhard nahm das Schokoladenplätzchen, das neben der Tasse lag, biss es zur Hälfte ab, trank einen Schluck Kaffee und begann, die Ereignisse der vergangenen Tage zu schildern. Er erzählte von seinem Ausflug nach Alsfeld und in die Schwalm, von der Schatzgräberepisode im Haus des Dr. Lang und der zufälligen Entdeckung der auf den Gemälden abgebildeten Mühle, berichtete von seinen Gesprächen mit Irmgard Diehl, der Mühlenbesitzerin, und Carsten Lippmann in Holzburg und verschwieg auch nicht seine innige Begegnung mit der »Feurigen Helene« in der Museumswohnung Albert Weitzels. Auch gab er ihr einen kurzen Abriss der Ereignisse, die sich zum Kriegsende auf der Losemühle und in Schrecksbach abgespielt hatten, so wie er sie von den Dorfbewohnern und aus der Chronik des Pfarrers erfahren hatte. Schließlich setzte er sie vom Tod Martha Henkelmanns in Kenntnis, was Franziska zu dem Ausruf veranlasste: »Nein, nicht noch ein Mord.«

»Es war kein Mord, Martha verstarb auf natürliche Weise«, belehrte sie Gerhard und erzählte von seinem nochmaligen Besuch bei der Polizei, deren Zusicherung einer Untersuchung des Todes der Seniorin und von dem Ergebnis der Gerichtsmedizin, das die Polizei bewogen hatte, weitere Ermittlungen vorerst auszusetzen.

»Und dann habe ich noch den Neffen aufgesucht«, sagte Gerhard und schilderte den seltsamen Verlauf dieser Begegnung und seine gefühlsmäßige Überzeugung, dass Berthold Brandel zwar krimineller Handlungen fähig, aber nicht der Typ Mensch war, der so schwerwiegende Taten wie Morde plante und beging. »So, nun weißt du, was ich in Erfahrung gebracht habe. Aber je mehr ich herauskriege, um so verwirrender wird das Ganze. Die Verzahnung dieser Bildergeschichte mit den Morden im Altenheim will mir einfach nicht gelingen.«

Franziska nahm nochmals das Blatt mit den drei Rubriken

auf, studierte es eine Weile und sagte dann, indem sie mit dem Finger auf die erste Spalte zeigte: »Es sind in der Tat nur wenige Fakten, die du aufgeschrieben hast. So ist es unumstößliche Tatsache, dass drei Seniorinnen desselben Heims kurz hintereinander verstarben, zwei fünf Minuten nach Tabletteneinnahme, eine nachgewiesenermaßen ohne Gift in ihrem Körper. Auch das Vorhandensein der beiden Weinrichbilder mit den darunterliegenden Bantzergemälden ist durchaus real, obwohl bis jetzt noch kein Experte die Echtheit der Bantzer bestätigt hat. Und die letztwillige Verfügung Elfriede Weinrichs hast du selbst gesehen, also ist sie Fakt. Erwiesen ist auch, dass Brandel ein luxuriöses Leben führt, das ihn viel Geld kostet. Weiter können wir, da mehrfach bestätigt, als wahr annehmen, dass die Maler Lippmann und Weinrich sich zur Zeit, als zwei amerikanische Soldaten Gemälde, darunter Bantzerbilder, aus einer Villa entwendeten, in der Mühle bei Schrecksbach aufgehalten haben. So, das sind die Tatsachen, so wie du sie hier aufgeschrieben hast.« Sie klopfte mit dem Handrücken gegen das Papier. »Alles andere, das hier richtigerweise unter »Vermutungen« oder »Hypothesen« eingeordnet ist, bedarf jetzt unserer genauen, wertenden Analyse. Entweder überzeugen uns die angeführten Argumente, so dass wir sie als der Wahrheit nahekommend einstufen können, oder aber wir entlarven sie als Wunschvorstellungen, die wir uns zurecht gelegt haben, nur weil sie in eine Theorie hineinpassen.«

Nahezu eine halbe Stunde grübelten sie über der Liste, die Gerhard aufgestellt hatte, gestanden sich ein, dass sie von Gift eigentlich erst dann sprechen konnten, wenn es definitiv nachgewiesen worden war oder auch eine Beteiligung der Maler Lippmann und Weinrich an dem Bilderdiebstahl erst dann annehmen durften, wenn es dafür Zeugen gab. Andererseits war ihnen schnell klar, dass ohne eine Aufstellung von Hypothesen und Konstruktionen sie sich um die dürftigen Fakten im Kreise drehen und nie zu einer Aufklärung der Abläufe kommen würden.

Das Hin und Her an Theorien, die sie aufstellten und anschließend wieder verwarfen, beendete Franziska mit einer Frage: »Hast du eigentlich schon einmal daran gedacht, dass das eine vielleicht gar nichts mit dem anderen zu tun hat?«

»Wie meinst du das?«

»Na, ganz einfach, dass die Morde an den Seniorinnen und die Bildergeschichte zwei völlig verschiedene Schuhe sind, die überhaupt nicht zusammengehören?«

»Nicht zusammengehören?«, wiederholte Gerhard und gab zu erkennen, dass dieser Gedanke ihm bisher noch nicht gekommen war.

»Vielleicht machst du einen Grundfehler«, fuhr Franziska fort. »Du schließt aus der Tatsache, dass Elfriede die Bilder besaß, darauf, dass ihr Tod in irgendeinem Zusammenhang mit ihnen stehen könnte. Ich gebe zu, dass man durch die Umstände, unter denen du die Bantzerbilder entdeckt hast, sehr leicht dazu verleitet werden kann, den nahezu zeitgleichen Tod Elfriedes automatisch mit der mysteriösen Bildergeschichte zu verknüpfen. Zumal der Besitz dieser wertvollen Objekte durchaus ein Mordmotiv sein kann.«

»Du willst also damit sagen, dass der Tod der drei Frauen – gleichgültig, ob es nun Mord, Unfall oder ein natürliches Sterben war – für sich gesondert betrachtet und behandelt werden muss? Dass das Auftauchen der verborgenen, offensichtlich aus einem alten Diebstahl stammenden Bantzerbilder eine ganz andere Sache ist, die nicht das Geringste mit den Todesfällen zu tun hat?«

»So ungefähr.«

»Das hieße ja…«

»Dass du, lieber Sherlock, an der Aufdeckung zweier Fälle und nicht, wie bisher angenommen, eines Falles arbeitest.«

»Aber wie soll das gehen? Wenn jetzt die kostbaren Gemälde als mögliches Mordmotiv wegfallen, wer könnte dann…«

»Wir hatten schon einmal eine potentielle Mörderin, die ganz andere Motive hatte. – Denk an Martha Henkelmann.«

»Aber die ist doch selbst tot, vielleicht auch ein Opfer des Mörders geworden.«

»Oder aber, sie ist tatsächlich, so wie es der gerichtsmedizinische Bericht ausweist, eines natürlichen Todes gestorben.«

»Und die anderen Seniorinnen?«

»Wurden vergiftet, was denn sonst.«

Verwirrt und verwundert sah Gerhard seine Frau an. In einer Geste der Verunsicherung strich er sich über die Augen und schüttelte langsam den Kopf. »Das, was du sagst, ist so einfach und so kühn zugleich. Möglicherweise hast du sogar Recht. Der Mensch neigt dazu, Geschehnisse und Beobachtungen, wo immer möglich, zu einer größeren Zusammenschau zu verbinden. Dabei passiert es schnell, dass man den Einzelaspekt aus den Augen verliert. Vielleicht liegst du nicht falsch mit deinem Vorschlag, die Geschehnisse getrennt zu betrachten. Es kann gut sein, dass ein solches Vorgehen eine ganz neue Sicht der Ereignisse eröffnet.«

Er trank den Rest seines kalten Kaffees aus und richtete sich auf. »Lass mir Zeit, Franziska, darüber nachzudenken. Jetzt schwirrt mir der Kopf so von all den Fakten, Vermutungen und Hypothesen, die wir hin- und hergeschoben haben. Mir fehlt gerade die erforderliche Klarheit, deine Theorie mit dem notwendigen Scharfsinn zu behandeln.«

»Natürlich, Heinrich. Am besten, du durchstreifst morgen wieder deine Wälder und reflektierst in aller Ruhe das, was wir heute diskutiert haben. – Jetzt aber sollten wir aufbrechen, denn ich muss noch in meinem Büro vorbeischauen und die Unterlagen für mein morgiges Gespräch zusammensuchen. Und da ich dich vorher noch nach Hause fahren will…«

Auf der Straße nach Oberhone, kurz nachdem sie Albungen passiert hatten, fragte Franziska: »Was macht eigentlich dein Theaterstück für das Altenheim? Hast du nicht morgen Probe?«

Gerhard fuhr mit einer solch kräftigen Bewegung des Erschreckens aus dem Beifahrersitz auf, dass sich der

Sicherheitsgurt mit einem Klicken anspannte. »Mein Gott, das habe ich ganz vergessen. Bis morgen sollte das Konzept des Stückes fertig sein«, – er griff sich an den Kopf –, »dabei habe ich keine Ahnung, was ich schreiben soll.«

»Na«, beschwichtigte Franziska, »du hast ja noch den ganzen Abend und den morgigen Tag vor dir. Statt der rauschenden Liebesnacht mit mir, die sowieso nicht zustande gekommen wäre, darfst du nun mit Thalia, der Dichtermuse, den Abend verbringen; im übrigen die einzige Art näherer Beziehungen zum weiblichen Geschlecht, die ich toleriere und zu der ich dir ein Äußerstes an Freude und Kreativität wünsche.«

Als Franziska schließlich wieder auf dem Weg zurück nach Göttingen war, kam Gerhard zu Bewusstsein, welche Aufgabe heute Abend noch vor ihm lag. Mit der gleichen Beklemmung, wie er sie einst vor dem Antrittsbesuch bei den Eltern seiner ersten Tanzpartnerin empfunden hatte, dachte er an sein bevorstehendes Rendezvous mit Thalia. Aber er war zuversichtlich, dass, so wie er damals die Visite mit allem Anstand bewältigt hatte, er auch die Muse zufrieden stellen würde und sein Theaterkonzept morgen, so wie versprochen, vorlegen konnte.

20

»Es ward vollbracht in einer Nacht«, schrieb Gerhard in pathetischem Schwung unter das zwölfseitige Theaterstück, über dem er in den letzten Stunden gebrütet und gesessen hatte. Draußen lag das Licht eines neuen Morgens über dem Land, die Rötung des östlichen Himmels verhieß den baldigen Sonnenaufgang.

Es war nicht das erste Mal, dass er sich in einen regelrechten Schreibrausch hineingesteigert hatte, das war ihm früher schon des öfteren passiert. Der beseelte, inspirierte Zustand hatte meist solange angehalten, bis ihm vor Erschöpfung der Stift aus der Hand geglitten war oder er das Stück, so wie heute, beendet hatte.

Gewiss, sein gerade fertiggestelltes Werk war nur ein erster Grobentwurf, den er nach der Rollenvergabe in dem einen oder anderen Punkt noch ändern und den Möglichkeiten, den Defiziten und Talenten der jeweiligen schauspielernden Senioren anpassen musste. Aber alle Szenen waren fertig konzipiert, die Dialoge – zwar noch ohne Feinschliff – skizziert und angelegt und – das Wichtigste – alle vierzehn Schauspieler mit mehr oder weniger großen, zum Teil auch stummen Rollen bedacht.

Die Sonne schob sich zwischen die Dächer des Dorfes, das noch in friedlicher Ruhe dalag, und überzog die roten Ziegel mit einem warmen Leuchten. Gerhard beschloss, sich jetzt nicht mehr hinzulegen, er würde aufbleiben, denn der Tag war angebrochen und er selbst viel zu überdreht, um Schlaf finden zu können.

Ein insulares Frühstück, eine Art Ham and Eggs, sowie eine Kanne Kaffee brachten ihm zumindest vorübergehend die Spannkraft, die in den frühen Morgenstunden über dem letzten Akt des Stückes zu schwinden begonnen hatte, wieder zurück.

Er beschloss, den Morgen dem Grundstück zu widmen, das er in letzter Zeit reichlich vernachlässigt hatte. Es war notwendig, wieder eine Grundordnung hineinzubringen. Die Bäume mussten geschnitten, die Blumentöpfe vom Freisitz und die Gartenstühle, die noch auf dem laubbedeckten Rasen standen, ins Haus gebracht werden. Der November stand unmittelbar bevor und mit ihm begann, zumindest aus Gartenbesitzers Sicht, die Winterzeit. Später würde er einen ausgiebigen Mittagsschlaf halten und die in der langen Nacht entspeicherten Kraftreserven wieder auffüllen. Und danach schließlich wollte er Franziskas Rat folgen und bei einer Waldwanderung das gestern Besprochene – hier vor allem Franziskas These von den zwei getrennten Fällen – überdenken und auf seine Richtigkeit und Wertigkeit prüfen. Wenn er von seinem Waldgang zurückkam, war es dann auch schon Zeit, in die Seniorenresidenz zur Theaterprobe zu fahren. Ein ausgefüllter Tag, dachte Gerhard und war froh darüber.

Die Mittagsruhe fiel ausgiebiger aus, als er es sich vorgenommen hatte. Volle drei Stunden musste er in tiefem, traumlosem Schlaf der durchwachten Nacht Tribut zollen, und als es ihm schließlich unter äußerster Willensanstrengung gelang aufzustehen, war er so schläfrig und benommen, dass er sich in den nächsten Stunden keines vernünftigen Gedankens für fähig hielt.

Aber schon kurze Zeit später, nach einer warm-kalten Wechseldusche und dem steilen Anstieg von Kirchhosbach hinauf zum Mäuseberg, auf dessen Höhe ihm ein kühler Herbstwind ins Gesicht blies, war alle Müdigkeit aus seinem Körper verschwunden und sein Denken so klar, wie er es sich nur wünschen konnte.

Während des Bergaufgehens war ihm eingefallen, dass er seinen Studienkollegen Helmuth Koch in Amerika anzurufen vergessen hatte. Er nahm sich vor, gleich nach seiner Rückkehr das Gespräch zu führen, vielleicht war ja etwas Neues über den verschwundenen Amerikaner in Erfahrung zu bringen.

Der Weg, auf dem er nun über den Kamm des Bergrückens wanderte, führte durch dichte, halbhohe Fichtenwälder. Nur spärliches Licht fiel durch die dunklen Baumreihen auf den mit Nadeln übersäten Waldboden, über den es sich wohltuend lautlos und mit einem Gefühl liebkosender Nachgiebigkeit gehen ließ.

Seine Gedanken kreisten um das, was Franziska gestern gesagt hatte. Es war etwas dran, dass, wenn man beide Fälle getrennt betrachtete, manches an Ungereimtheiten und Undeutbarkeiten erklärbar und verständlich und einer logischen Betrachtung zugänglich wurde. So fügte sich unter dieser Prämisse auch der Neffe in das Bild ein, das sich von ihm in Gerhard geformt hatte, das Bild eines geltungssüchtigen, labilen Menschen, der mit allen Schlichen hinter den Bildern seiner Tante und dem Geld, das ihm diese einbringen konnten, her war, dem er aber einen Mord zum Erreichen seines Zieles nicht zutraute.

Wenn er also davon ausging, dass Berthold Brandel nichts mit den Todesfällen im Seniorenheim zu tun hatte, erübrigte sich die Frage, wie er in den Besitz des Giftes gekommen war und wie er es trotz seiner urlaubsbedingten Abwesenheit den Opfern hätte applizieren können. Er wollte nichts anderes als die Bilder und hatte sich, als er bei seiner Rückkehr von seinem Segeltörn vom Tod der Tante erfuhr, die Kunstwerke frech und ohne Zögern angeeignet und das Testament, von dem ihn Martha Henkelmann unterrichtet haben mochte, kurzerhand verschwinden lassen. Es wäre also lediglich zu klären, wie er überhaupt von den versteckten Bantzergemälden erfahren hatte und zu beweisen, dass die Bilder wirklich aus dem damaligen Kunstraub in Neustadt stammten. Auch war noch unklar, wie sie letztendlich in Elfriedes Hände oder die ihres Vaters gefallen waren. So einfach stellte sich also das Geschehen um die geheimnisvollen Bilder dar, wenn man es nur getrennt von dem anderen Handlungsstrang, den Todes- oder Mordfällen, betrachtete.

Gerhard beschleunigte seinen Gang, und nahm den nächsten Weg, der wieder hinunter ins Hosbachtal zu seinem Wagen führte. Auch hinter der Todesserie im Altenwohnheim steckte möglicherweise – losgelöst von der Bildergeschichte gesehen – nichts anderes als das, was er zusammen mit Franziska schon einmal abends am Kamin, noch vor Martha Henkelmanns Tod, vermutet hatte: Ein aus enttäuschter Zuneigung entstandener, emotionaler Kontrollverlust der einen Seniorin hatte zwei andere das Leben gekostet. Martha Henkelmann, die ehemalige Apothekerin, hatte Gift in die Medikamentenkapseln ihrer verhassten Mitbewohnerinnen eingefüllt und war später, einfach so und ohne jegliche Verbindung zu ihren Taten, eines natürlichen Todes gestorben.

Als er aus dem Wald heraustrat, unter sich das Dorf liegen sah und auf die noch immer in farbigem Laubwerk leuchtenden

Wälder der gegenüberliegenden Talseite blickte, erfüllte ihn ein Gefühl tiefer Zufriedenheit, wie es ein Wissenschaftler empfinden mochte, der nach vielen Mühen endlich die Lösung eines Problems gefunden hat, auch wenn die Fachwelt – in Gerhards Fall die Polizei – ihm noch die Anerkennung versagte.

Beschwingt und leichten Schrittes ging er an einem Sonnenblumenfeld vorbei, dessen langstielige Pflanzen, aus welchen Gründen auch immer, noch nicht abgeerntet worden waren. Die braunen, längst verblühten Köpfe dienten den Vögeln, die bei Gerhards Annäherung in Schwärmen aufgeflogen waren, als willkommene Nahrung, die ihnen half, den bevorstehenden Winter zu überstehen.

Er sah drei Tauben zu, die unbeeindruckt von seiner Gegenwart zwischen den Stengeln umherliefen und Sonnenblumenkerne vom Boden aufpickten. Berthold Brandel also war ein Dieb, fasste er zusammen, Martha Henkelmann eine Mörderin und Elfriede und Gertrud Vaupel ihre Opfer. So simpel war das Ganze. Er war, wie so oft, der Versuchung auf den Leim gegangen, einfache Sachverhalte zu vertrackten Konstrukten zu kombinieren, anstatt sie in ihrer schlichten Offensichtlichkeit zu sehen, war an sie in einer verschnörkelten Betrachtungsweise herangegangen, die die Dinge kompliziert und nicht gelöst hatten. Redensarten in vielen Sprachen kannten dieses Phänomen und berichteten von dem, der den Wald nicht sah vor lauter Bäumen.

Eine Gedankenassoziation, die Gerhard blitzartig überfiel, veranlasste ihn, in einem Reflex beide Arme anzuheben und einen Ausruf der Überraschung auszustoßen. Erschreckt flatterten die Tauben auf und flogen zum Dorf hinunter. Einige Sekunden vergingen, bis ihm klar wurde, welche Wortverbindung eine Erinnerung in ihm geweckt hatte, eine Erinnerung, die von ihm in den Speichern seines Gehirns abgelegt worden war, ohne in sein Bewusstsein vorgedrungen zu sein.

Das nahe Nebeneinander der Namen Berthold Brandel und Martha Henkelmann, die von ihm soeben in seinem gedanklichen Resümee in unmittelbarer Folge aneinandergereiht worden waren, hatte ihn auffahren lassen und ihm das Empfinden gegeben, dass mit der Kombination dieser Namen sich etwas Gehörtes, Gesehenes oder Erlebtes verband, dem er, obwohl bedeutungsvoll, bisher keine Beachtung geschenkt hatte.

Die Szene auf dem Segelflugplatz tauchte vor seinen Augen auf; er sah das Bild vor sich, als der Neffe in größtem Entsetzen geschrieen hatte: ‚Nein, ich habe Martha Henkelmann nicht getötet.' Eine überschießende, fast panikartige Reaktion auf eine Frage, die Gerhard ihm gestellt hatte. Aber was hatte er ihn nur gefragt? Was hatte ein solches Maß an aufgeschreckter Empörung hervorgerufen?

Gerhard ging langsam weiter, dem Dorf und seinem Auto zu, und versuchte, aus seiner Erinnerung seine damalige Frage zu rekonstruieren. Sie hing mit dem Testament zusammen, soviel wusste er noch. Er hatte die ersten Häuser Kirchhosbachs bereits erreicht, als ihm der Wortlaut des seinerzeit Gefragten einfiel. In provozierender Direktheit hatte er von Berthold Brandel wissen wollen, ob er die Frau, die nach dem Tod der Tante das Testament aufbewahrte, getötet hatte. Aber weder in seiner Frage noch vorher hatte Gerhard davon gesprochen, dass die alte Ostpreußin das Testament Elfriedes in den Händen hatte, und auch ihren Tod hatte er mit keinem Wort erwähnt. Und doch hatte der Neffe sofort gewusst, dass Martha Henkelmann die Verstorbene und die Verwahrerin der letztwilligen Verfügung seiner Tante war.

Als Gerhard den Wagen erreichte, warf er, erhitzt von der Wanderung und dem Gedankengang, der ihn beschäftigte, seine Jacke auf den Rücksitz, stieg aber noch nicht ein. Mit beiden Händen stützte er sich auf den Rahmen der geöffneten Tür und blickte in tiefem Nachdenken in den lebhaften Feldbach, der nach dem Regen des Vortages trübe und wasserreich neben dem Weg, an dessen Rand das Auto stand, dahinfloss.

Er musste sich über die Zeitabläufe klar werden, wenn er der Ursache seines unbestimmten Gefühls, dass etwas nicht stimmte, auf den Grund kommen wollte. Am Sonntagabend, an dem Tag, an dem er bei Albert und Alois in Schrecksbach war, hatte man Martha Henkelmann tot aufgefunden. Als Zeitpunkt ihres Todes war der Nachmittag angenommen worden. Am Dienstag schließlich hatte Berthold Brandel bei seiner Begegnung mit Gerhard auf dem Segelfluggelände offenbart, dass er vom Tod der Seniorin und dem Testament Elfriedes Kenntnis hatte. Was also passte nicht zusammen? Welche Faktoren waren es, die bei Gerhard das Empfinden nährten, dass die zeitlichen Abläufe, so wie sie sich aus Brandels Reden darstellten, nicht mit den wirklichen übereinstimmten?

Gerhard schloss die Autotür und ging die wenigen Schritte zum Ufer des Baches. Aus einem Büschel trockenen Grases, das er ausgerupft hatte, warf er die Halme einzeln in die kleinen, schäumenden Kaskaden, die sich gebildet hatten, und sah ihnen nach, bis sie im nächsten Strudel verschwanden. Das gleichförmige Sprudeln und Glucksen des Wassers half ihm, seine Gedanken ganz auf die kürzliche Begegnung auf dem Flugplatz zu fokussieren und das dort Gesagte mit dem zeitlichen Ablauf, den er sich gerade selbst zusammengestellt hatte, in Einklang zu bringen.

‚Ich habe Martha Henkelmann nicht getötet' hatte Berthold Brandel ausgerufen. Am Sonntag war die Seniorin gestorben, am Montag der Neffe im Altenwohnheim gewesen und hatte Möbel und Bilder mitgenommen. Dort musste er dann erfahren haben, dass Martha Henkelmann tot war. Also war sein Wissen von ihrem Ableben, das er am Dienstag Gerhard gegenüber zu erkennen gegeben hatte, etwas durchaus Normales, Erklärliches und nichts Ungewöhnliches, geschweige denn Verdächtiges. Dennoch nagte in Gerhard eine Ahnung, ja fast schon eine Gewissheit, dass Berthold Brandel eine Äußerung, die er dort oben auf dem Dornberg gemacht hatte, nicht hätte machen können, ohne Kenntnisse zu besitzen, die er unter den gegebenen Umständen gar nicht haben konnte. Es musste eine andere Bemerkung Brandels sein, die Gerhard aufgestoßen war, und sie musste, das hatte er von Anfang an gespürt, das Testament betreffen.

Ein Bussard zog über dem Bachtal seine Kreise und stieß von Zeit zu Zeit schrille Schreie in den Nachmittagshimmel. Gerhard sah auf und verfolgte das elegante Gleiten des Raubvogels, der sich vom Aufwind am nördlichen Talrand immer wieder emportragen ließ.

Das Wissen vom Tod Martha Henkelmanns, das der Neffe ohne weiteres haben konnte, ja sogar haben musste, war es also nicht, das Gerhard alarmiert hatte. Wie aber stand es mit der Kenntnis, die er vom Testament der Tante und von seinem Aufenthaltsort in der Nachttischschublade hatte? Die einzige Möglichkeit war, dass Martha Henkelmann ihm davon erzählt hatte. Das aber bedeutete, durchfuhr es Gerhard, dass Berthold Brandel die Seniorin noch lebend, also vor Sonntagnachmittag, gesehen und gesprochen haben musste.

Er erhob sich und atmete tief durch, als er den Gedanken konsequent weiterspann und diese Begegnung mit dem Verschwinden des Testaments und dem Tod der alten Dame verknüpfte. Ein fröstelndes Schauern lief ihm über den Rücken, als er in sein Auto einstieg. Er würde schnellstmöglich noch einmal mit dem Neffen sprechen und ihm noch unbequemere Fragen als kürzlich auf dem Dornberg stellen müssen, und er war gespannt, wie er sich diesmal herauswinden würde. Er schaute auf die Uhr. Es war zu spät, um Brandel noch in der Firma anzutreffen. Er mochte jetzt, wer weiß wo, stecken und seinen Hobbys nachgehen. Gleich morgen früh wollte Gerhard mit ihm in Verbindung treten und ihn mit dem neuen Verdacht und dem Sachverhalt, der ihm soeben klargeworden war, konfrontieren.

Ihm blieb, als er nach Oberhone zurückgekehrt war, nur noch wenig Zeit bis zum Aufbruch in die Seniorenresidenz, wo die Theater-AG der Präsentation seines Schauspielentwurfes entgegenharrte. Zeit genug noch, um das Gespräch mit Illinois zu führen, wo es, er rechnete schnell die Zeitverschiebung aus, gerade Mittag sein würde.

Wider Erwarten fand er mühelos die Nummer seines Studienkollegen, der, wie er verwundert feststellte, sich habilitiert hatte und als Prof. Dr. Dr. an der University of Illinois in Springfield forschte. Gerhard, der eigentlich damit rechnete, dass sich die Klinikzentrale meldete und ihn mit Professor Koch verbinden würde, hatte sich schon gegen den unverständlichen amerikanischen Mittelstaatenakzent, in dem man ihn höchstwahrscheinlich nach seinem Begehren fragen würde, durch gedankliche Zurechtlegung einer englischen Antwort – für den Fall, dass er nichts verstehen sollte – gewappnet. Er war deshalb überrascht, als er, wenn auch mit der verwaschenen und genuschelten Aussprache, die US-Staatlern eigen ist, die Stimme seines Freundes aus feuchtfröhlichen, schönen Studentenzeiten erkannte.

»Helmuth, bist du's?«, fragte er trotzdem sicherheitshalber und gab sich selbst zu erkennen.

»In deed, Heiner«, wälzte der Professor in offensichtlich freudigem Erstaunen den Schlusskonsonanten des Namens zwischen Gaumen und Zunge, wobei es Gerhard erstmalig aufging, wie sehr ein mittelhessisch gerolltes R einem illinoisischen ähnelte. »Nice, dich to hear nach so long time«, gelang es ihm nur mit Mühe, wieder in seine Muttersprache hineinzufinden. Nach dem Austausch einiger alter Erinnerungen und Kurzberichten ihrer jetzigen Lebenssituationen – wobei Gerhard erfuhr, dass sein alter Kommilitone inzwischen eine Amerikanerin geheiratet hatte, Vater dreier Kinder war und gar nicht daran dachte, nach Deutschland zurückzukehren – und nach dem langsamen Wiederauftauchen des rheinischen Heimatdialektes, den Helmuth Koch früher in so unnachahmlich charmanter Weise zu sprechen pflegte, erklärte Gerhard, weshalb er anrief.

»So, du willst wissen, ob und was dieser Kevin Klinger bei seinen Nachforschungen in Deutschland herausgefunden hat. Ob er weiß, was aus seinem am Kriegsende verschwundenen Vater geworden ist und ob der überhaupt noch lebt«, fasste der Professor die von Gerhard in Kürze geschilderten Ereignisse und die sich daraus ergebende Fragestellung zusammen. »Okay, ich werde am besten gleich versuchen, Verbindung mit Jacksonville aufzunehmen. Ich rufe dich danach an und berichte.« Gerhard beendete, nachdem er dem Freund seine Telefonnummer gegeben hatte, das transatlantische Gespräch. Er verneigte sich vor der telekommunikativen Meisterleistung, über diese Entfernung so prompt und klar eine Verbindung mit dem anderen Kontinent zustande bekommen zu haben, eine Leistung, die ihm auch jetzt noch bei aller Gewöhnung an satellitengestützte Telefonvermittlung vollen Respekt abforderte, und bereitete sich auf sein Rendezvous mit den theaterbegeisterten Senioren, die ihn wahrscheinlich schon erwarteten und seinem Erscheinen entgegenfieberten, vor.

21

Mit einem Heftordner unter dem Arm, in dem er sein Schauspielkonzept aufbewahrte, betrat Gerhard die Auffahrt zur Seniorenresidenz und ging eiligen Schrittes die leichte Steigung zum Haupthaus hinauf. Durch das Telefonat mit seinem Studienkollegen Helmuth Koch in Illinois hatte er sich fünf Minuten über den angesetzten Probenbeginn hinaus verspätet. Er musste darauf bedacht sein, wollte er in seiner ihm angetragenen Funktion als Regisseur ein gewisses Maß an Disziplin, worunter auch pünktliches Erscheinen fiel, fordern, dass er bei der Einhaltung einer vorgegebenen Ordnung mit gutem Beispiel voranging.

Als er nun quer durch die Eingangshalle auf die Cafeteria zusteuerte, noch überlegend, ob er eine Entschuldigung für seine Verspätung vorbringen sollte oder sein Zuspätkommen einfach übergehen und auf sich beruhen lassen sollte, klang ihm ein mit fröhlicher Inbrunst gesungenes Chorlied aus der halboffen stehenden Tür entgegen. »Jetzt kommen die lustigen

Tage« erscholl es aus zahlreichen Frauenkehlen, deren dünne Stimmen sich unter erheblichen Anstrengungen bemühten, die Melodie zu halten, während die wenigen männlichen Sänger, die er heraushörte, darauf bedacht waren, eine Bassbegleitung in wohlklingenden Terzen darunter zu legen, was ihnen allerdings oft genug misslang.

Gerhard wartete vor der Tür, bis der Seniorenchor schlussendlich mit Hingabe verkündete: »So bleib ich bei dir auf ewige Treu«, dann erst betrat er, beifällig klatschend, die Cafeteria. Christa Degenhard ließ die Arme, die sie in Dirigierhaltung erhoben gehalten hatte, mit einem freudigen Aufseufzen sinken.

»Herr Gerhard, schön, dass Sie da sind«, strahlte sie und kam ihm entgegen, um ihn zu begrüßen. Die leuchtenden Augenpaare der Senioren, die ihn unter grauem und weißem Haar erwartungsvoll anblickten, gaben ihm die Gewissheit, dass er keine Entschuldigung brauchen würde und sich auch keine Gedanken über die Disziplin dieser Schauspieltruppe machen musste, die sich sichtlich auf die Theaterprobe und auf die kommenden lustigen Tage, die sie gerade besungen hatte, freute. Er war sich sicher, dass sie auch ohne den finalen Treueschwur bis zum Schluss mit begeisterter Hingabe bei der gemeinsamen Theatersache sein würde.

»Das Stück?«, fragte die Heimleiterin und deutete mit erwartungsvollem Lächeln auf die Mappe, die Gerhard noch immer unter den Arm geklemmt hatte.

»Nein, nur das Konzept des Stückes«, klärte er auf. »Ehe ich die Endfassung schreibe, müssen wir uns einig werden, ob Stoff und Rollen zusagen. Und vor allem, ob sie auch realisierbar sind.«

Christa Degenhard wies ihm einen Platz am Kopfende der langen Tafel zu, die aus zusammengestellten Kaffeetischen gebildet worden war und an der die Senioren Platz genommen hatten. Sie setzte sich neben Gerhard und gab ihm mit einer Handbewegung und einem auffordernden Blick zu verstehen, dass er, der Regisseur und Verfasser ihres Stückes, jetzt die Probenleitung übernehmen sollte.

Mit einiger Umständlichkeit holte Gerhard die Blätter, die er in der vergangenen Nacht geschrieben hatte, aus dem Hefter und breitete sie vor sich aus. Er war im Zweifel, wie sein Plan aufgenommen würde, ein Stück zu präsentieren, das alle spielwilligen Personen der Theater-AG einband und ihnen die Möglichkeit gab, sich auf der Bühne darzustellen, ohne sie dabei in puncto Textmenge und schauspielerischem Anspruch zu überfordern.

»Bei der Suche nach einem geeigneten Stoff«, begann er, nachdem er die Anwesenden begrüßt und seiner Freude, mit ihnen zusammenarbeiten zu können, Ausdruck verliehen hatte, »habe ich mich an eine Aufführung aus meiner Schulzeit erinnert. Was mir davon vor allem im Gedächtnis geblieben ist, sind die lebendigen, personenaufwändigen Szenen des damaligen Stückes. Wir hatten unsere liebe Mühe, genügend Schauspieler zu finden, um alle Rollen besetzen zu können. Außerdem habe ich noch die farbenprächtigen Bilder der Ausstattung und der Kostüme dieser Aufführung vor Augen, die dem Ganzen ein exotisches Flair und eine zauberhafte Optik gaben – eine dankbare Aufgabe, ja geradezu eine Herausforderung für unsere Kostümschneiderinnen und Bühnenbildner«, schmeichelte er den Senioren, die sich zur Übernahme dieser Tätigkeiten bereit erklärt hatten, nicht ohne den Hintergedanken, sie damit abzuhalten von eventuellen späteren schauspielerischen Ambitionen, die zu einer weiteren Aufblähung der jetzt schon übergroßen Zahl an Akteuren führen konnten.

»Dieses Stück, oder vielmehr der Stoff, nach dem es geschrieben war, würde genau zu dem vielköpfigen Schauspielerensemble und den zahlreichen geschickten und qualifizierten Helfern unserer Theater-AG passen«, bereitete er das Terrain vor und sah sich um.

So mussten Zuschauer eines Kriminalfilms kurz vor der Entlarvung des Mörders aussehen, dachte er, als er in die gespannten Seniorengesichter schaute und erkannte, dass dies der richtige Augenblick war, das Geheimnis um den Inhalt des Theaterstücks zu lüften.

»Wenn wir ein solches Ausstattungsstück in Angriff nehmen, steht weniger der gesprochene Text und auch nicht die Handlungsdramatik, sondern vielmehr die Wirkung, die von einem opulenten Bühnenbild ausgeht, und die Schaffung eines farbenfrohen Kolorits, in diesem Fall eines südländisch exotischen im Vordergrund«, machte Gerhard noch ein letztes Mal seine Schauspielidee schmackhaft, ehe er verkündete: »Und deshalb habe ich den Stoff der berühmten Oper »Carmen« entlehnt, habe die leidenschaftliche Geschichte der rassigen Titelheldin, die den Männern reihenweise den Kopf verdreht, ausgewählt und daraus ein dreiaktiges Theaterstück mit einem Vorspiel konzipiert. Ich bin sicher, dass dieses Stück seine Wirkung nicht zuletzt aufgrund der heißblütigen Lebensart und der südländischen Atmosphäre auf die Zuschauer entfalten wird.«

Wie um zu demonstrieren, dass seine Ausführungen nicht nur bloßen Gedankenspielen entsprangen, sondern bereits in geschriebenen Sätzen und Formulierungen entworfen und dokumentiert waren, hielt Gerhard die zwölf Seiten seines Konzeptes hoch und schwenkte sie, wie der Priester das rauchende Weihrauchgefäß, vor den Augen der etwas ratlos dreinschauenden Senioren hin und her, so als wolle er den Geist dieses Papiers durch die Bewegungen auf seine Zuhörer übertragen.

Ein leises Tuscheln erhob sich unter den alten Herrschaften, ondulierte Frauen- und kahle Männerköpfe neigten sich hinüber zu den Sitznachbarn und erörterten flüsternd das soeben Gehörte. Es war augenscheinlich, dass nahezu alle verblüfft über die Auswahl des Sujets ihres Stückes waren. Der Jahreszeit entsprechend, in der die Aufführung stattfinden sollte, hatten sie eher einen Winter- oder Märchenstoff als Grundlage ihres Theaterstücks erwartet und nicht, wie von Gerhard vorgetragen, ein Drama voller Leidenschaften, das im sonnigen Andalusien spielte.

Aber schon nach kurzem war die Überraschung, die der

Vorschlag ausgelöst hatte, überwunden und machte zunächst zögerlich zustimmenden, dann begeisterten Reaktionen Platz, und schon bald schwirrten die ersten Rollenvorstellungen durch die Luft: »Ich mache den Soldaten – ich war lange beim Militär«, verkündete der kahlköpfigste der beiden Geringbehaarten mit Befehlsstimme. »Ich könnte die Carmen versuchen – das Verführerische, ich glaube, das läge mir«, bot sich die kleine Frau, die so gerne eine Verwerfliche hatte spielen wollen, an und strich sich die imaginierte schwarze Haarpracht der exotischen Schönheit aus der Stirn. »Der Stierkämpfer«, pries sich der andere, kleinwüchsige, männliche Mime unter Herausstrecken seines nicht unerheblichen Bauches an, erhob sich von seinem Stuhl, wobei er die linke Hand in Napoleonpose unter den dicken Wollpullover schob und gab sich der Begutachtung preis.

Jetzt war es Zeit für Gerhard, die offenkundige Begeisterung, die das anfängliche Erstaunen nun völlig verdrängt hatte, zu kanalisieren und in die richtigen, von ihm gewünschten Bahnen zu lenken.

»Es ist wichtig, dass alle Rollen mit Personen besetzt werden, die vom Typ her dem Charakter des oder der Dargestellten entsprechen. So sollten zum Beispiel sowohl Carmen als auch Escamillo, der Stierkämpfer, schlanke und große Schauspieler sein, um wirklich glaubhaft zu wirken«, begegnete er, die Erwartungen dämpfend, den soeben geäußerten Rollenwünschen und bewirkte, dass sich der kleine, beleibte Stierkämpfer, der noch immer in vermeintlicher Toreropose dagestanden hatte, mit einem Seufzer wieder hinsetzte.

»Die schwierigsten Rollen«, köderte Gerhard das Seniorenensemble weiter »sind die stummen, die keinen Text zu sagen haben, denen es gelingen muss, das Publikum alleine mit der Ausdruckskraft der Mimik und Bewegungen in ihren Bann zu ziehen. So sind es zum Beispiel in unserem Stück die Capeadores, die Bandarilleros und die Picadores, die dem Stierkampf, der im letzten Akt im Zentrum des Geschehens steht, sein Gewicht und seine Prägung geben. Da ist natürlich auch der Stier, sind die kartenlesenden Zigeunerinnen, die Schmuggler, die den Szenen Farbe und Vitalität verleihen.« Mit einem Enthusiasmus, in den er sich von Satz zu Satz mehr hineinsteigerte, trug Gerhard nun den vielschichtigen Inhalt seines Carmenschauspiels vor, beleuchtete jede einzelne der genau vorbedachten vierzehn agierenden Personen, nicht ohne jeder eine besondere Bedeutung und Wichtigkeit zuzusprechen, und erreichte schließlich, dass für alle Rollen eine den Umständen entsprechende, befriedigende Besetzung gefunden wurde.

Lediglich bei der Rollenvergabe der Titelfigur, der glutäugigen Carmen, gab es Schwierigkeiten. Sämtliche Bewerber, die sich zunächst begeistert für diese Paraderolle gemeldet hatten, machten nach Inaugenscheinnahme des umfangreichen Textes, den sie auswendig lernen mussten, einen Rückzieher. Schließlich kam nach einigen Augenblicken der Ratlosigkeit der Vorschlag aus den Reihen der Senioren, die Heimleiterin, die von ihrer Erscheinung her dem Bild der schönen Carmen so vollendet entsprach und der es bei ihrem aus Seniorensicht jugendlichen Alter nicht schwer fallen sollte, den Text in die noch unverbrauchten Hirnzellen aufzunehmen, mit der Rolle der Carmen zu betrauen. Gerhard, Feuer und Flamme für diesen Vorschlag, hatte sofort zugestimmt und lediglich bedauert, dass er nicht Escamillo, der Matador, oder doch zumindest José sein durfte, die das Glück oder – wie es das Stück vermittelte – das Unglück hatten, sich im Dunstkreis dieser betörenden Frau aufhalten zu dürfen.

Christa Degenhard war es dann, die den Einwand, den Gerhard schon längst erwartet hatte, machte. »Ein wunderbarer Stoff, zweifellos, und mit exakt vierzehn Rollen, eine so wichtig wie die andere, wie geschaffen für unsere Gruppe«, sie zwinkerte ihm unter einem wissenden Lächeln zu, um dann mit skeptisch hochgezogenen Augenbrauen zu fragen: »Aber passt denn so ein Stück zu einer Weihnachtsfeier? Ein Stoff so ganz ohne Verbindung zum Heiligen Fest?«

»Aber ja doch«, zerstreute er ihre Bedenken »ich habe mir darüber natürlich auch Gedanken gemacht. Ich habe eine Lösung gefunden, wie die farbenfrohe, südländische Geschichte in einem weihnachtlichen Rahmen präsentiert werden kann.«

In den Folgeminuten setzte er den gebannt Zuhörenden seine Idee auseinander, erzählte von den Einschüben, die er vor und nach der Carmenhandlung vorzunehmen gedachte und die den weihnachtlichen Bezug herstellen sollten. Als er schließlich mit dem Versprechen, zur nächsten Probe das fertige Stück mitzubringen, die Zusammenkunft der Theater-AG beendete, waren sowohl er als auch die schauspielernden Senioren von dem Feuer einer gemeinsamen Aufgabe und der Überzeugung, auf einen großen Theaterabend zuzusteuern, ergriffen und durchdrungen.

Christa Degenhard drückte Gerhard in der ihr eigenen und ihm gefälligen Art ihren Enthusiasmus aus, indem sie seine Hände in die ihren nahm und ehrfürchtig vor der Größe des Bevorstehenden erschauerte.

»Die Carmen – ich darf die Carmen spielen«, hauchte sie und sah ihn an, als wolle sie die Kraft ihrer Verführungskunst schon einmal an ihm ausprobieren.

Gerhard war froh, dass er sich in eine praktische Frage flüchten konnte. »Frau Degenhard«, wollte er, als der letzte Heimbewohner die Cafeteria verlassen hatte, von ihr wissen, »können Sie sich noch daran erinnern, wann Elfriedes Neffe, dieser Berthold Brandel, zum ersten Mal nach dem Tod seiner Tante hier aufgekreuzt ist?«

»Warten Sie«, sagte sie und strich sich in einer Geste des Nachdenkens mit der rechten Hand über die Stirn, »es war jetzt am Montag, dem Tag nach dem Tod Martha Henkelmanns, als er mich in meinem Büro aufsuchte. Er sei gerade von seiner Urlaubsreise zurückgekehrt und habe erst jetzt von Elfriedes Ableben gehört. Er bat um Auskünfte, unter welchen Umständen seine Tante verstorben war. Aber ich hatte den Eindruck, dass ihn das nicht wirklich interessierte. Seine Anteilnahme war eher gespielt. Sehr schnell kam er nämlich auf das Erbe zu sprechen, das ihm als dem nächsten Verwandten nun zufiel, da Elfriede ja kein anderslautendes Testament gemacht hatte. Er bat, schon einige Sachen mitnehmen zu dürfen. Dagegen hatte ich nichts einzuwenden, denn wir brauchten das Zimmer ja dringend leerstehend zur Weitervermietung.«

»Wäre es denn möglich, dass er schon am Sonntag in der Wohnung der Tante gewesen war?«

»Dazu kann ich nichts sagen, denn ich war am Sonntag nicht im Heim«, bedauerte Christa Degenhard. »Ich kann mir auch schwer vorstellen, dass, sollte er da gewesen sein, sich jemand daran erinnert. Der Publikumsandrang ist sonntags meist sehr groß; Söhne, Töchter und Enkel besuchen die alten Leute an diesem Tag, es ist ein ständiges Kommen und Gehen. – Auch ist sonntags der Rezeptionsbereich nicht besetzt. Es gibt also niemanden, der Auskunft geben könnte, ob der Neffe an diesem Tag im Haus war oder nicht. – Wozu müssen Sie das wissen, wenn ich fragen darf?«

»Mich verwundert einfach nur, dass er sich erst so spät bei Ihnen meldete«, redete Gerhard sich heraus. »Er soll angeblich schon am Freitag von seiner Reise zurückgekehrt sein«, erfand er schnell und hoffte, damit ihre Wissbegier befriedigt zu haben.

»Mich erstaunt das nicht – ich sagte Ihnen ja schon, dass seine Anteilnahme am Schicksal der Tante minimal oder besser noch überhaupt nicht vorhanden war. – Außerdem, wie hätte er hineinkommen sollen in Elfriedes Appartement, er hatte keinen Schlüssel dafür. Am Sonntag hätte ihm auch keiner aufschließen können, denn sowohl die Rezeption als auch mein Büro waren unbesetzt.«

Es sein denn, Martha Henkelmann hatte, noch lebend natürlich, ihn hereingelassen, dachte Gerhard. Er behielt diesen Gedanken für sich und verabschiedete sich von der Heimleiterin, die ihm beim Hinausbegleiten ein um das andere Mal versicherte, wie glücklich sie sei, die Carmen verkörpern zu dürfen und wie sehr sie dem kommenden Donnerstag, dem Tag der nächsten Theaterprobe und dem Inempfangnehmen des Rollentextes entgegenfieberte.

Noch bevor er beim Eintritt in sein Haus in Oberhone das Licht im Flur anmachen konnte, nahm er durch die offenstehende Tür des Arbeitszimmers das Blinken des Telefonbeantworters wahr. Neugierig, wer ihn zu so später Stunde angerufen haben konnte, hörte er die Gesprächsaufzeichnung ab. Es war Helmuth Koch, der ihn, ignorierend, dass es in Europa schon fortgeschrittener Abend war, um einen Rückruf bat.

Gerhard zog sich die Jacke aus, entledigte sich seiner Schuhe und schlüpfte in die bereitstehenden Pantoffel. Aus dem Kühlschrank angelte er sich ein Bier, goss den Halbliterkrug, den er irgendwann einmal aus Bayern mitgebracht hatte, voll und suchte die Nummer in Springfield heraus.

Diesmal gelang es ihm erst beim dritten Wählen, mit Illinois und dem Freund früherer Tage eine Verbindung zu bekommen.

»Ich habe schon mehrfach versucht, dich zu erreichen«, hielt ihm Helmuth Koch vor, »wo steckst du den ganzen Tag?«

»Abend, wolltest du sagen, hier in Deutschland ist der Tag längst vorbei«, belehrte ihn Gerhard und beantwortete dann seine Frage: »Ich war im Altenheim, zum Stierkampf und bei Carmen.«

Die wenigen Sekunden des Schweigens am transatlantischen Ende der Leitung waren beredtes Zeugnis des Gedankengangs des Professors. Gerhard beeilte sich, einer Bemerkung des Freundes zuvorzukommen und berichtete von dem Theaterprojekt in der Seniorenresidenz. »Und als ich jetzt nach Hause zurückkomme«, schloss er, »finde ich deine Rückrufbitte auf dem Anrufbeantworter. Bist du etwa schon fündig geworden in Jacksonville?«

»Ja und nein, ganz, wie man's nimmt.« Das Aufzischen eines Streichholzes und das saugende, ziehende Geräusch, das aus dem fernen Amerika an sein Ohr drang, ließen Gerhard vermuten, dass sich Helmuth Koch soeben eine Pfeife angezündet hatte.

»Ich habe bei den Klingers angerufen, deren Nummer zu erfahren eine Leichtigkeit war«, fuhr der Professor fort. »Ein William Klinger war am Apparat, der Sohn dieses Kevin Klinger, von dem du mir erzählt hast. Der, der die Recherchen nach dem Verbleib des verschollenen Vaters irgendwo in der Schwalm – ich habe den Namen des Kaffs vergessen – angestellt hat. Ich habe ihn dann, so wie du es mir aufgetragen hast, nach dem Ergebnis dieser Nachforschungen gefragt.« Gerhard hörte das Paffen des Rauchers, das vor seinem Auge das vertraute Bild seines Studienfreundes, so wie er ihn in Erinnerung hatte, mit im Mundwinkel hängender Pfeife Rauchwölkchen in die Luft blasend, auftauchen ließ.

»Und?«, wollte Gerhard wissen, »was hat Kevin Klinger herausgefunden?«

»Das weiß kein Mensch, nicht einmal sein Sohn.«

»Aber er wird doch dem eigenen Sohn erzählt haben, was er über das Schicksal seines Vaters, der ja schließlich der Großvater dieses William ist, in Erfahrung gebracht hat.«

»Nein, hat er nicht – konnte er auch nicht, denn Kevin Klinger ist von seiner Europareise, die er im Jahr 1989 angetreten hat, bis heute nicht zurückgekehrt.«

»Wie, von einer über fünfzehn Jahre zurückliegenden Reise nicht zurückgekehrt?«, wunderte sich Gerhard und spürte augenblicklich eine Spannung, die sich wie ein Reif um seinen Brustkorb legte. »Wie ist das möglich?«

Helmuth Koch berichtete, was ihm der Sohn und Enkel der beiden verschwundenen Klingers erzählt hatte: Über den am Kriegsende verschwundenen Soldaten Jerome, den Großvater, hatte die Familie nichts weiter erfahren; er war und blieb bis heute verschollen und die Familie nahm an, dass er, nachdem er sich mit den entwendeten Bildern auf und davon gemacht hatte, in den Nachkriegswirren doch noch irgendwo ums Leben gekommen war.

Über Kevin Klinger und dessen Verschwinden wusste William nur soviel zu berichten, dass sein Vater sich, gerade geschieden, hochverschuldet und von der Ermittlungsbehörde wegen Steuerbetrugs angeklagt, 1989 aus dem Staub gemacht und die Familie mit allen Problemen zurückgelassen hatte. William Klinger nahm, ohne es sicher zu wissen, an, dass er sich damals nach Europa abgesetzt hat, da er schon vorher Reiseabsichten in dieser Richtung geäußert hatte. Die Familie hatte seinem Verschwinden in keiner Weise nachgetrauert und auch keine weiteren Nachforschungen bezüglich seines Aufenthaltsortes angestellt. Sie war froh, dass er aus ihrem Leben verschwunden war und nahm allgemein an, dass Kevin Klinger, wahrscheinlich unter einem anderen Namen, eine neue Existenz gegründet und irgendwo in Europa unerkannt, vielleicht erneut verheiratet, lebte.

»Hast du dich, wie ich gebeten hatte, nach den Bildern erkundigt?«, fragte Gerhard.

»Ja, habe ich. William Klinger behauptet, in seinem Haus lediglich Poster und Plakate an die Wände gepinnt zu haben. Gemälde will er nie besessen und auch zu seines Vaters Zeiten nie im Haus gesehen haben.« Wieder zwei, drei kräftige Züge aus der Pfeife und das geräuschvolle Ausstoßen des Rauchs. »Mehr habe ich nicht erfahren können und ich glaube, mehr gab es auch nicht zu erfahren. Dieser William Klinger scheint wirklich nur über die wenigen Informationen bezüglich des Schicksals seines Vaters und Großvaters zu verfügen, die ich dir gerade berichtet habe. Wenigstens das weißt du jetzt.«

»Danke, Helmuth, für deine Erkundigungen und dass du meiner Bitte so prompt nachgekommen bist«, sagte Gerhard und beendete nach einer kurzen, abschließenden Plauderei das Gespräch mit seinem alten Freund.

Die Hände nachdenklich auf der Platte des Schreibtischs aufgestützt blieb er im Halbdunkel des Arbeitszimmers sitzen und verarbeitete das soeben Gehörte. Zum zweiten Mal innerhalb kurzer Zeit war es die Duplizität eines Ereignisses, die ihn aufmerken und stutzig werden ließ und die in ihm den Verdacht weckte, dass diese Wiederholungen nicht dem Zufall entsprangen, sondern eine gemeinsame Wurzel, einen gleichen Grund und einen identischen Verursacher hatten. So wie der Tod der beiden befreundeten Seniorinnen, Elfriede und Gertrud, der unter so ähnlichen Umständen und Zeitabläufen eingetreten war, in ihm sofort den gefühlsmäßigen Argwohn geweckt hatte, dass etwas nicht mit rechten Dingen zuging, so ließ ihn auch jetzt das spurlose Verschwinden von Vater und Sohn, die beide zuletzt in Schrecksbach gesehen worden waren, aufhorchen und hellhörig werden. Die Befürchtung keimte in ihm auf, dass die angenommenen Erklärungen, Jerome habe mit den gestohlenen Bildern Reißaus genommen und Kevin sei vor der Strafverfolgung der Steuerfahndung geflohen, an einer Realität, wie sie schrecklicher kaum ausdenkbar war, weit vorbeigingen. Eine ungeheure Ahnung befiel ihn und ließ ihn entsetzt aufstöhnen. Was, wenn er Recht hätte?

Er musste Gewissheit haben. Mit solch einem Verdacht im Herzen konnte man nicht so einfach zur Tagesordnung übergehen. Morgen würde er nicht nur mit Berthold Brandel sprechen, sondern auch nach Schrecksbach und vor allem nach Holzburg fahren müssen, wollte er herausfinden, was damals wirklich auf der Losemühle geschehen war. Er musste der Wahrheit, wie ungeheuer sie auch sein mochte, nachspüren, musste den bedrückenden Verdacht in ihm entweder ausräumen oder, was er befürchtete, erhärten und bestätigen, erst dann würde er Ruhe geben und auch selbst, so hoffte er, zur Ruhe kommen.

22

Pünktlich mit dem kalendarischen Novemberbeginn hatten die Herbststürme eingesetzt. Der laut Wetterbericht in Böen sogar Orkanstärke annehmende Starkwind, der aus Westen kam und sich über dem Atlantik mit gewaltigen Energien vollgesogen hatte, die er nun auf dem Kontinent entlud, rüttelte mit solcher Kraft am Wagen, dass Gerhard das Steuer mit beiden Händen fest umklammern musste, um eine gerade Spur auf der Straße halten zu können. Mit prasselndem Geräusch prallte der vom Sturm vor sich hergetriebene Regen gegen die Seitenfenster und die Scheibenwischer hatten alle Mühe, die Wassermengen, die noch von der aufspritzende Nässe der vorausfahrenden und entgegenkommenden Fahrzeuge vermehrt wurden, zu bewältigen.

Gerhard fuhr unmittelbar vor das Hauptportal der Sontraer Firma, in der Berthold Brandel als Prokurist arbeitete, parkte das Auto seitlich der Treppe, die zu dem Verwaltungsgebäude hinaufführte und eilte im Laufschritt durch den Regen die wenigen Stufen zum Eingang empor. Er durchschritt eine große, protzige Glastür, die offensichtlich in der Absicht, Besucher zu beeindrucken, installiert worden war, und betrat die Vorhalle. In einer Glaskabine saß eine junge Frau, die, als er auf sie zutrat, ihm mit einem warmen Lächeln entgegen sah. »Kann ich Ihnen helfen?«, fragte sie nach einem freundlichem Gruß.

»Ich bin mit Herrn Brandel verabredet«, schwindelte Gerhard und spürte, wie schwer es ihm fiel, diesem lieben Blick mit einer Lüge zu begegnen. Aber es blieb ihm keine andere Wahl, es war absolut unumgänglich, den Prokuristen zu überraschen, ohne ihm vorher die Möglichkeit zu geben, sich auf seine Fragen vorzubereiten. Schon einmal, auf dem Flugplatz, war diese Taktik erfolgreich gewesen und hatte den Neffen so aus dem Gleichgewicht gebracht, dass er sich zu aufschlussreichen Gefühlsausbrüchen hatte verleiten lassen.

»Sie kennen sich aus?« Ihr Lächeln verriet, dass sie, falls nicht, ihm gerne den Weg zu Herrn Brandels Büro beschreiben wollte; und so erhielt Gerhard, als er die Frage verneinte, die detaillierte Auskunft, wo sich die Verwaltungsräume befanden und wie man dorthin gelangen konnte.

Die dicken Teppichbodenbeläge auf den Fluren dämpften jeden Schritt bis zur Lautlosigkeit und gaben Gerhard das Gefühl, sich in der Absicht vollkommener Überrumplung regelrecht anzuschleichen, als er sich jetzt dem Prokuristenbüro im ersten Stockwerk des Hauses näherte. Auf dem Türschild waren der Name des Neffen und seine Firmenfunktion, sonst aber keine weiteren Personen aufgeführt, was Gerhard die Hoffnung gab, ihn alleine ohne eine Sekretärin oder eine andere Bürokraft anzutreffen. Das Gespräch, das er vor sich hatte, war zwingender- und erfolgsversprechenderweise unter vier Augen zu führen. Vor einem Zeugen würde sich Brandel kaum eine Blöße geben und sich offenbaren. Auch war sich Gerhard bewusst, dass die Fragen oder auch Vermutungen, die er vorzubringen gedachte, den Tatbestand von Unterstellungen und Anschuldigungen erfüllten. Es war deshalb auch in seinem eigenen Interesse, bei seinen Vorhaltungen, die großenteils noch unbewiesen waren, keine Augenzeugen und Zuhörer dabei zu haben.

Ohne anzuklopfen betrat er mit einer energischen Bewegung das Büro. Als er sah, dass sich der Prokurist tatsächlich alleine an seinem Schreibtisch sitzend im Raum befand, schloß er schnell die Tür hinter sich.

Ein sichtbarer Schreck durchfuhr Berthold Brandel, als er Gerhard erblickte. »Sie«, rief er aus und konnte die hochgradige Erregung, die sein Erscheinen in ihm ausgelöst hatte, nicht verbergen. »Sie«, wiederholte er und gab sein Entsetzen zu erkennen, dass nun das eingetroffen war, was er insgeheim befürchtet hatte. Normalerweise hätte der Neffe, so wie er in seinem maßgeschneiderten Anzug, den akkurat gescheitelten Haaren und dem gebräunten Hautteint auf seinem Schreibtischsessel saß, eine attraktive und repräsentative Führungskraft dargestellt. Jetzt aber gab er mit den angstvoll aufgerissenen Augen, dem halbgeöffneten Mund und den zitternden Händen, die er in einem Versuch, ihr Beben zu verbergen, übereinander gelegt hatte, ein Bild des Jammers und der Schutzlosigkeit ab.

Gerhard, von einem plötzlichen mitleidigen Empfinden erfasst, hätte in diesem Moment am liebsten seinen überfallartigen Besuch abgebrochen. Dann aber machte er sich bewusst, dass, wenn er den Augenblick der Überraschung ungenutzt vergehen ließ, er vielleicht nie wieder die Möglichkeit erhielt, Licht in die Umstände des Todes Martha Henkelmanns zu bringen.

»Herr Brandel«, sprach er den Neffen an und zwang sich, mit strengem Blick auf ihn hinunter zu sehen, »die Fragen, die ich Ihnen auf dem Segelfluggelände gestellt habe, sind noch immer unbeantwortet: Wo ist das Testament? Wo sind die Bilder? Dazu gesellt sich heute noch ein schwerwiegender Verdacht, den ich Ihnen nicht vorenthalten möchte. Er basiert auf Aussagen von Zeugen, die Sie am Sonntagnachmittag in der Seniorenresidenz gesehen haben«, bluffte Gerhard.

»Was faseln Sie da für einen Unsinn!« protestierte Brandel. Sein Oberkörper, der bei Gerhards unverhofftem Erscheinen schlaff und spannungslos in sich zusammengefallen war, richtete sich trotzig auf.

»Sie haben«, Gerhard spann das Vermutete weiter, »am Appartement Ihrer verstorbenen Tante geläutet und wurden von Martha Henkelmann, die Sie ja von früheren Besuchen her kannte, eingelassen. Bis hierhin richtig?«

Berthold Brandel starrte ihn wort- und regungslos an, das Flackern seiner Augen verriet jedoch seine innere Bewegung. Gerhard fuhr unbeirrt fort. »Sie haben der alten Frau von der Absicht erzählt, die Bilder im Zimmer der Tante sofort mitzunehmen. Daraufhin wird sie Ihnen von der letztwilligen Verfügung, die Sie vom Erbe der Bilder ausschließt, erzählt, sie womöglich hervorgeholt und sie Ihnen unter die Nase gehalten haben. Ihnen muss in diesem Moment klar geworden sein, dass nur die Vernichtung des Testaments und die Beseitigung der aus Ihrer Sicht einzigen Zeugin – die andere, die ihre Unterschrift unter den letzten Willen gesetzt hatte, Gertrud Vaupel, war ja schon tot – Ihnen zu dem wertvollen und heißersehnten Erbe verhelfen konnte.«

Er machte eine Pause, nur ein, zwei Sekunden, um dann seine Worte um so wirkungsvoller und vernichtender auf den von Entsetzen gepackten Mann niedersausen zu lassen. »Also haben Sie das Testament an sich genommen und Martha Henkelmann ermordet.« Gerhard hielt die Luft an. Dies war ein entscheidender Augenblick. Eine schweigende Spannung hing im Raum.

»Ich habe niemanden ermordet«, stieß Brandel plötzlich hervor und sprang auf. Sein Blick wirkte nun entschlossen. »Eines rate ich Ihnen«, drohend schob er sich hinter seinem Schreibtisch hervor und kam langsam auf Gerhard zu, »mischen Sie sich nicht in Sachen, die Sie nichts angehen. Und jetzt verschwinden Sie augenblicklich aus meinem Büro!«

Gerhard, obwohl etwas aus der Fassung gebracht, ließ nicht locker: »Haben Sie das Testament verschwinden lassen? Und die Bilder, haben Sie die inzwischen schon weggeschafft und verkauft?«.

»Und selbst wenn?« Brandel quälte sich zu einem Lachen. »Die sind längst in Sicherheit. Weit weg, außer Reichweite Ihrer Schnüffeleien.« Der Neffe legte nun wieder sein arrogant überhebliches Gehabe an den Tag wie bei ihrer ersten Begegnung auf dem Flughafen. »Ich rate Ihnen wirklich, lassen Sie mich in Ruhe«, zischte er. »Ich habe Freunde, mit denen ist nicht zu spaßen!« Ganz offensichtlich hatte er seine anfängliche Bestürzung überwunden und gewann immer mehr Oberwasser.

Gerhard schaute den Prokuristen erstaunt an. Soviel Zivilcourage, soviel Selbstbehauptung hatte er ihm nicht zugetraut. Er musste sich eingestehen, den Neffen unterschätzt zu haben. Er war von der irrigen Vermutung ausgegangen, dass Brandel unter der Wucht und Brisanz der Anschuldigungen zusammenbrechen und ein Schuldeingeständnis ablegen würde. Er hatte nicht damit gerechnet, soviel Widerstand entgegen gesetzt zu bekommen. Jetzt aber hatte er seine Trümpfe ausgespielt, hatte gegenüber Brandel alles offenbart, was er vermutete, ohne das Geringste erreicht zu haben. Im Gegenteil, dem Neffen musste nun klar sein, dass er nichts, aber auch gar nichts von seinen Behauptungen belegen und beweisen konnte.

Als hätte er seine Gedanken lesen können, schaute Brandel ihn mit einem festen, trotzigen Blick an. Gerhard wußte, hier würde er nichts mehr erfahren, die Gelegenheit der Überraschung war vertan, sein Überrumpelungsversuch fehlgeschlagen. Wortlos drehte er sich um und strebte der Tür zu. Als er sich vor dem Hinaustreten noch einmal umdrehte, war er erstaunt, als er Brandels Blick, dem nun jede Häme fehlte, begegnete. Denn das, was er nun in seinen Augen lesen konnte, war die blanke Angst.

„Hauen Sie ab!“ forderte ihn der Neffe schroff auf, doch seine Worte waren einer Bitte ähnlicher als einer Drohung.

23

Draußen stürmte und regnete es unverändert. Nicht gerade das ideale Wetter, dachte Gerhard, um mit Franziska einen Ausflug in die Schwalm zu unternehmen. Gestern Abend noch, im Anschluss an sein Gespräch mit Helmuth Koch in Illinois, hatte er Franziska angerufen, um ihr mitzuteilen, dass er heute nach der Unterredung mit Brandel zu weiteren Recherchen in die Schwalm zu fahren beabsichtigte.

»Oh ja, eine Fahrt in die alte Heimat, schön«, hatte sie sich begeistert, »ein Wiedersehen mit Alsfeld, ich freue mich darauf.«

»Wie?«, hatte er verwundert gefragt, »willst du mitkommen? Hast du denn keine Verpflichtungen in Göttingen?«

»Ich hatte, aber die fallen buchstäblich ins Wasser. Die Ausstellungshallen, in denen ich einen Stand angemietet habe, stehen nach den ergiebigen Regenfällen und dem Ansteigen des Leinepegels so unter Wasser, dass die geplante Reisemesse ausfallen muss. Also habe ich morgen Zeit und Lust, mit dir ins Oberhessische zu fahren.«

Sie hatten verabredet, sich am späten Vormittag in Oberhone zu treffen, um von dort gemeinsam zunächst nach Schrecksbach zu fahren, wo Gerhard seine Erkundigungen und Nachforschungen durchführen wollte, und später dann weiter nach Alsfeld, wo sie nach einem nostalgischen, Erinnerungen auffrischenden Kneipenbummel in einem Hotel zu übernachten planten.

Franziska stand, eingemummelt in eine dick gefütterte Regenjacke, auf dem Freisitz und sah ihm entgegen, als er auf den Hof fuhr. »Ich bin bereit«, rief sie ihm fröhlich zu, während er ausstieg und durch den Regen dem Haus zusprintete. Ihr blondes Haar flatterte wie eine Fahne im Wind, als sie ihn mit einer im wahrsten Sinn des Wortes stürmischen Umarmung empfing.

»Gemach, gemach«, dämpfte Gerhard die Unternehmungslust seiner Frau. »Lass mich erst ein paar Sachen zusammenpacken, denn schließlich haben wir ja vor, in Alsfeld eine gemeinsame Nacht zu verbringen.«

»Wie aufregend«, erschauerte Franziska und folgte ihm ins Haus.

Als sie kurze Zeit später im Auto saßen und durch das hessische Bergland auf Melsungen zufuhren, hatte sich der Sturm und Regen, der an diesem ersten Novembertag über Deutschland hinwegzog, zu einem wahren Unwetter ausgewachsen. Bäume waren von den starken Windböen abgeknickt und entwurzelt worden, Äste lagen auf den Straßen und bildeten Hindernisse, die höchste Aufmerksamkeit beim Fahren erforderten. Das Tosen und Heulen des Sturms, das Platschen und Prasseln des Wassers gegen das Wagenblech erzeugten selbst im Autoinnern einen solchen Lärm, dass eine Unterhaltung nahezu unmöglich war.

Kurzzeitig überlegte Gerhard, ob er umkehren und bessere Wetterbedingungen abwarten sollte. Franziska war es, die mit dem Satz »du willst doch nicht etwa vor dem bisschen Wetter kapitulieren« an seiner maskulinen Ehre kratzte und ihm die Entscheidung zum Weiterfahren regelrecht in den Mund legte. »Natürlich setzen wir unsere Fahrt fort«, verkündete er mit Heldenpathos, »wer wird denn vor so einem Windchen und den paar Regentropfen den Schwanz einziehen.« Dabei streckte er die Faust gegen den düsteren Himmel, als wollte er den Elementen, die von dort oben die Erde bedrängten, drohen; aber schon die nächste Bö, die das Auto hin- und herschlingern ließ, zwang ihn, das Lenkrad wieder mit beiden Händen zu umfassen.

In Ziegenhain, das sie gegen Mittag erreichten, machten sie vor einem Gasthof halt und kehrten ein. Sie setzten sich an einen Fenstertisch und bestellten Kaffee, Currywurst und Pommes Frites.

Hier endlich in der warmen und ruhigen Gaststube, in der das Brausen des Sturmes nur wie ein fernes Rauschen des Meeres hinter dem Deich an ihr Ohr drang, kam Gerhard dazu, Franziska von seiner Begegnung mit Berthold Brandel, die so anders verlaufen war, als er es sich vorgestellt hatte, zu erzählen.

Eine Weile aßen sie schweigend und genossen die Stille des Raums. »Wie willst du jetzt weiter vorgehen«, fragte Franziska und schob sich zwei Pommesfritesstäbchen mit den Fingern in den Mund.

»Zunächst will ich nach Schrecksbach fahren«, skizzierte Gerhard sein Vorhaben. »Dort in der Losemühle laufen die Fäden der alten Geschichte zusammen. Vielleicht erhalte ich von Georg Diehl, dem Eigentümer, den ich bei meinem letzten Besuch nicht angetroffen habe, einige nützliche Informationen. Anschließend will ich in Holzburg bei Carsten Lippmann vorstellig werden. Ich werde ihm ein paar Fragen stellen und ihm meine Vermutungen, die ich allerdings als Tatsachen hinstellen werde, ins Gesicht sagen. Aus seinen Antworten und Reaktionen ergibt sich dann das Weitere.« Nachdenklich spießte er ein Stück Wurst auf die Gabel. »Das wird ein haariges Gespräch, denn wenn mich nicht alles täuscht, werde ich einem Mörder gegenüber stehen, dem ich meinen Verdacht auf den Kopf zusagen werde.« Gerhard führte die Gabel zum Mund und kratzte sich, während er kaute, besorgt das Kinn.

»Das, was du vorhast, ist nicht ungefährlich, Heinrich«, gab Franziska zu bedenken. »So, wie du mir Carsten Lippmann geschildert hast, ist bei einem solchen Mann die Anwendung von

Gewalt nicht auszuschließen. Solltest du nicht doch besser die Polizei einschalten?«

»Um mich noch einmal auslachen zu lassen, wenn meine Vermutungen und Konstruktionen sich als falsch erweisen?« Er winkte ab. »Nein, wenn ich das nächste Mal bei Charly und Gunter aufkreuze, werde ich Fakten und nicht nur Ahnungen und Verdächtigungen in der Hand haben.«

Eine halbe Stunde später erreichten sie Schrecksbach. Gerhard bog von der Hauptstraße ab und fuhr hinunter ins Wohngebiet, vorbei an der Gaststätte Schäfer, in der, wie er Franziska erklärte, sein Schrecksbacher Abenteuer, wie er es nannte, seinen Anfang genommen hatte. Als sie das Haus Albert Weitzels passierten, zeigte er zu den schmucklosen Fenstern empor, die nicht im entferntesten erahnen ließen, welche mobiliare Pracht sich hinter ihnen verbarg, und verkündete nicht ohne Stolz: »Dort im ersten Stock haben wir der »Feurigen Helene« den Garaus gemacht.« Während sie weiter durch das verregnete, menschenleere Dorf fuhren, überließ Franziska Heinrich seinen Erinnerungen an die Männerrunde des vergangenen Sonntags.

Der Sturm zerrte und zog an den Ästen der Pflaumen- und Apfelbäume, die zwischen dem Hauptgebäude der Mühle und dem Gartenhäuschen schutzlos seiner Gewalt ausgesetzt waren, entriss ihnen die letzten, schon welken Blätter und trieb sie in Wirbeln vor sich her. Das glänzende Hofpflaster, auf dem sie den Wagen abstellten, spiegelte nur matt das wenige Licht, das die dichte Wolkendecke durchließ. Selbst der altersschwache Hund, der Gerhard bei seinem ersten Besuch winselnd begrüßt hatte, war, gemäß der sprichwörtlichen Maxime, dass bei einem solchen Wetter nicht einmal ein Hund vor die Tür zu jagen sei, nirgendwo zu sehen und höchstwahrscheinlich im Stall oder im Haus untergekrochen.

Die Begrüßung durch Irmgard Diehl war herzlich. »Herr Gerhard«, rief sie in freudigem Erkennen, als sie die Tür öffnete, »das ist aber schön, dass Sie noch einmal vorbeischauen. Kommen Sie herein«, bat sie und ging einen Schritt zur Seite, um ihre Besucher eintreten zu lassen. »Bei so einem Sauwetter können Sie bestimmt einen heißen Kaffee vertragen.«

Gerhard stellte, während sie ihre Jacken an der Flurgarderobe aufhängten, Franziska vor und fragte nach Georg Diehl. In ihrer sympathisch verzweifelten Gestik, die immer dann sichtbar wurde, wenn sie unglücklich darüber war, jemandem nicht helfen zu können, breitete Irmgard Diehl die Arme aus und bedauerte: »Sie haben aber ein Pech, Herr Gerhard, mein Mann ist noch nicht von der Arbeit zurück. In gut einer Stunde rechne ich aber mit ihm. Haben Sie soviel Zeit, auf ihn zu warten?«

»Aber natürlich, die Zeit nehmen wir uns einfach. – Das heißt«, er legte überlegend den Zeigefinger an die Nasenspitze, »ich könnte in dieser Stunde auch die Sache erledigen, die ich in Holzburg noch vorhabe.« Er schaute Franziska fragend an.

»Jetzt kommen Sie erst einmal herein«, forderte die Hausherrin auf und ging ins Wohnzimmer voran. »Ich hatte gerade frischen Kaffee aufgesetzt; das ist immer meine Zeit, in der ich einen Wachmacher brauche.«

Die folgende Viertelstunde verbrachte Gerhard in einer angenehmen Gelöstheit, die der behagliche Raum, der das draußen wütende Unwetter ausschloss, der wärmende Kaffee und das kuschelige Umhülltsein von Kissen und Polstern in einem weichen Sessel in ihm hervorriefen. Er spürte, wie die Spannung, die das durch die Wetterkapriolen erschwerte und äußerste Konzentration erfordernde Autofahren und auch der bevorstehende Besuch in Holzburg in ihm aufgebaut hatten, von ihm abfiel und einem Gefühl langsamer Relaxation Platz machte.

Am Gespräch nahm er kaum teil. Beide Frauen hatten sich, obwohl aus so unterschiedlichen Lebensbereichen herstammend, viel zu sagen und viel zu fragen. Immer wieder begegnete Gerhard dieser urweiblichen Eigenart, schnell, unkompliziert und ungezwungen Kontakt aufzunehmen, die ihm im gleichen Maße wie sie ihn verblüffte Bewunderung abforderte. Es war unvorstellbar, dass sich schon fünf Minuten nach dem Kennenlernen zwei Männer – noch nicht einmal dann, wenn sie gemeinsame Interessen wie das Fußballspiel oder die Modelleisenbahn hatten – so lebhaft vergnügt und miteinander lachend unterhielten, wie es die beiden Frauen, die ihre Sessel eng zueinander gerückt hatten, jetzt taten. Es war offensichtlich, dass sich Franziska, die gesellschaftsgewandte und Irmgard, die bodenständige, gut verstanden.

So verwunderte es Gerhard nicht, dass, als er aufstand und ankündigte, nach Holzburg fahren zu wollen, Franziska keine großen Anstalten machte, ihn zu begleiten. Anstandshalber fragte sie: »Wenn du mich unbedingt dabeihaben willst...«, aber sie war erleichtert, als Gerhard ihr klarmachte, dass er alleine mit Lippmann sprechen müsse, da dieser nur ohne Zeugen zu einer unbedachten Enthüllung verleitet werden konnte.

Wieder einmal war Gerhard froh, sein Handy dabeizuhaben. Von Irmgard Diehl ließ er sich die Nummer der Losemühle geben und programmierte sie so in sein Mobiltelefon ein, dass er nur noch die Starttaste drücken musste, um eine Verbindung herzustellen. »Falls ich Hilfe brauche«, sagte er, als er zur Tür ging.

»Sei vorsichtig«, rief ihm Franziska zu und sah ihm nach, als er mit aufgestelltem Kragen in den stürmischen, dunklen Tag hinaustrat. Die Wolken hingen so tief, dass sie die Gipfel der umgebenden Berge einhüllten. Holzburg, sein Ziel, das er letzthin noch so nah und klar von hier aus am jenseitigen Flusshang hatte liegen sehen, war in der Regenwand, die unvermindert vom Himmel fiel, nicht auszumachen.

Gerhard fuhr zurück nach Schrecksbach und überquerte dort auf einer schmalen Brücke die Schwalm. Die starken Niederschläge hatten den kleinen Fluss in einen reißenden Wasserlauf verwandelt, dessen Fluten bis nahe an die Obergrenze der Ufer reichten. Gerhard, der auf der Brücke angehalten hatte, sah allerlei Gegenstände, Plastiktüten und Reifen ebenso wie Baumstämme, Äste und Grasinseln, die von dem trüben Strom mitgerissen worden waren, in schneller Fahrt flussabwärts treiben. Es konnte nicht mehr lange dauern, bis der Fluss über die Ufer treten und die umliegenden Wiesen überschwemmen würde.

Ein mulmiges Gefühl beschlich Gerhard, als er Holzburg vor sich auftauchen sah. Die Unbefangenheit seines Besuchs am Montag, als er das Dorf zum ersten Mal betreten hatte, war heute, da er wusste, was auf ihn zukam, wie weggeblasen. Jetzt, nachdem er seinen Gesprächspartner kennen gelernt hatte und um seine Gefährlichkeit wusste, konnte er sich ausmalen, was ihn bei der Brisanz der Anschuldigungen, mit denen er Lippmann konfrontieren wollte, erwartete.

Als er in die steil zur Kirche emporführende Straße einbog, kam ihm das Wasser des Berges in mehreren lehmigen Bächen, die dem Straßenverlauf folgten, entgegen. Mülltonnen, die der Sturm umgeworfen hatte, lagen am Rande der Fahrbahn, kein Mensch war bei diesem Wetter im Freien zu sehen.

Gerhard stellte den Wagen unmittelbar vor dem Aufgang zu dem großen Wohnhaus Lippmanns ab und stieg aus. Der Regen schlug ihm entgegen und brannte wie Nadelstiche auf dem Gesicht. Erst, als er in den Windschatten des Gebäudes gelangte, war es ihm möglich, die Augen, die er zum Schutz vor den peitschenden Tropfen halb geschlossen hatte, wieder zu öffnen.

Carsten Lippmann musste seine Ankunft durch ein Fenster beobachtet haben, denn noch bevor Gerhard auf den Klingelknopf drücken konnte, öffnete sich die Eingangstür und gab den Blick frei auf die wuchtige Gestalt des Hausherrn, der in ihrem Rahmen stand. Aber es war nicht der riesige Körper, der Gerhard erschreckt zusammenfahren und einen schnellen Schritt zur Seite machen ließ. Es war das Gewehr, das Lippmann in den Händen hielt und unmissverständlich auf ihn gerichtet hatte. Unwillkürlich griff Gerhard nach dem Handy in der Jackentasche und legte seinen Zeigefinger auf die Starttaste, ohne jedoch darauf zu drücken.

»Was wollen Sie nun schon wieder!«, schrie der Hüne und stieß ihm die Waffe entgegen. »Habe ich Ihnen nicht gesagt, Sie sollen mich in Ruhe lassen.«

Gerhard, der am liebsten seinem Urinstinkt davon zu laufen gefolgt wäre, zwang sich, seiner Haltung Standhaftigkeit und seiner Stimme Festigkeit zu geben. »Ich suche Sie in einer ernsten, todernsten Angelegenheit auf.« Er gab seinen Worten eine bedeutungsvolle Schwere. »Seit unserem letzten Gespräch sind ein paar Tage vergangen, in denen ich einiges herausgefunden habe.«

»Zum Beispiel?«

»So weiß ich, dass die beiden dem Raub in Neustadt am Kriegsende entstammenden Bantzerbilder aus Elfriede Weinrichs Nachlass seit heute hier bei Ihnen im Haus sind.«

Unwillkürlich drehte Lippmann sich um und schaute hinter sich, dorthin, wo er die Gemälde offensichtlich aufbewahrte. Gerhard sah seine Vermutungen bestätigt, die Kunstwerke waren in Holzburg angekommen.

Das Lachen Lippmanns war unsicher und gekünstelt, als er auffuhr: »Was soll der Quatsch. Schon wieder unterstellen Sie mir, mit gestohlenen Bildern zu tun zu haben.«

»Nicht nur das«, Gerhard wunderte sich über seine Kühnheit, die ihn sogar einen Schritt dem Gewehr, dessen Lauf noch immer auf seinen Bauch zeigte, entgegentreten ließ, »ich behaupte außerdem, dass Sie am Verschwinden des Amerikaners Kevin Klinger, der hier in den achtziger Jahren Nachforschungen über das Schicksal seines Vaters angestellt hat, beteiligt waren, ihn sogar, wie ich annehme, ermordet haben.«

In das Schweigen der beiden Männer, die sich nach dieser schweren Anschuldigung in stummer Herausforderung ansahen, war das Prasseln des Regens auf das Vordach, unter dem sie standen, überlaut zu hören. Lippmann hatte, die Waffe krampfhaft umklammernd, den gekrümmten Zeigefinger in drohender Geste auf den Abzug gelegt und ließ an dem rhythmischen Anspannen der Kaumuskulatur erkennen, dass er mit sich rang. Dann aber senkte er überraschend den Lauf des Gewehres und nahm den Finger vom Abzugsbügel. Hasserfüllt trat er auf Gerhard zu, stieß ihm die Faust in die Rippen und befahl: »Weiter

– und nicht nur Beschuldigungen, sondern Beweise für das, was Sie soeben behauptet haben.«

Beim Zurücktreten hob er die Waffe wieder soweit an, dass sie auf die Brust seines Gegenübers zeigte. »Los, reden Sie!«

Gerhard wusste, dass er jetzt – auch wenn es ihm im Angesicht eines auf den Körper gerichteten Gewehrlaufes erheblichen Mut und größte Überwindung kostete – den Ablauf der damaligen Ereignisse, so wie er sie rekonstruiert hatte, vor Lippmann darstellen musste, wollte er ihn zum Reden und Reagieren bringen. Sich der Gefährlichkeit dieses Augenblicks bewusst, zog er das Handy aus der Tasche. »Ein Knopfdruck und ich bin verbunden«, warnte er den Hünen, der zunächst überrascht auf die Hand mit dem kleinen, glänzenden Gerät blickte.

»Und Sie glauben, Sie kommen noch zum Drücken, wenn ich schieße?« Er lachte bösartig und beschrieb mit der Waffe in einer auffordernden Bewegung einen Kreis vor seinem Gesicht. »Los jetzt, sprechen Sie!«

Gerhard hielt das Handy, trotz der nicht von der Hand zu weisenden Darlegung seiner Nutzlosigkeit im Falle eines gezielten Schusses, weiter wie einen Rettungsring umklammert – dann begann er mit den Geschehnissen am Kriegsende:

»Franz Lippmann, Ihr Vater, und sein Malerfreund Hermann Weinrich sind seinerzeit, 1945, in den Besitz von wertvollen Gemälden bekannter Schwälmer Künstler gelangt. Diese Bilder stammen – das ist erwiesen, ich habe die offizielle Auflistung der Sammlung gesehen –«, log Gerhard, »aus dem Bestand des Möbelfabrikanten Holzheimer in Neustadt, aus dessen Villa sie von zwei Amerikanern gestohlen worden waren. Mir war die ganze Zeit unklar, wie die Gemälde aus den Händen der Amerikaner in den Besitz Ihres Vaters und Weinrichs gelangt sein konnten. Ich habe zunächst angenommen, dass ein Teil der geraubten Bilder ihnen anteilig für Dienste, die sie den amerikanischen Soldaten beim Stehlen, Abtransportieren oder Verstecken der Bilder geleistet haben mochten, überlassen worden waren. Gestört hat mich bei dieser Annahme jedoch die Tatsache, dass die Amerikaner ausgerechnet die kostbarsten Werke, die beiden Bantzergemälde, verschenkt haben sollten. Nein, das war zu unwahrscheinlich; auch ein einfacher GI musste bei der Größe der Bilder und ihrer wahrscheinlich exponierten Aufhängung in der geplünderten Villa – ganz abgesehen von ihrer ins Auge springenden Schönheit – erkennen, dass diese Objekte von besonderem Wert waren. Wie aber anders waren die Kunstwerke in die Hände der Maler gelangt?«

Gerhard sah, dass Lippmann ihm gebannt zuhörte und stellte mit Erleichterung fest, dass er das Gewehr mit dem Kolben auf den Boden gestellt hatte und nur locker am Lauf festhielt.

»Und?«, fragte er ungeduldig, als er bemerkte, dass Gerhard ihn anblickte.

»Als ich diese Frage dann noch einmal von einer anderen Seite beleuchtete, fielen mir die Antwort und die Lösung sofort ins Auge: Ihr Vater und Weinrich hatten die Bilder nicht, wie ich zuerst vermutete, von den Amerikanern als Geschenk oder Bezahlung bekommen, sondern viel einfacher, sie hatten sie ihnen abgenommen, hatten die geraubten Bilder durch erneuten Diebstahl in ihren Besitz gebracht.«

Gerhard, jetzt der direkten Bedrohung durch die Waffe nicht mehr ausgesetzt, fuhr mit sicherer gewordener Stimme fort: »Ich stelle mir vor, dass so oder so ähnlich die Geschichte sich damals abgespielt hat: Zwei Amerikaner stehlen Bilder und verbergen sie an einer geheimnisvollen Stelle in der Mühle, in der sie am Kriegsende einquartiert sind. An dem Tag, an dem unter mysteriösen Umständen der amerikanische Soldat verschwand, malten nachweislich Weinrich und Lippmann im Atelier Ihres Vaters. Die Amerikaner waren bis auf einen GI – es war einer der beiden, die den Bilderraub ausgeführt hatten – zu einer Patrouillenfahrt aufgebrochen. Jerome Klinger, so hieß der zurückgebliebene Soldat, hat das Alleinsein genutzt, um sich die gestohlenen Gemälde noch einmal anzusehen. Dabei wurde er von den Malern beobachtet oder überrascht. Es wird sich heute nach so langer Zeit nicht mehr klären lassen, was seinerzeit genau passierte, ob es ein Handgemenge gab, in dessen Verlauf der Amerikaner getötet wurde oder ob er von den Malern gezielt ermordet wurde. Klar ist jedenfalls, dass er zu Tode kam und von den Künstlern in ihrer Angst, die zurückkehrenden Kameraden könnten die Tat entdecken und sie zur Rechenschaft ziehen, beseitigt und verborgen, wahrscheinlich vergraben wurde. Das Bilderversteck räumten sie aus, nahmen die Kunstwerke an sich und versteckten sie an einem anderen, nur ihnen bekannten Ort. Als die Militärpolizei später dann die Version von dem unauffindbaren Soldaten, der sich mit den wertvollen Bildern auf und davon gemacht hatte, verbreitete, waren die beiden Künstler aus dem Schneider und außerhalb jeglichen Verdachts, weil man an eine andere Möglichkeit, wie Soldat und Bilder verschwunden sein könnten, gar nicht dachte.«

»Sie haben vielleicht eine Fantasie«, schnaubte Lippmann und spielte den Überlegenen, obwohl ihm die Furcht unverkennbar ins Gesicht geschrieben stand. Es war zu deutlich, um nicht bemerkt zu werden, dass er die Geschichte seines Vaters, so wie Gerhard sie ihm soeben vorgetragen hatte, kannte. Seiner angstvollen Haltung und dem fehlenden Protest gegen Gerhards Ausführungen war zu entnehmen, dass sie im Großen und Ganzen stimmen mussten.

»Ja, und«, brauste er auf, »selbst, wenn's so wäre, wie Sie sagen – mein Vater ist längst tot und Hermann Weinrich auch. Es hat weder Zweck noch zieht es irgendwelche Konsequenzen nach sich, wenn man das Vergangene heute wieder aufrollt. Und, vor allem, was habe ich mit dieser alten Sache zu tun? Ich sagte Ihnen schon einmal, ich war damals noch ein Kind.«

»Diese alte Sache, wie Sie es nennen, bildet nur die Basis und Grundlage zum Verständnis Ihrer eigenen Verfehlungen«, begegnete ihm Gerhard mit einer kühlen Sachlichkeit, die ihn selbst, angesichts der nicht ungefährlichen Situation, in der er sich befand, überraschte.

»Und die wären?«, höhnte Lippmann herausfordernd in dem Versuch, seine aufkommende Panik zu überspielen.

»Da wäre zuerst der wissentliche Verkauf von Diebesgut. Ich nehme an, dass der hier demonstrierte Reichtum« – Gerhard deutete mit beiden Armen auf die frisch verputzte Fassade des herrschaftlichen Hauses, »zum großen Teil aus dieser Quelle stammt. Vielleicht hat Ihr Vater ja, ähnlich wie es Hermann Weinrich tat, einen Teil der von den Amerikanern übernommenen Bilder zur eigenen Freude, möglicherweise auch in einer Art Besitzerstolz, behalten und nicht verkauft. Nach seinem Tod fielen die Kunstwerke Ihnen als Erbe zu. Obwohl Sie wussten, dass sie gestohlen waren, haben Sie sie dann in der Kunstszene veräußert und zu Geld gemacht.«

»Erfundenes Geschwafel eines Möchtegerndetektivs«, spottete Lippmann und nahm das Gewehr wieder in beide Hände.

»Zugegebenermaßen noch unbewiesene Vermutung«, räumte Gerhard ein, »aber ich bin sicher, dass die Polizei, wenn sie die Herkunft des Geldes überprüft, mit dem dieses Haus instand gesetzt wurde, meine Darstellung bestätigen wird.«

Auch ohne ein verbales Eingeständnis war augenscheinlich, das Gerhard mit seinen Mutmaßungen ins Schwarze getroffen hatte. Ein kurzes Zittern durchlief die imposante Gestalt Carsten Lippmanns, der kurz davor war, seine Fassung zu verlieren.

»Was sonst noch?«, presste er in dem angestrengten Bestreben sich zu beherrschen hervor. »Was haben Sie mir sonst noch vorzuwerfen?«

Obwohl er sich darüber im Klaren war, dass er mit dem, was er nun noch zu sagen hatte, Gefahr lief, den Funken, der das Pulverfass zur Explosion bringen konnte, zu entzünden, war Gerhard entschlossen, den einmal eingeschlagenen Weg weiterzugehen.

»Ich werfe Ihnen vor, den Amerikaner Kevin Klinger, der 1989 hier in die Gegend gekommen war, um sich nach seinem verschollenen Vater zu erkundigen, getötet zu haben, so wie Ihr Vater damals dessen Vater zum Schweigen gebracht hat. Möglicherweise war er der Wahrheit zu nahe gekommen, hatte, ähnlich wie ich jetzt, das frühere Geschehen auf der Mühle rekonstruieren können. Er wird Sie mit seinem Wissen um die gestohlenen Bilder und die Umstände um den Tod seines Vaters konfrontiert, vielleicht auch erpresst haben. Jedenfalls war er Ihnen im Weg, seine Kenntnisse waren für Sie gefährlich geworden. Ihr ganzer erworbener Wohlstand hing davon ab, dass das Geheimnis der Bilder, die die Quelle Ihres Reichtums waren, gewahrt blieb. Deshalb musste Kevin Klinger sterben.«

Das Zittern hatte nun den ganzen Körper des Riesen ergriffen, er konnte und wollte seine Wut, seine Erregung, seine Fassungslosigkeit nicht länger zurückhalten.

»Sie Schwachkopf«, keuchte er, »nicht den Hauch eines Beweises haben Sie für Ihre Fantastereien.«

»Sie haben Recht, noch nicht. Ich weiß weder, wie Sie seinen Tod bewerkstelligt haben, noch, was mit dem Toten dann geschehen ist. Aber ich werde, wenn mich nicht alles täuscht, schon bald einen stichhaltigen Beweis vorliegen haben.«

»Sie bluffen doch nur, welchen Beweis haben Sie schon?« Die pure Angst lauerte hinter der forsch vorgetragenen Frage.

Gerhard sah Lippmann an und bemerkte mit Genugtuung, dass dieser seinem Blick auswich. Mit aufreizender Ruhe gab er die Antwort:

»Die Leiche des Soldaten, oder vielmehr das Skelett, das noch von ihr übrig ist, den Ihr Vater – vielleicht zusammen mit Weinrich – auf dem Gewissen hat, das wird mein Beweis sein. Der Leichnam muss im Bereich der Mühle vergraben oder versteckt sein, denn die Maler dürften kaum die Gelegenheit gehabt haben, ihn fortzuschaffen, da jeden Augenblick die Patrouille zurückkommen konnte. Also verbargen sie ihn in der Mühle oder in ihrer unmittelbaren Umgebung. – Es sollte mich nicht wundern, wenn dort auch die andere Leiche zu finden ist.«

Aus der Reaktion, die sein Gegenüber zeigte, wurde Gerhard augenblicklich klar, dass er mit seinem Schuss ins Blaue mitten in das Zentrum der Wahrheit getroffen hatte. Mit einem Aufschrei riss Lippmann das Gewehr an die Schulter, drückte es an die Wange und schrie am ganzen Körper bebend über den Lauf hinweg: »Verschwinden Sie! Ich zähle bis zehn, wenn Sie dann noch auf meinem Grund und Boden sind, lege ich Sie um!«

Gerhard drohten die Beine nachzugeben, als er sich in erzwungener Ruhe umdrehte und, ohne nochmals zurückzusehen, langsam über den gepflasterten Weg auf sein Auto zuging. Er ließ nichts sichtbar werden von der Todesangst, die das Gewehr in seinem Rücken in ihm auslöste und seinen Körper vibrieren machte, nichts von dem rasenden Jagen des Herzens und der Leere, die sich in seinem Kopf auszubreiten begann und ihn befürchten ließ, jeden Moment ohnmächtig zu werden.

Erst als er in seinem Wagen saß und mit einem Blick zum Haus feststellte, dass Carsten Lippmann verschwunden und die Eingangstür geschlossen war, brach sich die aufgestaute Erregung und Anspannung Bahn. Von Krämpfen und einem nicht beherrschbaren Schütteln erfasst, hielt er sich am Lenkrad fest, unfähig den Wagen zu starten und wegzufahren. Das Pfeifen und Heulen des Sturmes, der um nichts nachgelassen hatte, und das trommelnde Schlagen der Wassertropfen auf das Autodach empfand er in diesen Augenblicken der Wehrlosigkeit als eine zusätzliche Bedrohung, der er sich zu entziehen versuchte, indem er die Augen schloss und die Hände auf die Ohren presste.

Als er schließlich, nur wenige Minuten später, die Dorfstraße hinunterrollte, war das Zittern in ihm und die Erregung soweit abgeebbt, dass ihm seine Hände und Füße wieder gehorchten und er den Wagen, ohne sich oder andere zu gefährden, steuern konnte. Die Anspannung hatte nachgelassen und war einem Gefühl grenzenloser Erleichterung gewichen. Er machte sich Vorwürfe wegen des Leichtsinns, mit dem er sich in die brenzlige Lage gebracht hatte. Die Gefahr, die von einem mit dem Rücken an die Wand gedrängten Menschen ausgehen kann, hatte er leichtfertig ignoriert, hatte sogar, vielleicht in einem Gefühl der momentanen Stärke und Überlegenheit, den schon an der Wand stehenden Mann immer weiter in die Enge gedrängt und die kitzlige Situation, die ihn leicht auch das Leben hätte kosten können, selbst heraufbeschworen.

Als er zur Losemühle zurückkehrte und das Haus betrat, fand er die Frauen noch immer in angeregtem Gespräch, inzwischen nebeneinander auf dem Sofa sitzend und in einem Fotoalbum blätternd. Auf dem Wohnzimmertisch stand ein Kuchen, den die Hausfrau aufgebacken oder aufgetaut haben mochte. Das Angebot zuzugreifen, lehnte Gerhard ab, ihm war jetzt nicht nach Essen zumute.

Georg war, zu Irmgards großem Bedauern, noch nicht von der Arbeit zurück und auf Franziskas Frage, wie das Gespräch mit Lippmann verlaufen sei, antwortete er ausweichend: Ja, er habe die Auskünfte, die er gefordert habe, bekommen. Jetzt sei ihm einiges klarer als noch vor der Unterredung. Das Bedrohliche der Begegnung verschwieg er, ihm war im Moment nicht daran gelegen, die Bilder der gerade glücklich überstandenen, gefährlichen Konfrontation noch einmal hervorzuholen.

»Ich möchte mich, bis Ihr Mann kommt, gerne draußen noch ein bisschen umsehen«, wandte sich Gerhard an Irmgard Diehl.

»Selbstverständlich, aber bei diesem Wetter…«

»Ich habe eine Jacke mit einer Kapuze, die schützt mich«, sagte er und ging zur Tür. Franziska, die die Anspannung spürte, unter der er sich noch immer befand, stand auf und folgte ihm in den Flur. – »Ist alles in Ordnung?«, fragte sie und fasste seine Hand.

»Ja, Franziska, es ist nichts«, beruhigte er sie, »ich brauche nur ein bisschen Ruhe und frische Luft nach dem Gespräch. Die Einzelheiten erzähle ich dir später.« Mit einem verstehenden Händedruck begleitete sie ihn zum Ausgang und schloss die Tür hinter ihm, als er in das Tosen hinaustrat.

Obwohl er den Schnürverschluss der Kapuze festgezurrt und den Reißverschluss der Jacke bis oben hin zugezogen hatte, drang der vom Wind in schrägen Bahnen ihm entgegengetriebene Regen in jede noch so kleine Ritze zwischen Kleidung und Körper. Gerhard hatte unwillkürlich den Weg eingeschlagen, der von dem Garten zu dem Häuschen führte, das den Malern seinerzeit als Atelier und den Tauben nun als Domizil diente.

Der Ordnung und Sauberkeit der Beete, Wege und Rabatten, die Gerhard bei seinem Erstbesuch so ins Auge gesprungen war, hatte das Unwetter heute ein Ende gemacht. Überall lagen Äste und Zweige auf der regennassen Erde, den mühsam zusammengerechten Blätterhaufen hatte der Sturm auseinandergeblasen und das Laub im Garten verstreut. Die Kohlköpfe, soweit sie noch standen, bogen sich unter dem Ansturm des Windes, und auch das Lattengerüst, das die Himbeerbüsche stützen sollte, lag umgeweht am morastigen Boden. Große Pfützen bedeckten die Wege. Das Weinspalier des Gartenhäuschens, vor dem Gerhard jetzt stand, war an der einen Seite aus seiner Verankerung in der Hauswand herausgerissen. Er trat auf die Langseite des Gebäudes und schaute zu dem Ausflugsloch der Tauben empor, das, wie bei diesem Wetter nicht anders zu erwarten, verwaist und ohne eine Spur von Leben war.

Er blickte sich um. Wenn er die Leiche Jerome Klingers, vielleicht auch die seines Sohnes, die er hier auf dem Gelände der Mühle oder in den Gebäuden verborgen glaubte, finden wollte, musste er sich in die Situation, in der sich die beiden Maler seinerzeit befanden, hineinversetzen. Der Totschlag oder Mord, den sie an dem Amerikaner begangen hatten, war spontan, nicht von langer Hand geplant verübt worden. Sie hatten keine Möglichkeit gehabt, Vorbereitungen zu treffen, um die Leiche nach der Tat schnell beseitigen zu können, mussten also, auch unter dem Zeitdruck, dass jeden Augenblick die anderen Amerikaner zurückkehren konnten, improvisieren und einen rasch umsetzbaren Ausweg finden. Sowohl der Abtransport mit einem Fahrzeug – in der Kriegszeit eher ein Karren oder Fuhrwerk als ein Auto – als auch das zeitaufwändige Ausheben eines Grabes war deshalb unwahrscheinlich.

Die einfachste Lösung, einen Leichnam schnell verschwinden zu lassen, dachte Gerhard, während er um das Haus herumging, war, ihn in ein schon bestehendes Versteck, einen Keller, eine Höhlung, einen Verschlag zu legen. Das Risiko allerdings, dass er dort entdeckt wurde, war recht groß, es sei denn, es gab

Verließe, die so verborgen und so geheim zugänglich waren, dass die nachfolgenden Bewohner der Mühle von ihrer Existenz nichts wussten oder sie vergessen hatten. Er wollte sich später bei Georg Diehl nach solchen Orten, aber auch nach alten Bauplänen, aus denen möglicherweise ihr Vorhandensein hervorging, erkundigen.

Das Gurgeln und Zischen der wirbelnden Wasser der Schwalm, die nur wenige Meter entfernt durch die Wiesen dahinschoss, mischte sich unter das in Böen an- und abschwellende Aufbrausen des Sturms. Gerhard ging zum Fluss hinunter. Höchstens zwanzig Zentimeter fehlten dem Wasser noch, bis es sein Bett verlassen und das Land überfluten würde. Er trat an den Uferrand und schaute in das entfesselte Element, in das sich das friedliche Auengewässer unter den sintflutartigen Regenfällen verwandelt hatte. Das Rauschen und Brausen der dahinschießenden Wassermassen, die alles, was in den Bereich ihrer Strudel kam, mit sich rissen, faszinierte und beängstigte Gerhard in gleichem Maße.

Er blickte zum Mühlenkomplex zurück, der, von hier aus gesehen, sich düster, fast schon geheimnisvoll im Dämmerlicht des Tages aus dem regengrauen Dunst der Umgebung heraushob. Was verbarg sich in seinen Mauern, seinen Gärten und was an Schrecklichem würde zu Tage kommen, wenn sich seine Vermutungen bewahrheiteten.

Ein lauter Knall durchdrang die geräuscherfüllte Luft, als Gerhards Beine plötzlich nachgaben. Noch im Fallen sah er das Splittern des Stammes der Ulme, an der er soeben noch gelehnt und in den Fluss geschaut hatte, dann rutschte er mit beiden Füßen voran in die kalte Flut der Schwalm. In einem Reflex griff er nach der Wurzel, die von der reißenden Strömung durch das Wegspülen des Erdreichs, auf dem er gestanden hatte, freigelegt worden war und klammerte sich mit aller Kraft an das nasse Holz, um ein weiteres Eintauchen in die wirbelnden Wasser und ein Fortspülen zu verhindern.

Blitzartig wurde ihm klar, was geschehen war, und er musste

all seine Beherrschung aufbieten, um nicht in Panik zu verfallen und den Halt an der Wurzel zu verlieren: Es war auf ihn geschossen worden, daran gab es keinen Zweifel. Der Knall und das Splittern des Holzes genau an der Stelle, an der er gestanden hatte, gaben ihm die Gewissheit, dass jemand versucht hatte, ihn zu erschießen. Lediglich dem Umstand, dass gerade im Augenblick des Abschusses der ausgehöhlte Ufersaum von der Flut mitgerissen wurde und mit ihm in den Fluss gestürzt war, hatte er es zu verdanken, dass er nicht getroffen worden war.

Über die Identität des Schützen war er sich keinen Moment im Unklaren. Das, was Carsten Lippmann im bewohnten Dorfbereich nicht gewagt hatte, hatte er nun nachgeholt. Auch bestand für Gerhard kein Zweifel, dass Lippmann, wenn er bemerkte, dass sein Schuss das Ziel verfehlt hatte, ohne jegliche Bedenken einen oder mehrere weitere Schüsse auf ihn abfeuern würde, um seine mörderische Absicht zu vollenden.

Gerhard wunderte sich, dass er im Angesicht der Lebensgefahr, in der er schwebte, so klar und logisch zu denken in der Lage war. Deshalb verwarf er sofort den Gedanken, zu versuchen, sich aus dem Wasser auf das Ufer zu ziehen, was ihm durchaus gelingen konnte. Aber bei einem solchen Versuch würde er bei der Plumpheit der Bewegungen ein ausgezeichnetes Ziel für einen zweiten Schuss abgeben. Auch ein Loslassen der Wurzel und ein Sichtreibenlassen in der schnellen Strömung konnte, abgesehen von der Möglichkeit zu ertrinken, ihn der gleichen Gefahr aussetzen, da er nicht wusste, wo der Schütze stand und wie er den Flussverlauf einsehen konnte.

Nein, es gab keine andere Wahl: Er musste an seiner jetzigen Stelle solange verbleiben, bis entweder Hilfe aus der Mühle kam – vielleicht, weil man ihn suchte, da Georg Diehl eingetroffen war –, oder aber der Schütze sich in der Annahme, gut und tödlich getroffen zu haben, entfernte, eine Hoffnung, die Gerhard nicht wirklich hatte.

Die Kälte begann, seine im Wasser befindlichen Körperpartien allmählich gefühllos zu machen. Ein Zittern und Ziehen in seinen Armen kündete von dem langsamen Schwinden der Kräfte und ließ ein baldiges Verkrampfen der Muskulatur befürchten. Wie lange würde er sich noch halten können?

Knapp zwei Meter flussabwärts der Stelle, an der er ins Wasser gerutscht war, bemerkte Gerhard unter dem ausgeschwemmten Ufer eine Höhlung, durch die die Flut mit wesentlich geringerer Strömung als im offenen Wasserlauf floss. Zahlreiche Wurzeln waren auch hier freigespült und ragten in den ausgewaschenen Hohlraum. Dorthin zu gelangen, musste sein Ziel sein, dort im ruhigeren Wasser hatte er eine Chance, der Strömung, deren Ziehen und Reißen er früher oder später würde nachgeben müssen, zumindest eine Zeitlang noch zu widerstehen. Auch würde das überhängende Ufer ihm eine gewisse Deckung sowohl vor Lippmanns Blicken als auch vor seinen Schüssen gewähren. Vielleicht konnte es ihm sogar durch ein Unterschlüpfen und Verschwinden in dieser Höhlung gelingen, in dem Schützen die Überzeugung zu wecken, die Flut habe den tödlich getroffenen, nirgends sichtbaren Körper davon geschwemmt. Möglicherweise ließ sich Lippmann dadurch sogar zur Einstellung des weiteren Nachsuchens veranlassen.

Nicht einmal zwei Meter betrug die Distanz hin zu dem Überhang, der ihm Rettung versprach, zwei Schritte nur an Land, zwei Schwimmstöße unter normalen Bedingungen. Aber in diesem wirbelnden Inferno, in das Gerhard sich immer wieder mit ungeheuerer Macht hineingezogen fühlte, war jedes Nachgeben, jedes Loslassen eines Festhaltepunktes mit der großen Gefahr verbunden, hinausgerissen zu werden in die wütende Strömung und in das Schussfeld eines Mörders, der gekommen war, erneut zu morden.

Mit außerordentlicher Vorsicht hangelte er sich von Wurzel zu Wurzel, stets sorgfältig überprüfend, ob die oft nur fingerdicken Schlingen dem Zug seines Gewichts standhalten konnten. Fast wäre er noch gescheitert, als er den letzten halben Meter vor dem Beginn der Höhlung, eine wurzelfreie Uferpartie, auf die das Wasser strudelnd aufprallte, durchqueren musste. Sein

Oberkörper, den er nach vorne warf, um so in den Hohlraum zu gelangen, in dem er sich wieder festhalten konnte, gehorchte in dem brodelnden Schäumen nicht den Gesetzen der Schnellkraft. Er fiel, nur wenig vorwärtsbewegt, zurück in die trübe Flut, die aber, was möglicherweise sein lebensrettendes Glück war, an dieser Stelle einen Wirbel bildete, der ihn auf die Höhlung zutrieb. Hastig ergriff er die nächste Wurzel, die sich ihm entgegenstreckte und zog sich vollends unter das überhängende Uferstück.

Das Zerren des Wassers, das in den vergangenen Minuten seinen Körper in nahezu horizontaler Lage in der Strömung hatte schweben lassen, ließ augenblicklich nach, die Beine sanken langsam herab und berührten den Grund. Erleichterung durchströmte Gerhard, hier würde er zumindest nicht ertrinken können.

Erschöpft stellte er sich auf, das Wasser reichte ihm bis an die Brust und der flache Hohlraum zwischen der unterspülten Grasdecke und er Flussoberfläche zwang ihn, den Kopf, der gegen die nasse Erde der Uferwiese stieß, gebeugt zu halten.

Nach den Anstrengungen der letzten Sekunden lehnte er sich keuchend an das schlüpfrige Wurzelgeflecht und rang nach Luft. Nur mit Mühe konnte er den Hustenreiz, den das in den Kehlkopf eingedrungene Wasser verursachte, unterdrücken. Er bemühte sich, so schnell wie möglich wieder zu seinem ruhigen, gleichmäßigen Atemrhythmus zurückzufinden, denn jedes Geräusch, das aus seinem Versteck nach draußen drang und ihn verriet, konnte tödliche Konsequenzen nach sich ziehen, obwohl er sich kaum vorstellen konnte, dass in dem Lärm, den das Wasser und der Wind um ihn herum erzeugten, ein Keuchen oder auch ein Husten zu hören sein würden.

Es mochten nicht mehr als eine, höchstens zwei Minuten vergangen sein, in denen er im kalten Wasser stehend wieder zu Atem und Kräften zu kommen versuchte, als ihn ein sich regelmäßig wiederholendes, saugendes Geräusch, das sich auf seinen Unterschlupf zu bewegte, aufschrecken ließ.

Ein Mensch näherte sich, ein Mensch, dessen gewaltiges Körpergewicht die Stiefel tief in den durchweichten Uferboden einsinken ließ und den es Mühe kostete, sie unter dem schmatzenden Geräusch, das Gerhard vernahm, wieder aus dem Morast herauszuziehen. Carsten Lippmann suchte ihn, kam direkt auf ihn zu und hatte, das war anzunehmen, das Gewehr schussbereit im Anschlag.

Es war keine Sache des klaren Überlegens, als Gerhard in schneller Folge die Gedanken durch den Kopf jagten, die sich einzig und allein damit befassten, wie er aus dieser bedrohlichen, nahezu hoffnungslosen Lage herauskommen konnte. Selbst wenn ihn Lippmann jetzt, so nahe er auch an ihm vorbeigehen sollte, unter seinem Überhang nicht wahrnehmen konnte, so musste er doch spätestens dann, wenn zehn Meter weiter der Fluss eine Biegung machte und er zurückschaute, ihn in seiner Aushöhlung kauern sehen. In aller Seelenruhe würde er dann sein mörderisches Werk vollenden können.

Schlagartig wurde Gerhard klar, dass er nur eine Chance hatte, mit dem Leben davonzukommen. In eine dicke Wurzelschlinge, die dicht über der Flussoberfläche aus dem Erdreich ragte, stellte er den rechten Fuß und hob den Körper, soweit er es eben vermochte, aus dem Wasser. Die Knie zum Sprung gebeugt, hielt er sich mit der einen Hand an einem Wurzelstrang fest, während er die andere frei und sofort bereit zuzufassen in der Luft schweben ließ.

Die Schritte des Mörders waren nun unmittelbar über ihm. Gerhard spürte das Beben des schwammigen Wiesengrundes und für einen Moment hatte er die schreckliche Vision, dass die massige Gestalt Lippmanns, so, wie es ihm ergangen war, durch die dünne, unterhöhlte Grasschicht hindurchbrechen und hinunter zu ihm in sein Versteck stürzen könnte.

Augenblicklich verdrängte er diese Vorstellung, jetzt war nicht der Zeitpunkt, sich Dinge auszumalen. Seine volle Konzentration musste sich auf die kommenden Sekunden richten, die über ein Weiterleben oder seinen Tod entscheiden würden.

Lippmanns Stiefel quatschten auf dem nassen Untergrund, als er den Fuß zum Weitergehen hob. Jetzt, und nur jetzt, wusste Gerhard, würde er gegen den bewaffneten Hünen eine Chance haben. Mit aller ihm noch zur Verfügung stehenden Kraft schnellte er den Oberkörper über den Uferrand und ergriff mit der freien Hand das Bein Lippmanns, der, ihm den Rücken zukehrend, mit dem Ausdruck völliger Überraschung den Kopf wendete und versuchte, das Gewehr an die Schulter zu reißen. Doch die Drehbewegung seines Körpers war zu langsam, um den Lauf noch auf sein Ziel richten zu können. Unter dem Zug von Gerhards Armen, der inzwischen auch mit der anderen Hand die Beine gepackt hatte, kam der Riese ins Rutschen, verlor auf dem glitschigen Grasboden das Gleichgewicht und stürzte.

Gerhard umklammerte die Beine. Er mobilisierte seine letzten Kräfte und versuchte, ein Aufrichten des Gestürzten, der sein Gewehr immer noch in den Händen hielt, zu verhindern. Doch er spürte, dass er diesen lautlosen Kampf früher oder später verlieren würde. Zu groß und zudem noch nahezu unverbraucht war die physische Stärke des Hünen, als dass er ihn für längere Zeit niederhalten konnte.

Langsam gelang es Lippmann, sich trotz der Umklammerung zu erheben. In seinen Augen spiegelte sich Triumph, als er die vergeblichen Bemühungen Gerhards sah, ihn hinunter zu ziehen. Mit genüßlicher Bedächtigkeit senkte er den Lauf seines Gewehres auf den unter ihm Liegenden. Gerhard wußte, dass ihn nun nichts mehr davon abhalten würde, abzudrücken. Eine panische Angst bemächtigte sich seiner, die ihn veranlasste, unwillkürlich Lippmann loszulassen. In Erwartung des Schusses krümmte sich Gerhard zusammen und verbarg in einem automatischen Schutzreflex den Kopf zwischen den Armen.

Der stechende Schmerz in seinem Brustkorb ließ ihn mit einem lauten Aufschrei zusammenzucken. Entsetzt hob er den Kopf. Flüchtig glaubte er, eine schattenhafte Gestalt hinter Lippmann wahrnehmen zu können. Dann aber sah er den schweren Körper des Riesen, dessen Knie sich schmerzhaft in seine Rippen bohrte, auf sich zugleiten. Wie in Zeitlupe sank er über ihn hinweg zu Boden. In grenzenlosem Erstaunen gewahrte Gerhard eine frische Blutspur, die aus einer klaffenden Schläfenwunde quer über Lippmanns Gesicht lief.

Mit einem Platschen schlug die massige Gestalt, der das Gewehr während des Fallens aus den Händen geglitten war, nun vollends auf dem Böschungsstreifen auf, unter dem Gerhard noch vor wenigen Sekunden gekauert hatte. Ein Vibrieren durchlief den Wiesenboden, ein kurzes Erzittern die Uferbüsche, dann gab das dünne Dach der Flußaushöhlung unter dem großen Gewicht nach: Erdreich und Grasschollen verschwanden zusammen mit der auf ihnen liegenden Last in dem reißenden Fluß.

Gerhard, von dem schweren Körper Lippmanns mitgerissen, versank erneut in dem kalten Wasser der Schwalm und wurde, kaum wieder aufgetaucht, von der starken Strömung gepackt. Hilflos trieb er, den Wogen der Wassermassen ausgesetzt, in rasender Fahrt flussabwärts. Nur kurz sah er Lippmann, dessen Körper, ebenfalls ein Spielball der Fluten, vor und neben ihm vom schäumenden Strom herumgewirbelt wurde. In seinem verzweifelten Bemühen, in den Uferbereich des Flusses zu gelangen, wo ihm vielleicht ein Ast, eine Wurzel Halt geben und die Höllenfahrt beenden konnte, wurde Gerhard jedoch von der Strömung und dem Sog des dahinschießenden Wassers immer wieder mitgerissen und fortgetragen. Das ständige Ein- und Auftauchen in und aus der trüben Flut nahm ihm den Atem und drohte ihn zu ersticken. Er fühlte, dass er nahe daran war zu ertrinken, und mit erschreckender Klarheit begriff er, dass er nichts dagegen tun konnte.

Ein harter Schlag traf seinen Kopf, ein schmerzhafter Ruck ging durch den Körper, ein letzter Gedanke noch, dass dies der Tod war – dann schwanden ihm die Sinne und er fiel in eine dunkle Ohnmacht.

24

Das Rauschen des Flusses wurde stärker und stärker und auch das Ächzen der sturmgepeitschten Büsche und Bäume nahm ständig zu. Dazwischen schallte Franziskas Stimme, die immer wieder angstvoll »Heinrich, Heinrich« rief. Das Geräusch eines Motors klang auf und kam näher, andere Stimmen mischten sich darunter. Der feste Griff an seinem Arm und ein nochmaliges, verzweifeltes »Heinrich« unmittelbar an seinem Ohr brachten ihn dazu, die Augen aufzuschlagen.

Das erste, was er wahrnahm, war der regennasse, über ihn gebeugte Kopf Franziskas und deren Hand, die sich fest in seine Jacke gekrallt hatte. Den restlichen Körper konnte er in der Planierschaufel, die über ihm schwebte und in der sie saß, nicht sehen. Verwundert versuchte Gerhard sich aufzurichten, aber ein Schmerz, der seinen Kopf und die linke Schulter durchfuhr, ließ ihn zurücksinken in das Wasser, das, wie er erschreckt feststellte, reißend und zerrend über ihn hinweg floss.

Wo, um Himmels Willen, war er und wieso lag er im Wasser? Dann aber, so, als würde sich plötzlich ein Vorhang vor seinen Augen heben, entsann er sich an seinen infernalischen Ritt durch die entfesselten Fluten der Schwalm, kam ihm mit Entsetzen wieder ins Gedächtnis, wie nahe er am Ertrinken gewesen war. Auch an den Schlag gegen den Schädel und den folgenden Ruck begann er sich zu erinnern.

Als er versuchte, sich mit der Hand an die schmerzende Schläfe zu greifen, bemerkte er, zunächst verwirrt, dass er seine Arme nicht bewegen konnte. Dann jedoch in jähem Begreifen, was mit ihm geschehen war, drehte er den Kopf, der außerhalb des Wassers lag, und sah sich die groteske Szene, in deren Mittelpunkt er sich befand, mit ungläubigem Erstaunen an: Von einem entwurzelten Baum, der direkt unter der Oberfläche im Wasser lag und schräg flussaufwärts gerichtet die Hälfte der Flussbreite einnahm, war er bei seinem wehrlosen

Dahintreiben im brodelnden Strom aufgefangen und festgehalten worden. Er mußte mit dem Kopf gegen den Stamm geprallt sein und dadurch das Bewußtsein verloren haben. Zwei in den Regenhimmel ragende, starke Astgabeln hielten seine Schultern eingeklemmt und verhinderten, dass der Kopf unter Wasser geriet. Sein Körper, der frei in der Mitte des Flusses hing, schwang im schnellen Lauf der Strömung hin und her wie Seegras in der Dünung des Meeres.

Am Ufer, soviel konnte Gerhard erkennen, stand ein Traktor mit laufendem Motor, der mit seinem langen Hebearm eine Wanne, wie sie zum Planieren, aber auch zum Transportieren von Frucht und Stallmist verwendet wird, bis in seine unmittelbare Nähe über das Wasser geschwenkt hatte. In ihr hockte Franziska, hielt ihn mit der einen Hand fest und schob ihm mit der anderen ein dickes Seil unter die Arme, das sie schließlich in eine Schlinge steckte und diese zuzog. Dann erst ließ sie ihn los und befestigte das Tau mit mehreren Knoten an der Halterung der Planierschaufel.

Während sie in demonstrativer Ruhe und gleichmäßigen Bewegungen zu Werke ging, sprach sie ihm Mut zu und ermunterte ihn zum Ausharren, da sie sah, dass er mit seinen Kräften am Ende war und drohte, durch die Unterkühlung im kalten Wasser erneut bewusstlos zu werden.

Auf ein Handzeichen Franziskas hin hob sich der Schaufelarm langsam an. Gerhard, der das sich unter den Achseln anspannende Seil mit den Händen umklammerte, spürte, wie der Druck, den das drängende Wasser auf seinen Schultern erzeugt hatte, nachließ und er sich aus dem Gewirr der Äste herauszulösen begann. Franziska, die über ihm aus der Schaufel jeden Zentimeter, den sein Oberkörper sich aus dem Wasser hob, mit bangem Blick verfolgte und durchlitt, gab durch eine winkende Bewegung der Hand dem Traktorlenker das Zeichen, dass er jetzt rückwärts fahren und den auf dem Wasser schwebenden Geretteten ans Ufer bringen konnte.

Trotz seiner Erschöpfung und Durchnässung, trotz der Kälte, die ihn am ganzen Körper zittern machte, durchströmte Gerhard ein großes Glücksgefühl, als er schließlich auf dem nassen Wiesenboden lag und von Franziska aus der Seilschlinge befreit wurde. Nicht anders musste ein Schiffsbrüchiger empfinden, wenn er, aus Seenot gerettet und der Schwimmweste entkleidet, wieder festen Boden unter sich spürte. Mit großer Dankbarkeit sah er seine Rettungsmannschaft an, allen voran Franziska, die neben ihm kniete und seine eisigen Hände massierte, aber auch den Mann, der gerade vom Traktor herunterstieg – Gerhard nahm an, dass es Georg Diehl war – der mit besorgter Miene aus einem sympathischen Gesicht zu ihm hinschaute und nicht zuletzt die praktische Irmgard, die mit zwei Wolldecken in den Armen und einer rechteckigen Flasche in der Hand auf ihn zugeeilt kam.

Nach einigen resoluten Anweisungen, die sie Franziska gab, begannen die beiden Frauen, Gerhard zu entkleiden – eine Handlung, deren delikaten Charakter er unter anderen Umständen durchaus genossen hätte – um ihn schließlich nach kurzem Trockenreiben in die Wolldecken einzuwickeln. Mit zupackenden Händen, jede einen seiner Arme stützend, halfen sie ihm, sich zu erheben.

»Hier, trinken Sie«, forderte Irmgard auf und hielt ihm die Flasche an den Mund. Schon mit dem ersten Schluck und der Wärme, die sich entlang seiner Speiseröhre bis in den Magen ausbreitete, überfiel ihn ein angenehmes Erkennen, das sich mit dem zweiten und dritten Schluck bestätigte. »Die ‚Feurige Helene‘«, murmelte er und spürte, wie es sich in ihm regte und das Leben ihn wiederhatte.

»Schaffen Sie es, hinaufzusteigen?«, fragte Georg Diehl und zeigte auf das hohe Gefährt. Gerhard nickte und zog sich unter Anstrengungen und der Mithilfe der anderen zur Traktorkabine hinauf.

Noch einmal, von hier oben, ließ er den Blick über den tosenden Fluss schweifen, den er vor ein paar Tagen noch in idyllischer Sanftheit schmal und friedlich sich durch die Auen hatte schlängeln sehen, folgte dem reißendem Wasserlauf mit dem Kopf und den Augen und hielt, urplötzlich und mit einem Ausruf des Erschreckens, in seiner Bewegung inne.

»Da«, stieß er hervor und deutete flussabwärts, »da ist er.«

Verwundert blickten alle auf und sahen in die Richtung, in die sein ausgestreckter Arm zeigte.

Hundert, vielleicht hundertfünfzig Meter unterhalb der Stelle, an der sie standen, erhob sich am jenseitigen Ufer der Schwalm eine menschliche Gestalt schwerfällig vom Boden. Selbst auf diese Entfernung war zu erkennen, dass es ihr große Mühe machte, den mächtigen Körper aufzurichten, der, hin- und herschwankend, jeden Augenblick wieder zusammenzufallen drohte.

»Das ist Lippmann«, rief Georg Diehl, »Carsten Lippmann aus Holzburg. Was treibt den denn hierher?«

Gerhard, der ihm die Antwort hätte geben können, schwieg vorerst. Er würde das Erlebte, so fürchtete er, heute noch mehrfach erzählen müssen. Außerdem benötigte er jetzt dringlich ein warmes Zimmer und trockene Kleidung, wenn er nicht morgen todkrank daniederliegen wollte.

Von der Höhe des Traktors, der jetzt zur Mühle zurückfuhr, sah er Lippmanns schweren Körper schräg gegen den Sturm und den Regen gestemmt durch die immer größer werdenden Wasserpfützen, die sich unter den pausenlosen Niederschlägen gebildet hatten, auf Holzburg zutaumeln. Er bot einen jämmerlichen, fast Mitleid erregenden Anblick, der nichts von der Gewalt, die von diesem Mann ausging, und seiner Bereitschaft zu töten erahnen ließ.

Für die Frauen war Gerhard ein gefundenes Fressen. Mit den mütterlichen Instinkten, die dem weiblichen Geschlecht trotz gelegentlicher emanzipatorischer Verleugnung in die Wiege gelegt sind, umsorgten sie Gerhard, brachten ihm die trockenen Kleider, die er der eingeplanten Übernachtung wegen glücklicherweise im Auto hatte, versorgten ihn mit warmem Essen und heißem Kaffee – weitere Intimitäten mit der »Feurigen Helene«

hatte er abgelehnt – und versicherten ihm ein um das andere Mal, dass er sich alle Zeit nehmen solle, sich aufzuwärmen und wieder zu Kräften zu kommen, obwohl Gerhard ihnen ansah, dass sie darauf brannten, zu hören, was ihm widerfahren war.

In erstaunlich kurzer Zeit fühlte er sich einigermaßen wiederhergestellt, die Wärme war in seinen Körper zurückgekehrt, die Erregung, die angesichts der Todesgefahr, in der er sich befunden hatte, noch eine Zeitlang in ihm nachgeklungen hatte, war verschwunden und hatte unter der fürsorglichen Betreuung, die ihm anheim fiel, einem behaglichen, saturierten Empfinden Platz gemacht. Er hatte sich davon überzeugt, dass er bis auf eine oberflächliche Abschürfung an der Schläfe, einigen Blutergüssen an Schultern und Armen und einer Rippenprellung keine ernsthaften Blessuren davongetragen hatte, und es war ihm letztendlich, wenn auch unter Mühen, gelungen, sich dem fürsorglichen Ansinnen der Damen, ein Krankenhaus aufzusuchen, zu widersetzen.

»Damit ich nicht alles, was soeben am Fluss passiert ist, zweimal erzählen muss, sollten wir jetzt die Polizei anrufen, am besten gleich die Kriminalpolizei«, sagte Gerhard und fügte unter den erstaunten Blicken der anderen hinzu: »Ich habe einen Mord zu melden – und einen Mordversuch noch obendrein.«

Während der Hausherr zum Telefon ging, bestürmten Franziska und Irmgard Diehl Gerhard mit Fragen zum Geschehen, deren Antworten er jedoch aufschob, bis Georg Diehl zurückkehrte und vermeldete, dass die Kripo sofort zu kommen versprochen hatte. In zwei, drei Sätzen berichtete er nun kurz von dem Vorgefallenen und vertröstete: »Gleich, bei meinem Gespräch mit den Kriminalbeamten werdet ihr mehr erfahren.Doch zunächst würde ich gerne wissen, wie es kam, dass ihr mich so schnell gefunden habt?»

»Ihre Frau hat Sie gefunden,» gab Irmgard Diehl zur Antwort, »sie wollte Ihnen mitteilen, dass mein Mann von der Arbeit nach Hause gekommen war, weil Sie doch so dringend mit ihm sprechen wollten...»

»Ich war gerade auf dem Weg zum Gartenhäuschen hinüber», erzählte Franziska mit noch immer schreckgeweiteten Augen,»als ich den Schuß hörte, der vom Fluß zu kommen schien. Ich lief zur Schwalm hinunter, ohne dich zunächst finden zu können. Schließlich entdeckte ich dich nach einigem Suchen in deiner mißlichen Lage. Da ich sah, dass ich alleine nichts ausrichten konnte, holte ich Hilfe. Den Rest hast du selbst miterlebt.»

Die Zeit, in der sie auf die Polizei warteten, nutzte Gerhard, um Georg Diehl nach dem Ort zu fragen, an dem die Amerikaner seinerzeit die aus der Villa in Neustadt gestohlenen Bilder versteckt hatten. »In der Chronik steht nur, dass man annahm, dass der später verschwundene Soldat, dieser Jerome Klinger, das Versteck leergeräumt hatte«, sagte er, »aber es ist nirgends angegeben, wo in der Mühle die Bilder verborgen waren.«

»Eigentlich war es gar kein richtiges Versteck, das die Diebe sich ausgesucht hatten«, erinnerte sich Georg Diehl, »denn, soviel ich weiß, hatten sie die Bilder, möglicherweise, weil sie unter Zeitdruck standen, einfach hinter ein Regal im Keller geschoben.«

»Gibt es denn keine besseren Möglichkeiten, hier auf der Mühle – vielleicht auch in den Nebengebäuden oder auf dem umgebenden Gelände – etwas zu verbergen?«, fragte Gerhard.

»An was denken Sie?«

»Na, ich denke an alte Wein- und Vorratskeller, die oft wegen des Kühleffektes in die Erde gegraben wurden, – oder auch an Hohlräume, Brunnenschächte zum Beispiel, Silos und Klärgruben – möglicherweise auch solche, die später zugeschüttet wurden.«

Georg Diehl kratzte sich am Kopf. »Das ist ein alter Gebäudekomplex«, gab er zu bedenken. »Es ist anzunehmen, dass es früher so etwas wie Brunnen, Kloaken oder Kühlkeller gab, aber fragen Sie mich nicht, wo genau die liegen oder lagen. Nur soviel kann ich sagen, dass es im Haupthaus keine geheimen Räumlichkeiten gibt, denn erst im letzten Jahr haben wir das gesamte Kellergeschoss gründlich saniert, ohne mögliche Verstecke gefunden zu haben.«

»Existieren denn vielleicht noch alte Pläne von dem Anwesen aus der Zeit, als es noch als Mühle fungierte? Möglicherweise enthalten sie Hinweise auf verborgene Räume, in denen man etwas verstecken konnte.«

»Sie denken an die Bilder, die noch unentdeckt dort liegen könnten?«

»Unter anderem«, wich Gerhard aus und machte eine vage Bewegung mit dem Arm, »Bilder, aber auch anderes, das verschwinden musste.«

»Ich will gerne nachsehen. Draußen im Flurschrank liegen noch kistenweise Briefe und Dokumente von meinem Vater, sogar von meinem Großvater. Vielleicht sind auch Bau- und Grundstückspläne darunter.« Georg Diehl stand auf und ging zur Tür. »Ob ich sie allerdings jetzt auf Anhieb finden kann…?« Er zuckte mit den Schultern und verließ den Raum.

Auch die beiden Frauen waren gegangen. Irmgard Diehl wollte, von Franziska begleitet, in der Küche frischen Kaffee aufsetzen und ein paar belegte Brote vorbereiten, denn schließlich hatte man Gäste und erwartete zudem neue Besucher – auch wenn sie, wie die Polizisten, in amtlicher Funktion kamen. Gastfreundschaft zu zeigen hatte auf der Losemühle Tradition und war eine Selbstverständlichkeit.

Gerhard ließ die Stille des verlassenen Zimmers nach dem Tumult des Nachmittags auf sich wirken. Tief lag er in seinem Sessel, die Arme in völliger Entspannung auf die Lehne gelegt, und blickte aus dem Fenster. Mit Erstaunen stellte er fest, dass der Tag trotz des beginnenden Abends an Helligkeit gewonnen hatte. Es hatte aufgehört zu regnen, der noch immer stürmische Wind hatte die dichte Dunstschicht aufgebrochen und trieb die Reste der vorher geschlossenen Wolkendecke, die sich mehr und mehr auflöste, ostwärts vor sich her. Das diesige Dämmern des Tages war einem klaren, sanften Abendlicht gewichen.

Wie in einer Inszenierung läutete es an der Haustür gerade

in dem Augenblick, als die Frauen, jede eine Platte mit Käse- oder Wurstbroten in der Hand, zusammen mit Georg Diehl das Wohnzimmer betraten. Während Irmgard nach dem Abstellen ihrer Platte die Polizeibeamten einließ, drückte der Hausherr Gerhard sein Bedauern aus, die Pläne auf die Schnelle nicht finden zu können. Morgen, so versicherte er, würde er sich nochmals daran machen, die Kisten zu durchstöbern und, falls er fündig werden sollte, sofort anrufen.

Ein Beamter in Zivil und eine uniformierte Polizistin traten in den Raum, grüßten und stellten sich vor: »Kriminalhauptkommissar Uhlenhorst«, sagte der Mann und wies auf seine Begleiterin. »Polizeikommissarin Karin Schlegel. Sie haben uns gerufen«, stellte er sachlich fest.

Die Hausherrin forderte die Anwesenden auf, an dem großen Esstisch, an dem auch der Kaffee und die Platten standen, Platz zu nehmen und sich der Brote zu bedienen. Sie selbst stellte Tassen auf den Tisch und schenkte sie voll. Der Kripobeamte, der sich an das Kopfende gesetzt hatte, holte das obligate Notizbüchlein, das jeder Kommissar anscheinend mit sich zu tragen pflegt, aus der Jackentasche und legte es unaufgeschlagen vor sich auf den Tisch. Nachdem er vier Löffel Zucker in seinen Kaffee eingerührt und Milch dazugeben hatte, schaute er auf.

»Wenn ich richtig unterrichtet bin, hat jemand von Ihnen einen Mord und einen Mordversuch gemeldet und möchte ihn möglicherweise zur Anzeige bringen.« Er nahm sich ein Käsebrot und das Viertel einer Tomate von der Platte. »Wer also von Ihnen dazu etwas sagen kann, sollte das jetzt tun.« Er biss in das Brot und blickte dabei fragend in die Runde. Sein Blick blieb an Gerhard hängen, der seinen Finger in kindlich antrainierter Reaktion wie ein Schuljunge in die Höhe gehoben hatte.

»Nun, dann erzählen Sie bitte, was Sie zu berichten haben«, forderte der Hauptkommissar auf und schob sich das Tomatenstück in den Mund. »Frau Schlegel lässt, wenn Sie nichts dagegen haben, ein Tonband mitlaufen, dann brauche ich nicht alles zu notieren.«

Gerhard, nur kurz verunsichert über die lockere und unbürokratische Art, in der er ohne vorherige Erfassung der Personalien und ohne jegliche Regularien zum Sprechen ermuntert wurde, schilderte, nachdem die Polizistin den kleinen, batteriebetriebenen Cassettenrecorder aufgestellt hatte, in einer kurzen Zusammenfassung die Vorgeschichte, die ihn veranlasst hatte, Carsten Lippmann und der Losemühle nochmals einen Besuch abzustatten. Er berichtete von dem Bilderfund in Elfriedes Zimmer, ohne auf die unklaren Todesfälle im Seniorenheim einzugehen, erzählte von dem Gemälderaub am Kriegsende und der kriminellen Rolle der Maler dabei und fasste sein heutiges Gespräch mit Lippmann und die anschließenden Vorgänge am Fluss, die ihn beinahe das Leben gekostet hatten, in komprimierter Form, ohne dabei aber ein wichtiges Detail auszulassen, zusammen.

Franziska rutschte, als er den Mordversuch und seinen Kampf mit dem Mörder schilderte, ganz nahe an ihn heran und schmiegte sich eng an ihn, Er spürte das leichte Zittern ihrer Hände, als sie seinen Arm berührten.

»Eines ist unklar«, stellte Uhlenhorst fest. »Als Lippmann Sie nach dem Bodenkampf in seiner Gewalt hatte, warum hat er da nicht abgedrückt? Haben Sie dafür eine Erklärung?«

Gerhard breitete die Arme aus. »Keine Ahnung. Es war wie das reinste Wunder. Jeden Augenblick rechnete ich mit dem Schuß – da fiel er plötzlich über mir zusammen.« Er erschauerte, als ihm das Bild vor Augen kam. »Vielleicht war er gestolpert, war dabei gegen einen Ast gestoßen – ich errinnere mich, Blut an seiner Schläfe gesehen zu haben.«

»Schön«, sagte Hauptkommissar Uhlenhorst, als Gerhard zu Ende berichtet hatte, »die Kugel muss ja noch im Baum stecken, vielleicht finden wir auch das Gewehr, das, wie Sie sagten, Lippmann bei seinem Sturz in den Fluss verloren hat.« Er erhob sich. »Lassen Sie uns deshalb zum Tatort gehen, ehe es ganz dunkel wird.«

Ohne Mühe fand Gerhard den Baum, in den die Kugel eingeschlagen war. Schon von weitem sah man die frische Wunde im Holz des Stammes und Gerhard erschauerte, als er daran dachte, wieviel Glück er gehabt hatte, dass die Kugel nicht in ihm steckte. Das Gewehr hing nur wenige Schritte flussabwärts in den Zweigen eines Weidenbusches, in denen es sich an seinem Trageriemen aufgehangen hatte.

»Ruf die Spurensicherung, Karin«, wies der Hauptkommissar seine Kollegin an, »sie sollen gleich hier zum Fluss herunter kommen. Und veranlasse, dass mindestens vier Beamte in zwei Streifenwagen zu Lippmann fahren und ihn wegen versuchten Mordes festnehmen. Sie sollen vorsichtig sein, der Mann ist gewalttätig und besitzt vielleicht noch andere Waffen.«

Als sich die Polizistin entfernt hatte, um vom Dienstwagen aus über Funk die Anweisungen durchzugeben, ließ es sich der Kriminalhauptkommissar nicht nehmen, die Strecke, auf der Gerhard im Fluss treibend mit dem Tod gerungen hatte, abzugehen und sich auch den Baum im Wasser, der ihm schließlich das Leben gerettet hatte, anzusehen. Kopfschüttelnd schaute er in die dahinschießenden Fluten, starrte fasziniert auf die Gegenstände, die sie mit sich führten und in wildem Hin und Her durcheinanderwirbelten. Mit einem Nicken riss er sich vom Anblick los, trat zu Gerhard und klopfte ihm auf die Schulter. »Unglaublich – das ist ein Grund zum Feiern«, sagte er, drehte sich um und ging zur Mühle zurück.

Zwei Stunden später parkte Franziska den Wagen vor dem Hotel Klingelhöfer in Alsfeld. Die vergangenen Stunden hatten Spuren bei Gerhard hinterlassen, er war erschöpft und fühlte sich ausgelaugt und zerschlagen. Deshalb war er froh und dankbar gewesen, dass, nachdem er auf der Polizeistation in Ziegenhain seine Aussage noch einmal hatte wiederholen und präzisieren müssen, seine Frau das Steuer übernommen hatte.

Auch Carsten Lippmann hatte er auf der Polizeiwache zu Gesicht bekommen, als er in Handschellen an ihm vorbeigeführt wurde. Er habe keinen Widerstand bei seiner Verhaftung geleistet, berichtete Uhlenhorst, verweigere aber jede Auskunft.

Doch der Hauptkommissar war sich sicher, dass es mit dem Nachweis, dass die Kugel im Baum dem Gewehr Lippmanns entstammte und der Identifizierung seiner Fingerabdrücke auf der Waffe ein Leichtes sein würde, ihn auch ohne seine Aussagen des versuchten Mordes anzuklagen. Wesentlich schwieriger würde es sich indessen gestalten, ihn wegen eines möglichen, nur von Gerhard vermuteten Mordes an Kevin Klinger zu belangen, ohne irgendeinen Beweis oder doch zumindest die Leiche vorweisen zu können.

Mit der Aufforderung, sich in den nächsten Tagen für eventuelle Fragen zur Verfügung zu halten, hatte Gerhard schließlich, auch weil Uhlenhorst ihm seine Erschöpfung angemerkt hatte, die Polizeistation verlassen dürfen.

Mit Diehls, von denen sie sich schon vorher verabschiedet hatten, war vereinbart worden, dass sie sich Anfang der Woche telefonisch kurzschließen und die neuesten Entwicklungen im Fall Lippmann und der Bildergeschichte untereinander austauschen wollten.

Es war halb neun, als sie sich frisch geduscht zum geplanten Bummel durch die Altstadtkneipen in Alsfeld aufmachten. Der fast volle Mond spiegelte sich in den noch immer nassen Hausdächern und dem Pflaster der engen Straßen. Unbewusst hatte Gerhard den Weg durch das Gässchen eingeschlagen, das am Grabbrunnen vorbei in die Innenstadt führte. Vor dem schmalen Haus Dr. Langs blieb er stehen und deutete zu den dunklen Fenstern hinauf. »Nirgends Licht«, flüsterte er Franziska zu, »ob er wieder im Keller gräbt?«

Das »Kännchen«, das sie zuerst aufsuchten, ihre Lieblingskneipe aus alten Alsfelder Zeiten, war auch zugleich die Endstation ihres Stadtbummels. Denn nur kurze Zeit später, schon nach dem ersten Bier, überfiel Gerhard eine bleierne Müdigkeit und eine so tiefe Entspannung, dass es ihn jetzt die größte Überwindung gekostet hätte, sich von seinem Barhocker zu erheben und die einlullende Wärme, die ihn umgab, zu verlassen.

Franziska spürte, wie es um Heinrich bestellt war. Sie kannte seine Vorliebe für die stillen Augenblicke gerade an der Theke, in denen das Umgebende nur zur Staffage wurde und das Gesprochene lediglich als hintergründiges Gemurmel an das Ohr drang. Sie kannte und liebte, genauso wie er, diese Momente, in denen sie still in einem inneren Gleichklang Seite an Seite auf ihren hohen Stühlen saßen und sich ihre Blicke in dem spiegelnden, flaschenbestandenen Regal an der Thekenrückwand verloren; Augenblicke, in denen sie schwiegen, sich nur gelegentlich berührten und ein großes, warmes Gefühl füreinander aus ihrem bloßen Nebeneinander entstand.

Gut eine Stunde später verließen sie das »Kännchen« und strebten, vorbei an der »Alten Schmiede« und der »Gemütlichkeit«, die sie sich beim nächsten Mal aufzusuchen vornahmen, durch die stille Untergasse ihrem Hotel zu. Ein intensives Lebensgefühl erfüllte sie, eine tiefe Dankbarkeit, diesen ereignisreichen Tag unbeschadet überstanden zu haben, und eine freudige Erwartung auf die gemeinsame Zeit, die noch vor ihnen lag.

25

Heute war der Tag, an dem Natascha kommen sollte. Er hätte dieses Ereignis völlig vergessen, wenn nicht Torsten, mit einem Anflug von Erregung in der Stimme, ihn am Vormittag angerufen und daran erinnert hätte. Gerhard, gerade mit Franziska aus Alsfeld zurückgekehrt, war noch nicht einmal dazu gekommen, die Jacke auszuziehen, als das Telefon geklingelt hatte.

»Du kommst doch heute Abend?«, hatte ihn Torsten in verschwörerisch gedämpftem Ton gefragt.

»Heute Abend?«, Gerhard war unsicher.

»Na, zu Klaus – Natascha tritt auf.«

»Natascha? – Ah, Natascha«, begriff er endlich.

»Also, du kommst. – Punkt sechs bei Klaus.«

»Ja, aber…«

»Gut, dann bis nachher«, schloss Torsten, sein Aber ignorierend, und beendete das Gespräch.

Franziska, die von der Toilette zurückkehrte und ihren Mann mit dem Telefongerät in der Hand in einiger Verwirrung dastehen sah, fragte verwundert. »Mit wem hast du denn gesprochen? Du siehst aus, als wärst du gerade dem nackten Wahnsinn begegnet.«

Verblüfft blickte Gerhard auf, dann lachte er und fasste Franziska an der Schulter. »Der nackte Wahnsinn – das ist gut. Wenn du wüsstest, wie nahe du dem Kern des Gesprächs, das ich soeben mit Torsten geführt habe, gekommen bist.«

Die Aufforderung, ihr zu erzählen, um was es in dem Telefonat gegangen war, wies er mit dem Hinweis auf eine Männervereinbarung zurück, die ihn zu absolutem Stillschweigen verpflichtete und die zu brechen eine dem Ehrencodex zuwiderlaufende, würdelose Verhaltensweise darstellen würde.

»Also Weibergeschichten«, vermutete Franziska und machte eine abfällige Handbewegung, als gäbe es für Männer keine anderen Objekte, die sie einer Geheimhaltung für wert erachteten.

»Vielleicht erzähle ich dir später einmal, um was es ging«, vertröstete sie Gerhard, als er sie auf den Hof hinaus begleitete. Lange sah er Franziska hinterher, als ihr Wagen in Richtung Göttingen davonfuhr.

Er beschloss, heute und auch morgen keinen weiteren Gedanken an die Todesfälle in der Seniorenresidenz und die Bilderaffäre zu verschwenden. Es war Samstag, Wochenende also, und es war zu erwarten, dass auch die Polizei lediglich eine Bereitschafts- und Notbesetzung vorhalten und Charly Montag eher in der Handballhalle als in seinem Dienstzimmer anzutreffen sein würde. Am Wochenbeginn, das nahm Gerhard sich vor, wollte er noch einmal bei der Polizei vorstellig werden, wollte Charly und Gunter den Fall, oder genauer die beiden Fälle einschließlich ihrer Lösungen, so wie er sie rekonstruiert hatte, ein letztes Mal vortragen. Es würde dann die Aufgabe der Polizei sein, die noch fehlenden Beweise zu finden und zu beschaffen.

Jetzt aber galt es, erst einmal Abstand von dem Ganzen zu gewinnen, die Gedanken frei zu machen für anderes. Aber das war einfacher gesagt als getan. Auch wenn er versuchte, das Geschehen zu verdrängen, die Nachhaltigkeit der gestrigen Ereignisse, die enge Berührung mit dem eigenen Tod lasteten noch immer auf ihm und wirkten in ihm nach. Er würde an diesem Wochenende ausschließlich Dinge tun, die ihn ablenkten und auf andere Gedanken brachten, und es war gut möglich, dass auch die Begegnung mit Natascha am Abend dazu beitragen konnte.

Zunächst widmete er sich in den Morgenstunden ganz dem Aufräumen des Grundstückes, denn auch in Nordhessen hatte das Unwetter einiges an Verwüstungen hinterlassen. Den Nachmittag verbrachte er dann im Wald. Von überall liefen kleine Bäche die Hänge hinab, sammelten sich in Gräben oder rannen über verschlammte Wege den Tallagen zu. Viele Bäume hatten der Gewalt des gestrigen Sturmes nicht standgehalten und lagen umgerissen und zersplittert am Boden. Mehrfach musste Gerhard vom Weg abweichen, um einen umgestürzten Baum, der ihn am Weiterwandern hinderte, zu umgehen. Eine Wildschweinrotte, schlammbedeckt, offensichtlich gerade einer Suhle entstiegen, zog unter ihm durch den jetzt nach dem Unwetter licht gewordenen Buchenwald. Der Wind stand günstig, so dass er den Tieren lange und unbemerkt auf dem parallel ihrer Zugrichtung verlaufenden Weg folgen konnte. Erst, als sie in eine Fichtenschonung einzogen, verlor er sie aus den Augen.

Es war fast sechs, als Gerhard, der wie so oft im Wald die Zeit vergessen hatte, zu seinem Auto zurückkehrte. Es war zu spät nun, um noch nach Hause zu fahren und sich umzuziehen. Pünktlich um sechs hatte Torsten angemahnt, also würde er sich beeilen müssen. Notdürftig säuberte er sich die durchnässten Schuhe, das musste reichen, schließlich ging er zu einer Stripteaseaufführung und nicht in die Oper; es kam nicht darauf an, wie er sich anzog, sondern einzig und allein, wie sie sich auszog.

Mit den ersten Glockenschlägen der hoch auf dem Berg gelegenen Eltmannshäuser Kirche stand Gerhard vor der Tür des Hohmann'schen Hauses, wo ihn der Hausherr erwartete. Schon im Flur hörte er vielstimmiges Gemurmel aus der Richtung, in der das Wohnzimmer lag.

»Natascha ist schon da«, raunte Klaus ehrfurchtsvoll und dämpfte die Stimme zu einem Flüstern, als könne die in der benachbarten Gaststätte verbliebene Geburtstagsgesellschaft ihn hören. »Sie zieht sich im Schlafzimmer um.«

»Und?«, eröffnete Gerhard den seit Jahrhunderten gepflegten Kurzdialog unter Männern.

»Klasse«, hauchte Klaus und spitzte die Lippen. Dabei schnippte er in einer Art Zustimmung zu der Wahl, die Fritz getroffen hatte, mit den Fingern. »Geh rein, es sind schon alle da.«

Verwundert, bei absoluter Pünktlichkeit seinerseits der Letzte zu sein und überlegend, wie man einen solchen Enthusiasmus in sinnvollere Beschäftigungen hinüberretten könnte, betrat er den Raum, der, in der Tat, voll besetzt war. Stühle und Sessel, auch Bänke, alles, was das Haus an Sitzmöbeln hergab, waren in bunten Reihen aufgestellt. Ein freier Stuhl, wohl der seine, stand ganz hinten, fast an der Wand. Ein Ring von Topfblumen und -pflanzen, der vor der ersten Zuschauerreihe aufgebaut war, bildete eine Art Bühne, eine Arena, in der Natascha ihre Entkleidungskünste zelebrieren sollte. Mit Bedacht hatte man dabei die hochstämmigen, blätterreichen Baumgewächse, die Yuccapalmen, Zimmerlinden und Gummibäume in dem hinteren Bereich des Pflanzenrings aufgestellt, um keinen Zentimeter des zu betrachteten Kunstobjektes zu verdecken. Vorn, an der Publikumsseite, standen Töpfchen mit Zwergkakteen und Alpenveilchen.

Das lebhafte Stimmengewirr, das noch bei Gerhards Eintritt

den Raum durchschwirrt hatte, erstarb. Man wusste, der Letzte war gekommen, gleich würde es losgehen.

Gerhard, der sich angesichts der plötzlichen, erwartungsvollen Stille nicht getraute, ein lautes Wort an den Jubilar zu richten, der mit leuchtenden Augen in Griffnähe des Geschehens saß, drückte Fritz in einer Gebärde, die eher einer Beileidsbezeugung als einer Geburtstagsgratulation glich, stumm die Hand, klopfte ihm leicht auf die Schulter und begab sich, von den ungeduldigen Blicken der Anwesenden verfolgt, zu seinem Stuhl.

Klaus, noch in der Tür stehend, sah zu Fritz hin und wartete offenbar auf das Zeichen zum Beginn. Der Jubilar drehte sich langsam zu seinen Gästen um, musterte sie in schweigender Komplizenschaft und genoss die Vorfreude auf seine geburtstägliche Präsentation. Dann, nach einem Nicken, das besagte, dass er alles bereitet fand, hob er die rechte Hand und streckte den Daumen nach oben.

Auch wenn kein Trommelwirbel zu hören war, mit dem im Zirkus Raubtiervorführungen oder besonders gefährliche Trapeznummern angekündigt werden, die Spannung, die über dem Raum lag, hätte nicht größer sein können. Klaus hockte sich, nachdem er das Signal zum Auftritt an Natascha weitergegeben hatte, auf ein Bänkchen neben dem Fenster und harrte, wie die anderen, des Kommenden.

Natascha wusste, wie man Wirkungen erzeugt; geschickt ließ sie einige Sekunden vergehen, in denen sich alle Augen erwartungsvoll auf den Eingang richteten, ehe sie sich, zunächst noch im Halbdunkel des Flurs, dann unter dem Rahmen der Tür in einer bewegungslosen, gemäldeartigen Pose und schließlich im vollen Lampenlicht auf der »Bühne« präsentierte.

Gerhard musste Klaus Recht geben. Natascha, die sich mit leichten, tänzerischen Schritten dem Publikum darbot, war eine Augenweide: Slawisch-exotisch im Ausdruck ihres Gesichtes mit den träumerischen Augen ihrer Rasse, perfekt proportioniert im Bau ihres Körpers mit zwar wohlgeformten, aber nicht übermäßig auffallenden Konturen, die bei der späteren Enthüllung einen ebenso ästhetischen wie erotischen Genuss versprachen, und mit Bewegungen, die trotz des Einstudierten ungekünstelt und natürlich wirkten. Auch die Zuschauer spürten, dass sie hier und heute etwas Besonderem beiwohnen durften, denn statt der in Männerkreisen üblichen, lautstarken Beifallsbekundungen verfolgten sie in gebannter Stille das schöne Schauspiel.

Es war nicht das Programm, das sich eigentlich wenig von anderen Stripteasevorführungen unterschied, das Gerhard in seinen Bann zog. Es war vielmehr die anmutige Art, mit der Natascha es vorstellte, die Glaubwürdigkeit ihrer Darstellung, der man abnahm, dass ihr der heutige Auftritt große Freude bereitete.

Fritz, der Jubilar, durfte – schließlich hatte er dafür bezahlt– mit allerlei Handreichungen und Handanlegen der schönen Slawin beim Auskleiden helfen. Er tat dies mit stiller Andacht, vielleicht ging ihm durch den Kopf, dass es ein letztes Mal sein könnte, dass er seine Hände auf junges, faltenloses Fleisch legen durfte.

Der Clou der Show und auch der Höhepunkt war eine Art erotisches Rätsel, das, geschickt ausgedacht, jedem Anwesenden das Gefühl gab, nicht nur optisch heute auf seine Kosten gekommen zu sein. Mit dunkler Stimme verkündete Natascha, nahezu akzentfrei und nahezu nackt, denn sie trug, dank der Fingerfertigkeit des Jubilars, nur noch Büstenhalter und Slip, dass ein geheimnisvoller Verschluss ihrem BH innewohne, den nur wenige Männer zu öffnen in der Lage seien. Sie wolle den Einfallsreichtum der Versammelten prüfen und gebe jedem fünf Sekunden, durch Betasten herauszufinden, wie das delikate Kleidungsstück geöffnet werden könne. Demjenigen, dem dies gelinge, winke – quasi als Belohnung – das privilegierte Glück, ihr aus ihrem Slip, der letzten Barriere vor der absoluten Nacktheit, heraushelfen zu dürfen.

Gerhard, in der hintersten Reihe sitzend, rechnete nicht damit, das zweifelhafte Vergnügen zu haben, mit der Wäsche

Nataschas in Kontakt zu kommen. Amüsiert sah er zu, wie unter den Augen eines Schiedsrichters, den man in Klaus schnell gefunden hatte und dessen Aufgabe es war, die fünf Sekunden herunterzuzählen, einer nach dem anderen vergeblich versuchte, den Verschlussmechanismus aufzuspüren und zu öffnen. Nachdem er an der üblichen Stelle nicht zu finden war, suchte man nun zwischen den Körbchen, an ihren oberen Rändern und an den Unterseiten, sogar die Träger wurden, ebenfalls erfolglos, inspiziert.

Die Prozedur zog sich in die Länge: Jeder einzelne musste nach vorne kommen und auf die Spielregel, keine gewaltsamen Öffnungsversuche zu unternehmen, hingewiesen werden; die Sekunden wurden gezählt, Kommentare abgegeben und Ratschläge zugerufen.

Unwillkürlich schweiften Gerhards Gedanken ab und landete wieder, ob er es wollte oder nicht, am Ufer der hochwasserführenden Schwalm. Carsten Lippmann würde, das hatte ihm Hauptkommissar Uhlenhorst zugesichert, einer Bestrafung für den Mordversuch an ihm zugeführt werden. Gerhard empfand keine Genugtuung bei diesem Gedanken, die Begriffe Rache und Vergeltung waren ihm normalerweise fremd. Trug er nicht eine gewisse Mitschuld an der Panikreaktion Lippmanns, hatte er ihn nicht regelrecht aufgestachelt, ihn so gereizt und in die Enge getrieben, dass er keinen anderen Ausweg als ihn zu töten gesehen hatte?

Wirklich schlimm und verwerflich dagegen war die Tötung des Amerikaners, den Lippmann aus rein pekuniären Gründen, zur puren Besitzwahrung der vom Vater überkommenen Bilder beseitigt hatte. Ihn dieser Tat zu überführen würde Gerhards Gerechtigkeitssinn viel eher befriedigen als eine Bestrafung wegen des Anschlags auf sein eigenes Leben. Die Leiche Kevin Klingers musste gefunden werden, sonst war zu befürchten, dass der damalige Mord ungesühnt bleiben könnte. Aber wo sollte man sie suchen?

Ein Gelächter schreckte ihn aus seinen Gedanken. Dietmar

hatte gerade den kühnen Einfall gehabt, an der Innenseite des Körbchens, an besonders exquisiter Stelle, den BH-Verschluss zu suchen. Beim Eintauchen seiner Finger, ja fast der ganzen Hand, hatte sich ein Kettenglied seiner Armbanduhr in der Naht des Oberrands so verhakt, dass er – notgedrungen, was ihm aber keiner glaubte – weit über die erlaubten fünf Sekunden in der Suchzone verweilte. Mit rotem Kopf kehrte er, nachdem man ihn schließlich befreit hatte und er obendrein von Klaus noch disqualifiziert worden war, an seinen Platz zurück.

Gerhard nahm mit einiger Beunruhigung wahr, dass er nur noch drei Mitstreiter vor sich hatte, ehe die Reihe an ihn kommen würde, nach vorne und zur Tat zu schreiten.

Natascha schien jetzt zu glauben, mit etwas Zuspruch den bisher erfolglosen Männern neuen Mut zusprechen und sie zu weiteren Bemühungen anspornen zu müssen. Deshalb richtete sie sich, bevor nach Dietmars unfreiwillig verlängerter Suchaktion der nächste Akteur sein Werk begann, in orakelhaftem Ton an die Zuschauer: »Es ist ein Wunder-BH, den ich anhabe, das habt ihr sicher schon bemerkt. Sein Schöpfer hat alles fein herausgearbeitet bis ins letzte Detail. Auch der Zugang zum Verschluss liegt deutlich sichtbar vor euch. Nur, wenn ihr genau hinseht, werdet ihr hinter das Geheimnis kommen«

Gerhard, dessen Aufmerksamkeit sich schon wieder Lippmann und der verschwundenen Leiche zugewandt hatte, schreckte erneut aus seinen grübelnden Gedanken auf. Er hatte nur mit halbem Ohr hingehört, aber das, was von Natascha soeben gesagt worden war, hatte in ihm etwas berührt, etwas zum Schwingen gebracht wie eine Stimmgabel, die, einmal angeschlagen, lange noch nachtönt. Es musste mit der Mühle in Schrecksbach zu tun haben, die er gerade vor seinen Augen hatte vorüberziehen lassen auf der Suche nach einem möglichen Leichenversteck.

Was hatte Natascha nur gesagt? Er fragte seinen Stuhlnachbarn.

»Ja, was hat sie gesagt?«, versuchte der sich zu erinnern.

»Ich glaube, sie hat gesagt, dass alles vor uns liegt, bis ins letzte Teil, das ganze Geheimnis – wir müssten nur hingucken«, vereinfachte und verdeutschte er Nataschas Worte, um gleich auf nordhessische Art einzuschränken: »So oder so ähnlich hat sie's gesprochen.«

Jetzt fiel auch Gerhard wieder ein, was ihn hatte aufmerken lassen. Es war vor allem der Satz, dass alles fein herausgearbeitet sei bis ins letzte Detail. Sofort war – unterbewusst – in ihm eine Verbindung zu den Bildern Hermann Weinrichs, die in Elfriedes Zimmer gehangen hatten, entstanden. Fein herausgearbeitet, das bedeutete sorgfältig und penibel ausgeführt, in allen Einzelheiten dargestellt, genau so also, wie es Weinrich praktiziert hatte, als er den auf beiden Bildern identischen Hintergrund, das Dorf und die Mühle, mit feinsten Pinselstrichen ausgemalt und in allen Details abgebildet hatte.

Schon vorher hatte Gerhard gelegentlich darüber nachgedacht und auch mit Franziska darüber gesprochen, warum Weinrich eigentlich den Ort, an dem er höchstwahrscheinlich ein schweres Verbrechen begangen hatte, so verräterisch genau dargestellt hatte. Sie hatten beide, Franziska und er, keine rechte Erklärung finden können, hatten als mögliche Deutung das Phänomen angeführt, dass Täter und Verbrecher oft in selbsterhöhender Arroganz, in einer krankhaften Demonstration eigener Größe und Klugheit Spuren legen, Hinweise ausstreuen, Tatabläufe dokumentieren, die bei richtiger Interpretation ihnen durchaus Schaden zufügen und sie überführen konnten. Warum sollte nicht auch Weinrich den Ort seiner Mordtat auf seinen Bildern verewigt haben mit der spitzbübischen Freude, dem Betrachter ein, aus seiner Sicht, nicht enträtselbares Geheimnis vorgelegt zu haben.

Otto ging jetzt nach vorne zu Natascha, um sein Glück zu versuchen. Der Übernächste würde Gerhard sein.

Wenn, vervollständigte er nun seinen Gedankengang, wenn Weinrich wirklich die perverse Absicht gehabt hatte, den Tatort detailgenau abzubilden, dann wäre es nur logisch, dass er, quasi als ultimativen Nervenkitzel, auch auf die Stelle, an der die Leiche versteckt war, hingewiesen hätte. ‚Es liegt alles vor euch. Wenn ihr genau hinschaut, werdet ihr es sehen', hatte Natascha sinngemäß gesagt und damit, auch wenn sie etwas anderes gemeint hatte, genau das getroffen, was Gerhard nun weiterhalf. »Das ist es«, rief er erregt, »das muss es sein.«

Klaus wies ihn zurecht: »Du bist noch nicht dran, Otto ist an der Reihe.«

Gleich heute Abend, beschloss Gerhard, wollte er die vergrößerten Gemäldeausschnitte noch einmal durchmustern, gegebenenfalls wieder die Lupe zu Hilfe nehmen. Jetzt, wo er die Örtlichkeiten aus persönlicher Inaugenscheinnahme kannte, war es möglicherweise leichter, den erhofften Hinweis auf das Versteck zu finden.

Ein plötzlicher Jubel ließ ihn aufsehen. Alles war aufgesprungen und klatschte in die Hände und auch Gerhard musste sich erheben, um den Anlass der Freude sehen zu können. Otto stand in Siegerpose, beide Arme zur Decke hingestreckt und ließ sich feiern. In der rechten Hand hielt und schwenkte er, so wie Gerhard es einmal auf einem Kriegsbild gesehen hatte, als ein Soldat die eroberte feindliche Fahne geschwungen hatte, den karminroten Wunder-BH Nataschas. Er war dem Geheimnis auf die Spur gekommen – ein verborgener Reißverschluss, der von der Mitte her statt von den Enden zu öffnen war – und hatte, zur Freude aller, das widerspenstige Stück entfernen können.

Auch die Belohnung, die Otto nun zuteil wurde, erledigte er mit Bravour. Mit der Grandezza eines Impresario präsentierte er die nach nur wenigen Handgriffen hüllenlos Dastehende, indem er einen Schritt zur Seite trat, mit ausgestrecktem Arm auf Natascha zeigte und sich tief verbeugte. Gerhard glaubte wahrhaftig, ein »voilà« gehört zu haben, aber wahrscheinlich hatte er sich das nur eingebildet.

Noch einmal breitete sich während der stummen Bewunderung der makellosen Schönheit Nataschas andächtiges Schweigen unter den Betrachtern aus. Dann aber, als die junge Frau winkend, in der einen Hand den Wunder-BH, in der anderen den Slip, den Raum verließ, brandete so lauter Beifall auf, dass Klaus sich sofort bemüßigt sah, die Begeisterung mit dem Hinweis auf die nahe Nachbarschaft der Gaststätte, in der sich die ahnungslosen Ehepartner aufhielten, zu dämpfen.

»Die glauben doch, es ist ein Tor gefallen«, beruhigte Fritz. Alle lachten und freuten sich über den Streich, den sie ihren Frauen spielten.

Die Show war zu Ende, die Geburtstagsgäste kehrten zurück in »Knaufs Schänke«, nicht ohne vorher über Videotext das Ergebnis des Fußballspiels, das ihnen als Alibi gedient hatte, in Erfahrung zu bringen. Lediglich Klaus, der Hausherr, sowie Torsten, Dietmar und Otto blieben zurück.

Gerhard, versessen darauf, die Bildvergrößerungen noch heute Abend durchzusehen, versuchte, sich zu verabschieden.

»Und das Zehn-Liter-Fass von Fritz – sollen wir das etwa alleine trinken?«, fragte Torsten mit einem Vorwurf in der Stimme, als habe er ihn gerade des feigen Davonstehlens, der Flucht vor dem Feind und des Kameradenverrats überführt.

Vor dieser ehrenrührigen Vorhaltung kapitulierte Gerhard augenblicklich und bedingungslos. Und so endete der Abend ähnlich, wie er vor einigen Tagen, als das heutige Ereignis bei Hilde geplant worden war, geendet hatte. Gerhard, nicht mehr willens und auch nicht mehr in der Lage, sein Auto zu fahren, machte sich zu Fuß auf den Weg nach Oberhone. Er wanderte unter einem diesmal klaren, sternenvollen Nachthimmel, in den er auch heute wieder leise sang und der ihm auch jetzt geduldig zuhörte. Ein erster Reif hatte sich über das stille Land gelegt. Kurz nur schalt er sich seiner Unvernunft und Schwäche. Aber war es nicht gerade das Schwachwerden, das unvernünftige, leichtsinnige Handeln, das dem oft faden, rationalen Lebensbrei seine Würze gab?

Lachend und beschwingt setzte er seinen Weg fort durch die kühle Novembernacht.

26

Die Ungeduld trieb ihn schon früh am Morgen aus dem Bett. Nach einem eiligen Zurechtmachen und einer Tasse Kaffee im Stehen machte er sich auf die Suche nach den Fotos mit den vergrößerten Bildausschnitten. Er fand die Mappe im Schrankfach, wo sie obenauf lag, so als habe er gewusst, dass er sie bald noch einmal benötigen würde. Er nahm sich nicht die Zeit, den großen Wohnzimmertisch leerzuräumen, sondern breitete die Fotografien auf dem Teppich aus und kniete sich davor.

Es war jetzt ein anderes Betrachten der abgebildeten Objekte, der Losemühle und des Dorfes Holzburg, die er inzwischen mit Namen benennen konnte. Er sah nun mit seinen eigenen Augen, und nicht durch die Augen des Malers wie beim ersten Mal. Er konnte nicht umhin, die technischen Fertigkeiten Hermann Weinrichs erneut zu bewundern, die er erst jetzt, nachdem er die Landschaft, die Dorf- und Mühlenlage kennen gelernt hatte, in ihrer genauen, realistischen und ortsgetreuen Abbildung richtig einzuschätzen und zu würdigen vermochte.

Als er sich aber die Blätter ansah, die die vollständigen Bilder zeigten, erfasste ihn wie beim ersten Ansehen ein Schaudern, das ihn aber diesmal weniger wegen der dargestellten, kitschigen Szenen und der geschmacklosen Farben, sondern vor allem wegen der makabren Absicht, in der die Gemälde angefertigt worden waren, überlief und frösteln machte. Hermann Weinrich hatte sich mit diesen Bildern lustig über seine Mitmenschen gemacht, das stand für Gerhard jetzt, nachdem er die Zusammenhänge kannte, fest. In unglaublicher Selbstgefälligkeit hatte er die Örtlichkeiten seiner Schandtaten vor dem Betrachter ausgebreitet und sie, einem Clown in einer Harlekinade gleich, in alberne Farben gekleidet. Wie eine Grimasse, wie das Herausstrecken der Zunge, mit dem der Künstler sein Publikum verhöhnte, sahen diese Gemälde Gerhard an.

Nicht einmal vor der eigenen Zurschaustellung, der Darstellung zweier Bilderdiebe und Mörder hatte Weinrich zurückgeschreckt. Sich selbst, den vorzugsweise Schafe Malenden, hatte er als Schäfer auf dem einen, den Ernte-Franz, seinen Komplizen, in einer Ernteszene auf dem anderen Gemälde abgebildet.

Er ermahnte sich, sich nicht in allgemeinen Betrachtungen zu verlieren, sondern sich auf das zu konzentrieren, was ihm seit gestern Abend besonders auf der Seele lag. Gab es ihn tatsächlich, den Hinweis auf den Leichenfundort in den Gemälden? Hatte Weinrich in dem übersteigerten Glauben an seine Unantastbarkeit wirklich die Stelle in seinen Bildern markiert, an der Jerome Klingers Leichnam verborgen war?

Erregung befiel ihn, er musste sich zwingen, mit ruhigem Schritt in das Arbeitszimmer zu gehen, sich die Lupe zu holen und die Kaffeetasse vollzugießen, ehe er sich wieder auf den Teppich hinhockte.

Er ließ das Dorf unbeachtet und richtete das Vergrößerungsglas sofort auf die Mühle. Er nahm an – so fein, wie die Pinselstriche gesetzt waren –, dass auch Weinrich unter Zuhilfenahme der Lupe gearbeitet haben musste, wie anders hätte er die Verästelungen und Verzweigungen der Gartenbüsche, die Balkenlagen und Ziegelfugen der Häuser und die Pflasterung des Hofes ausführen können.

Gerhard ließ den Blick langsam über den Mühlenkomplex gleiten. Er begann am rechten Rand des vergrößerten Bildausschnitts, musterte sorgfältig das Stallgebäude, ohne etwas Auffälliges zu finden, aber auch ohne zu wissen, wie der Hinweis, den er suchte, beschaffen sein könnte, verweilte einige Zeit auf dem Haupthaus, der eigentlichen Mühle, und hielt, als er auch dort nichts entdeckte, das Glas über das kleinste der Gebäude, das Gartenhäuschen.

Auch bei diesem war, so wie bei den anderen Bauwerken, die dem Fluss abgewandte Seite abgebildet. Mit viel Akribie hatte Weinrich die durch Sprossenkreuze zwischengeteilten Fenster gemalt, sogar die schräggestellten Sichtschlitze der Läden waren erkennbar. Auch der Eingangsbereich an der von der

Mühle nicht einsehbaren Schmalseite des Häuschens war detailliert dargestellt bis hin zu den Verzierungen auf der schweren Holztür, die unter der Lupe deutlich auszumachen waren. Ein flaches, nur wenig vorragendes Dach, das heute nicht mehr existierte, hatte damals dem Eingangsbereich etwas Wind- und Regenschutz gegeben.

Seitlich der Haustür war ein Einstieg abgebildet, zwei, drei Stufen sah man innerhalb eines gemauerten Vierecks, die wahrscheinlich in einen Kellerraum hinabführten. Plötzlich stockte Gerhard der Atem. Er brauchte nur einige Sekunden, bis er sich über die Bedeutung dessen, was er gerade gesehen hatte, klar wurde, bis er begriff, dass er möglicherweise das, was er suchte, gefunden hatte.

Erregt erhob er sich, wischte sich über die Augen und versuchte, sich den Eingangsbereich des Gartenhäuschens, so wie er ihn gesehen hatte, aus seiner Erinnerung ins Gedächtnis zurückzuholen. Nein, einen Einstieg wie den hier abgebildeten gab es nicht. Dort, wo der Maler ihn hinplatziert hatte, lagen heute grobe Steinplatten, eine Art Eingangsterrasse von einigen Quadratmetern, die vor der Haustüre angelegt worden war. Ein Kellereinstieg mit einer Steintreppe existierte an dieser Stelle nicht, da war sich Gerhard sicher. Oder war doch zumindest nicht sichtbar, schränkte er ein, denn es war ja gut möglich, dass es den Zugang früher einmal gegeben hatte, er jetzt aber nicht mehr zugänglich, vielleicht verborgen oder gar zugeschüttet war.

Noch einmal beugte er sich über die auf dem Teppich ausgebreiteten Bilder, suchte in aller Hast mit dem Vergrößerungsglas nach weiteren Auffälligkeiten, mehr zum Ausschluss als in der Erwartung, noch etwas zu finden. Zu sicher war er sich, mit dem von Weinrich gemalten Treppeneingang den gesuchten Hinweis auf das geheime Versteck schon gefunden zu haben. Und als er schließlich keine weiteren Besonderheiten mehr entdecken konnte, machte er sich daran, den Entschluss, den er spontan während des Suchens gefasst hatte, in die Tat umzusetzen.

Zunächst rief er in Schrecksbach an. Als er Georg Diehl mitteilte, dass er möglicherweise das Versteck, von dem sie vorgestern gesprochen hatten, ausfindig gemacht hatte und deshalb die Suche danach gleich in Angriff nehmen wolle, war dieser Feuer und Flamme. Er versicherte Gerhard mehrfach, dass es überhaupt nichts ausmache, wenn er heute, auch wenn es Sonntag sei, zur Losemühle komme. Er werde bis dahin die alten Hauspläne, die hoffentlich noch existierten, herausgesucht haben und Irmgard anweisen, noch ein Mittagsgedeck für ihn aufzulegen.

Gerhard, der es gewöhnlich vorzog, über Nebenstraßen durch viel Landschaft ein Ziel anzusteuern, benutzte heute, seiner Unruhe folgend, die schnellere Autobahn. In Alsfeld fuhr er ab, nahm gleich am Ortseingang die Bundesstraße, die durch das Schwalmtal nach Schrecksbach führte und bog kaum zehn Minuten später in die Auffahrt zur Mühle ein.

Noch bevor er ausgestiegen war, kam ihm Georg Diehl vom Haus her entgegen und schwenkte ein großbogiges Papier in der Hand. »Die Pläne«, rief er schon von weitem, »fast hundert Jahre alt, ich habe sie gerade gefunden.« Das Leuchten der Augen und die Erregung in seiner Stimme verrieten, dass ihn der Entdeckergeist gepackt hatte.

Wenig später – Irmgard Diehl hatte Gerhard nur kurz begrüßt, ihn gefragt, ob er gerne Schokoladenpudding esse und war dann wieder in der Küche verschwunden – saßen die beiden Männer am Esstisch über den alten Bauplänen und den vergrößerten Gemäldeausschnitten und studierten und verglichen das vorliegende Material.

»Da, sehen Sie«, der Hausherr tippte mit dem Finger auf den vergilbten Plan, »dort, wo dieser Weinrich ihn gemalt hat, ist tatsächlich früher einmal ein Kellereingang gewesen – unglaublich!«

»Und Sie haben wirklich nicht gewusst, dass es eine Unterkellerung des Gartenhäuschens gibt?«, fragte Gerhard.

»Nein, Sie müssen mir glauben, heute erfahre ich zum ersten Mal davon. Ich nehme an, dass der Kellerzugang später, als der große Stall hier gegenüber gebaut wurde, abgedeckt oder zugeschüttet worden ist, weil man die Kellerräume danach nicht mehr brauchte. Aber das muss schon vor meiner Geburt passiert sein, denn ich habe den Eingang und die Treppe nie zu Gesicht bekommen.«

Sie berieten noch, wie sie vorgehen sollten, wägten ab, ob es sinnvoll war, vielleicht sogar Vorschrift, die Polizei über die geplante Freilegung des Verstecks zu informieren, ihr möglicherweise sogar die Aufdeckung zu überlassen, waren sich aber schnell einig, sich zunächst einmal davon zu überzeugen, ob dieser geheime Zugang wirklich existierte und der Keller tatsächlich auch etwas enthielt, was von kriminalistischer Bedeutung war.

Georg Diehl belud einen Schubkarren mit Schaufel und Kreuzhacke, auch ein Seil legte er dazu und holte aus dem Wohnhaus zwei Taschenlampen – »falls wir Licht benötigen.«

Sie schwiegen auf dem Weg zum Gartenhäuschen. Jeder war mit dem Gedanken beschäftigt, ob sie den Zugang finden und vor allem was sie in dem Versteck vorfinden würden.

Als sie am Rand der Plattenterrasse ankamen, verglichen sie noch einmal den Gemäldeausschnitt und den Bauplan. Sie stellten fest, dass auf beiden an nahezu identischem Ort die hinabführende Treppe gemalt beziehungsweise eingezeichnet war, und lokalisierten schnell die Stelle, an der sie, noch von den Steinplatten bedeckt, liegen mußte.

Georg Diehl nahm die Schaufel aus dem Schubkarren und betrat die Platten. Suchend ließ er das Auge über die plane Fläche gleiten, ohne auf den ersten Blick eine Auffälligkeit feststellen zu können. Langsam begann er, die Terrasse abzuschreiten. Dabei stieß er das Schaufelblatt von Zeit zu Zeit auf die verlegten Platten. Aber nichts deutete auf einen Hohlraum hin, gleichmässig hell klang das Geräusch, das beim Auftreffen des Metalls auf den Stein entstand und das davon zeugte, dass die Platten fest einem Untergrund auflagen.

»Nichts, kein Hinweis auf eine Erdaussparung.« Diehl schaute sich hilflos um. »Nach so langer Zeit lässt sich natürlich auch nicht mehr erkennen, ob und wo einmal Platten hochgehoben und wieder eingefügt wurden.«

Gerhard, der inzwischen ebenfalls die Terrasse betreten und das vergebliche Bemühen Diehls verfolgt hatte, kniete sich auf die Steine nieder. Dabei beugte er den Kopf tief hinunter bis dicht über die Oberfläche. Aufmerksam musterte er das Plattenprofil.

»Dort ist etwas – eine Unebenheit,« rief er plötzlich und stand auf. Als er zu der Stelle kam, an der er die Veränderung bemerkt hatte, hockte er sich hin und begann, mit den Fingern die dicke Moosschicht, die sich im Laufe der Jahre gebildet hatte, von den Steinen herunter zu kratzen.

Georg Diehl war herangekommen und sah mit wachsender Spannung zu, wie unter dem Moosbewuchs ein flacher, in die Platte eingelassener Eisenring sichtbar wurde. » Das ist es – das ist der Zugang, den wir suchen«, rief er aufgeregt.

Gerhard hatte sich inzwischen erhoben und breitbeinig über die bearbeitete Platte gestellt. Mit beiden Händen packte er den Ring, zog mit aller Kraft daran und stemmte sich vom Boden ab. Unter einem schürfenden Geräusch löste sich der Stein allmählich aus seinem Verbund, um sich kurz darauf mühelos nach oben ziehen zu lassen. In der Lücke, die Gerhard in dem Terrassenbelag geschaffen hatte, tauchte eine eisenbewehrte Betonplatte auf, die ganz augenscheinlich dazu diente, eine darunterliegende Öffnung zu verschließen. Aber noch zwei weitere Steinplatten mussten entfernt werden, ehe die Abdeckung in ihrer Gänze freigelegt war.

Eine erwartungsfrohe, zugleich aber bange Erregung hatte beide Männer ergriffen, sie klopften sich gegenseitig auf die Schulter wie zwei Polarforscher, die gerade den Südpol erreicht hatten; dann begannen sie in stummem Einvernehmen, jeder an einem Ende anfassend, die Betonplatte von der Öffnung zu heben.

Das spärliche Licht des Novembermorgens reichte kaum bis auf den Grund des schräg nach unten verlaufenden Treppengangs, der nun sichtbar wurde. Gerhard zählte acht hohe Steinstufen, die, soweit er das in der dunklen Tiefe erkennen konnte, an einer Brettertür endeten.

»Jetzt brauchen wir Licht«, flüsterte Diehl und holte die zwei vorsorglich mitgenommenen Stableuchten aus dem Schubkarren.

»Geh du zuerst, du bist der Hausherr«, forderte Gerhard nach Entgegennahme der Lampe auf. Ohne sich dessen bewusst zu werden, hatte er im Angesicht des bevorstehenden gemeinsamen Unternehmens, das sie zu einem Team zusammenschweißte, das vertrauliche Du benutzt, das Georg Diehl nun seinerseits aufgriff: »Gut, aber komm gleich hinterher, wer weiß, was uns unten erwartet.«

Eng hintereinander, die eingeschalteten Lampen fest umklammert, stiegen die Männer die Steinstufen, die an einigen Stellen abgebröckelt oder von tiefen Rissen durchzogen waren, hinunter bis vor die Tür, deren schmale Bretter von einem quer darüberlaufenden Balken stabilisiert wurden. Ein Türschloss gab es nicht, lediglich ein von einer dicken Rostschicht bedeckter Riegel war vorgeschoben.

Georg Diehl versuchte, zunächst durch Zug, dann, indem er mit der Handkante dagegen schlug, das sperrige Eisenblatt zurückzuschieben. Als er die Vergeblichkeit seiner Bemühungen erkannte, drückte er sich eng an die Gangwand, um Gerhard Platz zum weiteren Niedersteigen zu machen. »Komm, hilf mir«, forderte er ihn auf, »heb die Tür etwas an, vielleicht bekomme ich den Riegel dann auf.«

Dicht nebeneinanderstehend versuchten sie nun, der eine durch Heben, der andere durch Ziehen, die Tür zu entriegeln.

»Drück ein bisschen dagegen, irgendwo hängt das Ding fest«, ächzte Diehl unter der Anstrengung, mit der er an der Türsperre zog. Gerhard schob eine Schulter unter das obere Ende des Querbalkens und hob die Tür unter gleichzeitigem Drücken an.

»Und, geht's jetzt?«, stöhnte er seinerseits.

»Noch ein bisschen höher und etwas mehr Druck auf den oberen Teil«, kam die Anweisung von vorne.

Gerhard spürte trotz der kühlen Außentemperaturen den Schweiß, der sich unter seinen Achseln bildete. Mit einer neuen Anstrengung stemmte er sein Gewicht gegen die Bretter und den Balken.

»Ja, weiter so«, spornte Diehl ihn an und bewirkte bei seinem Hintermann eine letzte, äußerste Kraftentfaltung.

Mit einem splitternden Krachen, einem Bersten der Balken und dem Prasseln von Mörtel und Lehm fiel wie in Zeitlupe auf dem Luftkissen schwebend, das sie vor sich herschob, die Tür zusammen mit ihrem morschen Rahmen in das Innere des Kellerraumes.

Gerhard hatte sich gerade noch abfangen und verhindern können, ebenfalls in das dunkle Loch zu fallen. Erschrocken und für einige Sekunden erstarrt standen beide Männer da und blickten auf die Staubwolke, die ihnen entgegenwallte und sie wenig später einhüllte. Hustend stolperten sie die Treppenstufen hinauf und traten von der Einstiegsöffnung zurück. Der gelbe Staubpilz, der ihr entstieg, schwebte nur wenig, ein, zwei Meter vielleicht, über dem Boden, ehe ihn der Wind erfasste und hinunter zu den Schwalmwiesen trieb.

»So, nun ist der Keller offen«, verkündete der Hausherr lakonisch und machte, als der Staub sich verzogen hatte, eine einladende Handbewegung zu Gerhard hin. »Jetzt gehst du zuerst, schließlich ist es dein Fall.« Um seine Rede zu unterstreichen, trat er einen Schritt zur Seite, um ihm den Vortritt beim Hinuntersteigen zu dem unbekannten, unterirdischen Raum zu lassen. Gerhard fühlte sich an die Geschichte der Entdeckung des Tut-Ench-Amungrabes erinnert, die ihn schon als Jugendlichen in ihren Bann gezogen hatte und die ihn noch jetzt faszinierte. Auch dort hatte, als das Grab endlich geöffnet war, Howard Carter als der Urheber der Entdeckung das Privileg erhalten, als erster hinabzusteigen und einen Blick auf die unermesslichen Schätze und den Sarg, in dem der Leichnam des jungen Pharao lag, zu werfen. Gerhard fürchtete, dass der Umstand, dass er jetzt als erster die Stufen hinunterging, nicht die einzige Parallele zu dem damaligen Ereignis war.

Der Staub hatte sich nun völlig verzogen, teils hatte der Wind ihn hinweggeweht, teils hatte er sich erneut auf Boden, Bretter und Balken gelegt, dorthin, wo er Jahrzehnte schon unberührt und unbewegt gelegen haben musste.

Gerhard nahm die Leuchte wieder auf, die er vor dem Hochstemmen der Tür auf der untersten Treppenstufe ausgeschaltet abgelegt hatte. Er überzeugte sich, dass Georg Diehl unmittelbar hinter ihm stand und registrierte, dass ihn seine Nähe beruhigte; dann knipste er die Lampe an und richtete ihren Strahl auf das Innere des Raumes.

Es war ein Kriechkeller, in den er hineinleuchtete, zu niedrig um aufrecht darin zu stehen. Über der flach am Boden liegenden Tür lagen die Balken des Rahmens, übersät von Mauerresten, die sie beim Herausbrechen mitgerissen hatten.

Vorsichtig stieg Gerhard über die Trümmer hinweg, versuchte dabei, jedes Berühren, das zu einer Lageveränderung des Balkenwerks und einem weiteren Niederstürzen von Steinbrocken führen konnte, zu vermeiden. Ein Rinnsal feinen Grusstaubs, das ihm in den Nacken rann, veranlasste ihn, das Licht zur Decke zu richten: Zwischen Holzbalken, die den Boden des darüberliegenden Raumes zu tragen hatten, war ein Geflecht von Gerten, Ästen und Zweigen eingewoben, in das Lehm oder Ton in dicker Schicht hineingedrückt und eingeschlemmt war. Von dort rieselte an mehreren Stellen, möglicherweise durch die Erschütterung des Türaufbruchs ausgelöst, das trockene Mehl herab.

Gerhard sah Georg Diehl, der gerade durch die Balken gekrochen kam und ebenfalls zur Decke leuchtete, mit fragendem Blick an.

»Wird schon halten«, sagte der und zuckte mit den Schultern, »hoffe ich jedenfalls.«

Gerhard ließ den Lichtstrahl über die Seitenwände gleiten,

über grobes, unverputztes Mauerwerk, auf das die Balkenlage der Decke aufgelegt war. Was ihm auffiel, war die Trockenheit, die in diesem Raum herrschte, und das Fehlen jeglichen Modergeruchs, ungewöhnlich für einen in Flussnähe in den Boden eingelassenen Keller; aber möglicherweise hielt eine Lehm- oder Lößschicht die Feuchtigkeit und das Grundwasser zurück.

Gerhard bewegte die Hand, in der er die Lampe hielt, weiter und ließ den Lichtkegel über die Rückwand des Raumes wandern. Mit abrupter Plötzlichkeit erstarrte seine Bewegung, der Strahl kam zum Stillstand und verharrte in der hinteren, unteren Kellerecke. Ein Keuchen in seinem Rücken verriet, dass auch Georg Diehl das Schreckliche erblickt hatte. Erfasst nun vom starken Lichtschein beider Lampen blickten sie auf das, was sie gesucht und mit Bangen zu finden befürchtet hatten: Mit aufgerichtetem Oberkörper auf dem Boden sitzend, zum Teil noch von halb zerfallener Kleidung bedeckt, lehnten zwei menschliche Skelette an der rückwärtigen Kellerwand. Auch nach den vielen Jahren, die seit seinem Tod vergangen waren, war die Uniform, die an den Gebeinen Jerome Klingers in Fetzen herunterhing, noch zu erkennen. Der Schädel des Sohnes hatte sich in einer seltsam anrührenden Vertraulichkeit gegen den linken Oberarm des Vaters geneigt, der ihn aus leeren Augenhöhlen zu betrachten schien.

»Komm, lass uns gehen«, sagte Gerhard mit einer Stimme, die ihm nur mit Mühe gehorchte, und fasste Georg Diehl am Arm. »Das Weitere ist jetzt Sache der Polizei.«

Erst viel später, als sie am Tisch saßen und darauf warteten, dass Irmgard das Essen auftrug, fiel die bedrückende Beklemmung, die die Entdeckung und Begehung der unterirdischen Totengruft in Gerhard ausgelöst hatte, von ihm ab. Ein Gefühl der Erleichterung, ein Empfinden, wie man es hat, wenn man ein Ziel erreicht, einen Berggipfel etwa oder eine Flussmündung, überfiel ihn mit einer solchen Kraft, dass es ihn selbst verwunderte.

Der letzte Baustein, so makaber er auch war und so schrecklich sein Anblick, hatte sich in die Fallrekonstruktion, die er errichtet hatte, eingefügt und dem Gebäude die endgültige Tragfähigkeit verliehen. Seine Vermutungen hatten sich nahezu alle bestätigt, seine Wissbegier, aber auch seine Hartnäckigkeit hatten ihn bis zu diesem Punkt geführt, der nun ein Endpunkt war, zumindest, was diese Angelegenheit betraf.

Die Kripo würde jetzt die weiteren Untersuchungen vornehmen, das hatten sie in die Wege geleitet. Sie waren, nachdem sie die Betonplatte wieder über den Kellereingang gelegt hatten, zum Haupthaus zurückgekehrt und hatten die Polizeistation in Ziegenhain angerufen. Ein erstes Vorauskommando war gerade dabei, den Fundort abzusperren, die Experten der Spurensicherung würden erst später eintreffen, schließlich war Sonntag heute und die Morde an den beiden Amerikanern lagen soweit zurück, dass keine Eilbedürftigkeit bestand.

Irmgard, die bei dem Bericht über die grässlichen Funde, mit denen sie seit Jahren in enger Nachbarschaft lebten, entsetzt die Hände vors Gesicht geschlagen hatte, trug in diesem Moment die Schüsseln und Platten herein, auf denen das Mittagessen angerichtet war. Der Duft des Bratens erfüllte das Zimmer und kitzelte Nase und Gaumen.

Die Gespräche, das war nicht zu verhindern, drehten sich um das gerade Erlebte, schlossen auch die lange zurückliegenden Tage ein, an denen die Toten in den Keller gebracht worden waren. Das schreckliche Szenarium wurde in düsteren Farben nachgezeichnet, schaurige Attribute, wie sie bei einem solchen Geschehen allzu leicht der Fantasie entspringen, hinzugefügt.

Gerhard versuchte, während des Essens, über das er, nicht zuletzt verführt durch den Bratenduft, mit einem wahren Heißhunger herfiel, die Ereignisse der letzten Stunden und Minuten zu verdrängen. Er war sich darüber im Klaren, dass die Polizei schon bald in aller Ausführlichkeit würde wissen wollen, wie er die Lage des Verstecks herausgefunden hatte. Auch die schließliche Aufdeckung und den Fund der Leichen würde er schildern müssen.

Jetzt aber, dazu ermahnte er sich, wollte er sich ganz auf das wunderbare Essen, das Irmgard Diehl auf den Tisch gebracht hatte, konzentrieren. Er schloss die Augen, als er die Kartoffeln, die er in der würzigen Bratensoße zerdrückt hatte, mit einem Stück Fleisch dem Mund zuführte, schloss sie noch einmal, als er den frischen Feldsalat, von dem noch der Schmand tropfte, hinterher schob und registrierte mit großer Genugtuung, dass es ihm kurzfristig gelungen war, die jüngsten Vorkommnisse zur Seite zu schieben und von dem grausigen Geschehnis abzuschalten, denn die einzige Frage, die ihn in diesem Augenblick beschäftigte, war, wie, um Himmels Willen, er es nach all dem wundervollen Braten und dem köstlichen Salat schaffen sollte, sich den gewiss nicht minder deliziösen Schokoladenpudding noch einzuverleiben.

27

Es war Donnerstag, vier Tage nach dem Auffinden der Leichen auf der Losemühle, als Gerhard am frühen Vormittag von Hauptkommissar Karl Montag angerufen wurde.

Er war am Vortag zurückgekehrt aus Köln, wo er im Zusammensein mit seinen Töchtern die Ereignisse der zurückliegenden Tage vergessen und wieder auf andere Gedanken kommen wollte. Dies war ihm auch in wahrlich erschöpfendem Ausmaß gelungen, denn Johanna und Judith hatten sich alle Mühe gegeben, ihrem Vater ein abwechslungsreiches Programm zusammenzustellen, das ihn zwangsläufig von dem Zurückliegenden abgelenkt hatte. Er war völlig chancenlos gewesen, sich den Kopf über vergiftete Seniorinnen oder ermordete Amerikaner zu zerbrechen, denn sie hatten Karten für die Philharmonie besorgt, ihn ins Rhein-Energie-Stadion zum Pokalspiel des 1. FC Köln geführt und waren, was den Vater besonders gefreut hatte, stundenlang und geduldig mit ihm durch das Ludwig-Museum gewandert, das er nicht zuletzt wegen seiner Otto-Müller-Bilder so liebte.

Noch bevor er am Sonntagabend nach Köln aufgebrochen war, hatte er sich bei Hauptkommissar Uhlenhorst abgemeldet und ihm die Adresse und Telefonnummer der Töchter für den Fall, dass er noch etwas von ihm wissen wollte, mitgeteilt. Uhlenhorst hatte ihn jedoch bisher nicht zu erreichen versucht.

Heute Morgen nun, als er gerade dabei war, die Post durchzusehen, hatte das Telefon geläutet. »Wo treibst du dich nur herum?«, hatte Charly Montag das Gespräch eröffnet, um in vergnügtem Ton fortzufahren: »Ja, wenn man Schusswechsel und Handgemenge mit Mördern hat und nebenbei noch Leichen im Keller findet, dann hat man natürlich keine Zeit, am Telefon zu sitzen und darauf zu warten, von einem Hauptkommissar angerufen zu werden.«

»Woher weißt du das alles?«, hatte Gerhard ihn erstaunt gefragt.

»Die Polizei ist vernetzt, das sollte dir bekannt sein; und sie weiß alles, auch das solltest du wissen«, hatte er in liebenswerter Großspurigkeit verkündet, um dann zum Zweck seines Telefonats zu kommen. »Wir haben heute Nachmittag eine wichtige Dienstbesprechung, bei der wir dich gerne dabei hätten. Kannst du kommen? Um drei Uhr?«

Er hatte zugesagt. Er hatte sowieso vorgehabt, noch einmal nach seiner Rückkehr aus Köln mit der Polizei zu sprechen. Er wollte ihr nun endlich von Elfriede Weinrichs Testament berichten, wollte seine Befürchtungen dalegen, dass Berthold Brandel sich dieses gewaltsam angeeignet und anschließend vernichtet haben könnte. Auch den Verdacht, Brandel könne möglicherweise den Tod Martha Henkelmanns verschuldet haben, wollte er ansprechen. Wie die Polizei dann letztendlich mit diesen Vermutungen umging, war ihre Sache.

Allzugerne wäre Gerhard mit der vollständigen Lösung des Falles und einem Geständnis des Neffen vor Charly Montag hingetreten, aber sein Einschüchterungs- und Überrumpelungsversuch in der Vorwoche, mit dem er Brandel in die Enge treiben wollte, war so kläglich misslungen, dass er sich vornahm, ihn den Kommissaren gegenüber gar nicht zu erwähnen.

Er ging hinüber in sein Atelier. Beim Anblick der verwaisten Staffelei überlegte er, ob er nicht mit einem neuen Bild beginnen sollte, doch er merkte schnell, dass ihm jetzt die innere Ruhe dafür fehlte.Erst mußte er seine Verabredung mit der Polizei hinter sich bringen.

Während er noch überlegte, wie er die Zeit bis zu seinem Treffen mit den Kommissaren zubringen sollte, unterbrach das Klingeln des Telefons seine Gedanken. Als er abhob, meldete sich am anderen Ende der Leitung Christa Degenhardt. Ein Zögern in ihrer Stimme war unüberhörbar, als sie nach einer kurzen Begrüßung sagte: »Herr Gerhard, ich weiß, es ist etwas ungewöhnlich. Aber hier ist ein Brief für Sie abgegeben worden.«

Gerhard runzelte die Stirn. Er konnte sich beim besten Willen nicht vorstellen, wer für ihn im »Getrudisstift« Post hinterlassen würde. Vielleicht einer der theaterspielenden Senioren, der ihm etwas mitteilen wollte und sich nicht getraute, es ihm persönlich zu sagen. »Von wem ist der Brief denn?« fragte er ohne übermässiges Interesse nach.

»Er ist von Berthold Brandel, dem Neffen Elfriede Weinrichs.« Christa Degenhard machte eine kurze Pause. »Sie erinnern sich?«

Gerhard horchte auf. Er spürte das Kribbeln, mit dem seine Neugier erwachte und fühlte, dass ihn eine unbestimmte Erregung befiel. Ohne seine innere Unruhe näher zu erklären, teilte er der verdutzten Heimleiterin mit: »In fünfzehn Minuten bin in bei Ihnen.« Dann legte er auf.

Was hatte das zu bedeuten? Was hatte Brandel ihm mitzuteilen? Voller Ungeduld machte er sich auf den Weg nach Eschwege.

Nur kurze Zeit später fuhr er die geteerte Einfahrt zum Seniorenstift hinauf, parkte unter den hohen Bäumen und betrat eilig das große Haus. Mit schnellen Schritten hastete er durch den langen Gang, in dem Christa Degenhardts Büro lag, und stöhnte verärgert auf, als er das Zimmer der Heimleiterin verschlossen fand. Aus einem Nachbarraum, dessen Tür offen stand, erscholl eine Stimme: »Wenn Sie Christa suchen, die ist im `Jungbrunnen`« Heinrich machte sich nicht die Mühe, das zu der Stimme gehörende Gesicht ausfindig zu machen. Er durchquerte den mit Teppich ausgelegten Flur, der den Klang seiner raschen Schritte dämpfte und betrat kurz darauf das »Café Jungbrunnen«.

Er hielt nach Christa Degenhard Ausschau und erblickte sie schließlich in einer Gruppe von Heimbewohnern, die, offenbar in regem Gedankenaustausch, an der dem Eingang gegenüberliegenden Wand zusammenstand. Einige kannte Gerhard aus der Theater-AG, und auch er blieb nach seinem Eintreten nicht lange unbemerkt.

»Herr Doktor, Herr Doktor«, rief einer der zwei männlichen Darsteller quer durch den Raum und winkte zu ihm herüber. Gerhard grüßte freundlich zurück und ging auf die Gruppe zu. Plötzlich aber, kaum, dass er zwei, drei Schritte getan hatte, blieb er wie angewurzelt stehen. Fassungslos starrte er auf die vor ihm liegende Wand. Der Anblick, der sich ihm bot, war so überraschend, dass er im ersten Moment kaum begreifen konnte, was er mit eigenen Augen sah.

»Herr Gerhard, was ist mit Ihnen?«, hörte er die besorgte Stimme Christa Degenhards. »Sie sehen aus, als hätten Sie einen Geist erblickt?« Die Heimleiterin klang beunruhigt.

Gerhard blickte sie verwirrt an. Sein ungläubiger Blick wanderte wieder zurück zu dem, was er vor sich sah und nicht begriff:. Dort, neben der Speisekarte und einer farbenfrohen Fotomontage hing, unübersehbar in ihrer Großartigkeit, die Studie des »Schwälmer Tanzes«, jenes Gemälde, das Gerhard in den Händen der Polizei glaubte, sichergestellt in Lippmanns Haus bei dessen Verhaftung.

»Das Bild.« Er schaute die Heilmleiterin entgeistert an.

»Hübsch, nicht wahr«, entgegnete diese fröhlich. »Das haben wir heute vermacht bekommen, zusammen mit noch einem anderen Gemälde.«

Gerhard ließ sich auf einen Stuhl sinken und strich sich mit der flachen Hand über die Stirn.

»Wie gefällt es Ihnen, Herr Doktor?«, fragte eine der Seniorinnen und deutete auf das große Ölgemälde. Gerhard starrte das Kunstwerk an. Welche Irrwege hatte dieses Bild hinter sich: Geraubt, in Kellern versteckt, hinter einer anderen Leinwand verborgen, war es hier in diesem Seniorencafé mit dem so passenden Namen »Jungbrunnen« gelandet. Denn wo, wenn nicht auf diesem Gemälde, war die Vitalität und Lebenslust, die von jungen Menschen ausging, meisterhafter dargestellt.

Gerhard mußte nun doch lächeln, als er der Seniorin mit der größtmöglichen Untertreibung antwortete: »Nicht schlecht, das Bild.«

»Berthold Brandel hat es uns geschenkt«, verkündete Christa Degenhard nicht ohne Stolz. »Aus dem Nachlass Elfriede Weinrichs, wie er sagt.« Dann entsann sie sich des an Gerhard adressierten Briefes. Sie kramte in ihrer Jackentasche und beförderte einen weißen Umschlag zu Tage. »Herr Brandel bat mich ausdrücklich, das Schreiben Ihnen persönlich zu übergeben. Hier, bitte.«

Gerhard nahm das unscheinbare Briefkuvert entgegen, drehte es hin und her und sah es eine Weile schweigend an. Die Heimleiterin, die die Verwirrung ihres Gegenüber zwar nicht verstand, die aber mit dem Gespür der lebenserfahrenen Frau begriff, dass Gerhard nun allein sein wollte, lockte die Seniorengruppe mit der Verheißung eines gemeinschaftlichen Kaffees in eine entfernte Ecke des großen Raumes. Bevor sie ging, versicherte sie ihm mit leuchtenden Augen: »Ich freue mich riesig auf heute Abend, auf die Theaterprobe«; dann eilte sie der Gruppe nach.

Gerhard blickte auf den Brief in seinen Händen. Auf der Umschlagvorderseite stand – handgeschrieben – in Druckbuchstaben: »Herrn Dr. Heinrich Gerhard – persönlich«. Ein Absender war nicht angegeben. Ungeduldig riß Gerhard den Umschlag auf und entnahm ihm drei ebenfalls handgeschriebene Seiten, die er vor sich auf den Tisch legte.

Auf der ersten Seite war am oberen Rand Berthold Brandels Name, seine Adresse und das Datum, an dem er das Schriftstück verfasst hatte, angegeben. Mit schwungvollen, runden Bögen hatte der Prokurist in gut leserlicher Schrift die drei Blätter beschrieben.

Gerhard hielt unwillkürlich den Atem an, als er die ins Auge springende Überschrift sah: »Geständnis« stand dort in deutlichen Großbuchstaben. Mit einem leisen Ausruf der Verwunderung richtete sich Gerhard auf und starrte auf das Papier. Für einige Sekunden war er wie gelähmt. Dann aber lehnte er sich mit einem Seufzer der Erleichterung zurück und begann, Berthold Brandels Bekenntnis zu lesen.

28

Gerhard betrat, noch fünf Minuten vor der vereinbarten Zeit, das nüchterne Dienstzimmer Montags. Charly saß, diesmal in korrekter Sitzhaltung, in seinem Schreibtischsessel. Den Mann, der ihm gegenüber auf dem einzigen Stuhl des Raumes Platz genommen hatte, erkannte Gerhard erst, als dieser sich umdrehte.

»Schön, Sie so frisch und erholt wiederzusehen, Herr Gerhard«, sagte Hauptkommissar Uhlenhorst, als er sich zur Begrüßung erhob, »das letzte Mal, als wir uns sahen, machten Sie einen etwas durchfrorenen Eindruck, was nach alldem, was Sie erlebt hatten, durchaus verständlich war.«

»Ja, unser Held«, begrüßte ihn auch Charly Montag, drückte ihm herzlich und schmerzhaft fest die Hand und teilte ihm mit, dass er noch einen Augenblick auf seine Sitzgelegenheit warten müsse, Gunter sei unterwegs, um Stühle zu holen.

»Da sich einiges in den letzten Tagen getan hat und wir

dadurch nahezu alles aufklären konnten, wollen wir heute eine zusammenfassende und abschließende Bewertung der Fälle vornehmen«, erläuterte Montag den Sinn der Zusammenkunft. »Deshalb ist auch der Kollege Uhlenhorst nach Eschwege gekommen, damit wir noch einmal gemeinsam die gewonnenen Erkenntnisse durchsprechen. – Und natürlich darfst du dabei nicht fehlen, Heiner, denn nur deiner Sturheit, deiner Neugier oder was auch immer dich getrieben hat, haben wir die erfolgreiche Aufklärung zu verdanken.«

Er lächelte Gerhard zu und nickte mit dem Kopf, um dann aber besorgt anzufügen: »Das Ganze hätte auch verdammt schief gehen können, Heiner. Du hättest uns ermitteln lassen sollen, anstatt auf eigene Faust vorzugehen.«

»Wollte ich ja«, maulte der, »aber ihr habt mir entweder nicht richtig zugehört oder dem, was ich vorgetragen habe, keinen Glauben geschenkt.«

Das Eintreten Gunters, der in jeder Hand einen Plastikstuhl trug, entband Charly Montag einer Erwiderung auf Gerhards unterschwelligen Vorwurf.

»Hallo, Heiner, du machst Sachen«, begrüßte ihn Oberkommissar Schröder und schob ihm den Stuhl zu.

»Du siehst doch, ich lebe noch«, scherzte Gerhard.

»Aber gerade so«, schüttelte Gunter den Kopf und setzte sich in den Halbkreis, den sie um Montags Schreibtisch bildeten. Der Eschweger Hauptkommissar hob nun, einem Dirigenten ähnlich, der den Einsatz geben will, den Arm: »Lasst uns anfangen«, sagte er, »je zügiger und konzentrierter wir zu Werke gehen, desto eher sind wir fertig.«

Eines beunruhigte Gerhard und er konnte sich nicht verkneifen, nachzufragen: »Wie? So ganz ohne Wegzehrung heute?«

»Heute speisen wir auswärts«, antwortete Gunter und sah zu Uhlenhorst hinüber.

»Erst die Arbeit, dann das Vergnügen«, gab Charly Montag nun die Parole aus und zog einen Heftordner, der auf dem Schreibtisch lag, zu sich heran. »Fangen wir mit dem an, das die

Ereignisse und die sich daraus entwickelnden Folgehandlungen erst ins Rollen gebracht hat.« Er schlug die Mappe auf und begann, wohl auch um Uhlenhorst richtig ins Bild zu setzen, die Umstände des Todes der beiden Seniorinnen Elfriede Weinrich und Gertrud Vaupel zusammenzufassen.

»Heiner – Herr Gerhard«, wandte er sich an seinen Schwälmer Kollegen, »hat sehr früh schon aus der Ähnlichkeit der beiden Todesfälle den Schluss gezogen, dass diesem gemeinsamen Muster eine Absicht zugrunde liegen musste. Er ahnte sehr schnell, dass nicht einfach ein zufällig gleichartiges Sterben vorlag, sondern dass es sich nur um Morde handeln konnte. Wir haben, das muss ich gestehen, diesen Vermutungen damals keine Bedeutung zugemessen, da ihnen keine Beweise unterlegt werden konnten – sehr zu Unrecht, wie wir jetzt wissen.« Er nahm ein Blatt aus dem Ordner und sah kurz zu Gerhard hin. »Hier habe ich den Untersuchungsbericht der toxikologischen Gerichtsmedizin über die Haar- und Nagelproben Elfriede Weinrichs, die wir dann doch noch, angestoßen durch die Vorkommnisse der letzten Tage, exhumieren ließen.«

Er vertiefte sich in das Papier, das er in den Händen hielt, dann aber winkte er ab. »Ich erspare euch die Einzelheiten, die kann, wer will, nachlesen. Fakt ist jedenfalls, dass Elfriede Weinrich durch ein Gift zu Tode gekommen ist, das wie Zyankali wirkt und chemisch mit ihm verwandt ist, im Gegensatz dazu jedoch geruch- und geschmacklos ist.«

»Deshalb habe ich bei der Mund-zu-Mund-Beatmung weder etwas gerochen noch etwas geschmeckt«, begriff Gerhard, dem das Bild der leblosen alten Frau, die er reanimiert hatte, vor Augen kam, »Und was ist mit Gertrud Vaupel?«, fragte er.

»Frau Vaupel wurde verbrannt, eine Haaranalyse ist also nicht mehr möglich«, antwortete Montag und hob bedauernd die Hände, »es ist aber anzunehmen, dass sie genauso starb wie Elfriede.« Er legte das Blatt in die Mappe und klappte sie zu.

»Um den Fragen gleich zuvorzukommen, will ich berichten, dass wir mit gezieltem Suchen bei Martha Henkelmann in einem Glasbehälter, den sie zwischen ihren Kosmetiktuben und -fläschchen versteckt hatte, Reste des verwendeten Giftes gefunden haben. Woher sie es hatte, darüber können wir nur spekulieren. Am wahrscheinlichsten ist, dass es aus den Beständen der Apotheke, die sie einst führte, stammt.«

Er legte den Heftordner zur Seite. »Dieser Fall ist abgeschlossen. Es ist mit großer Sicherheit anzunehmen, dass Martha Henkelmann die Mörderin der beiden Seniorinnen war, dass sie ihnen das tödliche Gift in einer ausgetauschten Medikamentenkapsel untergeschmuggelt hat – dafür spricht auch die Zeitspanne, die in beiden Todesfällen von der Einnahme der Kapsel, die sich erst auflösen musste, bis zum Todeseintritt verstrichen ist. Enttäuschte Liebe, Vernachlässigtwerden, Eifersucht waren die Motive – starke Motive, wie wir alle wissen, stark genug, um zu töten.« Er strich mit der Hand über die Schreibtischplatte, als wolle er das eben Gesagte zur Seite schieben. »Wem nützt es, wenn wir noch tiefer nachforschen? Opfer und Mörderin sind tot und neue Erkenntnisse würden keine Konsequenzen haben.«

Wie zur Demonstration, dass er gewillt war, den Fall endgültig ad acta zu legen, stand er auf, ging hinüber zu dem kleinen Schränkchen unter dem Fenster und legte dort neben den drei kümmerlichen, halbverwelkten Topfpflanzen den Ordner ab. Dann kehrte er zurück zu seinem Schreibtisch, setzte sich mit Gewichtigkeit auf den hohen, drehbaren Lehnstuhl und wandte sich an seinen Gast aus Oberhessen: »Herr Uhlenhorst, der zweite Fall ist Ihr Fall, auch wenn er auf den ersten Blick mit dem anderen Fall zusammenzuhängen scheint. Ich glaube, auch Herrn Gerhard hat dieser scheinbare Zusammenhang ganz schön aufs Glatteis geführt. Stimmt's, Heiner?«

»Das kann man wohl sagen«, bekannte der Angesprochene, »mir wollte es einfach nicht gelingen, eine vernünftige und belegbare Verbindung zwischen den Ereignissen, die so offensichtlich zusammenhingen, herzustellen. Da stirbt eine Seniorin, in deren Zimmer gestohlene Gemälde hängen, und da ist ein Neffe, der hinter den Bildern her ist wie der Teufel, um sie zu dringend benötigtem Geld zu machen. Diese bei oberflächlichem Hinsehen logische Verknüpfung passte jedoch in ihren Details, egal wie man sie drehte und wendete, nicht zusammen.«

»Aber Sie haben die Lösung dennoch schließlich gefunden«, sagte Uhlenhorst und deutete mit einer Handbewegung an, dass er jetzt doch gerne wüsste, wie er aus diesem Dilemma herausgefunden hatte und zu den richtigen Schlüssen gekommen war.

»Genaugenommen hat Franziska den gordischen Knoten meiner viel zu verschlungenen Gedanken zerschlagen«, gestand Gerhard unter Zuhilfenahme des historischen Bildes. »Sie hat, als ich den Zusammenhang nicht finden konnte, in genial weiblicher Intuition einfach in den Raum gestellt, dass es vielleicht den Zusammenhang, den ich suchte, gar nicht gab. Und tatsächlich, wenn man jeden Fall unabhängig vom anderen betrachtete – so wie wir es heute auch tun –, ergab sich plötzlich ein Sinn und eine Lösung.«

»Kluges Mädchen, Ihre Franziska, wunderbare Frau«, sagte Uhlenhorst und nickte anerkennend. Gerhard, unsicher, ob sich die Aussage des Kriminalhauptkommissars, der Franziska ja auf der Losemühle kennen gelernt hatte, auf ihr durchaus attraktives Äußeres, ihre unumstrittene Ausstrahlung oder wirklich nur auf ihren zur Lösung der Fälle beitragenden Einfall bezog, beschränkte sich darauf, im Konsens mit den anderen zustimmend zu nicken.

Uhlenhorst begann nun anhand von Unterlagen, die er einer an das Stuhlbein gelehnten Aktentasche entnommen hatte, die Vorgeschichte der Bilderraubaffäre, die Rolle, die die Amerikaner und die beiden Maler darin gespielt hatten und schließlich die aktuellen Ereignisse, die Gerhard am eigenen Leib miterlebt hatte, ausführlich, eindringlich und plastisch zu erzählen. Immer wieder wurden seine Ausführungen von Kopfschütteln, aber auch von bewundernden Blicken der beiden Eschweger Kommissare begleitet. Sogar ein erschrockenes »Mein Gott« entschlüpfte dem sonst so unerschütterlichen Charly Montag, als Uhlenhorst in detaillierter Ausschmückung den Mordanschlag auf Gerhard schilderte.

»Einfach unglaublich, welches Glück du hattest. Lippmann hatte dich unter sich, kommt aber nicht dazu, abzudrücken.«

Gerhard erschauerte, als er an die damalige Szene, die er nun in ihrem tatsächlichen Ablauf aus Brandels Geständnis kannte, zurückdachte. Aber er schwieg jetzt, es war später noch Zeit, die Wahrheit aufzudecken.

»Mit dem Fund der Leichen, deren Versteck Herr Gerhard in bewundernswertem Scharfsinn unter erschwerten Bedingungen entschlüsselt und später aufgedeckt hat« – hier lachte Uhlenhorst, denn Gerhard hatte ihm von dem Geistesblitz, der ihm während Nataschas Vorstellung gekommen war, berichtet –, »ist es möglich gewesen, Carsten Lippmann des Mordes an dem Amerikaner Kevin Klinger zu überführen.«

»Nach so langer Zeit?«, wunderte sich Oberkommissar Schröder, »da dürften doch kaum noch Spuren, Fingerabdrücke, Fußtritte oder ähnliches nachweisbar sein.«

»Sie haben Recht, es wäre zweifellos schwer, ja unmöglich gewesen, ihm nach all den Jahren mit diesen Mitteln etwas nachzuweisen. Aber er hat, zu unserem Glück und seinem Pech, etwas zurückgelassen, dass selbst Jahrzehnte nicht verändern konnten.« In Uhlenhorsts Stimme klang der freudige Triumph des Jägers, der eine unerwartete Beute zur Strecke gebracht hatte. »Wir fanden im Kopf des einen Toten die Kugel, mit der er erschossen worden war. Sie hatte das Felsenbein getroffen und war deshalb nicht aus dem Schädel ausgetreten. Nun, das alleine hätte uns möglicherweise nicht weitergeholfen. Aber als wir dann in Lippmanns Haus die Waffe fanden, mit der die Kugel seinerzeit abgefeuert worden war, sah die Sache schon anders aus. Unter der Last dieses Beweises hat Lippmann schließlich den Mord gestanden.«

»Aber wie, um Himmels Willen, und auch warum hat er den toten Amerikaner über die steilen, engen Stufen ausgerechnet in den Keller gebracht, in dem die Leiche seines Vaters lag?«, wollte Gerhard wissen.

Alle schauten auf Uhlenhorst, diese Frage hatte jeden der Anwesenden beschäftigt. Gebannt sahen sie der Antwort entgegen. »Aus Lippmanns Geständnis kennen wir die Lösung; sie ist ganz einfach. Er musste Klinger nicht hinuntertragen oder -schleifen, der Amerikaner ging – lebend und freiwillig – mit ihm in den Keller.«

Als er die verblüfften Mienen seiner Zuhörer sah, fuhr er fort: »Klinger hat Lippmann erpresst. Er hatte genug über den Bilderdiebstahl herausgefunden und wußte, dass Lippmanns Wohlstand auf dem Verkauf von Diebesgut basierte. Er hatte wohl auch Andeutungen gemacht, dass sein Vater in diesem Zusammenhang einem Verbrechen zum Opfer gefallen sein könnte, um noch mehr Druck auf Lippmann auszuüben. Der Amerikaner verlangte seinen Anteil an der Diebesbeute, die er noch irgendwo versteckt vermutete. Aber diese Annahme war falsch, denn Lippmann hatte die Bilder längst verkauft. Unter der Vorspiegelung, dass in besagtem Keller die Kunstwerke verborgen lägen, wurde Kevin Klinger zu dem Ort gebracht, an dem er dann sterben sollte. An einem Abend, als die Bewohner der Mühle außer Haus waren, hoben sie die Platten vom Eingang des Kellerverlieses, das Lippmann aus der Schilderung seines Vaters kannte und das anfangs auch als Bilderversteck fungiert hatte, stiegen hinab und betraten, Kevin Klinger in seiner Gier vorneweg, den Raum. Es war ein Leichtes für Lippmann, den Amerikaner aus einer verborgen mitgeführten Pistole zu erschießen, und es mag ihm sogar ein makabres Vergnügen bereitet haben, den Sohn neben dem Leichnam seines Vaters abzulegen.«

In das betroffene Schweigen, das sich an diese Schilderung anschloss, fragte Gerhard: »Was ist eigentlich mit der alten Geschichte, mit dem Mord an Jerome Klinger, um dessen Leichenreste es sich ja wohl bei dem uniformierten Skelett handelt? Hat man da etwas über die Todesumstände herausfinden können?«

»Wenig«, antwortete Uhlenhorst. »Carsten Lippmann wusste lediglich zu berichten, dass, als sein Vater ihn seinerzeit von dem Keller und den darin versteckten Bildern in Kenntnis setzte, er auch den Tod des Amerikaners erwähnt hatte. Er hatte damals von einem Kampf gesprochen, bei dem der Soldat ums Leben gekommen war. Genaueres konnte Lippmann dazu nicht sagen, und es dürfte auch für die Pathologen und Gerichtsmediziner schwierig sein, die Todesursache nach über fünfzig Jahren noch festzustellen. Denn anders als im Fall von Kevin Klinger haben die Untersuchungen am Skelett seines Vaters keine Hinweise auf Gewalteinwirkungen wie Einschusslöcher oder Knochenbrüche ergeben. Ich fürchte, man wird nie nachweisen können, dass der Soldat Jerome Klinger von fremder Hand getötet oder gar ermordet wurde.«

»Und woher kannten die Maler das Versteck? Woher wussten sie von dem abgedeckten Kellerzugang?«

»Das haben wir Carsten Lippmann auch gefragt. Aber er konnte uns keine Antwort darauf geben. Angeblich hat sein Vater nie mit ihm darüber gesprochen.« Uhlenhorst versuchte eine Erklärung: »Ich nehme an, dass beide Maler den Kellereinstieg kannten, noch bevor er verschlossen und die Plattenterrasse darüber gelegt wurde. Immerhin hat Franz Lippmann einige Jahre in dem Gartenhäuschen gewohnt und wurde dort regelmäßig von Hermann Weinrich besucht. Als sie dann ganz unvermittelt und plötzlich ein leicht zugängliches, doch schwer auffindbares Versteck für den toten Amerikaner brauchten, erinnerten sie sich des abgedeckten Treppengangs, hoben die Steinplatten auf und ließen Bilder und Leiche in dem Kellerraum verschwinden.«

Eines wollte Charly Montag noch wissen: »Was ist mit den Bantzerbildern? Hat man sie in Lippmanns Haus gefunden?«

»Das ist eine seltsame Geschichte.« Uhlenhorst schüttelte den Kopf. »Lippmann behauptet steif und fest, dass die Gemälde in seinem Wohnzimmer gestanden hätten, als er das Haus verließ. Aber wir konnten die Bilder nirgends entdecken, als wir ihn verhafteten. Lippmann hatte keine Erklärung für ihr Verschwinden.« Wieder schüttelte er mit dem Kopf. »Wir haben nicht die geringste Ahnung, wo sich die Kunstwerke jetzt befinden.«

Keiner bemerkte den wissenden Ausdruck auf seinem Gesicht, als Gerhard eine Frage in den Raum stellte: »Und was geschieht mit den Bildern, wenn sie einmal auftauchen sollten?«

»Wahrscheinlich«, vermutete Uhlenhorst, »werden die Angehörigen des ehemaligen Besitzers in Neustadt Anspruch auf die Bilder erheben.«

Schade, dachte Gerhard, dass Elfriedes Idee von einer Gemäldegalerie in ihrer Heimatstadt nicht Wirklichkeit wurde. Zwei Bantzer in Eschwege, daneben eine ganze Wand mit Gerhards… Er geriet ins Träumen und ließ seine Gedanken durch das neu zu schaffende Museum wandern.

Nach einem fragenden Blick auf Uhlenhorst, der mit einer Handbewegung andeutete, dass er mit seinen Ausführungen zu Ende war, schob Hauptkommissar Montag geräuschvoll seinen Stuhl zurück und erhob sich. Er legte beide Hände auf den schmerzenden Rücken, massierte die Muskulatur und lockerte die steifgewordenen Schultern. Auch die übrigen räusperten sich, husteten und rückten auf ihren unbequemen Stühlen hin und her, ohne jedoch aufzustehen.

Montag sah kurz in die Runde. Ein genüßliches Lächeln erschien auf seinem Gesicht: »Ein weiterer Todesfall im Seniorenheim bereitete unserem Superdetektiv« – er blickte zu Gerhard hin – »Kopfzerbrechen und stürzte ihn in einige Verwirrung. Martha Henkelmann, die er als Mörderin auf seiner Rechnung hatte – die sie ja auch, wie wir jetzt wissen, war –, starb und warf in ihm sofort die Frage auf, ob sie nicht auch Opfer eines unbekannten Giftmörders geworden war. Nachdem wir uns zu einer Blut- und Gewebeanalyse haben überreden lassen, diese dann aber keinen Giftnachweis erbringen konnte, war er ratlos.« Charly Montag strahlte übers ganze Gesicht bei dem Gedanke an die Konfusion, die dieses Untersuchungsergebnis ja auch tatsächlich in Gerhard ausgelöst hatte. »Aber da beißt die Maus keinen Faden ab: Martha Henkelmann wurde nicht umgebracht, sie ist nachgewiesenermaßen altersbedingt eines natürlichen Todes gestorben.«

Gewichtig ließ sich der Hauptkommissar in seinen Schreibtischsessel fallen, die Genugtuung in seinen Worten war deutlich herauszuhören.

Gerhard räusperte sich und erhob sich nun seinerseits. Ein Lächeln lag um seinen Mund, als er Montag ansprach: »Ich muß dich enttäuschen, lieber Charly. Auch in diesem Fall hatte ich Recht.« Aber es war keine Spur von Triumph in Gerhards Stimme, eher war ein leichter Anflug von Traurigkeit herauszuhören, als er jetzt sagte: »Martha Henkelmann starb von fremder Hand; sie wurde, wenn auch unabsichtlich, getötet.«

Mit einer langsamen, fast feierlichen Bewegung, zog er Berthold Brandels Geständnis aus der Tasche und ließ es auf Hauptkommissar Montags Schreibtisch fallen. »Hier ist der Beweis, hier steht alles drin.«

Die Polizisten sahen sich ratlos untereinander an. Schließlich polterte Charly mit blitzenden Augen los: »Wärst du vielleicht so freundlich, mir – uns – zu erklären, was das jetzt nun wieder soll? Aber diesmal zur Abwechslung die ganze Geschichte, ohne Auslassungen und Ergänzungen, die du dir später dann aus dem Hut zauberst!«

Gerhard, dem klar war, dass die Kommissare nun ernsthaft verstimmt ob seines neuen Wissensvorsprungs waren, begann, die Ereignisse in Martha Henkelmanns Wohnung zu schildern. Er berichtete seinen staunenden Zuhörern von dem Testament mit seiner eigenwilligen Verfügung, erzählte, wie er von dessen Verschwinden erfahren hatte und schilderte seine Besuche bei dem Neffen in Sontra. »Schon nach meinem ersten Treffen mit Brandel war ich mir sicher, dass er die Bilder seiner Tante an sich genommen hatte und die testamentarische Verfügung hatte verschwinden lassen. Und als mir dann noch klar wurde, dass er der letzte war, der Martha Henkelmann lebend gesehen hatte, konnte ich mir leicht zusammenreimen, was geschehen war: Bei der gewaltsamen Entwendung des Testaments hat er die alte

Dame getötet.« Gerhard ging im Zimmer auf und ab, während er weiter sprach: »Ich hatte allerdings keine Beweise, versprach mir aber bei der Labilität seines Charakters ein Zusammenbrechen Brandels und ein Gestehen, wenn ich ihn unerwartet und brüsk mit meinem Verdacht konfrontierte.«

Gerhard blieb stehen und zuckte mit den Schultern. Nun musste er den Kommissaren doch von seinem Fehlschlag berichten. »Der Versuch mißlang. Als ich Brandel in seiner Firma in Sontra aufsuchte und ihm meine Vermutungen an den Kopf warf, reagierte er ganz anders als ich erwartet hatte: Er brach nicht zusammen, sondern brauste auf und warf mich hinaus.«

Gerhard trat zum Schreibtisch und nahm das Kuvert auf. »Heute nun erhielt ich diesen Brief, von Brandel an mich adressiert. Er enthält sein Geständnis, das im Großen und Ganzen das, was ich bisher nur vermutet hatte, bestätigt.«

»Aber warum«, wunderte sich Oberkommissar Schröder, »hat er ein Geständnis abgelegt, wenn ihm doch nichts nachgewiesen werden kann?«

Gerhard setzte sich wieder. Er faltete die Hände über Brandels Brief. »Man muss ihn gesehen und kennengelernt haben, um das zu verstehen. Er ist labil und oberflächlich, läßt sich leicht verblenden und verführen, das ja – aber er ist kein Krimineller, der fähig ist, aus Habgier einen Mord zu begehen. Das war mir schon bei meiner ersten Begegnung mit ihm klar. – Als dann schließlich Martha Henkelmann unter seinen Händen starb, war die Bürde dieser Tat für ihn einfach zu groß, um sie auf Dauer zu ertragen. Dazu kam, dass er sich ausrechnen konnte, früher oder später doch überführt zu werden – bei dem Kenntnisstand, den ich hatte. Deshalb wohl sein freiwilliges Geständnis.«

»Und wie hat er Martha Henkelmann umgebracht?« wollte Charly wissen.

Gerhard zog die handbeschriebenen Blätter aus dem Briefumschlag und faltete sie auseinander. »Er erzählt es hier ausführlich. Am besten, ich zitiere seine eigenen Worte«, sagte er und begann, die entsprechende Passage aus Brandels Geständnis vorzulesen: »Es war Sonntag, als ich von meiner Reise zurückkehrte und vom Tod meiner Tante erfuhr. Sofort suchte ich das Altenheim auf. Martha Henkelmann, die mich von früheren Besuchen her kannte, öffnete mir die Tür zu Elfriedes Wohnung. Als ich sie von meiner Absicht unterrichtete, die Gemälde im Zimmer der Tante sofort mitzunehmen, erzählte sie mir höhnisch von der letztwilligen Verfügung, die mich vom Erbe der Bilder ausschloß. Zur Bekräftigung holte sie das Schriftstück aus ihrer Nachttischschublade und hielt es mir vor die Nase. Mir war sofort klar, dass ich das Testament in die Hände bekommen und verschwinden lassen musste. Deshalb bat ich sie zunächst inständig, mir das Vermächtnis zu überlassen. Als sie sich jedoch weigerte, versuchte ich, ihr das Schriftstück gewaltsam zu entreißen. Martha Henkelmann begann sofort zu schreien. Ich geriet in Panik und wollte sie kurzzeitig zum Schweigen bringen. In einem automatischen Reflex hielt ich ihr die Hand vor dem Mund – zwei, drei Sekunden höchstens. Doch als ich die Hand dann wegnahm, sackte die Alte in ihrem Sessel zusammen und war tot. Welch ein Entsetzen, als ich bemerkte, dass sie sich nicht mehr regte und nicht mehr atmete, dass ich sie mit meinen eigenen Händen getötet hatte. Aber ich versichere hoch und heilig, dass es ein Unfall war. Ich wollte sie nicht töten, auf keinen Fall, es war nichts anderes als ein schrecklicher Unfall.«

Gerhard sah auf. Er las in den Gesichtern der Kommissare eine unausgesprochene Frage. »Ja, ich glaube, es war tatsächlich so, wie er es darstellt«, sagte er, »er ist einfach nicht der Typ des kaltblütigen Mörders.«

»Und das Testament, hat er es wirklich vernichtet?«

Mit dem Handrücken klopfte Gerhard gegen das Geständnis: »Hier steht, es liege in seiner Wohnung auf dem Schreibtisch.«

»Eines interessiert mich noch«, mischte Uhlenhorst sich ein, »wie hat Brandel überhaupt von den verborgenen Bantzerbildern erfahren?«

»Aus einem Brief seines Großvaters Hermann Weinrich an

seinen Malerfreund Lippmann. Aus nicht bekannten Gründen wurde dieser Brief nie abgeschickt. Brandel hat ihn im Nachlass gefunden. Darin erzählt Weinrich, dass er sich von den Bantzerbildern, die er so liebe, nicht trennen könne. Er wollte sie, unter zwei eigenen Gemälden versteckt, behalten, um sie jederzeit, wenn ihm danach war, betrachten zu können.« Ergänzend fügte Gerhard hinzu: »Brandel brauchte dringend Geld. Er hat, wie er gesteht, in der Firma weit über hunderttausend Euro unterschlagen, um seinen Lebensstil finanzieren zu können. Bei der nächsten Revision wäre das Fehlen der Geldbeträge unweigerlich aufgefallen und seine Unterschlagungen aufgedeckt worden. Deshalb war er ja so hinter den wertvollen Bildern seiner Tante her. Er mußte sie noch vor der Überprüfung zu Geld machen, um die Fehlbeträge ausgleichen und den Griff in die Firmenkasse verschleiern zu können.«

»Und da kam ihm der Tod der Tante gerade recht?« warf Gunter ein.

»So betrachtet ja, da er glauben mußte, die kostbaren Gemälde zu erben.«

Eine Frage stand noch offen. »Die Bilder, wo befinden die sich jetzt?« Hauptkommissar Montag sah Gerhard an und auch die anderen Kommissare hoben aufmerksam den Blick.

Gerhard schmunzelte, als er an den Ort dachte, an dem er die Gemälde zuletzt gesehen hatte. Mit einer Geste der Entschuldigung, so als wolle er wegen der Kuriosität seiner Auskunft im Voraus um Verzeihung bitten, hob er die Arme: »Ihr werdet es nicht glauben, aber zur Zeit hängen die Bantzerbilder im `Café Jungbrunnen`.«

»`Café Jungbrunnen`? Wo ist denn das?«

»Das Café in der Seniorenresidenz `Getrudisstift`. Dort an der Wand, gleich gegenüber dem Eingang, hängt zum Beispiel der `Schwälmer Tanz`.«

Entgeistert starrten ihn die Polizisten an. »Kannst du uns vielleicht auch sagen, wie die Bilder in ein Altenwohnheim kommen?«, blaffte Charly Montag.

Mit besänftigenden Handbewegungen versuchte Gerhard die Erregung zu dämpfen. »Hört zu, was Brandel dazu schreibt. Dann werdet ihr alles verstehen.« Eilig faltete er die Briefbögen des Geständnisses auseinander, suchte kurz die passende Stelle und fing, als er sie gefunden hatte, mit der Lesung an:

»Nachdem ich die Bilder meiner Tante in meine Wohnung nach Sontra gebracht hatte, überlegte ich, wie ich sie schnellstmöglich zu Geld machen konnte. Mir war klar, dass ich nicht einfach zu einem Kunsthändler gehen und die Gemälde zum Verkauf anbieten konnte. Das würde Nachforschungen über die Herkunft der Bilder nach sich ziehen. Ich errinnerte mich an Carsten Lippmann, der mich in der Vorzeit schon mehrfach angerufen und gedrängt hatte, mich darum zu bemühen, die Bilder in meinen Besitz zu bekommen. Er könne sie zu unser beider Vorteil für viel Geld in der Kunstszene, zu der er Verbindung habe, veräußern. Lippmann war Feuer und Flamme, als ich ihm erzählte, dass ich die Bilder jetzt in meiner Wohnung hatte. Er wies mich an, sie so schnell wie möglich nach Holzburg zu bringen, was ich auch umgehend tat. Es war an dem Tag, an dem Dr. Gerhard mich in meinem Büro aufsuchte. Nach seinen Vorhaltungen und den Verdachtsäußerungen, die in allen Punkten stimmten, wurde mir klar, dass die Bilder unverzüglich aus meiner Wohnung verschwinden mussten. So packte ich unmittelbar nach diesem Gespräch die beiden Bantzer ins Auto und fuhr in die Schwalm. Lippmann, dem ich dort zum ersten Mal persönlich begegnete, war mir in seiner primitiven Gewaltbwereitschaft auf den ersten Blick unsymphatisch. Ich übergab ihm die Bilder und wir vereinbarten, dass er sich melden würde, sobald er sie an den Mann gebracht hatte.

Gerade aber, als ich mich anschickte, Holzburg wieder zu verlassen, fuhr Dr. Gerhard vor dem Haus Lippmanns vor und stieg aus. Voller Unruhe und Angst blieb ich im Auto sitzen und verfolgte mit Entsetzen, wie Lippmann mit dem Gewehr im Anschlag seinen Besucher bedrohte. Als dann Dr. Gerhard schließlich wieder davonfuhr und Lippmann kurz darauf zornbebend und hocherregt mit geschulterter Waffe das Haus verließ, konnte ich mir ausmalen, was er vorhatte. Lippmann hatte mir vorher die Mühle gezeigt, auf der mein Großvater die Bilder in seinen Besitz gebracht hatte. Dorthin sah ich ihn nun laufen. Er ging querfeldein und hatte die Waffe dabei in den Händen. Ich war zunächst wie gelähmt. Auf was hatte ich mich da eingelassen!

Dann aber wußte ich, was zu tun war. Ich bin kein Unschuldsengel, das weiß ich. Ich habe Geld veruntreut und war dabei, Diebesgut zu verkaufen, aber mit einem Mord wollte ich nichts zu schaffen haben.

Um es kurz zu machen: Ich fuhr auf einem zwischen Bäumen verborgenen Feldweg zur Mühle hinunter und kam dort noch vor Lippmann an. Ich verbarg mich in den Büschen der Uferböschung, ohne genau zu wissen, was ich eigentlich vorhatte. Schließlich gelangte auch Lippmann am Fluß an und ich mußte hilflos aus meinem Versteck mit ansehen, wie er auf Dr. Gerhard schoß. Mit einem Male packte mich eine solche Wut, dass ich, ohne auf die Gefahr zu achten, in die ich mich begab, Lippmann hinterherlief, der mit dem Gewehr im Anschlag das Flussufer absuchte.

Bei den dämmrigen Lichtverhältnissen und dem Tosen des Sturmes bemerkte er mein Nahen nicht, zumal er nur auf das vor ihm liegende Gelände achtete. Gerade hatte ich einen abgebrochenen Ast, den ich als Waffe benutzen wollte, aufgehoben, da schoss plötzlich die Gestalt Dr. Gerhards unter der Flußböschung hervor und brachte Lippmann vor meinen Augen zu Fall. Als dieser jedoch nach kurzem Kampf wieder die Oberhand gewinnen konnte und mit dem Gewehr auf Dr. Gerhard zielte, sprang ich hinzu und versetzte ihm, noch ehe er abfeuern konnte, einen Schlag über den Schädel.

Als dann beide Körper im reißenden Fluß versanken, wußte ich, dass es Zeit für mich war, das Weite zu suchen. Ich fuhr jedoch noch einmal zu Lippmanns Haus und holte mir die beiden Bantzerbilder zurück. Gerade als ich Holzburg verließ, sah ich Lippmann sich durch die Wiesen auf das Dorf zuschleppen.

Als ich nach Sontra zurückkehrte, hatte ich nur den einen Wunsch, die Gemälde, die mich in diesen Strudel von Gewalt hineingezogen hatten, so schnell wie möglich loszuwerden. Und so kam ich auf die Idee, sie wieder dorthin zurückzugeben, woher ich sie geholt hatte: In die Seniorenresidenz.«

Gerhard machte eine Pause, senkte aber das Blatt, aus dem er vorgelesen hatte, noch nicht.

Nach einigen Sekunden des Schweigens ächzte Oberkommissar Schröder: »Uff! Also Berthold Brandel verdankst du dein Leben, Heiner. Kaum zu glauben.«

Hauptkommissar Montag fragte mit belegter Stimme: »Ist das jetzt alles?«

»Fast.« Gerhard schwenkte den Briefbogen. »Es sind noch einige wenige Sätze, die er anfügt.« Er begann, den Schluss aus Berthold Brandels Geständnis vorzulesen: »Man muß erkennen, wenn ein Spiel verloren ist. Mit der unabwendbaren Aufdeckung der Unterschlagungen wird meine berufliche Karriere und damit meine Lebensbasis zerstört werden, das ist mir klar. Vielleicht ist es feige, wenn ich mich jetzt aus der Verantwortung stehle, aber ein Held war ich noch nie. Ich will nun einen Schlussstrich unter das Vergangene ziehen, will einen Neuanfang machen. Wenn man diese Zeilen liest, werde ich schon außer Landes sein. Mein Geständnis soll dazu dienen, einige Abläufe des Geschehens besser verständlich zu machen und mich vor allem von dem Vorwurf des vorsätzlichen Mordes an Martha Henkelmann befreien. Auch will ich mit der Darlegung der Wahrheit eventuellen Anschuldigungen Lippmanns begegnen, der vielleicht versuchen wird, mir Taten in die Schuhe zu schieben, die ich niemals zu tun in der Lage wäre und auch nicht getan habe.«

Gerhard ließ die Blätter sinken. Mit langsamen Bewegungen legte er die Briefbögen zusammen und steckte sie in den Umschlag zurück. »Das ist nun alles, Charly«, sagte er dabei.

Der Hauptkommissar ergriff das Kuvert, das Gerhard ihm über den Schreibtisch hinüberreichte. Seine gerunzelte Stirn verriet, dass er mit dem Ergebnis dieser Falllösung unzufrieden war. »Wir werden diesen Brandel zur internationalen Fahndung ausschreiben«, sagte er schließlich, »vielleicht erwischen wir ihn ja noch, bevor er untertaucht.«

Die sich anschließende polizeifachliche Debatte der Kommissare über die Aussagekraft der Beweise, über die Komplettierung von Belastungsargumenten und über andere kriminalistische Aspekte der soeben behandelten Fälle verfolgte Gerhard nur mit halbem Ohr. Er musste an den Schatten denken, den er während des Kampfes am Fluss hinter Lippmann mehr geahnt als gesehen hatte. Nun hatte dieser Schatten einen Namen. Ihn fröstelte, als ihm nochmals bewusst wurde, dass Berthold Brandel ihm das Leben gerettet hatte.

»Gut«, verkündete schließlich Hauptkommissar Montag und brachte Gerhard wieder in die Wirklichkeit zurück, »dann ist soweit alles klar. Wir können die Fälle abschließen und der Staatsanwaltschaft vorlegen.« Nach mehrmaligem Räuspern und einem Kratzen am bartverhüllten Kinn, wie man es von Politikern beim Verkünden einer Botschaft, die sie für wichtig erachten, kennt, richtete Charly das Wort an Gerhard: »Lieber Heiner, obwohl du in vielem einen gefährlichen Eigensinn und gelegentlich auch eine unzulässige Eigenmächtigkeit entwickelt hast«, ein nochmaliges Räuspern zeigte das Ende der einschränkenden Einleitung an, »hast du unzweifelhaft der Polizei einen großen Dienst erwiesen und entscheidend zur Auflösung dieser Kriminalfälle beigetragen.«

Der Beifall von Hauptkommissar Uhlenhorst und Oberkommissar Schröder, den sie ihm durch Klatschen in die erhobenen Hände zollten, machte Gerhard verlegen und er war froh, als Charly fortfuhr: »Ich kann dir für deine Leistung zwar nicht das Bundesverdienstkreuz oder den Orden vom kriminalistischen Hosenband, wenn es so etwas gibt, verleihen, aber ich darf dir, lieber Heiner, meinen und den Dank der Kollegen aussprechen.« Er erhob sich, schritt mit einer gewissen Feierlichkeit auf Gerhard zu, presste seine rechte Hand und klopfte, als dieser sich

nter dem Händedruck zu krümmen begann, ihm mit anerken-
ender Wucht auf die Schulter, was ein sofortiges Wiederauf-
chten zur Folge hatte.

Ein Leuchten ging über Montags Gesicht und die straffe Vor-
esetztenpose wich jetzt einer locker-lässigen Haltung. Die Kör-
ersprache Charlys war eindeutig: Der offizielle Part war vorü-
er, man ging nun zum gemütlichen Teil über. »Etwas, Heiner,
enn's auch kein Orden ist, können wir dir doch bieten.« Aus
em Leuchten wurde ein Strahlen. »Der Kollege Uhlenhorst hat
us Anlass der erfolgreichen Fallabschlüsse einen kleinen Im-
iss vorbereitet, ein paar wenige Schwälmer Wurstspezialitäten,
u denen wir dich nun herzlich einladen.« Er machte eine unge-
uldige Bewegung zu Gunter hin und forderte ihn auf: »Bring
u jetzt den Wagen, du weißt, wo er steht. Ich hole inzwischen
eller und Besteck.«

Nur wenige Augenblicke später, nachdem Charly auf dem
chreibtisch eingedeckt und Kaffeebecher dazugestellt hat-
e, rollte Oberkommissar Schröder einen hohen, hölzernen
ervierwagen in das Zimmer. Auf ihm lagen, dicht an dicht,
aum einen Zentimeter der Unterlage freilassend, rote Würste,
chwarze Würste, Leberwürste neben Schmalztöpfchen und
chwartemägen sowie Bretter, auf denen Sülze und Gehacktes
ngerichtet waren. Gurken, Zwiebeln, Tomaten, dazu Schwarz-
rot, Weißbrot und Brötchen vervollständigten den »kleinen
mbiss«, wie Montag ihn genannt hatte.

»Wer soll denn das alles essen?«, entfuhr es Gerhard.

»Keine Angst«, tröstete Charly.

»Das schaffen wir schon«, machte Gunter Mut.

Es schmeckte köstlich und war eine Werbung für die
chwalm, was ihnen da an Wunderbarem auf die Zunge und in
en Magen kam.

Gerhard nutzte den Augenblick, als Uhlenhorst sich zum
affeenachschenken umdrehte, um sich zu Karl Montag hi-
überzubeugen und ihm zuzuflüstern: »Heute mal nichts mit
Mohnschnecken und Quarktaschen.«

Charly blickte ihn an, seine Augen schienen zu sagen: ‚H man so was schon gehört?' Dann zog er mit einem listigen L cheln die oberste Schreibtischschublade auf. Gerhard sah eir prallgefüllte Bäckertüte, die darin ruhte und deren Inhalt er sic allzu gut vorstellen konnte.

»Der Nachtisch«, flüsterte der Hauptkommissar zurück ur schob die Schublade wieder zu.

Gerhard verließ die stille, vergnüglich kauende Runde, d noch immer mit dem »kleinen Imbiss« beschäftigt war. Er ve zichtete auf den Nachtisch, zumal ihm eingefallen war, dass heute wie an jedem Donnerstag zur Theaterprobe in der Sen orenresidenz erwartet wurde. Es war nicht mehr lange hin b zur Weihnachtsfeier, sie würden mehr noch als bisher Zeit ur Energie darauf verwenden müssen, das Stück einzuüben.

Während er zu seinem Wagen ging, schaute er zurück au das klotzige, viereckige Polizeigebäude. Er hoffte, es so bal nicht wieder betreten zu müssen. Die Fälle sind abgeschlosser hatte Charly gesagt, das galt auch für ihn. Er musste jetzt eine Schlussstrich darunter setzen, musste Abstand gewinnen z den Ereignissen, die ihn in den letzten Tagen so vollkomme absorbiert und beansprucht hatten, in die er durch Elfriedes To eigentlich nur zufällig hineingestolpert war, die ihn dann abe nicht mehr losgelassen hatten.

Die Straßenlaternen gingen an, Dämmerung und abendlich Stille legten sich über die Stadt. Er dachte an die Probe mit de Senioren und spürte, dass ihn ein kribbelndes Gefühl der Vo freude erfüllte. Jetzt würde er sich ganz auf das Theaterprojek das den alten Menschen so am Herzen lag, konzentrieren kön nen, jetzt, wo die bewegten Tage mit Mord und Gewalt hinte ihm lagen und ruhigere, gleichmäßigere im Schoße der Kuns auf ihn warteten.

29

er erste Schnee war gefallen. Eine Wetterkapriole nur, mit
ɜr der Winter flüchtig sein baldiges Kommen ankündigte,
ɜnn schon am Folgetag war der weiße Schleier, der sich über
acht auf das Land gelegt hatte, wieder verschwunden. An den
ɜschäftigen Nachmittagen und den stillen Abenden leuchteten
tzt überall in der Stadt die Lichterketten des Advent, standen
ıf den Plätzen kerzengeschmückte Tannenbäume und klet-
rten, den dicken Geschenkesack auf dem Rücken, die Weih-
achtsmänner die Hausfassaden empor.

Endlich waren die Tage ruhiger geworden, alle Wirrungen,
ie mit dem überraschenden Tod Elfriede Weinrichs vor einigen
/ochen ihren Anfang genommen hatten, hatten sich aufgelöst.
is auf das Verschwinden Bertold Brandels, dessen die Polizei
islang trotz internationalen Haftbefehls noch nicht hatte hab-
aft werden können, klärten sich die Sachverhalte. Die Bantzer-
ilder waren, sehr zum Leidwesen der Senioren, aus dem »Café
ıngbrunnen« abgeholt worden. Gerhard hatte verlautbaren ge-
ört, dass eine Gruppe Marburger Geschäftsleute die Gemälde
u kaufen beabsichtigte, um sie anschließend dem Universitäts-
ıuseum zur Verfügung zu stellen.

Die Theaterproben der letzten Tage und Wochen waren
ıtensiv gewesen. Gerhard, der Autor und Regisseur, war zu-
ersichtlich, heute am Tag der großen Weihnachtsfeier eine
ɜhenswerte Aufführung präsentieren zu können. Vor allem
ie Bühnenbildner und Kostümschneider hatten sich selbst und
ɜine Erwartungen übertroffen. Noch bis zum heutigen Mittag
/ar gehämmert, gesägt und geschraubt worden, um die wir-
ungsvolle Kulisse der Stierkampfarena, in der der letzte Akt
es Carmendramas spielen sollte, zusammenzuzimmern und
ufzubauen. In vielen Stunden, vielen Abenden und Nächten
/aren durch den unermüdlichen Einsatz der Schneiderinnen
ostüme und Gewänder, waren Kleider, Umhänge, Hüte und

Boleros entstanden, deren farbenfroher Anblick allein den B such der Vorstellung lohnen würde.

Gerhard sah durch einen Spalt des Vorhangs, der vor d Bühne installiert war, in den Zuschauerraum, der bis auf de letzten Platz gefüllt war. In der vorderste Reihe – natürlich, w sonst – erkannte er den Bürgermeister und den Ersten Stadtra Auch Charly Montag war da, diesmal nicht als Kommissar, son dern in seiner Funktion als Stadtverordnetenvorsitzender, ei Amt, das er neben seiner Polizeiarbeit versah.

Gerhard ging zurück in den Umkleideraum der Schauspiele Die Akteure befanden sich, obwohl sie längst in ihren Kostüme steckten, in lebhafter Aktivität, zupften und zerrten an ihre Kleidern, rückten Perücken und Hüte zurecht und versuchte so, ihre Nervosität zu überspielen. Gerhard legte Montera un Muleta griffbereit auf den Stuhl. Er würde erst im zweiten Ak seinen Auftritt haben, ihm blieb noch genügend Zeit, sich a Stierkämpfer auszustaffieren.

Noch bis gestern hatte er nichts davon geahnt, dass er heu als Schauspieler auf der Bühne stehen sollte. Ein aufgeregte Anruf Christa Degenhards hatte ihn davon unterrichtet, das Escamillo, oder vielmehr der Senior, der ihn spielen sollte, be wegungsunfähig mit einem Hexenschuss im Bett lag. Er hatt beim Einüben der Drehungen, mit denen er den Stier unte seiner Muleta, dem roten Tuch, hindurchsausen lassen wollte eine überschnelle, seine Lendenwirbelsäule überfordernd Verbiegung gemacht und dabei seinen Ischiasnerv malträtier Gerhard, dem klar war, dass man auf die Schnelle keinen Ersatz mann würde beschaffen können, hatte der Heimleiterin, die nah daran war, in Tränen auszubrechen, zugesichert, selbst die Roll des Stierkämpfers zu übernehmen. Es war für ihn als Autor de Stückes durchaus machbar, selbst in der kurzen Zeit die Rolle wenn auch vielleicht nicht textwörtlich, so doch sinngemäß, z erlernen und zu gestalten. Und wirklich, nach einem nachtakti ven Rollenstudium fühlte er sich jetzt sicher genug, seinen Par ohne Stockungen und Hängenbleiben spielen zu können.

Das Klingelzeichen ertönte, gespannte Stille legte sich über en Zuschauerraum. Aber bis zum Beginn des Weihnachtsfest-öhepunkts, der Theateraufführung, mussten die fiebernden kteure noch die quälende Geduld aufbringen, sich die Begrü-ungsrede der Heimleiterin, die – noch ohne Carmenkostüm – ie Hausbewohner und die Gäste willkommen hieß, ein Gruß-ort des Bürgermeisters und die Darbietungen des heimeigenen emischten Chores anzuhören, ehe dann endlich der Vorhang ch hob und das Schauspiel seinen Lauf nahm.

In einem Prolog hatte Gerhard versucht, eine Verbindung es südländischen dramatischen Stoffes mit dem Weihnachts-st, dessen Nahen schließlich der Anlass der heutigen Feier ar, herzustellen. Er ließ den Alcalde einer andalusischen Stadt, er dringend Geld für die Sanierung des örtlichen Waisenhau-es brauchte, einen weihnachtlichen Stierkampf veranstalten, er ihm die benötigten Mittel einbringen sollte. So war das tück nun, zur Freude aller, festlich verpackt, und das Spiel um ie männerbetörende Carmen, die in der Tat sinnenverwirrend assig und glutvoll von Christa Degenhard verkörpert wurde, onnte in bekannter Handlungsfolge über die Bühne gehen.

In prächtigem Stierkampfkostüm, das ihm allerdings, da ur-prünglich für den kleineren, erkrankten Senioren geschneidert, usgesprochen eng auf den Hüften saß, betrat Gerhard im zwei-en Akt mit stolz geschwellter Brust das Torerolied in die Menge chmetternd die Bühne. Unter dem Beifall, der ihm für seinen esang entgegen schallte, verbeugte er sich in theatralischer este nach allen Seiten zum Publikum. Dabei gewahrte er mit reudigem Erschauern, zunächst in flüchtigem Darübergleiten er Augen, dann bei nochmaligem Hinsehen genauer, Franzis-a, die auf einem Stuhl allein an der Seitenwand des Saales saß nd zu ihm hinsah. Ein warmes Glücksgefühl erfüllte ihn, des-en Ursache die Zuschauer allerdings in der bevorstehenden Be-egnung mit Carmen vermuteten, die gerade den Rock weit über ie Knie gezogen auf Escamillo zutänzelte. Er hatte nicht damit erechnet, dass Franziska der Aufführung beiwohnen konnte.

Sie hatte von Terminen gesprochen, die sie wahrnehmen muss und die sie nicht verlegen konnte. Nun war sie also da.

Gerhard spielte seine Rolle an diesem Abend gut, außerg wöhnlich gut sogar. Er umschwärmte Carmen, bewunderte ih Liebesreize, beteuerte ihr seine glühende Verehrung und dach dabei an Franziska. Das Publikum und auch Christa, die feuri Carmen, waren begeistert und bemerkten nicht, dass seine Bl cke gelegentlich und heimlich, besonders in den leidenschaftl chen Liebespassagen, zur Saalseite abschweiften.

Die Aufführung war ein Riesenerfolg. Auch die kleine Pannen störten nicht das positive Gesamtbild. So lachten all als das Trompetensignal, das zum Stierkampf rufen sollte, ger de in dem falschen Augenblick ertönte, in dem Carmen sich a schickte, sich Escamillo zum Kuss darzubieten; und auch Jos Ausruf: »Hier, sieh meinen Degen, der dich gleich durchbohre wird«, dem der Griff an den leeren Gürtel folgte, wurde vo Publikum begeistert beklatscht.

Der Clou des Stückes war sein Schluss. Gerhard hatte, Wei nachten, dem Fest der Liebe angemessen, auf den mörderische Schluss, den die Geschichte in Oper und Novelle nahm, verzic tet und eine überraschende Lösung gefunden. Auf dem Höh punkt der Handlung – Escamillo hob gerade den Degen, u dem Stier den Todesstoß zu geben und José zückte den Dolc um Carmen zu meucheln – öffnete sich ein seitlicher Vorhan und gab den Blick frei auf eine Nebenbühne, auf der das ve traute, friedvolle Bild der Krippe mit dem Kind, mit Maria u Josef und den Hirten dargestellt war. Bei seinem Anblick lie José den Dolch, Escamillo den Degen und der Stier die Hörn sinken und in weihnachtlicher Eintracht versammelten sich all einschließlich der reuigen Carmen, um die Krippe. Und a schließlich, zunächst von den Schauspielern angestimmt, dan von allen im Saal mitgesungen »Stille Nacht, heilige Nacht erklang, war das Happy End perfekt und die festliche Einsti mung gelungen.

Franziska schmiegte sich eng an Heinrich, als sie spät a

.bend, eigentlich schon in der Nacht, die Seniorenresidenz erließen. Sie hatten noch ausgiebig und ausgelassen mit der chauspieltruppe den großen Erfolg gefeiert und mit dem beeisterten Bürgermeister sogar eine zusätzliche Aufführung in er Stadthalle vereinbart.

»Du hättest gar nicht so oft zu mir hinsehen müssen«, sie rückte seinen Arm, »ich hab's auch so verstanden.«

»Wirklich?«

»Und es hat mir doppelt gut getan«, seufzte sie. »Bei einer so erführerischen Carmen denkst du, wenn du von Liebe sprichst, n deine Franziska.«

Schweigend gingen sie die Auffahrt hinunter. Die feuchte achtluft kühlte ihre erhitzten Gesichter. Unter einer Laterne lieb Franziska stehen und sah zu dem noch hell erleuchteten roßen Gebäude zurück.

»Es war gut, Heinrich, dass du das Schauspiel so unblutig, so anz ohne Mord und Tod enden ließest. Es war genug Sterben n den vergangenen Wochen, von dem dieses Haus so unheilvoll etroffen wurde. Wieviel schöner war die heitere Feierlichkeit es heutigen Abends, das fröhliche Lachen der Senioren, das uch in einem Altenheim nicht den Tod, sondern das Leben mit usgebreiteten Armen willkommen heißt.«